KB068177

열 대

NETTAI by MORIMI Tomihiko

Original Japanese edition published by Bungeishunju Ltd., in 2018.
Korean translation rights in Korea reserved by RH Korea Co., Ltd., under
the license granted by MORIMI Tomihiko, Japan arranged with Bungeishunju
Ltd., Japan through EYA(Eric Yang Agency), Inc., Korea.

熱帶
열대
모리미 도미히코
장편소설
권영주 옮김
RHK
알에이치코리아

차례

제 1 장

침묵 독서회

너와 관계없는 일을 이야기하지 말라.

그리하지 않으면 너는 원치 않는 것을 듣게 되리라.

올여름 나는 나라에 있는 집에서 그런대로 고민하며 지냈다.

다음에 어떤 소설을 써야 할지 감이 잡히지 않았다.

나라 생활에서 보통 내 하루는 참으로 담담하다. 오전 7시 30분에 일어나 베란다로 나가 나라 분지를 둘러보며 해를 향해 인사하고, 아침으로 베이컨에그를 먹고, 9시부터 책상 앞에 앉는다. 오후 1시에 집필을 중단하고 점심을 먹은 다음 잠깐 휴식. 다시 책상 앞에 앉아 집필 외의 다른 잡일과 독서를 하고 오후 7시가 되면 아내와 함께 저녁을 먹는다. 그리고 일기를 쓰고, 목욕하고, 게으르게 늘어져 있다가 잔다.

집필이 순조롭다면 아무 문제도 없다.

그러나 쓰지 못할 때 나는 사회적으로 무無나 다름없다. 길바닥에 뒹구는 돌멩이보다 못하다. 글이 써지지 않는 나날이 하도 오래 이어지는 바람에 나는 종종 로빈슨 크루소의 처지를 생각하곤 했다. 흡사 배가 난파돼 표류한 무인도에서 지나가는 배를 헛되이 기다리는 꼴이었다. 봄, 여름, 가을, 겨울 나라의 계절이 바뀌고 귀중한 인생의 시간이 허비된다. 그냥 손을 놓고 있다가는 눈 깜짝할 새에 할아버지가 된다. 할머니가 되어 있을 아내와 양지 바른 툇마루에서 해바라기를 바라보는 것, 그것도 나쁘지 않겠다.

슬슬 백기를 들까 생각하고 있었다.

이런 소설가적 정체기에 고지식하게 소설 같은 것을 읽고 있을 마음은 들지 않았다. 무겁고 어두운 사회적 테마라든지 심오한 인간 드라마라든지 그런 건 도저히 따라갈 엄두가 안 났다. 책상 앞에 앉아 있기도 싫어진 나는 자고 일어나도 자리를 개지 않고 드러누워 『고전 라쿠고古典落語』를 읽고 『요재지이』를 읽고 『기담 이문 사전奇談異聞辭典』을 읽으며 지냈다. 그것도 거의 다 읽고 나서 마지막으로 붙든 거대한 작품이 『천일야화』였다.

그러나 인생은 정말이지 무슨 일이 있을지 알 수 없다.

그 만남이 나를 기이한 모험으로 인도했다.

『천일야화』는 다음과 같이 시작된다.

먼 옛날 페르시아에 샤흐리야르라는 왕이 있었다. 어떤 계기로 아내의 부정을 알게 된 왕은 지독한 여성 불신에 빠져 매일 밤 처녀 한 명을 데려오게 한 다음 순결을 빼앗고 이튿날 아침

목을 베었다. 그런 끔찍한 소행을 보다 못해 나선 사람이 대신의 딸 셰에라자드였다. 그녀는 아버지의 반대를 무릅쓰고 자진해서 왕을 침소에서 모시며 기이한 이야기를 시작한다. 그런데 셰에라자드는 날이 밝으면 이야기를 중간에 멈추기 때문에 뒷이야기가 궁금한 왕은 그녀의 목을 벨 수 없다. 이렇게 해서 셰에라자드는 매일 밤 목숨을 부지하며 자신과 백성을 구하려 한다.

이것이 소위 액자식 구성의 바깥 이야기로, 『천일야화』에 담긴 방대한 이야기는 대부분 셰에라자드가 왕에게 들려주는 식이다. 셰에라자드의 이야기에 등장하는 인물이 또 이야기하기도 하는 터라 이를테면 이야기의 마트료시카 같은 상황이 꼬리에 꼬리를 물고 이어진다. 이야기 자체도 물론 기상천외하고 재미있지만 이 복잡기괴한 구성도 『천일야화』의 묘미라 할 수 있을 것이다.

이와나미 쇼텐에서 펴낸 하드커버 판 『완역 천일야화』 전 13권.

제1권의 첫머리에서, 언니와 함께 왕을 모시게 된 동생 두냐자드가 미리 의논한 대로 언니에게 자기 전에 이야기를 해달라고 조른다.

그러면 셰에라자드는 다음과 같이 말한다.

"제 당연한 소임으로서 기꺼이 이야기해 드리지요. 훌륭하시고 고상하신 왕께서 허락해 주신다면!"

마침 불면에 시달리던 탓도 있어 왕은 흔쾌히 셰에라자드에게 이야기할 것을 허락한다. 이렇게 해서 셰에라자드는 첫째 날 밤 이야기를 시작한다.

삽화로 장식된 속표지에는 다음과 같이 쓰여 있다.

천과 하루의 밤 여기에서 시작된다.

거대한 문이 열리는 소리가 들릴 것 같다.

올여름에 내가 읽은 『천일야화』는 조제프 샤를 빅토르 마르드뤼라는 인물이 아랍어를 프랑스어로 번역한 것의 일본어 중역 판이다.

이 '마르드뤼 판'은 원전의 형태를 바르게 전하느냐 하는 점에서는 물음표인 모양이다. 하지만 읽을거리로는 재미있다.

애초에 『천일야화』는 동양과 서양에 양다리를 걸치고 가짜 사본과 자의적인 번역이 뒤섞인, 마치 그 자체가 이야기인 듯한 기기묘묘한 성립의 역사를 지닌다. 그런 수상쩍음도 『천일야화』의 매력이다. 이에 관해 자세히 알고 싶은 독자는 믿을 만한 참고 서적을 읽어보기 바란다. 요는 아무도 이 이야기의 '진짜 모습'을 모르는 것이다.

『천일야화』는 수수께끼의 책이다.

7월 말의 이른 오후, 나는 서재에서 나와 이부자리에 털썩

엎어졌다.

다음 작품의 구상은 여전히 암초에 걸린 채 꿈쩍도 하지 않았다. 나는 아예 이 암초에 기분 좋은 집을 지어 살자고 생각하기 시작했다. 작은 마당에 사과나무를 심고 귀여운 시바견에게 고우메小梅라는 이름을 붙여서 기르자. 아내를 찬미하는 노래를 부르고 『천일야화』를 읽고 또 읽으면서 여생을 보내자.

그런 식으로 은거 생활 설계에 여념 없는 내 옆에서 아내가 찬송가를 부르며 자금자금 빨래를 개고 있었다. 머리맡에 던져 놓은 『천일야화』는 이제야 겨우 오백 일째 밤을 지난 참이었다. 읽어도 읽어도 끝이 없다.

이윽고 나는 천장을 보며 중얼거렸다.

"아무래도 나는 소설가로서 끝난 것 같군."

"끝났어요?" 아내가 물었다.

"끝났어! 이제 틀렸어!"

"급하게 정하지 않아도 될 것 같은데요."

"아닌 게 아니라 구태여 선언할 일은 아니지. 소설을 쓰지 않는 소설가를 세상 사람들은 자연히 잊을 테지. 그리고 세상 사람들 또한 마찬가지로 잊혀갈 테고, 근대 문명은 폭주 끝에 괴멸될 테고, 언젠가 인류는 우주의 먼지가 되어 사라질 테지. 그런데 눈앞의 마감에 무슨 의미가 있지?"

비관적인 생각이 들 때면 나는 우주적 관점에 입각해 마감의 존재 의의를 부정하곤 한다.

"그렇게 비관할 것까지는……. 행운은 누워서 기다리라고 하잖아요?"

나는 아내의 의견을 존중하는 사내다. '그것도 일리가 있다' 싶어 누워서 뒹굴뒹굴하며 행운을 기다리고 있자니, 빨래를 다 갠 아내가 『천일야화』를 가리키며 말했다.

"그건 그래서 어떤 이야기예요?"

참으로 어려운 질문이었다.

"미녀가 많이 나오지."

"어머나, 미녀가요? 근사하네요."

"물론 미녀 말고 마신도 나와. 임금님과 왕자님, 대신과 노예, 심술궂은 할머니도……. 줄줄이 읽다 보면 사소한 일은 아무래도 상관없어져서 머릿속을 세탁한 기분이 들어. 그나저나 셰에라자드는 대단하단 말이지. 어떻게 그렇게 끝도 없이 이야기할 수 있는 건지."

"참 현명한 여자였나 보죠."

"그나저나 이상한 책이란 말이지. 이건 수수께끼의 책이야."

얼마 지나자 아내는 빨래를 안고 일어섰다.

"잠깐 쉬고 식사라도 하지 그래요?"

부엌으로 가보니 어제저녁에 먹다 남은 포토푀가 있었다. 달고 작은 순무와 소시지, 당근 조각이 보이기는 해도 감자가 대부분이었다.

"이건 포토푀가 아니라 포테이토푀로군."

내가 사는 아파트는 나라 모처의 높은 지대에 위치하는지라 베란다 유리문으로 나라 분지가 내다보인다. 나는 포테이토푀를 먹으며 여름의 나라 분지를 멍하니 바라봤다. 진한 크림 같은 적란운이 파란 하늘에 떠 있고, 먼 산들은 미지의 대륙처럼 흐릿하게 보였다.

이런 풍경을 어디선가 봤다는 생각이 들었다. 멍하니 있으려니 이런저런 이미지가 떠올랐다. 소년 시절 가족과 함께 갔던 캠프의 추억과 더불어 대니얼 디포의 『로빈슨 크루소』, 로버트 루이스 스티븐슨의 『보물섬』, 쥘 베른의 『신비의 섬』도. 그러나 막상 중요한 것 하나가 생각나지 않았다. 아까 아내와 주고받은 대화와 관계있는 것 같은데…….

나는 부엌에서 사과를 깎는 아내에게 물었다.

"아까 무슨 이야기를 했더라?"

"은퇴 이야기?"

"그거 말고……."

"천일야화? 셰에라자드? 수수께끼의 책?"

나는 숟가락을 손에 든 채 생각에 잠겼다.

'수수께끼의 책'이라는 말이 내 머릿속을 따끔따끔 찔렀다.

내가 '열대'라고 중얼거리자 아내가 의아한 표정을 지었다.

"열대요?"

"그래! 『열대』야. 생각났어."

내가 교토에서 살았던 학창 시절, 우연히 오카자키 근처의 헌책방에서 발견한 소설책. 1982년 출판, 작가는 사야마 쇼이치라는 인물이었다. 『천일야화』가 수수께끼의 책이라면 『열대』 또한 수수께끼의 책이다.

나는 학창 시절을 교토에서 보냈다.

기타시라카와에 있던 다다미 넉 장 반 크기의 집은 벽 하나 전체가 책장이라, 나는 서점과 헌책방을 돌며 조금씩 책을 사 모았다.

책장이라는 것은 자신이 읽은 책, 읽고 있는 책, 가까운 시일 내로 읽을 책, 언젠가 읽을 책, 언젠가 읽을 수 있게 될 것이라 믿고 싶은 책, 언젠가 읽을 수 있게 된다면 '후회 없는 인생'이라고 말할 수 있는 책…… 그런 책의 집합체요, 그곳에는 과거와 미래, 꿈과 희망, 작은 허영심이 뒤섞여 있다. 그런 의미에서 그 다다미 넉 장 반 공간 한복판에 앉아 있으면 꼭 나의 마음 내부에 앉아 있는 듯했다.

무인도 같은 공간에 틀어박혀 책을 읽다 보니, 책에서 얻은 지식을 입신출세에 활용해야겠다든지 검은 머리 아가씨를 유혹하는 데 활용해야겠다든지 그런 살벌한 생각은 깨끗이 사라졌다. 그저 그 책을 읽고 있는 것만으로 만족스러워하며 문득 창밖을 보면 어느새 저물녘이 되어가고 있었다. 그런 때에는 지금까지 내가 푹 빠져 있던 책이 현실에는 존재하지 않고 그저 종이에 글자를 인쇄해 묶은 것에 불과하다는 사실이 새삼 이상하게 느껴지곤 했다.

대학 4학년을 맞이한 해의 8월이었다.

그해 8월은 인생에서 가장 애매하고 패기 없는 여름이었다.

나는 진로 고민으로 대학을 휴학하고 막막한 기분에 교토의 기타시라카와 부근을 어슬렁거리고 있었다. 사법고시에 떨어져 햐쿠만벤 부근을 어슬렁거리던 친구와 함께 바구니 달린 자전거를 타고 비와호를 일주했다가 죽을 고생을 했던 기억이 난다. 스스로를 힘들게 해서 쌓인 것을 풀려 했을 것이다.

어쨌거나 그해 여름은 무척 더웠다.

교토의 여름, 다다미 넉 장 반의 집은 사람 사는 곳이라기보다 타클라마칸 사막에 가깝다. 멍하니 있다가는 죽는다. 그래서 나는 매일 시원한 오아시스를 찾으러 가곤 했다. 헤이안 신궁이 있는 오카자키에 자주 갔다. 그 일대에는 간교칸, 국립 근대 미술관, 비와호 수로水路 기념관 등 무료로 피서할 수 있는 곳이 많았다. 니조 거리를 가모천 방향으로 가면 '나카이 서점'이라는 헌책방이 있어서 오카자키에 가면 들르곤 했다.

그곳에서 사야마 쇼이치의 『열대』를 발견했다.

입구 옆에 놓인 '100엔 균일' 상자를 들여다보는데 그 책이 눈에 띄었다. 왜 사고 싶었을까. 고풍스러운 디자인이 마음에 들었을지도 모른다. 어쨌거나 값은 100엔이었고 시간은 얼마든지 있었다.

나는 『열대』를 산 뒤 자전거를 타고 오카자키 간교칸으로 갔다.

근대적인 건물 안은 냉방이 되어 시원했고 로비는 사람이 없어 한산했다. 나는 자동판매기에서 주스를 사서 커다란 모니터 앞 벤치에 앉았다. 모니터는 교토부府 경찰 헤이안 기마대의 영상을 보여주고 있었다.

그곳에서 나는 『열대』를 펼쳤다.

너와 관계없는 일을 이야기하지 말라.

그리하지 않으면 너는 원치 않는 것을 듣게 되리라.

수수께끼 같은 문장으로 『열대』는 시작됐다.

어떤 이야기인지 한마디로 설명하기는 쉽지 않다. 추리소설은 아니고 연애소설도 아니다. 그렇다고 역사소설도 아니고 SF도 아니고 사소설도 아니다.

아무튼 어째 잘 알 수 없는 소설이다.

이야기는 한 젊은이가 남양의 어느 외딴 섬 바닷가에 표류하는 데서 시작한다. 배가 난파된 것 같은데 젊은이는 기억을 잃어 자신이 누구인지, 왜 이곳에 있는지, 이 섬이 어디인지 아무것도 모른다. 이윽고 날이 밝아오는 모래사장을 걷기 시작한 젊은이는 아름다운 후미와 잔교를 발견하고 '사야마 쇼이치'라는 이름의 남자를 만난다.

거기까지 읽다가 나는 '음?' 하고 생각했다.

사야마 쇼이치는 이 책을 쓴 작가 아닌가.

'아하. 이거 어째 재미있어지네.'

수수께끼 같은 서두도 그렇고, 주인공의 의지가지없는 처지에도 마음이 끌렸다. 나 또한 교토에서 있을 자리를 잃고 무인도 같은 다다미 넉 장 반에 틀어박혀, 본의 아니게 아무리 기다리고 또 기다려도 항해를 떠나기에 좋은 날이 오지 않는 하루하루를 무기력하게 살고 있었다.

나는 간교칸 로비에서 『열대』를 4분의 1 정도 읽었다. 낡은 책장에 인쇄된 흐릿한 활자와 시원한 냉방, 한산한 로비가 지금도 기억난다.

이윽고 나는 정신이 들어 책을 덮었다.

'묘하게 끌리는 책이군. 아껴서 읽자.'

『열대』를 배낭에 넣고 밖으로 나왔다. 이른 오후의 햇빛이 아직 거리를 눈부시게 비추고 헤이안 신궁 앞의 널따란 아스팔트는 뜨겁게 달구어져 있었다. 자전거를 타고 교토시 미술관 옆을 지나는데, 짙은 그림자를 드리우는 여름철 나무들에서 매미 울음소리가 들렸다. 어쩐지 소년 시절로 돌아간 것 같아 가슴이 설렜다.

그로부터 며칠 동안 나는 『열대』를 조금씩 읽었다.

눈에 보이지 않는 군도群島, '창조의 마술'로 해역을 지배하는 마왕, 마술의 비밀을 노리는 '학파의 남자', 바다 위를 달리는 2량 열차, 전쟁을 암시하는 포대와 지하 감옥의 죄수, 바다 건너 도서실에 드나드는 마왕의 딸…….

'이 이야기는 대체 어떤 결말일까.'

이상하게도 읽으면 읽을수록 점점 읽는 속도가 느려졌다.

아는 궤변론부 부원에게서 들은 제논의 역설, 즉 '아킬레스와 거북이'를 종종 연상했다. 발이 빠른 아킬레스가 앞서 출발한 느린 거북이를 쫓아간다. 거북이가 있던 곳까지 아킬레스가 따라잡았을 때 거북이는 그보다 조금 앞을 가고 있다. 아킬레스가 그 지점에 다다랐을 때 거북이는 또 조금 앞을 가고 있다. 그게 무한히 반복되기 때문에 아킬레스는 결코 거북이를 이기지 못한다는 궤변이다. 이 경우, 내가 아킬레스고 책의 결말이 거북이인 셈이다.

어쨌거나 반 정도 읽은 것은 확실하다.

그러나 『열대』와의 이별은 갑작스레 찾아왔다.

백중 연휴가 지나고 아침에 일어나 보니 분명히 머리맡에 두었을 『열대』가 보이지 않았다. 이상하게 생각해 방 안을 찾아봐도 없었다. 아르바이트하고 돌아와 한 번 더 찾아봤지만 역시 찾지 못했다. 어쩌면 가지고 나갔다가 어딘가에 두고 왔을지도 모른다. 나는 아르바이트하는 초밥집 점장의 책상을 열어보고, 단골 카레 가게와 비디오 대여점에 두고 가지 않았는지 물어보고, 생협 식당 테이블 밑을 들여다보고, 온갖 곳을 다 찾았다. 그러나 노력도 헛되이 사흘째 되는 날 밤, 나는 마침내 『열대』를 분실했다는 사실을 인정할 수밖에 없었다.

'하는 수 없지. 어디서 눈에 보이면 한 권 새로 사야겠군.'

그렇게 생각했다.

정말이지 아무것도 몰랐다.

그로부터 16년이 흘렀다. 그동안 헌책방을 돌아다니고 고서시장을 헤매고 도서관을 찾아가고 인터넷을 뒤져봤지만, 『열대』에 대한 단서를 찾지 못했다. 2003년 나는 소설가로 데뷔해 이윽고 대학원을 졸업하고 국립 국회도서관에 취직했다. 도쿄로 전근한 뒤로 『열대』를 찾아 진보정을 헤매고 다닌 적도 있다. 그러나 세계 최대의 고서점 거리도 내게 『열대』를 주지 않았다.

그런 이유로 나는 『열대』의 결말을 모른다.

일주일 지난 8월 초, 나는 도쿄로 갔다.

그날은 볼일 몇 가지를 처리한 뒤 국회도서관에서 함께 근무했던 옛 동료를 만날 계획이었다. 도서관을 퇴직하고 2011년 가을에 도쿄 센다기를 떠나 고향 나라로 돌아온 뒤로 벌써 7년이 지났다.

저녁이 다 되어 나는 진보정에 들러 산세이도 서점을 돌아다녔다.

그 뒤 야스쿠니 거리에 있는 비어홀 '런천'으로 갔다. 안쪽 테이블에서 노년으로 보이는 남자 몇몇이 떠들썩하게 이야기하고 있었다. 아마 동창회일 것이다. 바깥 거리 쪽 테이블에 분게이순주의 담당 편집자가 보였다. 나는 인사를 건네는 편집자 맞은편에 앉았다. 야스쿠니 거리 건너편에 쇼센 그란데 서점과 고미야마 서점의 간판이 보였다.

"어떠세요, 모리미 씨?"

"아무리 기다려도 항해를 떠나기 좋은 날이 안 오는군요. 그저 하염없이 『천일야화』만 읽고 있습니다."

"자포자기할 때가 아니라고요."

첫 작품 『태양의 탑』이 출판된 지 어느새 15년, 때 묻지 않은 순진함만을 내세워 타인의 호의에 기대는 것이 슬슬 보기 흉해진다. 그렇다고 베테랑이라 하기에는 아직 멀고도 험한 길을 가야 하는 어중간한 상황으로, 내막을 폭로하자면 이미 꽤 오래전부터 힘이 달렸다. 과거 가모천을 뒹구는 돌멩이에 필적하는 무명 생활을 만끽하던 시절에 미모의 편집자에게 "나 당신(의 원고)한테 관심 있는데"라는 말을 듣는 장면을 망상하며 코피 쏟을 뻔했던 사이비 문학청년도, 이제 쓸 수 있는 것을 닥치는 대로 쓴 끝에 단물 다 빠진 껍데기만 남았다. 사막같이 메마른 마음에 망상이 숨어든다. '마감'이라는 개념이 바로 세상에 만연하는 모든 악의 근원이라는 망상이.

"……그런 이야기입니다."

"그렇지만 마감이 없으면 안 쓰시잖아요."

"마감이 있으면 쓴다는 발상은 너무 단순합니다. 애초에 쓰기만 하면 된다는 게 잘못된 생각이죠. 쓰느냐 마느냐 그것이 문제로다."

"잠깐, 잠깐만요. 그건 위험한 논의인데요." 편집자는 손을 들었다. "진정하세요."

다음 작품을 둘러싼 고착 상태를 타개하기 위한 만남인데, 나는 마감에 대한 증오심에 이성을 잃은 상황이니 이대로 논의를 계속한들 의미가 없는 것은 명백했다. 현명한 편집자는 보기 좋게 화제를 돌려 지난번 전화로 잠깐 언급했던 소설 『열대』 이야기를 꺼냈다.

"그 소설에 대해 조사해 봤는데요."

"……어떻습니까?"

"제목이 같은 책은 있었어요. 그렇지만 모리미 씨가 말씀하셨던 작품은 못 찾았거든요. 아는 소설가나 편집자한테도 물어봤는데 사야마 쇼이치라는 소설가는 아무도 모르던데요. 대체 어떤 사람일까요."

"아아, 다행이다."

"뭐가 다행인데요?"

"수수께끼가 쉽게 풀리면 낭만이 없죠."

"그것도 그러네요." 편집자는 말했다. "아무튼 널리 유포된 책이 아닌 건 확실해요. 주위 사람들에게만 돌린 자비 출판물 같은 책일지도……. 1982년에 출판됐다면 지금(2018년)으로부터 36년 전이잖아요? 이거 좀 골치 아프네요. 수수께끼의 책인데요!"

편집자는 그렇게 말하며 재미있어했다.

빨간 조끼를 입고 검정 나비넥타이를 맨 점원이 송아지 고기 커틀릿과 아스파라거스를 내왔다. 나는 바이얼리스로 목을 축이며 편집자에게 『열대』의 실물에 관해 설명했다. 사이즈는 문고본보다 세로로 조금 길고, 표지에는 붉은색과 녹색 기하학 무늬 몇 개가 그려져 있고, 무뚝뚝한 활자로 제목과 작가 이름이 찍혀 있었다. 출간된 해를 기억하는 것을 보면 판권 페이지를 봤다는 뜻일 텐데 출판사 이름은 기억나지 않았다.

편집자는 노트에 메모하며 말했다.

"그래서 『열대』는 어떤 소설이었는데요?"

"그게 참 설명하기 쉽지 않습니다. 애초에 끝까지 읽지도 못했고 말이죠."

"헉, 진짜요?"

"네, 진짜로. 이것도 이상한 이야기인데 말입니다."

나는 학창 시절 경험한 『열대』와의 만남과 이별을 이야기했다. 편집자는 "좀 믿기 어려운 이야기인데요"라며 의심하듯 물었다. "그거 망상 아닌가요?"

"아뇨, 정말 있었던 일입니다."

"그렇다면 읽어보고 싶네요."

"그렇죠? 그렇겠죠?"

편집자는 송아지 고기 커틀릿을 먹으며 중얼거렸다.

"가령……."

"가령?"

"다음 작품으로 『열대』에 관해 쓰는 건 어떨까요?"

"……그렇지만 『열대』를 다 읽지 못했는데요."

"그러니까 환상의 소설에 관한 소설인 거예요."

나는 살짝 구미가 당겨 생각해 봤다. 아닌 게 아니라 '환상의 소설'이라는 아이디어는 소설가라면 한 번은 써보고 싶은 것일지도 모른다. 그런 제재를 고르면 소설을 읽는 것, 쓰는 것에 대해 이래저래 망상할 수 있을 것이다.

"그럼 좀 생각해 볼까요." 나는 그렇게 중얼거리고는 실내를 둘러봤다. 안쪽 테이블을 차지하고 앉은 동창회는 여전히 떠들썩했다.

"……잘될지 아닐지 모르는데요."

"지금까지도 그랬잖아요. 모험이라고요."

"뭐, 그건 그렇죠."

"사야마 쇼이치라는 건 필명이 아닐까 싶거든요. 전 『열대』에 관해 조사해 볼 테니까 모리미 씨는 다음 작품을 생각해 보세요. 마감 문제는 일단 제쳐놓고요."

런천에서 나오자 야스쿠니 거리에는 쪽빛 어스름이 드리워져 있었다. 거리의 불빛이 하나둘 들어오기 시작했다. 건물 사이로 부는 바람은 의외로 시원했다.

"이 다음 일정은 어떻게 되세요?"

"수수께끼 독서 모임에 간답니다."

"어머나, 재미있겠는데요."

"저도 집에 틀어박혀 있기만 하는 게 아닙니다. 가끔은 작품의 힌트를 찾아 탐험을 떠나죠. 도서관 근무할 때 함께 일했던 동료가 데려가 준답니다."

"다음 작품에도 도움이 될지 모르겠네요."

이윽고 스루가다이시타 교차로에 이르렀다.

헤어질 때 편집자는 재차 다짐을 두었다.

"진짜 잘 좀 부탁드려요. 『천일야화』도 적당히 보시고요……."

나는 지요다선을 타고 메이지 신궁 앞에서 내렸다.

만나기로 한 친구는 개표구 앞에서 기다리고 있었다. 나가타정의 국회도서관에서 근무하는 그는 과거 내가 정보시스템 과에서 일할 때 같은 팀이던 옛 동료다.

우리는 인사를 주고받고 걸음을 뗐다.

“장소는 어디입니까?”

“오모테산도 근처 찻집 같던데. 자, 이게 약도.”

“뭐랄까, 저하고는 안 어울리는 장소 같군요.”

“뭐든 경험하고 볼 일이야, 모리민. 신작 쓰는 데 꼭 도움이 될걸.”

왜 그런지 그는 나를 ‘모리민’이라고 불렀다. 무민 캐릭터의 아종 같은데, 아닌 게 아니라 소설가란 공상 속 동물이나 다름없으니 인류보다는 무민에 가깝다. 신작도 쓰지 못하는 나는 특히 그럴 것이다.

친구는 와인과 독서를 사랑하는 사람인데 이상하게 인맥이 넓은 것으로도 유명했다. 도대체 어떻게 만났는지 애니메이션 감독에, 레스토랑 주인에, 편집자에, 변호사까지 인맥의 범위가 자유자재다. 그날 밤 우리가 가는 ‘침묵 독서회’에 대한 소문도 그 인맥의 저편에서 들려온 것이었다.

침묵 독서회란 대체 무엇인가.

“나도 한 번 구경한 것뿐인데”라며 그는 말을 꺼냈다.

어떤 '수수께끼'가 있는 책을 가지고 모여 이야기를 나누는 모임이라고 했다. 그게 어떤 수수께끼인지는 각 참가자의 해석에 맡긴다. 가령 친구는 그날 기다 준이치로가 엮은 『수수께끼 이야기謎の物語』를, 나는 『천일야화』를 가지고 있었다. 꼭 소설에만 국한되는 것은 아니고 철학 서적이든 만화든 상관없다. 거기에 수수께끼가 있다고 해석할 수 있다면 어떤 책이든 다 된다. 단, 참가자는 그게 어떤 수수께끼인지 이야기할 수 있어야 한다.

재미있는 것은 그렇게 해서 모은 수수께끼를 푸는 게 '금지'된다는 점이다. 아무리 평범한 수수께끼라도 괜히 나서서 그것을 해결하는 것은 에티켓에 어긋난다. 그 대신 그 책에 들어 있는 다른 수수께끼, 거기에서 파생되는 다른 수수께끼, 연상되는 다른 책에 관해서는 얼마든지 이야기할 수 있다. 그게 절대적인 규칙이다.

"그래도 독서회니까 말을 할 것 아닙니까." 나는 말했다. "어째서 '침묵'일까요?"

"이야기할 수 없는 것 앞에서 사람은 침묵해야 하기 때문 아닐까?"

"어이쿠, 그런 세련된 말을 다 할 줄 압니까."

"나도 가끔은 세련된 말을 한다고, 모리민."

어스름이 깔린 오모테산도는 가로수길 양옆으로 화려한 점포들의 조명이 반짝였다. 전에 도쿄에 살았을 때도 거의 연이 없었던 지역이다.

국회도서관에서 근무했을 당시 친구는 내 옆자리였다. 그는 책상에 좋아하는 책을 진열하는 버릇이 있었다. 프로그래밍과 디자인, 세계의 건축물 사진집, 효율적으로 회의하는 법 같은 다양한 책이 놓인 가운데, 그가 마음에 들어 하는 책은 특히 눈에 띄는 자리에 있었다. 내가 재직 중에 낸 책도 한구석에 있었던 것은 그리운 추억이다.

오모테산도를 걸으며 나는 환상의 소설을 둘러싼 소설을 생각했다. 친구에게 『열대』 이야기를 하자 그도 호기심을 보였다.

"아깝군. 그 책이 여기 있었으면 '침묵 독서회'에 안성맞춤일 텐데."

"그렇지만 실물이 손에 들어오면 수수께끼가 아니지 않습니까. 어디론가 사라져선 아직도 못 찾고 있다는 게 수수께끼인데요."

"아, 그런가. 그거 딜레마인걸."

"그렇죠."

"우리 도서관에서도 조사해 봤겠지?"

"없더군요."

"뭐, 국회도서관이라고 모든 책이 다 있는 건 아니니까. 지방 출판물이라든지 자비 출판물은 납본되지 않을 가능성이 얼마든지 있지."

"그렇겠죠."

"그나저나 이상하네. 개인에게 30년은 긴 세월이지만 책은 꼭 그렇지도 않잖아. 실물을 입수하지 못해도 저자라든지 읽은 사람이라든지 흔적 정도는 발견할 수 있을 만도 한데. 아무 흔적도 없다는 건 정말 수수께끼야. 역시 침묵 독서회에 어울리는 안건이다 싶은데."

우리는 찬연히 빛나는 오모테산도 힐스를 지나 크리스티앙 디오르 앞에 접어들었다. 눈부신 빛으로 가득한 내부는 어쩐지 꿈속 풍경 같았다.

그곳 모퉁이를 끼고 오른쪽으로 돌자 거기서부터는 좁은 골목길이 이어져 점점 거리가 미로 같아졌다. 오모테산도의 번화함은 금세 멀어지고 어둠이 한층 짙어졌다.

구불구불한 골목을 따라가니 유리벽 건물 2층에서 미녀들이 머리를 손질하거나 노출 콘크리트의 반지하 공간에서 화이트보드를 놓고 수수께끼 같은 회의를 하는 모습이 보였다. 그렇게 비밀스러운 느낌의 뒷골목을 지나 단독주택이 늘어선 조용한 주택가에 들어섰다.

그리고 침묵 독서회가 열리는 찻집에 다다랐다.

벽에 넝쿨이 감기고 둥근 창문이 난 오래된 서양식 2층집이었다. 1층 출창으로 흘러나오는 불빛이 앞마당의 울창한 나무들을 비추어 그곳만 숲속처럼 느껴졌다. 앞마당에 하얀 테이블이 몇 개 놓여 있었다. 우리는 마당을 지나 현관 앞에 섰다. '임시 휴업'이라고 분필로 쓴 작은 칠판이 문 옆에 세워져 있었다.

"꽤 멋진 곳인데요."

"늘 이곳에서 하는 모양이야. 주인이 독서 모임 주최자거든."

"이상한 나라의 입구 같은 느낌입니다."

그렇게 해서 우리는 침묵 독서회에 발을 들였다.

친구의 소개로 검은 수염이 인상적인 주인에게 인사한 뒤 실내를 둘러봤다. 찻집은 바닥과 벽에 널을 댄 방 몇 개로 나뉘어 있었다. 모임의 참가자는 우리를 포함해 스무 명쯤 돼 보였다. 단둘이 진지하게 이야기하는 사람들이 있는가 하면 다섯 명쯤 모여 활발하게 이야기하는 사람들도 있었다. 어린애는 없어도 대학생으로 보이는 젊은이부터 노인에 이르기까지 연령도 가지각색이라 미국 영화에 나오는 홈 파티 장면이 생각났다. 이 독서 모임에서는 어느 그룹에나 참가할 수 있었고 원하면 다른 그룹으로 옮겨갈 수도 있었다. 타인이 가져온 '수수께끼'를 풀지만 않는 한. 그게 유일한 규칙이었다.

이윽고 우리도 어느 그룹에 참가했다.

백발 남자가 오카모토 기도의 괴담에 관해 이야기하는 중이었다. 거기서 아서 매컨의 『괴기 클럽The Three Impostors The Great Return』 이야기로 넘어가고, 나아가 햐쿠모노가타리에 관한 이야기로 넘어갔다. 마침 적당한 전개다 싶어 나는 『천일야화』에 관한 이야기를 꺼냈다.

"유명한 이야기일지도 모르겠습니다만……."

소위 『아라비안나이트』에서 인기 있는 「신드바드」「알라딘」「알리바바」는 모두 본래는 『천일야화』에 없다. 그것들은 17세기 이후 『천일야화』가 서양에 소개되는 과정에서 들어간 이야기다. 「신드바드」는 원래 다른 사본이었고 「알라딘」과 「알리바바」는 출처가 된 사본조차 발견되지 않아 '고아 이야기'라고 불린다. 현재 우리가 『천일야화』라고 생각하는 책의 내용은 그런 태생을 잘 알 수 없는 이야기를 흡수해 확장된 것이다.

내가 그렇게 벼락치기로 얻은 지식을 선보이자 거기서부터 화제가 이어졌다. 가짜 사본에서 연상해 '보이니치 사본' 이야기를 하는 사람이 있는가 하면 『사라고사에서 발견된 원고』라는 기묘한 소설을 소개해 주는 사람도 있었다. 폴란드의 얀 포토츠키라는 인물이 19세기 초에 쓴 작품인데, 『천일야화』보다도 복잡기괴한 액자식 구조를 가지는 장대한 환상 소설이라고 했다. 포토츠키 씨 본인부터가 기괴한 소설의 등장인물 같은 사람으로, 만년에 자신이 늑대인간이 됐다고 생각해 은 탄환으로 자살했다고 한다.

이런 이야기를 하다 보면 끝이 없다.

한 시간쯤 지나서 나는 화장실에 갔다.

볼일을 보고 돌아오다가 문득 계단 밑에 멈춰 섰다. 묘하게 마음이 끌리는 계단이었다. 흐릿하게 빛나는 나무 난간이 있고, 작고 둥근 창문이 있는 계단참에서 오른쪽으로 돌면 불빛이 없는 2층으로 이어졌다. 계단참에는 작은 테이블이 놓여 있고 빨간 유리 갓을 씌운 램프가 물기를 머금은 듯한 빛을 발하고 있었다. 굵은 금빛 로프로 계단 입구를 막아놓은 것을 보면 2층으로 올라가면 안 되는 것 같았다.

어두운 2층에서 소리가 들리는지 나는 잠시 귀를 기울여 봤다. 소리는 들리지 않는데 어쩐지 인기척은 나는 것도 같았다. 혹시 또 하나의 이상한 독서 모임이 지금 2층에서 열리고 있다면……. 이런 망상에서 출발해 소설이 시작되곤 한다.

그때 뒤에서 목소리가 들렸다.

"왜 그러시죠?"

돌아보자 주인이 서 있었다.

나는 직업상 종종 망상에 빠지곤 하는데, 그런 때 "뭘 하고 있었나?" 하고 묻는 것보다 더 난처한 일은 없다. 도둑질할 집을 물색하다가 경찰관을 만난 도둑이 된 셈이다. 나는 횡설수설 "램프가 근사하군요"라고 중얼거렸다. 주인은 "네" 하며 계단을 올려다봤다.

"제가 어렸을 때부터 있었답니다."

"부모님 댁이었습니까?"

주인은 10년 전 이 집을 부모에게 물려받아 찻집을 열었다고 말했다. 이렇게 사적으로 독서 모임을 여는 것 외에도 잡지나 텔레비전 촬영을 위해 공간을 빌려주기도 하고, 이벤트를 기획할 때도 많다고 했다. "역사라고 할 정도는 아니지만 이 집도 이제 일흔 살 가까이 됐을 겁니다. 물론 가게를 열 때 여기저기 손보기는 했어요. 그렇지만 이 계단은 거의 예전 그대로랍니다. 어렸을 때는 이 계단이 무섭더군요. 계단참의 램프도 섬뜩하고, 어두운 2층도 오싹하고요."

"그러게요, 어린애한테는 무서울 겁니다."

"정말 무서움을 많이 타는 애였거든요."

주인의 외모를 보고 무서움 타는 어린애를 상상하기는 쉽지 않았다. 다부지고 실팍한 체격에 얼굴은 새카맣고 짙은 수염으로 덮여 있었다. '남극 탐험대에 소속된 곰' 같았다.

"'귀꼬리'라고 압니까?"

갑자기 주인이 물었다.

"귀꼬리요?"

"그림책에 나오는 괴물인데요."

"……아뇨, 모릅니다."

"아마도 도서관에서 여동생이 빌려왔던 것 같은데, 어렸을 때 읽었거든요. 숲속 작은 오두막집을 찾아오는 괴물 이야기죠. 어떻게 생겼는지도 모르고 물론 정체도 몰라요. 좌우지간 무서운 이야기였습니다. 그날은 마침 어머니가 외출하고 없는데 동생이 졸라서 읽어줬거든요. 그런데 너무 무서워서 전 끝까지 못 읽고 책을 확 덮어 소파 틈에 쑤셔 넣었습니다. 그러고 둘이 숨죽이고 있는데 어쩐지 2층에서 소리가 들리는 겁니다. 우리는 용기를 내서 이 계단 밑까지 와봤습니다. 해 질 때였으니까 2층은 어두웠거든요. 그런데 계단 밑에 서 있으려니까 2층에서 귀꼬리가 돌아다니는 게 느껴지는 겁니다. 당장에라도 계단을 내려올 것 같다, 내려올 것 같다, 생각하면서도 우리는 꼼짝할 수 없었습니다. 어머니가 집에 올 때까지요."

나도 비슷한 경험을 한 적이 있는 듯했다.

"결국 2층에는 아무도 없었지만 말이에요"라며 주인은 작게 웃었다.

"그 뒤로 읽은 적이 없습니다. 지금도 귀꼬리는 수수께끼죠."

"한 번 더 읽어보고 싶다는 생각은 없으십니까."

"그건 싫은데요. 귀꼬리의 정체가 알고 보니 시시한 거면 내 어린 시절 자체가 시들어 버릴 것 같아요. 그건 저한테 소중한 추억이거든요. 그러니까 이제 와서 다시 그 책을 읽어볼 생각은 없고, 이 계단이나 계단참을 제가 어렸을 때 봤던 모습 그대로 유지하고 있죠. 수수께끼는 수수께끼인 채로 두는 게 중요한 겁니다."

그제야 나는 주인이 하려는 말을 이해했다.

"아하, 그래서 '침묵' 독서회군요."

주인은 득의양양하게 고개를 끄덕였다.

"우리는 책이라는 걸 해석하잖습니까? 그건 책에 관해 우리가 의미를 부여한다는 뜻입니다. 그것도 괜찮아요. 책이라는 게 우리 인생에 종속되는 존재고 그걸 실생활에 활용하는 것을 '독서'라고 생각한다면, 그런 식으로 책을 읽는 것도 틀리진 않죠. 하지만 반대 패턴도 생각할 수 있잖아요? 우리 인생의 바깥쪽, 한 단 높은 곳에 책이 존재하고 우리에게 의미를 부여한다는 패턴이죠. 그런데 그 경우 우리한테는 그 책이 수수께끼로 보이거든요. 수수께끼를 해석할 수 있다고 생각하면 그 시점에서 우리가 그 책에 관해 의미를 부여하는 게 되고 맙니다. 그래서 생각했어요. 만약 여러 책이 내포하고 있는 수수께끼를 해석하지 않고 수수께끼인 채로 수집하면 어떻게 될까. 수수께끼를 수수께끼인 채로 이야기하는 겁니다. 그럼 세계의 중심에 있는 수수께끼의 덩어리, 시커먼 달 같은 게 떠오를 것 같지 않나요?"

주인의 오랜 지론인 걸까. 침묵 독서회라는 색다른 독서 모임을 주최하는 사람다웠다.

어안이 벙벙해 쳐다보고 있으려니 주인은 명랑하게 내 어깨를 두드렸다.

"어쨌든 그런 식이니까 즐기다 가세요."

그러고는 계단 밑 로프를 넘어 가벼운 몸놀림으로 2층을 향해 뛰어 올라갔다. 그가 사라진 뒤로도 2층은 여전히 조용했고 불이 들어오지도 않았다. 흡사 너구리나 여우에게 홀린 기분이었다. 하지만 이곳은 도쿄 한복판의 찻집이다.

나는 현관 옆 창문으로 다가가 앞마당의 나무들을 바라봤다.

수수께끼의 책에 관해 이야기를 주고받는 사람들의 목소리가 다시 들려왔다.

어쩐지 이야기의 한 장면 같았다.

원래 있던 곳으로 돌아오다가 한 그룹에 시선이 갔다.

앞마당을 내다보는 큰 창문 앞 소파에 남녀 다섯 명이 마주 앉아 있었다. 한 남자가 그리스 철학에 관해 열심히 이야기하고 있었다.

'이거 또 난해한 이야기를 하는군…….'

나는 멈춰 서서 귀를 기울였다.

그때 소파 안쪽에 앉은 여자가 눈에 들어왔다. 체격이 작고 이십 대 중반쯤 되어 보이는 여자였는데, 호기심에 반짝이는 눈이 생기 넘쳤다. 분명히 매력적인 외모였지만 그보다 더 내 관심을 끈 것은 그녀가 무릎 위에 올려놓은 책이었다. 문고본보다 세로로 조금 긴 사이즈, 녹색과 붉은색의 기하학무늬가 인쇄된 표지가 눈에 익었다.

설마 그럴 리가.

이윽고 그녀는 내 뜨거운 시선을 알아차리고 의아한 표정으로 쳐다봤다. 그녀가 책을 다른 손으로 바꿔 들면서 제목이 정확히 눈에 들어왔다.

사야마 쇼이치의 『열대』였다.

나는 너무 놀라 말을 걸 수도 없었다. 서둘러 그곳을 벗어나서 원래 자리로 돌아와 친구에게 귓속말로 속삭였다.

"큰일 났는데요."

"뭐가? 무슨 말썽이라도 생겼어?"

"『열대』를 발견했습니다."

친구는 놀라 몸을 일으켰다. "정말로?"

"저기 창가 쪽 그룹에 있는 여자가 갖고 있습니다."

"무슨 그런…… 환상의 책이라며?"

"엄청난 우연입니다."

"아무리 그래도, 그런 우연이 어디 있다고. 잘못 본 거 아니야?" 친구는 의심스레 말했다.

"말을 걸어볼까 하는데요."

"……좋아, 나도 같이 가자고."

우리는 그룹 사람들에게 작별 인사를 하고 조금 전 그룹으로 다가갔다. 그리스 철학에 관해 이야기하던 남자는 우리를 보고 입을 다물었다. 나는 "말씀하시는 중에 죄송합니다"라고 운을 뗀 뒤 여자에게 말했다.

"그 책이 아무래도 마음에 걸려서 말입니다."

그녀는 경계하듯 『열대』를 가슴에 끌어안았다.

"이 책이요?"

"저한테 중요한 책이거든요."

"이 책을 읽은 적이 있어요?"

"……네."

"정말요? 제대로 읽은 건가요?"

그녀는 큰 눈으로 나를 똑바로 쳐다봤다. 그렇게 확인까지 하니 나는 멈칫하고 말았다. 『열대』를 끝까지 읽지는 못했다. 여기서는 솔직하게 이야기하는 게 좋겠지 싶어 "중간까지입니다만" 하고 덧붙였다.

"그래요?"

그녀는 잠자코 내 얼굴을 쳐다봤다. 그대로 휙 어디론가 가버릴 듯한 낌새에 불안했지만 그녀는 뜻밖에 생긋 웃었다.

"그럼 어떤 책인지 가르쳐 주시겠어요?"

그녀는 도전적으로 말하며 테이블에 『열대』를 올려놓았다.

그러고는 마치 영화 속 법정 장면에서 선서할 때처럼 표지 위에 손을 바르게 얹었다.

온화한 태도였지만 아무렇게나 말하면 가만 안 둔다는 강한 의지가 느껴졌다. 그리스 철학 남자는 연설을 방해받아 불만인 듯했지만 그래도 우리의 그룹 참가를 허락해 주었다.

나는 가까이 있던 의자를 가져와 앉았다.

"설명하기가 쉽지 않습니다만."

"그건 압니다."

그녀는 엄격한 면접관처럼 매섭게 말했다.

나는 내가 기억하는 『열대』의 내용을 모두 이야기했다. 그동안 그녀는 테이블 위의 『열대』에 손을 올려놓은 채 보일 듯 말 듯 눈썹을 찌푸리고 꼼짝도 하지 않았다. 정말 듣고 있는지 불안해질 정도였다.

16년도 더 전에 읽은 책에 관해 낯선 사람들을 상대로 이야기하려니 영 쉽지 않았다. 늘 내 식으로 책을 읽는 나는 그렇지 않아도 읽은 책의 개요를 잘 설명하지 못했다. 이야기하는 사이에 점점 비참한 기분이 들어 나는 어째서 이런 소설을 16년씩이나 찾았나, 혹시 엄청나게 멍청한 소리를 죽어라 늘어놓고 있는 게 아닌가 하는 생각이 들었다. 기억이 점점 모호해져 "그게 그러니까" "그게 분명히" "어땠더라"를 연발하기 시작해 결국 한마디도 할 수 없게 됐다. 내가 입을 다물자 친구가 팔을 툭 찔렀다.

"그래서 그 다음은?"

"그걸로 끝입니다."

"그게 끝이라고? 모리민!"

"끝까지 못 읽었으니까요. 실물을 읽으면……."

나는 그렇게 말하며 테이블 위의 『열대』를 가리켰다. 그러자 그녀는 『열대』를 집어 다시 품에 안았다.

아아, 이렇게 예의 바르게 행동하고 있건만 왜 나를 경계하는 걸까. 내가 그 정도로 수상쩍은 아저씨로 보이는 걸까.

잠시 침묵한 뒤 그녀는 가볍게 고개를 끄덕였다.

"이 책을 읽은 적이 있다는 말은 사실인 것 같네요."

"물론 사실입니다."

"그렇지만 결말은 모르시죠?"

"그래서 그 책을 끝까지 읽고 싶은 겁니다. 달라고는 안 할 테니까 다 읽었으면 빌려주실 수 있을까요? 아니, 혹시 살 수 있으면……."

"팔 생각은 없어요."

"억지로 부탁드릴 생각은 없습니다. 읽게만 해주시면."

"정말 그렇게 읽고 싶으신가요?" 그녀는 말했다. "실제로 읽어봤더니 당신이 생각하던 것과 전혀 딴판일지도 모르는데요."

그건 확실히 그녀 말이 맞을 것이다. 과거에 걸작이라고 생각했던 책이 세월이 흐르면서 퇴색하는 것은 곧잘 있는 일이다. 과거에는 지루했던 책이 시간이 지나고 다시 읽어보니 재미있더라 하는 일도 있다. 책이란 현재 우리 자신과의 관계 안에서만 '실재한다' 할 수 있을 것이다.

"좀 읽어볼 수 없겠습니까?"

"사실은 저도 이 책을 다 못 읽었거든요."

"얼마든지 기다리겠습니다. 당신이 다 읽을 때까지."

그녀는 기이한 눈빛으로 나를 쳐다봤다. 그걸 어떻게 표현하면 좋을까. 꼭 초등학교 때 선생님이 멀리서 지켜보는 느낌이었다.

"저는 이 책을 끝까지 읽을 수 없을 거예요."

"제가 이런 말을 할 권리가 없다는 건 잘 압니다만, 가능하면 그렇다는 건데요, 혹시 이제 더 읽을 생각이 없으시다는 뜻이라면……."

"당신은 아무것도 모르는군요."

그녀는 손가락을 쳐들고 조용히 말했다.

"이 책을 끝까지 읽은 사람은 없거든요."

찻집을 가득 메우고 있던 속삭이는 목소리가 순간 멀어진 듯했다. 조금 전까지 불만스러워보였던 그리스 철학 남자도 어느새 우리 대화에 관심을 보이고 있었다.

나는 헛기침하며 그녀에게 물었다.

"그게 무슨 뜻인지?"

"말 그대로예요. 이 책은 끝까지 읽을 수 없어요."

"그럼 마지막 페이지를 펴서 읽어보면 되지 않을까요? 어쨌거나 결말이 어떻게 되는지는 알 수 있을 텐데요." 친구가 끼어들었다.

그녀는 냉랭하게 그를 바라봤다.

"마지막 페이지만 읽으면 소설을 읽은 게 되나요? 첫 문장부터 소설 속 세계에 들어가서 마지막 페이지에 도달해야 그 소설을 읽은 거라고 할 수 있지 않나요?"

"으음."

"그렇죠?"

"……아까 한 말은 취소하겠습니다."

친구는 얌전히 후퇴했다.

"『열대』는 소설입니다." 나는 생각에 잠겨 말했다. "소설은 누가 뭘 해서 어떻게 됐다는 식으로 요약해 봤자 별로 의미가 없습니다. 등장인물들과 함께 그 세계에 살면서 푹 빠져 읽는 동안에만 존재한다, 그게 소설에서 가장 중요한 점입니다. 그런데 『열대』는 그런 식으로 읽으면 끝까지 다다를 수 없다는 뜻입니까?"

그녀는 수수께끼 같은 미소를 띠고 있었다.

"당신도 끝까지 못 읽었잖아요?"

"그건 제가 『열대』를 분실하는 바람에……."

"우리 말고도 『열대』를 읽은 사람들을 알아요. 하지만 그 사람들 중에도 끝까지 다 읽었다는 사람은 한 명도 없어요."

"읽은 사람들이 또 있습니까?"

"물론이에요. 그 사람들은 학파를 조직했답니다. 사실 저는 그 사람들한테서 『열대』의 수수께끼에 관해 들었어요. 『열대』는 수수께끼의 책이거든요."

"수수께끼의 책……."

내가 중얼거리자 그녀는 고개를 끄덕였다.

"제가 여기에 이 책을 가져온 이유를 아시겠죠? 이 세계의 중심에는 수수께끼가 있습니다. 『열대』는 그 수수께끼와 관계있어요."

"아주 흥미로운 이야기군요."

"알고 싶으신가요?"

"여기서 이야기를 멈추면 고문이나 다름없습니다."

어느새 주인이 우리 곁에 서 있었다. 그는 은색 포트에 든 커피를 잔에 따르며 말했다. "오늘은 나도 이 그룹에 참가할까요?" 주인이 이야기 들을 준비가 되기를 기다린 뒤 그녀는 『열대』를 다시 테이블에 내려놓았다.

"이 소설은 이런 말로 시작된답니다." 그녀는 우리를 둘러보며 입을 열었다. "너와 관계없는 일을 이야기하지 말라."

그때 남양의 섬에 펼쳐진 선명한 정경이 눈앞을 스쳤다. 눈부시게 빛나는 하얀 모래사장, 어두운 밀림, 맑은 바다에 뜬 불가사의한 섬들, 뺨에 부는 바람의 감촉까지. 기억날 듯했다. 『열대』를 읽은 16년 전 여름, 나는 분명히 그 바닷가에 서 있었다. 드디어 수수께끼가 풀릴 때가 왔다는 기대감에 가슴이 설레는 한편, 지금부터 듣게 될 이야기는 새로운 수수께끼의 시작에 불과하지 않을까 하는 예감도 있었다.

셰에라자드의 말이 뇌리에 떠올랐다.

'제 당연한 소임으로서 기꺼이 이야기해 드리지요. 훌륭하시고 고상하신 왕께서 허락해 주신다면!'

이리하여 그녀는 이야기를 시작해, 여기에 『열대』의 문이 열린다.

제 2 장 학파의 남자

"소설 같은 거 읽지 않아도 살 수 있어요."

시라이시 씨는 그런 말로 이야기를 시작했다.

그런 그녀도 학창 시절에는 나름대로 다양한 소설을 읽었다고 했다.

그러나 대학을 졸업하고 취직하자 일과 관련 있는 책을 읽는 게 고작인 상황이 됐다. 유익한 책은 한도 끝도 없이 많았던 터라 그녀는 팔을 걷어붙이고 지식을 흡수했다. 바쁘게 생활하는 사이에 소설을 읽는 습관을 잃고 말았다.

"소설 같은 거 읽지 않아도 살 수 있어요."

시라이시 씨는 다시 한번 말했다.

"그런데 정말 그럴까요?"

시라이시 씨가 다시 소설을 읽게 된 것은 이런저런 사정으로 첫 직장을 그만둔 다음이었다. 얼마 동안 고이시카와에 있는 본가에서 울적하게 지내다가 작년 가을경 다시 활동을 시작했다. 그녀는 사회 복귀의 첫걸음으로, 유라쿠정에 위치한 삼촌이 운영하는 철도 모형 상점에서 일을 거들기로 했다.

모형 상점은 지하상가에 있었는데, 손님이 끊임없이 오는 곳은 아니었다. 가끔은 가게 전체가 거대한 모형처럼 한산할 때도 있었다. 그런 때는 그녀도 의자에 앉아 꼼짝하지 않은 채 두꺼운 카탈로그를 펴서 열심히 보곤 했다.

그런 하루하루가 두 달쯤 지난 어느 날, 그녀는 문득 '오랜만에 소설이라도 읽어볼까' 싶어 점심시간에 산세이도 서점으로 가서 문고본을 샀다.

아사다 지로의 『프리즌 호텔 1』이었다.

손님이 적은 이른 오후, 몰래 문고본을 열심히 읽던 그녀는 반쯤 읽다 말고 일어나 가게 안을 회유어처럼 빙글빙글 돌기 시작했다. '소설이 이런 거였던가?' 하고 놀랐다. '소설을 읽는 것은 즐겁다'라는 엄연한 사실에 새삼 압도된 것이다. 거의 5년 가까이 연료도 없이 방치되어 있던 내연 기관이 책 한 권을 계기로 찰캉찰캉 움직이기 시작한 느낌이었다.

『프리즌 호텔 1』을 다 읽은 그녀는 어스름이 깔리는 유라쿠정 철교 밑을 지나 산세이도 서점으로 달려갔다. 그리고 후속작 세 권을 모두 샀다. 도쿄 교통회관 지하의 기름 라면 집에 줄 서서 기다리며 읽고, 고이시카와의 집으로 돌아와서도 읽고, 이튿날 철도 모형 상점에서도 읽고, 그날 밤에도 읽어 그다음 날 해 질 녘까지 문고본 네 권을 모두 읽었다. '읽을 게 다 떨어졌다'라는 서운함에 다시 산세이도 서점을 찾아가…… 이하 반복이다.

"그 뒤로 저는 몇 년간의 공백을 메우려는 것처럼 열심히 책을 읽었습니다. 가게를 보면서 읽고, 휴식 시간엔 지하상가 음식점에서 뭔가 먹으면서 읽고, 집에 오는 길에도 읽었어요. 집에 와서 저녁을 먹으면 또 읽었죠. 좌우지간 문장으로 이야기를 읽고 있으면 그걸로 만족했어요. 아닌 게 아니라 소설 없이도 살 수 있습니다. 하지만 재미있는 소설이 이루 다 읽을 수 없을 만큼 있다는 건 무조건 좋은 일, 근사한 일, 다들 애썼다, 인류 만세! 그런 기분이었어요."

그러다가 11월에 들어선 어느 날이었다.

그녀는 계산대에 턱을 괴고 앉아 『로빈슨 크루소』를 읽고 있었다.

책을 읽는 사이에 그녀의 마음은 지하의 한산한 모형 상점에서 다른 세계로 넘어갔다. 깊은 숲을 에워싸는 열기, 끈적하게 들러붙는 듯한 커다란 빗방울. 식물의 큰 잎사귀가 비를 맞아 미지의 생명체의 아가미처럼 흔들리고 있었다. 그녀는 숲을 지나 기분 좋은 동굴에 다다르자 작은 아궁이에서 마른 나뭇가지를 태웠다. 산양 고기 한 점과 건포도, 바다거북 알을 먹고, 연한 나뭇가지를 엮어 바구니를 만들고, 우기가 끝나고 밭에서 보리가 싹을 틔울 날을 상상했다……. 그녀의 마음은 열대의 섬에 있었던지라 손님 목소리를 듣지 못했다.

"여기요, 저, 여기요."

흠칫 놀라 얼굴을 들자 양복 입은 남자가 N 게이지의 시멘트 운반차 두 개 세트를 내밀며 서 있었다. 가끔 보는 단골손님이었다. 시라이시 씨는 얼굴을 붉히며 상품을 계산했다. 남자는 계산대의 문고본을 보고는 “『로빈슨 크루소』군요”라고 말했다.

“기다리시게 해서 죄송합니다.”

“……그 책 재미있죠.”

남자는 중얼거렸다.

그게 이케우치 씨와 이야기하게 된 계기였다.

이케우치 씨의 직장은 같은 건물 5층에 있는 수입 가구 회사였다.

아마 서른 살쯤 됐을 것이다. 그는 늘 거무스름한 양복을 입고 큰 검정 노트를 옆구리에 끼고 있었다. 그 모습을 볼 때마다 시라이시 씨는 초연히 비를 피하는 야윈 새가 생각났다. 하코네 등산 철도 달력에 몰래 표시해 기록한 바에 따르면, 그는 일주일에 두 번, 수요일과 금요일 낮이면 꼭 나타났다.

이윽고 시라이시 씨와 이케우치 씨는 말을 주고받게 됐다.

“어떤 일을 하세요?”

“실은 밀수랍니다.”

그녀는 “그렇군요”라며 고개를 끄덕였다.

잠깐 뒤 이케우치 씨는 정색하고 말했다.

“죄송합니다. 방금 그 말은 농담입니다.”

진짜 직업을 알게 됐을 때도 실감 나지 않았다. 수입 가구점 직원보다 방랑하는 철학자나 밤이면 밤마다 전위적인 소설을 쓰는 소설가가 더 어울릴 것 같았다. 그렇지만 시라이시 씨는 살아 있는 철학자도, 소설가도 만난 적이 없었다. 자신이 일하는 쇼룸에도 와달라고 이케우치 씨가 말했지만, 어쩐지 고급 가구일 것 같아 그녀는 한 번도 가보지 않았다. 어차피 그는 일주일에 두 번은 꼭 모형 상점에 나타나니까.

철도와 독서가 이케우치 씨의 취미였다.

"기차 여행만큼 멋진 게 없어요. 차창을 봐도 즐겁고, 책을 읽어도 즐겁고. 온통 즐거운 것투성이입니다."

이케우치 씨는 책을 꽤 많이 읽는 사람인 듯했다. 잡담을 주고받다 보니 그녀가 읽고 있는 책은 모두 그가 이미 독파했고 언젠가 읽어야지 생각하는 책도 그는 이미 독파했으리라는 생각이 들었다. 그런 것을 경쟁해 봤자 의미가 없다는 것을 머리로는 이해하면서도 다소 분한 게 사람 마음이다.

"어떻게 그렇게 많이 읽으세요?"

"옛날부터 좋아했거든요. 저도 모르게 자꾸 읽게 되는군요."

"바쁘지 않으세요?"

"바쁠 때는 바쁘지만 짬은 얼마든지 낼 수 있으니까요."

퇴근길에 히비야역으로 이어지는 긴 지하도에서 이케우치 씨를 본 적이 한 번 있었다. 그는 왼손에 가방을 들고 오른손으로 문고본을 펴든 채 걷고 있었다. 다수의 사람이 오가는 살풍경한 지하도를 그는 맹렬한 속도로 걸어갔다. 게다가 오른손에 문고본을 든 상태에서 책장을 연신 넘겼다. 그녀는 '어떻게 저런 위험한 행동을!' 하고 조마조마하게 지켜봤지만 이케우치 씨는 아무렇지도 않게 사람들 틈을 빠져나갔다. 지하도를 돌진하는 수수께끼의 독서가는 수수한 느낌의 거무스름한 양복에 로봇 같은 풍모도 거들어 흡사 21세기의 최신형 니노미야 긴지로 동상 같았다.

이케우치 씨에 관해 마음에 걸리는 게 하나 더 있었다.

시라이시 씨가 일하는 유라쿠정 건물 지하, 의원과 여행사가 늘어선 구역에 '메리'라는 고풍스러운 찻집이 있다. 그녀는 오후 2시쯤 점심을 먹으러 나가 빵이 버석버석거리는 마른 샌드위치와 미지근한 커피를 음미하며 문고본을 읽곤 했다.

11월 하순, 그녀는 그 찻집에서 이케우치 씨를 발견했다.

그냥 그것뿐이었다면 이상할 게 없는데, 이케우치 씨와 한 테이블에 앉은 사람들이 그녀의 관심을 끌었다. 베레모를 쓰고 살집이 조금 있는 노년의 남자, 대학생으로 보이는 안경 낀 깡마른 젊은이, 번쩍거리는 반지를 끼고 커피를 마시는 오십 대쯤 된 부인. 시라이시 씨는 세 사람 몰래 각자에게 '베레모 씨' '말라깽이 군' '마담'이라고 소박한 별명을 붙여봤다.

어떻게 봐도 이케우치 씨의 거래처 사람들 같지는 않았다. 친척 느낌도 아니었다. 나이도 분위기도 제각각 다른 게 공통점이 전혀 보이지 않았다.

그들은 커피를 마시며 테이블에 펼친 큰 종이를 둘러싸고 열띤 토론을 벌이고 있었다. 이케우치 씨는 공책을 무릎에 펴 놓고 베레모 씨의 이야기에 맞장구를 쳐가며 메모하고 있었다. 말라깽이 군은 뭔지 모르게 불만스러운 표정으로 가끔씩 참견하는 듯했다. 마담만은 아무 말도 하지 않고 연하게 색을 입힌 안경 렌즈 뒤로 눈을 나른하게 감고 있었다.

'범죄 계획을 세우는 악의 조직인가?'

그때 이케우치 씨가 그녀의 시선을 알아차리고 미소 지었다. 마담이 이를 깨닫고 유색 렌즈 너머로 쳐다봤다. 시라이시 씨는 황급히 문고본으로 시선을 되돌렸다.

어쩐지 봐서는 안 될 것을 본 것 같았다.

12월에도 이케우치 씨는 꼬박꼬박 모형 상점을 찾았다.

정체불명의 모임에 관한 이야기는 한 번도 하지 않았다. 시라이시 씨는 별별 망상을 다 했던 스스로가 부끄러워졌다. 요새 소설을 너무 많이 읽는 바람에, 말하자면 '이야기 신경'이라는 것이 지나치게 예민해졌다.

크리스마스를 앞두고 유라쿠정 일대는 활기를 띠고 있었지만, 지하상가의 모형 상점은 계절의 흐름을 초월한 것처럼 조용했다. '이건 이것대로 마음이 편안해서 좋은데'라고 시라이시 씨는 생각했다. 이케우치 씨는 여전히 규칙적으로 나타나 차내 안내 방송처럼 담담하게 이야기하다가 점심시간이 끝나면 대화를 마치고 직장으로 돌아갔다.

문제가 하나 있다면 점장이었다.

삼촌은 굳이 따지자면 무뚝뚝한 인물로, 친척들 사이에서도 특이한 사람 취급을 받았다. 나이 차가 많이 나지 않는 탓도 있어 그녀와는 옛날부터 죽이 맞았는데, 삼촌은 속으로 '저 남자 손님은 조카를 만나러 오는 것 같다. 그리고 조카도 싫지는 않은 모양이다'라고 생각한 듯했다. 그래서인지 이케우치 씨가 나타나는 시간대가 되면 매번 훌쩍 밖으로 나갔다. 인간관계에 서툰 삼촌에게는 분명 혼신의 배려였겠지만, 시라이시 씨는 그저 '간질간질할' 뿐이었다. 이케우치 씨는 시간표대로 운행되는 열차고, 이 철도 모형 상점은 열차가 정차하는 역이고, 자신은 역무원이다. 통과하는 열차와 역무원 사이에 로맨스는 발생하지 않는다.

그 주 수요일도 낮이 되자 삼촌이 슬그머니 나가려고 했다.

"잠깐 나갔다 올 테니까 가게 부탁한다."

"어디 가려고요?"

"그 뭐냐, 잠깐 볼일이 있어서."

"무슨 볼일이요?"

"무슨 일이긴. 나도 볼일 정도는 있다고."

삼촌은 중얼거리며 나갔다.

이윽고 나타난 이케우치 씨가 조금 걱정스레 말했다.

"요새 점장님이 안 보이는데 잘 지내십니까?"

"여기저기 돌아다니느라 그래요. 뭘 하는지."

"잘 지내시면 됐습니다."

이케우치 씨는 여느 때처럼 천천히 가게 안을 둘러봤다. 시라이시 씨는 『몬테크리스토 백작』을 읽는 척하면서 그를 몰래 관찰했다. 이케우치 씨는 이윽고 옆구리에 끼고 있던 노트를 펴더니 가슴 주머니에서 볼펜을 꺼내 뭔가를 사각사각 적었다. 찻집에서 목격한 수수께끼의 모임이 머리를 스쳤다. 그러고 보면 그 모임에서도 이케우치 씨는 열심히 필기를 했다.

"늘 그 노트를 가지고 다니시네요."

그녀가 말하자 이케우치 씨는 "네?" 하고 놀라더니 다시 손에 든 노트를 봤다. 자신이 메모하던 것을 그제야 비로소 깨달은 사람 같았다.

"이게 없으면 마음이 불안해서 말이죠."

"업무에 쓰시는 거예요?"

"아뇨, 완전히 사적인 노트입니다. 읽은 책에서 발췌한 문장을 베껴 쓴다든지 생각한 걸 쓰곤 하죠."

이케우치 씨는 그렇게 말하며 두꺼운 노트의 페이지를 팔랑팔랑 넘겼다. 줄도 그어지지 않은 하얀 종이가 마치 인쇄한 것처럼 바른 글씨체로 빽빽이 메워져 있었다. 소설을 읽으면서 연표나 등장인물 목록을 만들기도 하는 모양이다. 시라이시 씨는 그런 식으로 소설을 읽은 적이 한 번도 없었다. 이케우치 씨가 '메모'파라면 시라이시 씨는 말하자면 '일심불란'파 독서가였다.

"약간 입시 공부 같네요."

"품을 들이는 편이 재미있는 경우도 있습니다. 톨스토이의 『전쟁과 평화』를 읽을 때 말이죠, 인물표도 만들지 않고 그 막대한 등장인물들을 파악하기는 쉽지 않거든요. 주요 인물만이라도 메모해 두면 훨씬 읽기 수월해지죠."

"글쿠나."

"'글쿠나'가 뭡니까?"

"그렇구나, 라는 뜻이에요, 이케우치 씨."

"아아, 그렇군요, 글쿠나……."

"그렇지만 저 같으면 인물이 복잡하게 뒤엉키기 전에 빨리 읽어버리겠어요."

"그것도 하나의 스타일이죠. 사람마다 다 다른 겁니다."

이케우치 씨는 심금을 울리는 문장을 노트에 베끼는 게 즐거움이라고 했다. 그렇게 문장들이 적힌 노트를 들고 다니면서 틈만 나면 문장을 읽는다. 어느 문장이나 자신이 품을 들여 베껴 적은 것, 피가 되고 살이 되어야 할 문장이다. 자신이 고른 문장으로 자기 자신을 만들어 간다. 그 작업이 눈에 보이는 형태로 노트에 기록된다. 그게 너무나도 믿음직스럽게 느껴져 마음이 무척 편안해진다고 했다.

"노트가 얼마 남지 않으면 불안합니다. 노트가 다 차면, 그때까지 적어놓은 문장을 가지고 다닐 수 없게 되니까요. 소위 거함거포주의라고 할까요."

"하지만 그럼 더더욱 이별이 힘들지 않나요?"

"바로 그겁니다! 그래서 정말이지 딜레마예요. 아주 난감한 일입니다."

이케우치 씨는 그렇게 말하며 노트를 쓰다듬었다. 아직 절반 정도만 쓴 것 같으니 당분간 그도 평온한 마음으로 지낼 수 있을 것 같았다.

"저도 그 정도로 끈기가 있으면 좋겠는데요."

"그렇지만 시라이시 씨, 이건 습관의 문제이기도 할 겁니다. 학창 시절 은사가 권해준 방법인데, 당시엔 그저 귀찮기만 했거든요. 그런데 일단 습관이 드니 힘들지도 않고 오히려 즐겁습니다. 왜 바로 은사의 말을 듣지 않았을까 싶어요. 학창 시절 때부터 노트를 썼다면 지금쯤 저도 자신감 넘치는 사람이었을지도 모르겠어요."

"웬걸요, 지금도 충분히 자신감 있어 보이시는데요?"

"웬걸요, 속은 정말이지 한심이입니다."

"한심이!"

시라이시 씨는 저도 모르게 웃고 말았다. 그럼 무슨 계기로 노트를 쓰게 됐느냐고 물었다.

이케우치 씨는 "그게 좀 묘한 경위랍니다"라며 이야기를 시작했다.

5년 전 늦가을이었다.

절을 보러 나라로 여행 간 이케우치 씨는 사루사와 연못 근처에 있는 비즈니스호텔에 숙소를 잡고 고후쿠사寺와 도다이사, 신야쿠시사 등을 둘러보고 다녔다. 민가 처마 밑에 매달아 놓은 곶감, 석양에 물든 오래된 토담, 오구나무 가지 끝에 도돌도돌 보이는 하얀 씨앗. 신야쿠시사의 산문 앞에는 작은 안내

소가 있었는데 창구에 앉은 여자는 졸고 있었다. 이케우치 씨는 늦가을 나라의 정취를 맛보고 날이 저물 녘에야 호텔로 돌아왔다.

로비의 기념품 코너 옆에 작은 책꽂이가 있었다.

마음대로 가져가도 되지만 대신 자기가 다 읽은 책을 두고 가는 시스템인 듯했다. 마침 다 읽은 문고본이 있어서 그것을 책꽂이에 두고 한 권을 고르기로 했다. 여행지에서 우연히 만난 책과 함께 긴 가을밤을 보내는 것도 근사한 일이다.

그때 이케우치 씨는 구석에 꽂혀 있던 책에 시선이 갔다.

"그냥 평범한 책이었는데요. 문고본보다 조금 긴 사이즈에, 표지에 기하학무늬가 그려져 있고…… 한 10년 전에 나온 것일 법한 심플한 디자인이었습니다. 그 자태가 그때 제 기분과 딱 맞더군요."

"운명의 만남인가요?"

"실제로 그랬습니다. 정말 그랬던 겁니다."

방에서 잠시 쉰 뒤 이케우치 씨는 책을 들고 밖으로 나왔다. 상점가에서 저녁을 먹은 뒤 어두운 뒷길을 지나 호텔 바로 갔다. 이케우치 씨는 술을 마시며 책을 읽었다. 하여간 괴상야릇한 소설이었다. 비즈니스호텔로 돌아온 뒤로도 계속 읽어 대략 반 정도까지 읽었다. 이윽고 머리맡에 책을 두고 잠이 들었다. 나머지는 집에 갈 때 신칸센에서 읽을 생각이었다고 했다.

"그런데 아침이 되니까 책이 사라지고 없는 겁니다."

"……사라져요? 어떻게요?"

"그걸 알 수 없단 말이죠. 하지만 분실한 건 어쩔 수 없으니까 도쿄로 돌아온 다음 찾아봐야지 했습니다. 그런데 말이에요. 헌책방과 인터넷을 아무리 뒤져도 제가 읽은 소설을 찾을 수가 없는 겁니다."

그러는 사이에 책에 대한 기억이 점점 희미해졌다.

어느 날 문득 그 책이 생각난 이케우치 씨는 그 시점에서 기억나는 내용을 새로 산 노트에 메모했다. 그게 지금까지 이어지는 독서 노트의 첫 권이 됐다.

"묘한 경위죠?"

이케우치 씨는 그렇게 말하며 손에 든 노트를 쓰다듬었다.

"지금도 저는 그 책을 찾고 있습니다."

"어지간히 재미있는 소설이었나 봐요."

"사야마 쇼이치의 『열대』라는 소설이랍니다."

작가 이름과 제목을 들었을 때 어느 벤치에 앉아 책을 펴들고 있었던 기억이 갑자기 시라이시 씨의 머리를 스쳤다.

"그거 저 읽어본 것 같은데……."

이케우치 씨는 놀란 표정으로 그녀의 얼굴을 응시했다.

"정말입니까?"

"아뇨, 자신은 없는데요."

"언제요? 어디서 구했죠?"

이케우치 씨가 몸을 앞으로 내밀며 물었다.

허공을 노려보며 기억을 더듬자 어떤 정경이 되살아났다.

학창 시절, 시라이시 씨가 혼자 교토를 여행했을 때였다. 데

마치야나기역에서 에이잔 전철을 타고 야세히에이잔 입구에서 내렸다. 골든 위크 직후의 시원한 때로, 싱그러운 신록이 그녀의 피부에 선득하게 스며드는 듯했다. 다카노천에 걸린 다리를 건너는데 강가에서 누가 오카리나를 부는 소리가 들렸다. 그날 그녀는 케이블카로 히에이산을 오를 계획이었다.

케이블카 승강장에 가까이 갔을 때 그녀는 문득 멈춰 섰다.

승강장 앞 광장에 이상한 것이 보였다. 라면 포장마차 같은데, 꼭 골동품 상점 입구처럼 온갖 것이 더덕더덕 붙어 있었다. 우람한 호랑이 족자가 걸려 있고, 페르시아풍 천을 덮은 야단스러운 지붕에는 나무로 조각한 세 마리 원숭이상이 놓여 있었다. 계속 돌아가는 팔랑개비 때문에 눈이 어지러웠다. 맥락 없는 현란함은 어쩌다가 별세계에서 건너온 카라반 같았다. 하지만 '暴夜 책방'이라고 쓴 노란 깃발을 보니 서점인 듯했다. 서점 포장마차라니 본 적도 들어본 적도 없었다.

시라이시 씨는 머뭇머뭇 다가가 봤다.

"좀 봐도 될까요?"

"그럼. 얼마든지 봐."

주인은 포장마차 옆 의자에 앉아 컵라면을 먹고 있었다. 식욕을 자극하는 카레 냄새가 났다. 빨간 반소매 셔츠를 입었고, 가슴팍이 두껍고 우람했다. 로빈슨 크루소 같은 수염을 길렀지만 반짝이는 눈은 붙임성이 있는 게 의외로 젊은 듯했다. 작은 책꽂이에 책이 빽빽이 꽂혀 있었다.

"서점……인가요?"

"그럼."

"아바레야 책방?"

"'날뛰는 밤'이라고 쓰고 '아라비야'라고 읽지." 주인은 가슴을 펴면서 말했다. "이것저것 재미있는 책이 많아."

여행지에서 책을 사는 것도 추억이 되겠다고 생각했다. 책꽂이에 늘어선 책등을 훑어봤다. 별로 들어본 적이 없는 제목들이었다.

"서점 포장마차는 처음 봤어요."

"장사가 잘될 리 없으니까. 전도 활동 같은 거지." 주인은 햇빛에 얼굴을 찡그리며 말했다. "본업이 따로 있거든."

"무슨 일인데요?"

"난 출장 연예인이야."

정말이지 정체를 알 수 없는 인물이었다.

시라이시 씨는 책꽂이에서 책 한 권을 골랐다. 돈을 내고 인사한 다음 케이블카 승강장에서 표를 샀다. 그리고 출발을 기다리는 동안 잠깐 읽어볼 생각으로 승강장 벤치에 앉았다. 결국 그녀는 케이블카를 타지 않았다. 『열대』에 푹 빠져 읽는 사이에 시간이 흘러 히에이산에 올라갈 시간이 없어졌다.

이야기를 듣던 이케우치 씨는 "그렇군요"라며 진지한 표정으로 고개를 끄덕였다.

"그래서 소설의 결말은 어떻게 됐습니까?"

"글쎄요, 어땠더라……."

시라이시 씨는 기억을 되살리려 애썼다. 하지만 떠오르는 것은 서두뿐. 한없이 모호한 기억만 남아 있었다. 이야기가 어떤 결말을 맞이했는지 도무지 생각나지 않았다. 어쩌면 중간까지만 읽었는지도 모르겠다.

"엉터리로밖에 말씀 못 드려서 죄송해요."

"……아뇨, 당신 잘못이 아닙니다. 『열대』가 원래 그렇습니다."

무슨 뜻일까, 하고 시라이시 씨는 이상하게 생각했다.

점심시간이 끝나 이케우치 씨는 직장으로 돌아갔다.

시라이시 씨는 턱을 괴고 계산대에 앉아 『열대』를 생각했다.

맨 처음 떠오른 이미지는 새벽 바다를 달리는 열차였다. 모래사장에 서서 열차를 망연히 바라보는 젊은이. 그게 주인공이었다. 그는 기억을 송두리째 잃고 남양의 섬으로 흘러들어 왔다. 그 섬에서 그가 맨 처음 만난 인물이 '사야마 쇼이치'다. 뜻밖에 작가 이름이 나온 탓에 그것만은 똑똑히 기억했다. 그러나 그 이상은 단편적인 기억밖에 나지 않았다. 밀림 속에 자리한 관측소, 불가사의한 섬들을 그린 해도, 포대가 있는 섬, 지하 감옥에 숨어 있는 수염이 덥수룩한 죄수……. 그런 장면이 토막토막 떠오를 뿐이었다.

시라이시 씨는 "으음……" 하고 신음하며 눈살을 찌푸렸다.

삼촌이 걱정스레 물었다.

"왜? 무슨 일 있어?"

"아뇨, 그냥. 뭐 좀 생각하느라 그래요."

"그렇게 무서운 표정 짓지 마. 겁나니까."

"죄송해요. 자, 그만 일해야지!"

그녀는 『열대』를 머리에서 몰아내고 일을 시작했다.

어차피 이케우치 씨는 또 올 테니 그때 자세한 이야기를 들으면 된다.

그런데 금요일에도, 그다음 주 수요일에도 이케우치 씨는 모형 상점을 찾아오지 않았다. 삼촌은 변함없이 밖으로 나가 시라이시 씨는 홀로 헛되이 이케우치 씨를 기다렸다.

계속해서 허탕을 치는 사이에 그녀는 점점 화가 났다. 의미심장한 복선을 깔아놓고 회수하지 않다니 이케우치 씨도 무책임하다. 애를 태워 관심을 끌려는 작전일까. 자신은 이케우치 씨의 덫에 걸린 걸까. 아니다. 아무리 그래도 그렇게까지 에둘러 유혹하는 사람이 존재할 리 없다.

어느새 그녀는 『열대』 생각을 하고 있었다.

시라이시 씨는 고이시카와에 있는 집의 책꽂이와 벽장을 뒤졌다. 유아기부터 현재까지 그녀의 인생이 그곳에 있었다. '이 상자를 여는 자는 저주를 받으리'라고 매직으로 쓴 상자를 뜯었다. 예리한 감성이라는 무익한 칼을 거리낌 없이 휘둘렀던 시기의 일기장과 시를 쓴 공책들을 헤집었지만 『열대』는 어디에도 없었다. 교토에서 올 때 가지고 오지 않았나, 아니면 처분했나. 이런 때 독서 노트를 쓰지 않는 '일심불란'파는 속수무책이다.

끙끙대는 사이에 크리스마스가 지나고 연말이 다가왔다.

금요일 낮에 오랜만에 이케우치 씨가 나타났을 때 시라이시 씨는 저도 모르게 큰 소리를 지르려다가 황급히 입을 다물었다. 평정을 가장한 채 "오랜만에 오셨네요"라고 말을 걸었다. 이케우치 씨는 "안녕하세요" 하며 머리 숙여 인사하더니 계산대로 다가와 납작한 꾸러미를 내밀었다.

"늦긴 했지만 크리스마스 선물입니다. 활용해 주시면 좋겠군요."

짙은 노란색 노트였다.

그리고 이케우치 씨는 결심한 듯 말했다.

"실은 부탁드릴 게 있습니다. 내일 오후 저희 독서 모임에 참가해 주실 수 없을까요? 아마 메리 찻집에서 보신 적이 있을 텐데……."

"그거 독서 모임이었어요?"

"저희는 '학파'라고 부르죠."

"……학파? 어째 굉장한데요."

시라이시 씨가 미소를 보이자 이케우치 씨는 겸연쩍은 표정을 지었다.

"저도 거창하다고 생각합니다만 나카쓰가와 씨라는 멤버가 정해버리는 바람에 말이죠. 학파는 『열대』에 등장하는 수수께끼 조직이랍니다. 저희 넷 다 『열대』를 읽은 적이 있어서 1년쯤 전부터 그 책을 조사해 왔습니다. 시라이시 씨가 읽은 『열대』를 저희한테 이야기해 주시겠습니까."

"그렇지만 기억나는 게 거의 없는데요."

"단편적인 기억이라도 도움이 되지 않을까 합니다."

시라이시 씨는 입을 다물고 짙은 노란색 노트를 쳐다봤다.

찻집에서 본 수수께끼의 모임이 뇌리에 떠올랐다. 베레모 씨, 말라깽이 군, 마담. 수수께끼의 소설 『열대』를 둘러싼 독서 모임이었나. 멤버들 사이에 공통점을 발견할 수 없을 만도 했다. 더없이 수상쩍은데 설마 영검한 단지를 강매하는 것은 아니겠지.

호기심이 뭉게뭉게 치밀었다. 만약 모든 게 이케우치 씨의 책략이라면 그녀는 완벽하게 그의 덫에 걸려든 셈이다.

"그럼 한번 가볼까요."

시라이시 씨는 무관심한 척하며 말했다.

이튿날, 토요일 오후.

시라이시 씨는 찻집 메리로 갔다. 벽에 나란히 붙은 튤립 모양의 전구 불빛에 검은 인조 가죽 소파가 번들번들 윤이 났다. 열대가 생각나는 관엽 식물은 모두 플라스틱제였다.

그녀가 들어섰을 때 학파 멤버들은 이미 구석 테이블에 모여 있었다. 이케우치 씨는 진지한 표정으로 노트 페이지를 넘기고, 베레모 씨는 버터를 바른 토스트를 조금조금 먹고, 말라깽이 군은 일심불란하게 안경을 닦고 있었다. 가느다란 시가를 피우며 찻집 안을 둘러보던 마담이 맨 먼저 시라이시 씨를 발견했다. 마담이 이케우치 씨의 어깨에 손을 얹자 그는 얼굴을 들어 기쁜 표정을 띠었다.

"잘 오셨습니다. 이쪽으로 오시죠."

이케우치 씨의 말에 시라이시 씨는 모임에 합류했다.

학파 멤버들은 값을 매기듯 시라이시 씨를 쳐다봤다. 무척 기이한 분위기였다. 그녀는 '역시 괜히 왔다' 하고 생각했다.

이케우치 씨가 정신을 차린 듯 그녀를 소개했다.

"이분은 시라이시 씨입니다. 이 건물 철도 모형 상점에서 일하시죠."

그 뒤 학파 멤버들이 자기소개를 했다.

베레모 씨는 나카쓰가와 히로아키라는 이름의 고서 수집가로, 진보정에 자신의 사무실이 있다고 했다. 말라깽이 군은 도내 대학에 다니는 학생으로 이름은 신조 미노루라고 했다. 마담은 '우미노 지요'라고 이름을 밝혔을 뿐 내력은 여전히 수수께끼였다. "'지요 씨'라고 불러 줘요"라고 마담이 말했다.

이 특이한 모임은 원래 지요 씨와 이케우치 씨의 만남에서 시작됐다고 했다. 본격적으로 『열대』에 관해 조사하기 시작한 그들은 이윽고 『열대』를 읽은 신조 군과 나카쓰가와 씨를 만나게 됐다. 네 사람이 모였을 때 나카쓰가와 씨가 이 모임에 '학파'라는 이름을 붙인 것이다.

나카쓰가와 씨가 "그래서"라며 입을 뗐다.

"아가씨는 어느 정도 기억하나요?"

어쩐지 조사를 받는 기분이 들었다.

"이렇다 할 건 기억나는 게 없는데요……."

"뭐든 좋으니까 생각나는 걸 이야기해 주시겠습니까."

이케우치 씨의 말에 시라이시 씨는 띄엄띄엄 이야기했다.

『열대』의 첫머리, 기억을 잃고 남양의 섬에 표류한 젊은이는 그 섬에 사는 사야마 쇼이치라는 인물에게 구조된다. 사야마에 따르면 섬 주위는 마왕이 지배하는 해역이라고 한다. 마왕은 '창조의 마술'로 섬들을 마음대로 만들거나 없앨 수 있다. 사야마는 마술의 비밀을 알아내기 위해 '학파'라는 조직이 이 해역에 보낸 밀정이다. 이윽고 주인공은 사야마 쇼이치와 함께 마왕이 지배하는 군도로 쳐들어간다.

그러나 자신 있게 이야기할 수 있었던 부분은 거기까지였다. "포대 같은 게 있는 섬이 등장하는데" "그 섬에는 죄수 같은 게 있어서" 하고 시라이시 씨가 횡설수설하기 시작하자 듣던 이들의 얼굴에 실망의 빛이 떠올랐다.

이윽고 신조 군은 낙심한 표정으로 중얼거렸다.

"뭐야, '무풍대'까지도 못 갔잖아."

"……'무풍대'가 뭐죠?"

"그건 나중에 설명하겠습니다."

이케우치 씨는 시라이시 씨에게 말한 다음 다른 멤버들을 달래듯 말했다.

"시라이시 씨가 『열대』를 읽었다는 건 확실합니다. 기억이 뚜렷하지 않다고 책망해 봤자 의미가 없죠. 저도 지요 씨를 처음 만났을 때 『열대』에 관해 흐리멍덩한 기억밖에 없었습니다. 이렇게 함께 이야기를 나누면서 물꼬가 트여 기억이 선명해졌으니까 시라이시 씨에게도 같은 일이 일어날 겁니다. 그리고 시라이시 씨의 기억이 또 우리의 기억이 되살아나는 실마리가 되죠. 그렇게 서로 돕는 게 이 학파의 목적 아니었습니까?"

"그건 그렇군요. 우리들 머리는 이미 탈탈 털어냈으니까요." 나카쓰가와 씨가 말했다. "텅텅 비어 있죠."

지요 씨는 시라이시 씨의 귓전에 속삭였다.

"앞으로의 활약을 기대할게요."

이 사람들이 무슨 말을 하는 건지 도통 알 수 없었다. 시라이시 씨는 머뭇머뭇 손을 들었다. "질문 좀 해도 될까요? 혹시 다른 분들도 끝까지 못 읽으셨나요?"

"그렇습니다. 아무도 결말을 몰라요." 나카쓰가와 씨가 말했다.

"네? 그런 우연이 있어요?"

"있지 뭡니까."

"전 우연이라곤 생각하지 않습니다. 분명히 무슨 이유가 있을걸요."

신조 군이 중얼거리자 나카쓰가와 씨가 히죽히죽 웃었다.

"신조 군은 탐정 소년이지만 벌써 1년 가까이 어물어물하고 있으니 명 추리를 기대하기는 이미 틀렸죠. 이 아가씨도 별로 믿을 수 없을 것 같습니다만."

시라이시 씨는 그 말에 울컥했다.

"그건 두고 봐야 알죠."

"맞습니다. 이제 시작인 겁니다."

이케우치 씨가 수습하듯 동조했다.

"그럼 인양 작업에 관해 설명합시다."

나카쓰가와 씨가 가방에서 둥글게 만 종이를 꺼내 테이블 위에 폈다.

A4 용지를 이어 붙여 만든 연표 같은 것이었다. 학파가 설립된 뒤 그들은 기억 밑바닥에 가라앉아 있던 『열대』의 편린들을 모아 이 종이에 적었다고 했다. 곳곳에 빼곡히 추가된 메모에서 학파 멤버들이 고심해 온 과정이 엿보였다. 그들은 이 인양 작업을 통해 『열대』라는 소설의 내용을 최대한 극명하게 되살리려 한 것이다. 시라이시 씨는 감탄했다.

"이거 뭐예요. 엄청 재미있는데요."

이케우치 씨가 "재미있죠?" 하고 기쁘게 말했다.

시라이시 씨는 몸을 앞으로 내밀고 메모를 세세히 읽어봤다.

대략 하나의 이야기로 재현된 서두 부분은 그녀의 기억과도 일치했다. 그 다음을 읽어나가는 사이에 흡사 물속에 가라앉아 있던 유적이 떠오르듯 과거에 읽었던 『열대』의 정경이 잇따라 뇌리에 되살아났다. 시라이시 씨는 흥분했다. 그래, 자신이 읽은 『열대』는 이런 이야기였다. 하여간 괴상야릇한 이야기.

그러나 뒤로 갈수록 점점 메모는 혼란을 띠어 분기와 공백과 물음표가 많아졌다. 이윽고 이야기의 흐름을 완전히 잃고 단편적인 메모만이 띄엄띄엄 보였다. '노틸러스 섬의 지하 세계', '가라앉는 숲, 숲의 현자', '바닷속에서 섬뜩한 것이 나타난다. 그것들이 사람들을 잡아먹는다.' '마왕의 명령으로 호랑이와 싸운다, 가설 흥행장……' 등등. 시라이시 씨는 그런 전개를 읽은 기억이 전혀 없었다. 수수께끼 같은 편린들은 흡사 열대의 바다에 흩어져 있는 군도 같았다.

시라이시 씨는 그 편린들을 가리켰다.

"이 다음부터는 지리멸렬한데요……."

"그 부근이 아까 말이 나왔던 무풍대입니다." 이케우치 씨가 말했다. "보십시오. 중반까지는 저희의 기억을 조합해서 『열대』의 전개를 꽤 극명하게 밝힐 수 있습니다. 그런데 그 다음부터는 그 전략이 통하지 않는 겁니다. 어째서인지 저희 기억도 점점 불분명해진단 말이죠. 아무리 거듭 검토해도 편린을 올바르게 나열할 수 없어요. 이야기가 어느 방향으로 나아가고 있는지 알 수 없습니다. 그래서 이 혼돈의 영역을 저희는 무풍대라고 부르는 겁니다."

"저런. 왜 그런 걸까요."

"당신이 이야기해 준 부분은 초반 중에서도 초반이라고요." 신조 군이 말했다. "혹시나 무풍대를 통과할 수 있지 않을까 했는데……."

"기대에 부응하지 못했군요. 죄송해요."

어색한 침묵이 흐른 뒤 이케우치 씨가 입을 열었다.

"시라이시 씨라는 동지를 이렇게 새로 발견하지 않았습니까. 아직 기억해 내지 못한 게 있을 겁니다. 잘하면 무풍대의 수수께끼도 풀 수 있을지 몰라요. 그게 작가의 정체를 밝혀내는 실마리가 될 테죠."

시라이시 씨는 테이블 위에 펼쳐진 종이를 응시했다.

한 번 더 처음부터 『열대』의 이야기 전개를 살펴봤다.

기억을 잃은 주인공, 남방 섬의 관측소, 사야마 쇼이치라는 학파의 남자, 마왕이 지배하는 해역, 지하 감옥의 죄수, 도서실을 드나드는 마왕의 딸, 마왕과의 대면 그리고 북방 유배. 그 부근부터 그녀의 기억도 모호해졌다.

그러나 기억을 뒤지던 그때 갑자기 하나의 정경이 떠올랐다. 시라이시 씨는 메모를 샅샅이 훑어봤지만 어디에도 그 정경은 쓰여 있지 않았다.

그녀는 용기를 내 말해봤다.

"여기엔 '사막의 궁전'이 없네요."

"사막의 궁전?"

학파 멤버들은 마주봤다.

"어떤 전개였는지 확실하진 않지만 그런 장면이 있었어요. 모래 언덕으로 둘러싸인 광대한 황무지 한복판에 궁전이 있거든요. 주인공은 누군가를 만나러 그 궁전을 찾아가요."

"그런 장면은 기억에 없군요." 나카쓰가와 씨가 말했다. "『열대』는 남양의 섬 이야기인데 사막이 나올 리 없죠."

"다른 소설이랑 혼동하는 거 아니에요?"

신조 군이 의심스럽게 물었다.

"절대 아니에요. 그 장면에 사야마 쇼이치가 있었으니까요.

사야마는 『열대』의 등장인물이잖아요?”

이케우치 씨가 서둘러 볼펜을 꺼내 무풍대에 ‘사막의 궁전’이라 쓰고는 시라이시 씨에게 미소 지었다.

“이게 ‘인양 작업’입니다.”

이케우치 씨는 말했다.

“여기서부터 시작합시다.”

그해 연말연시에 시라이시 씨는 고이시카와에 있는 집에서 차분히 지냈다.

가족들과 새해 첫 참배를 가고 고타쓰에서 노트를 적는 동안에도 불현듯 기이한 독서 모임이 생각나곤 했다. 학파니 무풍대니 인양 작업 계획이니 진지하게 이야기를 주고받았던 게 어쩐지 쑥스럽게 느껴졌다. 그러나 시라이시 씨는 분명히 『열대』에 관해 이야기 나누는 것을 즐겼다. 그토록 가슴 설레는 경험은 오랜만이었다.

다음 모임은 1월 말에 열리는 모양이다.

헤어질 때 이케우치 씨는 말했다.

“뭔가 생각나는 게 있으면 노트에 적어두시면 좋습니다.”

“글쿠나.”

“네?”

“그런 속셈으로 노트를 주셨군요.”

이케우치 씨는 약간 난처한 표정을 지었다. 시라이시 씨는 웃으며 "그럼 연말 잘 보내시고요" 하며 손을 흔들었다. 이케우치 씨도 "네, 시라이시 씨도요"라고 답했다.

그런 이유로 그녀는 짙은 노란색 노트를 사용하기 시작했다.

이케우치 씨의 조언은 옳았다. 머리에 문득 떠오른 편린을 기록하다 보면 또 새로운 것이 생각났다. 일련번호를 붙인 편린들이 쌓일수록 예전에 자신이 읽은 『열대』가 차츰 모습을 드러냈다. 하지만 기억이 되살아나면 되살아날수록 『열대』는 더욱 수수께끼처럼 느껴졌다. 작고 헐벗은 섬에 나무들이 무성하게 자랄수록 곳곳에 짙은 어둠이 생겨나는 것과 같았다.

해가 바뀌고 얼마 지나지 않아 이케우치 씨가 모형 상점을 찾아왔다.

"새해 복 많이 받으세요."

"시라이시 씨도요. 올 한 해도 잘 부탁드립니다."

시라이시 씨가 노트를 보여주자 이케우치 씨는 "훌륭합니다"라며 감탄했다.

이케우치 씨의 기억과 일치하는 것도 일치하지 않는 것도 있었다. 하지만 끈기 있게 편린을 맞춰가다 보면 무풍대를 통과할 수 있지 않을까 하는 기대가 생겼다.

"1월 말이 기다려지네요."

시라이시 씨가 말하자 이케우치 씨는 "글쎄요"라며 미소 지었다.

"저희가 이렇게 둘이서만 의논하는 건 말하자면 반칙 같은 겁니다. 마찬가지로 개인적인 의논거리가 있는 사람이 또 있을지도 모릅니다."

"왜 또 일부러 그런 일을 하죠?"

"학과 사람들은 다들 『열대』의 수수께끼에 매료돼서 모였습니다. 실마리가 될 정보를 공유하기로 약속했죠. 하지만 강제는 아니고 강제하고 싶어도 강제할 수가 없어요. 나카쓰가와 씨도 지요 씨도 신조 군도 자기만의 '비장의 카드'를 갖고 있습니다. 제가 느끼기엔 그렇습니다. 다들 『열대』를 독차지하고 싶은 거겠죠."

"그럼 이케우치 씨도 비장의 카드가 있어요?"

"있죠."

"안 가르쳐 주시는 건가요?"

"제 판단만으로는 가르쳐 드릴 수 없어서요. 죄송합니다."

다시 말해 그건 다른 학과 멤버의 비장의 카드이기도 하다는 뜻이구나, 하고 시라이시 씨는 생각했다.

그나저나 어이가 없었다. 시라이시 씨는 『열대』의 수수께끼를 풀어나가는 게 재미있을 뿐 그걸 독점하고 싶은 마음에는 조금도 공감할 수 없었다.

"전 비장의 카드 같은 거 필요 없는데요." 시라이시 씨는 말했다. "열린 마음으로 임할 생각이에요."

며칠 뒤 생각지도 못한 사람이 그녀를 찾아왔다.

여느 때처럼 가게를 보는데 검은 코트를 입고 장갑을 낀 여자가 향기로운 바람처럼 모형 상점에 들어왔다. 이곳에서는 흔치 않은 타입의 손님이다. 꼭 옛날 외국 영화에 나오는 여배우 같다고 생각한 순간, 그 사람이 지요 씨라는 것을 깨달았다.

"시라이시 씨, 잘 있었어요?"

지요 씨는 그렇게 말하며 유색 렌즈 안경을 벗었다. 찻집에서 봤을 때는 젊어 보였는데 지요 씨는 시라이시 씨의 어머니보다 나이가 더 많을 듯했다.

"이케우치 씨랑 친한가요?"

"친하다고 할지…… 이케우치 씨는 이 가게 단골손님이세요. 그냥 그것뿐인데요."

지요 씨는 시라이시 씨를 응시했다. "꽤 열심히 이야기 나누고 있죠? 두 사람이 반칙할 생각이라고 신조 군이 말하던데요."

"그게 무슨 말씀이죠? 몰래 엿본 건가요?"

"글쎄요. 그건 나랑 상관없는 일이에요."

"좀 너무하시네요."

"다들 따로 속셈이 있는 사람들이거든요. 이케우치 씨도 예외는 아니에요. 신사적으로 보이지만 그 사람도 『열대』의 수수께끼를 풀고 싶어서 애가 탄다고요. 우리는 일치단결 같은 건 생각하지 않아요. 친목 클럽이 아니니까요."

지요 씨는 몸을 내밀었다.

"그러니까 우리 공동 전선을 펴기로 해요. 다음 쉬는 날에 우리 집에 와요. 천천히 이야기해 보고 싶네요."

"그렇지만……."

"쉬는 날이 언제예요?"

"네? 다음 주 월요일인데요."

"그럼 월요일에 봐요. 난 점심때까지 자니까 오전 중엔 만날 수 없어요. 오후 2시에 마루노우치선 묘가다니역으로 올래요? 도착하면 전화 주고요."

지요 씨는 서슴없이 말하고는 집 전화번호가 적인 명함을 계산대에 놓았다. 어안이 벙벙한 시라이시 씨에게 "그럼 잘 있어요"라고 말하고는 안경을 끼고 우아하게 손을 흔들며 밖으로 나갔다. 시라이시 씨는 흡사 우주인이 시비를 걸어온 것 같은 기분으로 망연히 그녀의 뒷모습을 바라만 봤다.

"이케우치 씨 예상이 맞았네."

시라이시 씨는 어이가 없어 중얼거리고는 계산대 위의 명함을 응시했다.

지요 씨가 왔다 간 뒤 시간이 흐를수록 시라이시 씨는 화가 났다. 너무 고압적인 태도 아닌가. 그 주 금요일에 이케우치 씨가 찾아왔을 때 그녀는 완전히 심사가 틀어져 있었다. 그런데 이케우치 씨는 지요 씨의 접근에 흥미진진해했다.

"역시 그렇게 됐군요. 이거 재미있어졌는데요."

"아무리 그래도 너무 무례해요."

"원래 자기 길을 가는 분이거든요."

"그래도 그렇지……."

"불쾌하게 여기시는 건 당연합니다만 지요 씨는 결코 나쁜 사람은 아닙니다. 그 사람이 개인적으로 학파 멤버를 초대하다니 처음 있는 일인데요. 여기엔 깊은 의미가 있습니다. 제 생각엔 꼭 초대에 응해야 할 것 같습니다."

"어떤 사람이에요?"

"학창 시절까지는 교토에서 지내다가 그 뒤 도쿄와 외국을 왔다 갔다 하셨다고 들었습니다. 제 직장의 고객이시라 만나게 됐죠. 파트너인 우미노 씨는 건축 사무소를 경영하신답니다."

"……영 마음이 안 내키는데요."

"당신도 비장의 카드를 손에 넣게 될지도 몰라요."

"전 비장의 카드 같은 거 필요 없다니까요."

이케우치 씨는 잠깐 생각하더니 명함을 꺼내 계산대에 놓았다.

"그날 저도 근처에서 기다리겠습니다. 무슨 문제가 생기면 연락 주십시오."

"이케우치 씨, 근무하시는 날 아니에요?"

"솔직하게 말씀드리면 전 지요 씨가 어떤 비장의 카드를 갖고 있을지 아주 궁금하거든요. 어떻게 정탐 좀 해주실 수 없겠습니까."

시라이시 씨는 갑자기 즐거운 기분이 들었다.

"저한테 밀정이 되라는 말씀이군요?"

"솔직히 그렇습니다."

그 다음 주 월요일 오후, 시라이시 씨는 묘가다니로 갔다.

마루노우치선역에서 나오자 서쪽으로 건물들이 늘어선 가스가 거리에는 차와 사람이 바쁘게 오가고 있었다. 자신이 사는 고이시카와에서 먼 것은 아닌데 이 부근은 처음 와봤다. 얼마 전에 눈이 온 것 같지 않게 하늘은 푸르고 날씨도 따뜻했다. 지요 씨는 오후 2시에 묘가다니역에서 전화하라고 했다.

시라이시 씨는 삼촌이 준 철도 시계를 꺼냈다. 바늘은 오후 1시 45분을 가리키고 있었다. 그녀는 자세를 바로 하고 옷의 주름을 펴고 신발이 지저분하지 않은지 점검했다. 다른 사람 집을 방문하는 것은 오랜만인 데다 지요 씨는 정체를 알 수 없는 인물이다. 꼭 면접 보러 갈 때처럼 배가 무지근해졌다.

'난 정말 단순하기도 하지. 이케우치 씨 말에 감쪽같이 넘어갔잖아. 상관없지만.' 시라이시 씨는 생각했다.

역 출구 옆에 서서 시계를 노려보며 기다렸다가 정확히 오후 2시가 됐을 때 전화를 걸었다. 지요 씨가 기다렸다는 듯 전화를 받았다.

"시라이시 씨, 운행 시간표처럼 정확하네요."

"지금 묘가다니역에 있어요."

"너무 이른 사람도 지각하는 사람도 싫거든요. 당신은 훌륭하네요."

"고맙습니다. 그래서 이제 어떻게 할까요?"

"역 앞 길을 따라 동쪽으로 쭉 오세요. 그러면 가로수길이 있는 큰 고개가 나올 거예요. 하리마 고개인데 거기까지 와서 다시 전화 주세요."

지요 씨는 거침없이 말하고 전화를 뚝 끊었다.

시라이시 씨는 지시 받은 대로 걸어갔다.

그러고 보니 이케우치 씨는 지금 어디에 있을까. 정말 잠복 중일까, 전화해 볼까, 하고 잠깐 생각했지만 그만두기로 했다.

하리마 고개는 넓고 아름다운 비탈길이었다. 차도 중앙에 잎이 진 벚나무가 늘어서 있었고 잘 포장된 인도가 이어졌다. 지팡이를 짚은 노인이 벤치에 앉아 볕을 쬐고 두 어머니가 유모차를 밀며 서서 이야기를 주고받고 있었다. 한가로운 평일 오후라는 느낌 속에서 졸음이 올 듯한 고요함이 주위를 메우고 있었다.

시라이시 씨는 고개를 내려다보며 전화를 걸었다.

"하리마 고개까지 왔어요."

"좋아요. 거기서 내려오면 왼쪽에 있는 아파트예요. 1층에 찻집이 있으니까 금방 찾을 수 있을 거예요. 로비에 도착하면 다시 전화 주세요."

"호수를 가르쳐 주세요. 몇 번씩 전화 걸기 귀찮습니다."

"갑자기 누가 오면 싫어요."

어처구니없어하면서 고개를 내려가니 파리 분위기의 찻집이 있는 아파트가 보였다. 하리마 고개를 따라 계단식으로 길게 이어지는 거대한 건물이었다. 연륜이 느껴지는 벽은 미색이고, 건물 곳곳이 둥그스름하니 우아했다. 정면에 줄줄이 늘어선 베란다 난간이 복잡한 곡선을 그리는 게 흡사 예술 작품 같았다.

'지요 씨가 사는 곳답네.'

썰렁한 로비로 들어가 시라이시 씨는 세 번째 전화를 걸었다.

"로비에 있어요."

"잘 왔어요. 엘리베이터 타고 10층으로 올라와요. 1015호예요. 그냥 들어오면 돼요. 정면으로 쭉 들어와요."

시라이시 씨는 그나저나 참 번거롭다고 생각했다. 다른 사람도 집에 올 때마다 이런 절차를 거칠까. 어이가 없었다. '꼭 무슨 의식 같네.' 엘리베이터를 타고 10층으로 올라가니 살풍경한 복도가 이어졌다. 반들반들한 녹색 바닥, 꺼끌꺼끌한 흰 벽을 보니, 초등학교 건물이 생각났다. 양쪽으로 묵직해 보이는 회색 문이 잔뜩 늘어서 있었다.

시라이시 씨는 1015호 문을 열었다.

"실례합니다, 시라이시예요……."

현관에서부터 먼지 한 톨 없는 마루를 깐 복도가 이어지고, 양옆 문은 전부 닫혀 있었다. '정면으로 쭉 들어오라'라는 지시를 따라 시라이시 씨는 복도 끝 방으로 향했다.

널찍한 마루방이었다. 맞은편 벽 한 면을 메운 유리문 너머로 널따란 베란다, 화분, 푸른 하늘이 보였다. 햇빛이 비쳐드는 방 한가득 각양각색의 소파와 의자가 놓여 있었다. 마치 온갖 과일을 방 안 가득 흩어놓은 것 같았다. 오래된 탐정 사무소에서 먼지를 뒤집어쓰고 있을 법한 물건이 있는가 하면 미래의 우주 정거장에 있을 법한 것도 있었다. 전부 제각기 다른 방향을 향해 놓여 있었다. 창밖 경치를 바라보기 위한 것도 아니고,

텔레비전을 보기 위한 것도 아니었다. 애초에 이 방에는 소파와 의자를 제외하면 가구가 전혀 없었다.

'어디서 이런 광경을 본 적이 있는데.'

『열대』의 첫머리에 가까운 장면이었다. 남양의 섬에 표류한 주인공은 사야마 쇼이치라는 남자의 안내를 받아 밀림 속에 있는 기이한 건물로 간다. '관측소'라고 불리는 그 건물은 사야마 쇼이치를 그 섬에 파견했다는 수수께끼 조직인 '학파'가 세웠다. 그리고 관측소 로비에는 이런 일인용 소파와 의자가 여럿 놓여 있었을 터였다.

시라이시 씨는 그 사이를 천천히 걸어봤다.

이렇게 많은 소파와 의자가 왜 필요한 걸까. 많은 손님이 이곳에 올 때가 있는 걸까. 다들 '그 절차'를 따라 찾아오는 것이라면 지요 씨는 꽤나 바쁘겠다고 생각하며 시라이시 씨는 유리문으로 다가갔다. 베란다에 작은 원형 테이블 하나가 보였다. 메리 셀레스트호에 얽힌 해양 기담처럼 테이블 위에는 아직도 김이 오르는 하얀 커피 잔과 눈에 익은 책 한 권이 놓여 있었다.

『열대』였다.

시라이시 씨는 망연자실해서 멈춰 섰다.

"어서 와요, 시라이시 씨. 여기까지 와 줘서 고마워요."

돌아보자 지요 씨가 커다란 심홍색 소파에 앉아 있었다. 등받이에 가려져 방에 들어왔을 때는 보지 못했다. 그녀는 보드라워 보이는 실내복 차림으로 아직 잠이 덜 깬 얼굴이었다. 손에는 두꺼운 하드커버 책이 들려 있었다.

"당신을 기다리는 동안 『천일야화』를 읽고 있었거든요." 지요 씨는 말했다. "원하는 자리에 앉아요."

"왜 의자가 이렇게 많은 건가요?"

"사람에게는 저마다 앉아야 할 의자가 있기 때문이에요." 그녀는 미소 지었다. "이건 『열대』에 나온 대사지만요."

시라이시 씨는 머뭇머뭇 가까운 의자에 앉았다. 왜 그걸 골랐는지는 알 수 없었다. 밝은 주황색 천으로 앉는 자리를 감싼 작은 원형 스툴이었다. 하지만 값비싸 보이는 소파에 편안히 몸을 묻을 기분은 들지 않았다.

"당신다운 걸 골랐네요." 지요 씨는 기쁜 듯 말했다. "그나저나 『천일야화』는 읽어봤어요?"

"아뇨, 아직 읽어본 적 없어요."

"언제 읽어봐요."

지요 씨는 무릎에 올려놓은 책을 펴 책장을 넘기며 이야기했다.

"어려서 교토에서 살았을 때 아버지 서재에 가끔 숨어들곤 했답니다. 서재 창문이 요시다산의 숲을 면해서 나 있어 꼭 산장 같았죠. 봄이 되면 서재가 연녹색으로 물들거든요. 그 방 서재에 『천일야화』가 있었어요. 읽으면 안 된다고 했지만 어린애는 그런 책일수록 읽고 싶어지는 법이잖아요? 아버지가 안 계실 때 서재에 몰래 들어가 두근두근하면서 그 책을 읽곤 했어요. 무척 신기하기도 하고, 무섭기도 하고, 에로틱하기도 하고. 벌써 몇십 년 전 일인데도 지금도 서재의 습기 찬 페르시아 양탄자가 무릎에 닿는 감촉이 생각나요. 언제든지 밖으로 도망칠 수 있게 경계하면서 읽었거든요. 이제 그만 읽어야지, 그만 읽어야지 하는데, 아무리 읽어도 신기한 이야기가 계속돼요. 한 이야기 속에서 또 다른 이야기가 시작되고 말이죠. 가끔 정신이 퍼뜩 들면 내가 지금 어디 있더라, 하곤 했어요."

시라이시 씨는 어안이 벙벙해서 듣고 있었다.

"당시엔 셰에라자드가 실존 인물인 줄 알았거든요. 이 책에 담겨 있는 이야기는 전부 그녀가 지은 거라고 믿었지 뭐예요."

어쩌다가 이런 이야기가 나왔을까. 『열대』 이야기를 하려고 온 건데. 베란다 테이블에는 『열대』가 놓여 있다. 그런데도 지요 씨는 그에 관해서는 언급하려 하지 않았다.

"내 이름 지요千夜는 『천일야화』에서 유래한 거예요. 아버지는 대학을 갓 졸업했을 무렵 전쟁에 소집돼서 만주로 건너가 거기서 패전을 맞이했거든요. 그 도시 연립주택에 위치한 헌책방이 있었는데, 아버지는 그곳에서 『천일야화』를 만났다고 해요. 패전 뒤 아내와 아들을 잃고 언제 일본으로 돌아갈 수 있을지도 알 수 없는 채로 아버지는 매일 밤 『천일야화』를 읽었대요. 잊을 수 없는 경험이었을 테죠."

시라이시 씨는 머뭇머뭇 말했다.

"이제 그만 본론으로 들어가면 어떨까요?"

"어머, 이것도 본론이에요."

"……그런가요?"

"세상만사가 『열대』와 관계있답니다."

지요 씨는 수수께끼 같은 미소를 지었다.

지요 씨는 베란다로 나가 『열대』를 들고 돌아왔다.

유리문으로 비쳐드는 햇빛 속에 그녀가 책을 폈다.

"너와 관계없는 일을 이야기하지 말라. 그리하지 않으면 너는 원치 않는 것을 듣게 되리라."

그게 『열대』의 첫머리라는 것은 시라이시 씨도 기억하고 있었다.

"내가 의식을 되찾았을 때 주위는 어스름에 싸여 있고 밀려왔다 밀려가는 파도 소리가 들렸다. 바로 상황을 파악할 수 있었던 것은 아니다. 나는 꿈을 꾸고 있는 것이라 생각해 그저 누운 채로 들려오는 파도 소리에 귀를 기울이고 있었다.

얼마만큼 그렇게 있었는지 알 수 없다.

그런데 어느 순간을 경계로 뺨에 닿는 모래의 감촉과 물에 젖어 싸늘하게 식은 몸의 통증, 불어치는 바닷바람의 냄새가 문득 생생하게 느껴지기 시작했다. 흡사 카메라의 초점이 맞은 것처럼 그때 그 순간부터 세계가 존재하기 시작한 듯했다……."

지요 씨는 거기까지 낭독하더니 책을 덮었다.

"당신도 읽어볼래요?"

시라이시 씨는 머뭇머뭇 손을 내밀었다.

그러나 책을 받아들었을 때 어딘가 이상했다.

표지는 확실히 눈에 익었다. 붉은색과 파란색의 기하학무늬, '사야마 쇼이치' '열대'라고 적힌 무뚝뚝한 글자. 빈말이라도 세련된 장정이라고 할 수는 없었다. 그러나 30년도 더 된 책일 텐데 꼭 제본소에서 막 빠져나온 것처럼 새것이었다. 불길한 예감을 안고 책을 펴자 모든 페이지가 백지였다.

"가짜잖아요. 너무한데요. 저를 놀리셨군요."

지요 씨는 즐겁게 웃었다.

"미안해요. 그렇지만 아무리 해도 손에 넣을 수 없는 책이라면 차라리 내가 만들고 말자 생각하는 것도 당연하지 않나요? 백지 페이지에 자기만의 『열대』를 쓰면 되죠. 나카쓰가와 씨는 훨씬 교묘한 걸 생각하고 있을지도 모른다고요. 그렇지만 아까 내가 암송한 서두의 문장은 거의 진짜예요. 학파 멤버 분들 간에도 일치하니까요."

지요 씨는 책을 내밀었다.

"드릴게요."

"……고맙습니다."

"언젠가 쓸모 있을지도 모르니까요." 그러더니 지요 씨는 진지한 표정으로 말을 이었다. "당신을 놀리려고 초대한 건 아니에요. 개인적인 인양 작업을 도와주었으면 해요."

"왜 저죠?"

"지난번에 '사막의 궁전' 이야기를 했죠?"

"네."

"사실은 나도 그 장면을 기억하거든요."

지난번 모임에서는 모르는 척하지 않았나.

"왜 그 자리에서 말씀하지 않으셨죠?"

"나한테뿐 아니라 당신한테도 비장의 카드가 될 거니까요. 다른 분들은 모르는 것 같던데 사막의 궁전은 아주 중요한 장면이거든요. 왜냐하면 무풍대를 지나서 있으니까. 그게 무슨 의미인지는 알겠죠?"

"무풍대를 통과할 수 있다는 뜻인가요?"

"그건 해봐야 알 수 있겠죠. 나랑 당신 기억을 엮어서 그 장면을 재현해 봐야 해요. 그래서 당신을 초대한 거예요."

시라이시 씨가 가방에서 노트를 꺼내려 하자 지요 씨가 막았다.

"자, 눈을 감고 마음속으로 그려봐요."

그곳에 펼쳐져 있는 것은 상상의 세계, 『열대』의 세계다.

시라이시 씨는 휑뎅그렁한 황야에 서 있었다. 황무지를 둘러싸듯 커다란 모래 언덕이 있고 하늘은 눈이 시릴 만큼 파랗다. 옆에서 지요 씨가 어쩐지 다른 천체에 착륙한 느낌이라며 덧붙였다. 아닌 게 아니라 그런 문장을 읽은 것 같았다. 두 사람은 기억의 조각들을 주워 모으며 수수께끼 같은 황야를 뇌리에 그려갔다. 시라이시 씨는 "이게 진짜 인양 작업이군요" 하고 중얼거렸다.

"자기가 창조하는 느낌이죠?"

두 사람은 궁전의 모습을 뇌리에 그리기 시작했다. 하얀 문과 정원 너머로 페르시아풍 돔 지붕과 첨탑이 보였다. 마법 양탄자라도 날아올 것 같다고 시라이시 씨는 생각했다.

"봐요, 『천일야화』가 나왔죠?" 지요 씨가 말했다. "모든 게 『열대』와 관계있어요."

"저도 조금은 알아요. 알라딘, 알리바바, 신드바드."

"그건 원래 『천일야화』가 아니라고 하더군요. 나카쓰가와 씨한테 물어봐요. 자세히 알고 있으니까."

"전 그 사람이 불편해서요."

"안 그런 사람이 있을까요."

두 사람은 하얀 문을 지나 궁전 정원으로 들어갔다. 과거에는 분수가 있고 과실수가 우거지고 수로에는 맑은 물이 흘렀을 것이다. 그러나 지금은 모든 게 모래에 파묻혀 사람들에게 존재한다는 사실조차 잊힌 유적 같은 분위기가 감돌았다. 이런 궁전에 살고 있는 사람이 있을까.

그러나 주인공은 이곳에 누군가를 만나러 왔을 것이라고 지요 씨는 말했다. "구원을 위해서 말이죠. 그 상대방이 무풍대를 넘을 단서가 될 거예요."

시라이시 씨는 궁전 입구에서 안을 들여다봤다.

"누구 계시나요?"

안은 어둡고 썰렁했다.

시라이시 씨는 미간에 주름을 잡고 기억을 되살리려 애썼다. 궁전의 전후 장면을 어떻게든 기억해 내고 싶었다. 주인공은 어디서 왔나, 어디로 가나. 뒤를 돌아보자 모래에 파묻힌 정원과 하얀 문 너머에 황야가 펼쳐져 있고, 멀리 우뚝 솟은 모래 언덕 위에 뭉게구름이 솟아 있었다.

혹시 여기는 섬이 아닐까, 하고 그녀는 생각했다.

뭉게구름을 쳐다보는 사이에 구름이 생물처럼 꿈틀거리기 시작해 이윽고 검은 색을 띤 구름 사이로 번개가 쳤다. 폭풍이 다가오는 것이다.

폭풍 생각은 하면 안 된다고 지요 씨가 말했다.

언제나 폭풍에 가로막혀 그 이상 못 나갔다고 했다.

"이 궁전에 사는 사람은 누구죠? 생각해 봐요."

그러나 구름이 늘어나 맑은 하늘을 덮더니 굵은 빗방울이 궁전 지붕을 때리기 시작했다. 그런 이미지가 멋대로 부풀어 상상의 세계를 뒤덮으려 했다.

"폭풍 생각을 하면 안 돼요."

"그건 저도 아는데요."

시라이시 씨는 다가오는 폭풍에서 억지로 눈을 떼고 궁전 안으로 들어갔다. 큰 홀 깊숙이, 어두운 복도 깊숙이, 온갖 것의 심장부로.

느닷없이 생각났다.

"보름달의 마녀."

시라이시 씨는 그렇게 중얼거리며 눈을 떴다.

"그 궁전에 사는 건 보름달의 마녀예요."

두 사람 모두 꿈나라에서 단숨에 현실로 돌아온 느낌이 들었다.

시라이시 씨가 말을 걸어도 지요 씨는 정신을 차리지 못했다. 눈은 베란다 너머의 맑은 하늘을 향하고 있었다. 마치 기묘한 뭔가를 보는 듯했다.

"보름달의 마녀." 지요 씨는 미소 지었다. "고마워요. 이만 끝내죠."

"네? 벌써 끝이에요?" 시라이시 씨는 당황했다. "뭐가 뭔지 모르겠는데요."

아닌 게 아니라 '보름달의 마녀'라는 말을 생각해 낼 수 있었지만, 그게 『열대』라는 소설에서 어떤 존재였는지, 궁전이 무엇인지는 전혀 기억나지 않았다. 그러나 시라이시 씨가 아무리 부탁해도 지요 씨는 입을 다문 채 미소만 지을 뿐이었다.

"미안해요. 그렇지만 가르쳐 줄 방법이 없어요." 지요 씨는 딱하다는 듯 말했다. "학파 분들에게 전해 주세요. 난 오늘부로 학파를 그만두겠어요. 당신도 언젠가 진실을 깨닫게 될 거예요. 당신들이 읽은 『열대』는 가짜예요."

"……가짜라고요?"

"내 『열대』만이 진짜랍니다."

몇 분 뒤 시라이시 씨는 아파트에서 나와 멍하니 서 있었다.

널찍한 하리마 고개를 온화한 오후 햇살이 비추고 있었다. 아파트에 들어갔다 나온 지 얼마 되지 않은 것 같았다. 그러면서 뭔가가 달라져 있었다.

하나의 이야기가 끝난 듯한 적막감이 그녀를 감쌌다.

이케우치 씨와는 묘다가니역에서 만났다.

"정말로 잠복해 주셨군요."

"약속은 지킵니다. 어땠습니까?"

"정말이지 뭐가 뭔지."

적당한 찻집에 들어가 시라이시 씨가 가짜 『열대』를 테이블에 꺼내놓자 이케우치 씨는 앗, 하고 작게 소리치며 숨을 들이마셨다. 그러고는 꼼짝도 하지 않고 『열대』를 응시했다. 시라이시 씨는 자신도 똑같이 속아놓고 이케우치 씨가 워낙 순순히 속아 넘어가 주는 바람에 기쁜 반면 딱한 마음도 들었다.

"가짜예요, 이거." 시라이시 씨는 단박에 책을 폈다. "저도 지요 씨한테 속았지 뭐예요."

그녀는 있었던 일을 전부 이야기했다.

하리마 고개의 아파트에 이르기까지 전화 통화로 주고받은 말, 의자와 소파가 흩어져 있는 기묘한 방, 베란다에 놓여 있던 가짜 『열대』, 지요 씨의 어린 시절 추억, '사막의 궁전' 인양 작업 그리고 '보름달의 마녀'. 방금 전에 있었던 일인데도 벌써 현실감이 엷어져 먼 옛날 일을 이야기하는 기분이 들었다. 그녀가 이야기하는 동안 이케우치 씨는 진지한 표정으로 노트에 메모를 했다.

"설마 이런 전개가 될 줄이야."

이케우치 씨는 당혹한 듯했다.

시라이시 씨는 문득 자신이 즐기고 있다는 것을 깨달았다. 지금까지는 자신만 학파에 끼지 못하고 배제당하는 느낌이었는데 이제는 그렇지 않았다. 지요 씨를 찾아가 이 놀라운 전개를 끌어낸 사람은 다름 아닌 자신이었다. 학파 사람들도 이 새로운 전개를 무시할 수는 없을 것이다. 물론 거기에는 다소 심술궂은 기쁨도 포함되어 있었다.

이케우치 씨는 의아한 표정으로 그녀를 쳐다보고 있었다.

"죄송해요. 가슴이 설레서요."

"……그렇죠. 정말이지 재미있습니다. 천지 사방에 수수께끼가 널렸군요."

이케우치 씨는 가짜 『열대』를 집어 들고 생각에 잠겼다.

"그런데 지요 씨가 마지막으로 하신 말씀을 모르겠단 말이죠. '당신들이 읽은 『열대』는 가짜예요. 내 『열대』만이 진짜랍니다.'"

"비유적인 표현일지도 모르죠." 시라이시 씨가 말했다. "어떤 소설이든 궁극적으로는 읽는 이의 해석 여하 아니겠어요. 자기만이 『열대』라는 소설을 진정으로 이해하고 있다. 지요 씨는 그런 뜻으로 말했을지도 몰라요."

"다른 가능성도 있습니다."

"다른 가능성?"

"지요 씨만이 진짜 『열대』를 읽었고 우리가 읽은 『열대』는 전부 가짜였다는 겁니다. 흥미로운 가설 같지 않습니까?"

이케우치 씨는 노트를 펴고 백지에 선 하나를 그었다. 중간부터 다섯 가닥으로 갈라 각각 '지요 씨' '시라이시 씨' '나카쓰가와 씨' '신조 군' '이케우치'라고 이름을 적었다. 시라이시 씨도 이케우치 씨가 무슨 말을 하려는지 짐작이 갔다. 다시 말해 학파 멤버들이 읽은 『열대』는 한 권 한 권이 다 다르게 전개되는 별개의 책이라는 뜻이다.

"아하, 굉장히 재미있는 아이디어네요."

"그렇죠?"

"상당히 황당무계하지만요!"

"하지만 그렇게 생각하면 무풍대의 수수께끼가 풀린단 말이죠. 우리가 각각 다른 『열대』를 읽었다면 기억하는 조각이 일치하지 않는 것도 당연하지 않겠습니까? 그걸 하나의 흐름으로 재구성하는 건 불가능합니다. 처음부터 별개의 이야기니까요."

"그렇지만 『열대』는 사본이 아닌데요. 출판물이잖아요?"

"하지만 나카쓰가와 씨조차도 실물을 입수하지 못하고 있습니다. 상당히 특수한 출판물이고 세상에 거의 소개되지 않았다는 건 전부 작가인 사야마 쇼이치가 꾸민 걸지도 몰라요. 한 권 한 권이 다 다른, 세상에 한 권뿐인 『열대』인 겁니다."

"왜 일부러 그런 일을 하는데요?"

여기에는 이케우치 씨도 대답이 궁한 듯했다.

"그런 책이 존재한다면야 즐겁겠지만 『열대』가 출판된 건 1980년대죠? 지금보다 더 돈이 들고 수고도 들었을 거예요. 각각 다른 원고를 준비해서 한 권씩 인쇄하고 제본하고. 사야마 쇼이치는 왜 그런 일을 한 건데요?"

"……말씀대로 현실미는 없죠."

"아뇨, 재미있어요. 재미는 있는데……."

아닌 게 아니라 이케우치 씨의 아이디어는 재미있었다. 하지만 시라이시 씨조차도 납득할 수 없었으니 나카쓰가와 씨나 신조 군도 받아들일 것 같지 않았다.

"이번 주말 모임, 어떻게 하죠?"

"지요 씨의 탈퇴를 설명할 필요가 있습니다."

"두 분이 뭐라고 하려나요."

"……말 안 하고 가만있는 방법도 있습니다만."

"전 비장의 카드는 안 갖는 스타일이라서요."

이케우치 씨는 "그랬죠"라며 미소 지었다.

그 주 주말 찻집 메리에서 학파 모임이 열렸다.

당일 아침부터 눈발이 날렸지만 지하상가 찻집에는 아무 변화도 없었다.

한 달 만에 학파 사람들과 한 테이블에 앉아본 시라이시 씨는 문득 웃음이 났다. 이 사람들은 왜 이렇게 심각한 표정을 짓고 있는 걸까. 확실히 『열대』에 얽힌 수수께끼는 흥미롭지만 『열대』는 한 편의 소설에 불과하다. '학파'니 뭐니 해도 요는 평범한 독서 모임 아닌가.

이케우치 씨가 "말씀드릴 게 있습니다"라며 운을 뗐다.

지요 씨의 탈퇴는 학파 멤버들에게 뜻밖의 소식이었다. 하리마에서 일어난 일을 이야기하는 동안 나카쓰가와 씨도 신조 군도 표정이 험악해졌다.

"그 뒤 지요 씨께 몇 번 전화를 해봤습니다만 연락이 안 됩니다."

이케우치 씨가 말했다.

"지요 씨는 반칙을 할 생각인가 보군요."

"반칙이라뇨?"

"뻔하죠. 『열대』를 손에 넣는 겁니다."

그렇게 단순한 이야기일까. 그날 이야기해 본 인상으로는 지요 씨가 원하는 것이 그런 게 아니라는 생각이 들었다. 그렇지만 '그럼 지요 씨의 의도는 뭔데?'라고 물으면 대답할 길이 없었다. 그렇게 답답할 수가 없었다.

시라이시 씨가 생각에 잠겨 있으려니 나카쓰가와 씨가 쳐다보며 "더 할 말이 있는 게 아닙니까?"라고 물었다.

"네? 무슨 뜻이죠?"

"우리는 이렇게 모여 1년도 더 넘게 『열대』에 관해 조사를 벌여 왔습니다. 그동안 진전이 거의 없었습니다. 중대한 단서는 아무것도 없었죠. 그런데 당신이 오자마자 꽤나 큰 발전이 있군요."

"제가 뭔가 더 숨기는 게 있다는 말씀인가요?"

"아닌가요?"

시라이시 씨는 학파 멤버들을 둘러봤다.

"여러분, 좀 냉정을 되찾으시는 게 어떨까요? 『열대』는 그냥 소설이에요. 이렇게 재미있는 소설을 만났으니까 수수께끼를 즐기면 되는 거예요. 전 아는 걸 전부 말했어요. 그런데 의심하신다면 전 두 번 다시 여기 오지 않겠습니다."

이윽고 이케우치 씨가 "맞는 말씀입니다"라고 동조했다. "아닌 게 아니라 우리는 『열대』에 홀렸습니다. 정상이 아니에요."

"그 말씀이 맞습니다. 이거야 원, 부끄럽군요." 나카쓰가와 씨가 헛기침을 했다. "제가 무례한 소리를 했습니다. 사과하겠습니다."

시라이시 씨는 안도의 한숨을 쉬고 말했다.

"지요 씨가 하신 말씀을 검토해 보면 어떨까요?"

나카쓰가와 씨가 인양 작업 일람표를 펼쳤다.

지요 씨가 한 말을 믿는다면 사막의 궁전은 무풍대를 지나서 나온다. 이케우치 씨는 이야기의 후반에 펼쳐진 공백에 '사막의 궁전'이라고 썼다. 화살표를 그리고 '보름달의 마녀?'라고 덧붙였다. 그러나 그 이름을 기억하는 학파 멤버는 없었다.

나카쓰가와 씨가 생각에 잠겨 말했다.

"그건 '마왕'하고 다른 인물입니까?"

"그런 것 같아요."

"마술사와 마녀. 뭔가 관계있을 테죠."

마왕은 『열대』에 등장하는 마술사다. '창조의 마술'로 섬들을 만들어 내고 주인공이 표류한 해역을 지배한다. 그의 존재는 이야기 초입부터 시사되고 주인공은 장차 마왕과 대결하게 된다. 말하자면 주인공의 최대의 적이라 할 수 있다.

이케우치 씨가 말했다. “지요 씨가 마지막으로 하신 말씀이 마음에 걸립니다. ‘당신들이 읽은 『열대』는 가짜예요. 내 『열대』만이 진짜랍니다.’”

이케우치 씨는 머뭇머뭇 지난번 내놓았던 가설을 설명했다. 자신들이 읽은 사야마 쇼이치의 『열대』는 전부 내용이 각기 다른 책이었다는 가설이다.

나카쓰가와 씨는 뜻밖에 흥미가 동한 듯했다.

“재미있는 가설이군요. 현실적이진 않지만 저는 좋은데요.”

“그렇게 생각하면 무풍대의 수수께끼도 풀리거든요.”

“그래요, 무풍대입니다. 아닌 게 아니라 이건 이상하죠.”

나카쓰가와 씨는 테이블에 펴놓은 일람표를 손가락으로 훑었다. 서두부터 일직선으로 이어지는 이야기의 줄기는 검은 실선으로 표시되어 있었다. 그런데 그 선들은 중반부터 미덥지 못한 점선 몇 가닥으로 갈라졌다. 어떤 전개가 맞는지 확실하지 않기 때문이다. 이윽고 점선들을 잇는 것조차 불가능해져 단편적인 이미지가 점점이 흩어져 있을 뿐인 ‘무풍대’가 나왔다. 마치 사막에 흐르는 큰 강이 잇따라 가지를 쳐 어느새 사라져버리는 듯한 인상이었다.

“애초에 왜 끝까지 읽은 사람이 없는 걸까요?”

“지난번에는 나카쓰가와 씨가 우연이라고 하셨는데요.”

“그렇게 생각할 수밖에 없으니까요. 우리는 다들 『열대』를 끝까지 읽으려고 했습니다. 도중에 그만둔 게 아니란 말이죠.

그런데 책이 사라져 버렸습니다. 그렇지만 보세요, 책은 물체 아닙니까? 확고하게 그곳에 있는 겁니다. '읽는 도중에 사라지는 책'은 만들 수 없어요. 무슨 마술도 아니고."

거기까지 이야기한 나카쓰가와 씨가 갑자기 입을 다물었다.

"왜 그러시죠?"

"아뇨, 『천일야화』가 생각나서 말입니다."

나카쓰가와 씨는 다음과 같은 이야기를 했다.

"「유난 왕과 의사 두반의 이야기」라는 게 있습니다. 옛날에 중병으로 고통 받는 유난이라는 왕이 있었습니다. 어떤 치료법도 효과가 없자 온갖 의사가 치료를 단념했죠. 그러던 어느 날 두반이라는 의사가 나타났습니다. 그 인물은 그리스, 로마, 아라비아, 시리아의 학문 전반에 정통해 보기 좋게 왕의 병을 고쳤습니다. 왕은 엎드려 절할 듯한 기세로 감사해하며 막대한 사례금을 주었습니다. 그리고 궁정에서 의사를 중용했거든요. 당연히 그걸 고깝게 생각하는 자가 있었어요. 그때까지 왕의 측근이었던 대신이죠."

"아주 있을 법한 이야기네요, 그거."

"그 때문에 대신은 왕에게 있는 일 없는 일 다 일러바쳐서 마침내 '두반이 모반을 꾀하고 있다'라고 믿게 하는 데 성공했습니다. 왕은 두반을 잡아들여 사형 집행인에게 목을 치라고 명했습니다. 그런데 두반은 마지막으로 소원 하나만 들어달라고 했습니다. 자기가 가진 장서 중에서 책 한 권을 바치게 해달라는 거였습니다. 세상의 온갖 비밀을 해명하는 책이라고 했습니다. 그야말로 정수 중의 정수, 보배 중의 보배라 할 책인 겁니다."

시라이시 씨는 이케우치 씨와 마주 봤다.

"어째 『열대』 같네요."

"그렇습니다."

나카쓰가와 씨는 기쁘게 말했다.

"가령 그 책의 셋째 페이지 셋째 줄에 쓰인 내용을 읽으면 참수된 두반의 머리가 입을 열어 이런저런 질문에 대답해 준다는 겁니다. 이 말에 더없이 흥미가 동한 왕은 일단 두반을 집으로 돌려보냈다가 나중에 책을 받은 다음 다시금 두반의 목을 베려고 계획했습니다. 두반은 자기 목을 치기 전에는 책을 읽으면 안 된다고 경고했지만, 왕은 신경 쓰지 않고 곧바로 그 책을 읽으려고 합니다. 그런데 어떻게 된 일인지 그 책은 책장이 전부 딱 붙어 있단 말이죠. 왕은 여러 번 손가락에 침을 묻혀 책장을 넘깁니다. 그런데 아무리 넘겨도 아무것도 안 쓰여 있어요. 어떻게 된 일인가 하고 계속해서 책장을 넘기던 왕은 갑자기 심한 경련을 일으키며 죽고 말았습니다."

이케우치 씨가 "알겠습니다"라며 중얼거렸다. "책에 독을 발라놨군요."

"의사의 작전이었다는 건가요?"

"그렇죠. 머리를 썼군요."

"혹시 나카쓰가와 씨, 『열대』에도 묘한 독이 발라져 있었다는 말씀이세요? 전 책 읽을 때 손가락에 침 묻히는 행동은 안

하는데요."

"그야 저도 책은 정중하게 다룹니다. 이건 어디까지나 문득 떠오른 생각입니다."

그때 신조 군이 손을 들었다.

"방금 그 이야기를 듣고 하나 생각난 게 있는데요."

"뭡니까, 탐정 군."

"물리적인 독이 아니라도 되지 않을까요. 전 언어학이 전공인데, 언어 자체라기보다 언어가 인간에게 미치는 영향에 관심이 있어서 전부터 최면이나 자기 암시에 관해 여러모로 조사해 왔거든요. 그래서 생각났는데, 말하자면 『열대』에 언어적인 독이 있었다면 어떨까요?"

언어적인 독이란 무엇인가. 시라이시 씨는 고개를 갸웃했다.

"가령 우리가 한 권의 책, 소설이 됐든 종교 서적이 됐든 사상서가 됐든 어떤 책을 열중해서 읽을 때 그 책에 쓰인 말에 의해 일종의 '암시'에 걸려요. 책은 어디까지나 언어적인 건축물이지 현실 자체는 아니잖아요? 하지만 그 암시로 인해 우리의 세계관은 변화하죠. 만약 대단히 특수한 암시를 유발하도록 구성된 문장이 있어서 그걸 읽은 인간을 조종할 수 있다면……."

"탐정 소년이 굉장한 가설을 내놨구먼."

"물론 황당무계하다는 건 저도 안다고요." 신조 군은 콧방울을 벌름거렸다. "그렇지만 이케우치 씨가 말한 각기 다른 책 가설이나 나카쓰가와 씨가 말한 독 가설이나 도토리 키 재기 아닌가요."

“아이고, 그래요, 그건 인정합니다.”

“우리는 『열대』를 읽는 사이에 사야마 쇼이치의 암시에 걸린 겁니다. 읽는 중에 『열대』를 분실한 건 암시에 걸려 자기가 처분했기 때문이에요. 그리고 자기 행위 자체를 잊어버린 거죠. 전부 프로그램의 결과라고요.”

“무풍대에 관해선 어떻게 설명하죠?”

이케우치 씨의 질문에도 신조 군은 서슴없이 대답했다.

“만약 『열대』의 목적이 암시에 있는 거라면 이야기 자체는 중요하지 않아요. 서두 부분은 우리가 재미있게 읽을 수 있도록 썼습니다. 그건 먹잇감을 유인하기 위한 덫이죠. ‘언어적인 독’이 있는 건 그 다음이에요. 거기까지 유인하고 나면 이야기의 맥락 같은 건 필요 없거든요. 중반 이후 우리 기억이 일치하지 않는 것도, 일관된 이야기를 찾지 못하는 것도 애초에 그런 게 없기 때문이에요. 무풍대는 언어적인 독을 감춘 장소에 불과한 거죠.”

신조 군의 ‘언어적 독’도 재미있는 가설이었다.

하지만, 하고 시라이시 씨는 고개를 갸웃했다.

왜 사야마 쇼이치는 그런 것을 만들었나?

신조 군은 문득 소파에 몸을 파묻으며 혼잣말처럼 중얼거렸다.

“생각해 보면 이상하죠. 시라이시 씨 말처럼 『열대』는 그냥 소설이거든요. 그런데 어째서 이렇게까지 푹 빠져 있는 걸까요. 꼭 저주 같잖아요.”

신조 군은 갑자기 불안감에 사로잡힌 듯 보였다

도에이 미타선역에서 지상으로 나왔다. 음울한 하늘에서는 여전히 눈이 날리고 있었다.

시라이시 씨는 하쿠산 거리에서 골목으로 들어가 상점가를 걸어갔다. 이윽고 센코지 고개에 접어들자 거리가 한층 고요해졌다. 머리에 솜이 꽉 찬 것처럼 멍하고 볼도 약간 열이 있는 듯했다. 그녀는 하얀 입김을 불며 고개 위를 올려다봤다. 긴 고갯길 중간, 센코사 문 앞 언저리에 여자가 서 있었다.

그 사람은 우산을 쓰고 검정 코트를 입고 있었다. 꼭 영화배우 같았다.

'지요 씨인가?'

순간 든 생각을 시라이시 씨는 부정했다.

시라이시 씨가 두 번째로 참가한 학파 모임은 멤버들이 각각 『열대』에 관한 황당무계한 가설만 제시하고 끝났다. 그러나 결실이 전혀 없었던 것은 아니다. 학파 멤버 전원이 『열대』에 홀려 있다는 것만은 뚜렷이 느낄 수 있었다.

꼭 저주 같잖아요.

신조 군이 한 말이 마음에 남아 있었다.

시라이시 씨는 자신도 같은 저주에 걸리려 한다는 느낌이 들었다. 그냥 소설일 뿐이라고 단언하면서도 마음속 한구석으로는 그렇지 않다고 생각하고 있었다.

이제 그녀는 두 개의 이야기에 매료되어 있었다. 『열대』라는 이야기와 『열대』를 둘러싼 이야기. 이 안과 밖의 두 이야기 사이에는 어떤 불가사의한 통로가 있다는 느낌이 자꾸만 들었다.

이윽고 시라이시 씨는 센코사 문 앞에 멈춰 섰다.

'아까 그 여자는 어디 갔지?'

검정 코트를 입은 여자는 어디에도 없었다.

무심코 돌아본 시라이시 씨의 눈에 비탈 아래 선 여자가 보였다. 아까와 같은 모습으로 서 있었다. 어느새 엇갈려 지나쳤을까. 우산에 가려져 상대방의 얼굴은 보이지 않았다. 그러나 지요 씨라는 생각이 들었다. 문득 등골이 오싹했다.

'이거 영 안 좋은데.'

시라이시 씨는 몸을 돌려 귀가를 서둘렀다.

집에 오니 어머니가 놀란 표정으로 말했다.

"얼굴이 왜 그렇게 새파래?"

"유령 같은 걸 봤어."

"어디서?"

"저기 고개에서."

"아항, 해 질 녘엔 요괴를 만나기 쉽다고 하잖아."

따뜻한 집 안에서 어머니의 느긋한 목소리를 들으니 왜 그렇게 섬뜩한 기분이 들었는지 알 수 없어졌다. 그러나 저녁을 먹고 나서도 오한은 계속됐다. 어머니가 "감기 걸린 거 아니야?"라고 해서 열을 재보자 정말 열이 났다. 그렇다면 열에 들

뜬 듯한 이 느낌은 단순히 감기가 원인이었을까.

그만 맥이 빠진 그녀는 갈근탕을 마시고 일찌감치 잠자리에 들기로 했다.

방으로 돌아와 이불을 편 뒤 지요 씨가 준 가짜 『열대』를 생각했다. 학과 사람들에게 보여주려고 했는데 꺼낼 기회를 놓치고 말았다. 뭐, 상관없다. 어차피 가짜인데.

'좀 더 냉정해져야지.'

학과 내에서만 『열대』 이야기를 하는 게 문제다. 시라이시 씨는 학창 시절 친구에게 전화를 해봤다.

"야호, 오랜만이네. 웬일이야?"

친구 목소리를 듣는 것만으로도 기운이 나는 듯했다.

"미안, 아직 일하는 중?"

"괜찮아. 어차피 거의 늘 일하고 있으니까."

친구는 진보정에 위치한 출판사에 근무한다. 그녀라면 『열대』에 관한 소문을 들어봤을지도 모른다. 시라이시 씨는 수화기 너머로 『열대』에 관해 간략하게 설명했다. 그러나 친구도 그런 기이한 소설에 관해서는 들어본 적이 없는 모양이었다.

"그렇구나, 아쉽네."

"그렇지만 재미있겠는데. 좀 조사해 볼게." 친구는 말했다. "다음에 같이 밥 먹자."

그때부터 시라이시 씨는 앓아누워 그다음 주까지 일어나지 못했다. 병원 검사 결과 유행성 독감이 아니라는 것은 알았지만 열이 유달리 내리지 않아 화장실에 가기도 힘겨울 정도였다. 감기에 걸리는 것도 오랜만이었다. '원래 이렇게 힘들었던 가?' 하고 시라이시 씨는 생각했다. 좋아하는 만화를 볼 기운도 없었다.

고열에 시달렸던 사흘 동안 그녀는 『열대』와 관련된 꿈을 종종 꾸었다.

하나같이 단편적이고 현실과 비현실이 뒤섞여 있었다. 소설에 등장하는 남양의 섬이 나왔다가, 찻집 메리에서 열린 모임이 나왔다가, 하리마 고개의 아파트가 나왔다가 했다. 열 때문에 정신이 몽롱한 데다 커튼 친 방에 몸져누워 있다 보니 자칫하면 자신이 어디 있는 건지 알 수 없어지곤 했다. 사막의 궁전도 꿈에 등장했다. 모래에 파묻힌 텅 빈 궁전을 홀로 끝없이 방황하는 꿈이었는데, 꼭 진짜 기억처럼 현실감이 느껴졌다.

죽을 가져온 어머니는 태평한 목소리로 말했다.

"피곤해서 그렇겠지."

"피곤할 만큼 일하지 않았는데."

"피곤하니까 병이 난 거잖아?" 어머니는 온화하게 말했다. "아버지가 딸기 사오셨다."

"내가 감기 걸리면 아버지는 늘 딸기를 사오시더라."

"딸기는 긍정적인 기분이 들게 해주는 음식이니까."

수요일 오전에 비로소 열이 내렸다. 어쩐지 뜨거운 물로 온몸을 세탁한 것처럼 개운했다. 휘청휘청 1층으로 내려가니 툇마루 너머 좁은 마당이 눈에 파묻혀 있었다. 폭설로 인해 도내 교통기관이 마비됐다고 텔레비전 뉴스에서 말했다. "너희 아버지, 조난당한 거 아니겠지?" 어머니가 중얼거렸다.

시라이시 씨는 아침을 먹고 방으로 돌아왔다.

'내일은 출근할 수 있겠지.'

당장 출근할 수 없어 아쉬웠다. 검정 노트를 들고 모형 상점을 찾아오는 이케우치 씨의 모습이 눈앞에 선했다. 금요일에야 만날 수 있겠다고 생각하고 있는데 점심 지나 뜻밖에 이케우치 씨에게서 전화가 왔다.

"몸은 좀 어떠십니까?"

"열은 내렸어요. 내일부터 출근할 거예요."

"다행이군요. 안심됩니다."

이케우치 씨는 잠시 수화기 너머에서 침묵했다.

침묵 사이로 지하상가의 잡음이 들려왔다.

"……이케우치 씨, 무슨 일 있으세요?"

"금요일 밤에 교토로 갑니다." 이케우치 씨는 말했다. "낮에 모형 상점에 찾아뵐 수 없는데 저녁에 식사를 같이 할 수 없을까요? 교토로 가기 전에 『열대』에 관해 꼭 드릴 말씀이 있거든요."

시라이시 씨는 저도 모르게 목소리를 낮추었다.

"새로운 전개가 있었나요?"

"네. 그래서 교토에 가는 겁니다."

금요일 저녁 시라이시 씨는 조금 일찍 일을 끝냈다.

유라쿠정 철교 밑을 지나 도쿄 교통회관 건물로 향하는 그녀는 스스로도 놀랄 만큼 가슴이 설렜다. 약속 장소는 15층 도쿄 회관 긴자 스카이라운지였다.

"유라쿠정의 하늘에서 만나요."

시라이시 씨는 중얼거렸다.

아직 초저녁이라 손님이 많지 않았다. 곡선을 그리는 바깥쪽 벽을 따라 순백의 식탁보를 덮은 테이블이 점점이 놓여 있고, 유리벽 너머로 도쿄역의 돔 지붕과 석양에 빛나는 마루노우치의 건물들이 보였다. 가끔씩 바닥에서 진동이 느껴지는 것은 이 라운지가 천천히 회전하기 때문이다. 어쩐지 호화 여객선 같다고 그녀는 생각했다.

이케우치 씨는 시라이시 씨를 발견하고 일어섰다.

"나오시게 해서 죄송합니다."

"괜찮아요. 싹 나았는걸요."

그녀는 이케우치 씨의 여행 가방을 알아챘다.

"바로 출발하시는군요."

"네."

코스 요리를 주문한 뒤 이케우치 씨는 애용하는 노트를 폈다.

"이걸 보십시오. 그저께 도착한 겁니다."

시라이시 씨는 이케우치 씨가 건네는 엽서를 받아봤다. 아무런 특징이 없는 관광 그림엽서로, 교토에 있는 난젠사 삼문三門의 사진이 인쇄되어 있었다. 뒤집어 보자 받는 사람 주소는 이케우치 씨의 직장이었고 메시지 란에 짤막한 글이 있었다. 달랑 한 문장이었다.

'내 『열대』만이 진짜랍니다.'

"보낸 사람 이름은 없네요."

"지요 씨가 보낸 겁니다."

보아하니 지요 씨는 학파에서 탈퇴한 뒤 교토로 간 듯했다. 그녀는 교토 출신이니 그곳으로 가도 이상할 것은 전혀 없다. 하지만 일부러 이런 그림엽서를 이케우치 씨에게 보낸 이유는 알 수 없었다.

나만 옳다. 너희는 모두 틀렸다.

여행지에서 그런 선언을 하는 데에 무슨 의미가 있을까. 학파 사람들을 비웃는 걸까. 하지만 그녀가 구태여 그런 일을 할 사람 같지는 않았다. 이 엽서에는 다른 목적이 있다고 시라이시 씨는 생각했다.

"지요 씨는 교토로 오라고 하는 거군요."

"저도 그렇게 생각했습니다."

"……그렇지만 왜요? 무슨 이유로?"

"아마도 『열대』의 비밀이 교토에 있기 때문이겠죠." 이케우치 씨는 미소 지으며 말했다. "저도 비장의 카드가 있어서 말입니다."

"지금까지 가르쳐 주지 않으셨죠."

"지요 씨와 그렇게 약속했기 때문입니다. 하지만 지요 씨는 학과를 떠났고 당신은 비장의 카드를 갖지 않는 스타일이죠. 계속 입 다물고 있는 것도 비겁하니까요."

"그것도 좀 과장되네요."

"『열대』를 쓴 사야마 쇼이치는 교토에 살았습니다. 당시 그 사람은 학생이었죠. 그런데 1982년 2월 갑자기 모습을 감추었거든요."

"어떻게 그런 걸 아시죠?"

"지요 씨는 사야마 쇼이치를 만난 적이 있어요. 그게 제 비장의 카드입니다."

시라이시 씨는 한숨을 쉬고 유리벽 너머로 시선을 돌렸다. 석양에 빛나는 마루노우치 건물들 사이로 황궁의 숲이 보였다. 저물어 가는 하늘 밑바닥이 타오르듯 밝아, 라운지에서 보이는 정경에서 어쩐지 바다가 느껴졌다.

"이건 지요 씨한테서 들은 이야기입니다."

지금으로부터 30년도 더 전에 있었던 일이라며 이케우치 씨는 이야기하기 시작했다.

당시 대학생이었던 지요 씨는 요시다산 위에 위치한 집에서 살고 있었다. 철근 콘크리트를 쓴 멋없는 2층집으로, 2층에 있는 그녀의 방에서는 다이몬지산이 보였다. 그녀의 아버지는 데이코쿠 대학을 나온 화학자였는데 전쟁 중에 소집되어 만주로 건너간 경험이 있었다. 그곳에서 첫 부인과 아들을 잃었다. 패전 1년 뒤 일본으로 돌아온 아버지는 학창 시절 친구와 손을 잡아 화학 도료를 제조하는 회사를 차렸다. 그 뒤 재혼해서 얻은 딸이 지요 씨였다.

"아버지에 대한 이야기는 저도 지요 씨한테서 들었어요." 시라이시 씨가 끼어들었다. "어렸을 때 서재에 숨어들었다면서요?"

"『천일야화』 말이죠?"

"네, 그거."

"지요 씨 아버지가 사야마 쇼이치와의 만남에 얽혀 있는 겁니다."

요시다산을 내다보는 아버지의 서재에는 소목장에게 주문해 만든 커다란 책꽂이가 있었다. 지요 씨는 그 책꽂이에서 『천일야화』뿐 아니라 그 밖의 여러 책을 만났다.

서재에는 '방 안의 방' 같은 기묘한 장소가 존재했다. 계단식 사다리로 이어지는 중 2층 같은 좁은 공간에 『이상한 나라의 앨리스』에 등장할 법한 작은 문이 있었다. 그녀의 아버지 말을 미루어 짐작하건대 그 방에는 희귀 서적과 개인적인 메모 및 여러 권의 일기장이 가득한 듯 했다. 그리고 그녀가 사야마 쇼이치를 만나는 계기가 된 '사본'도 그 작은 문 너머에 보관되어 있었다.

지요 씨가 대학 2학년이던 해 여름, 한 학생이 아버지를 찾아왔다. 호리호리하고 마른 몸집에 얼굴에는 수염이 꺼끌꺼끌하게 난 남학생이었다.

"사야마 쇼이치라고 합니다. 니시다 선생님께 소개를 받고 왔습니다."

지요 씨는 아버지 서재로 커피를 가져다주면서 테이블에 필사본이 놓여 있는 것을 봤다. 아버지가 이집트에 여행 가서 사온 『천일야화』 사본의 일부였다. 찾아온 학생은 문학부에서 아랍어를 공부하는 대학원생으로, 아버지는 사본을 그에게 읽어봐 달라고 부탁할 생각인 듯했다. 결과적으로 별달리 진기한 사본은 아니라는 것을 알았지만, 아버지는 학생이 마음에 들었는지 그 뒤로 청년, 즉 사야마 쇼이치는 애용하는 노트를 옆구리에 끼고 이따금 아버지의 서재를 찾아오게 됐다.

그렇게 해서 지요 씨와 사야마는 친해진 것이다.

"……그렇지만 모습을 감췄다고 하셨죠?"

"그렇습니다."

이케우치 씨는 노트 페이지를 넘겨 메모를 읽었다.

"지요 씨와 사야마가 처음 만나고 반년 뒤, 다시 말해 1982년 2월이군요. 요시다 신사의 세쓰분(입춘 전날) 축제를 구경하러 나간 날 밤, 지요 씨는 인파 속에서 사야마를 잃어버리고 말았습니다. 사야마는 그 뒤로 모습을 감춰서 두 번 다시 지요 씨 앞에 나타나지 않았다고 합니다. 그해 겨울 사야마는 이따금 '소설을 쓸 생각'이라고 지요 씨한테 말했습니다. 마술에 얽힌 이야기, 남양의 섬을 둘러싼 불가사의한 모험담이 될 거라고 말이죠."

"남양의 섬을 둘러싼 모험담이라고요?"

"십중팔구 그게 『열대』겠죠."

지요 씨가 이케우치 씨에게 한 이야기에 따르면, 그녀가 사야마 쇼이치의 『열대』를 알게 된 것은 2년 전, 남편 사무실을 대청소하고 있을 때였다. 폐기할 자료들 틈에 섞여 있던 것을 우연히 발견했다. 이상하게도 남편은 그런 책을 산 적 없다고 하는 데다 사무실 다른 사람들도 그 책의 출현 경위에 관해 짐작 가는 데가 없는 듯했다. 사야마가 실종되고 30년 이상 세월이 흘렀지만, 지요 씨는 작가 이름과 제목만 보고도 그의 작품임을 직감했다. 책을 읽을수록 확신은 점점 강해졌다.

"그런데 지요 씨도 끝까지 읽지는 못했던 겁니다."

이케우치 씨가 이야기하는 동안에도 라운지는 천천히 회전을 계속해 도쿄 하늘은 저녁에서 밤으로 물들어갔다. 혼잡한 유라쿠초역이 눈에 들어왔다.

눈 아래 우뚝 솟은 건물은 벽 한 면 전체가 유리로 돼 있어 각 층 동일한 위치에 자동판매기 코너가 보였다. 꼭 벌집의 단면을 보는 것 같아 재미있었다. 어느 층에서는 카디건을 걸친 치과 위생사인 듯한 여자가 벤치에 앉아 있었다. 다른 층에서는 양복 차림의 중년 남자가 열심히 통화하고 있었다. 그런가 하면 또 다른 층에서는 대학생으로 보이는 젊은이가 유리를 노려보며 머리를 매만지고 있었다. 그곳에 몇몇 이야기의 조각이 대충 늘어 놓여 있는 것처럼 느껴졌다. 저쪽 건물에서 보면 우리도 이야기 속에 있는 것처럼 보일까.

"사야마 쇼이치라는 인물도 노트를 애용했나 봅니다."

이케우치 씨는 노트를 덮고 그 위에 손을 얹었다.

"지요 씨와 산책을 나갈 때도 하숙집에서 이야기를 할 때도는 노트를 들고 있었던 모양입니다. 그 부분에서 아주 공감이 느껴지더군요."

"그 노트에 『열대』를 썼던 걸까요?"

"지금에 와선 알 수 없죠." 이케우치 씨는 말했다. "지요 씨가 가르쳐 준 건 얼마 안 됩니다. 사야마 쇼이치의 실종에 관해서도 말을 얼버무리는 것 같았습니다. 두 사람 사이에 무슨 일이 있었는지 전 몰라요. 어쩌면 두 사람은 사랑하는 사이였을지도 모르죠. 어디까지나 이건 제 억측입니다만, 어쩐지 그게 다가 아니라는 생각이 들거든요."

시라이시 씨는 턱을 괴고 생각에 잠겼다.

사야마 쇼이치는 어째서 모습을 감췄을까. 『열대』라는 책이 존재하니까 그는 죽은 게 아니다. 하지만 살아 있다면 어째서 지요 씨에게 연락하지 않았을까. 게다가 사야마는 『열대』라는 작품을 남긴 것을 끝으로 30년 이상 다른 작품을 한 편도 쓰지 않았다. 아니, 애초에 『열대』의 존재 자체가 확실하지 않다. 실물을 가지고 있는 사람이 한 명도 없으니까.

작가는 사라지고 책도 사라지고 그저 바닥이 보이지 않는 구멍만이 남아 있을 뿐.

교토에 가면 수수께끼가 풀릴까.

그녀는 무심코 중얼거렸다.

"좋겠네요, 교토."

"같이 안 가시겠습니까?"

"가고는 싶지만 아무리 그래도 무리예요."

이케우치 씨는 미소를 지었다.

"전부 시라이시 씨 덕분입니다."

"그런가요?"

"당신이 계기를 마련해 줬으니까요."

주위는 그새 완전히 어두워지고 군청색 천장에 장식용 전구가 별처럼 반짝이기 시작했다. 드레스를 입은 여자가 피아노를 연주하고 있었다. 점점 더 호화 여객선 같아졌다는 생각이 들었다. 자신들은 거대한 여객선을 타고 밤바다를 나아간다.

"갔다 오시면 모험의 전말을 들려주세요."

"물론입니다. 좋은 소식을 기대해 주십시오."

이케우치 씨는 진지한 표정으로 고개를 끄덕였다.

피아노 연주를 듣는 사이에 긴자 거리가 눈에 들어왔다.

야경에 눈길을 주다 시라이시 씨는 문득 맞은편 건물에 관심이 갔다. 식당가의 불빛이 추억 속의 정경처럼 친숙하게 느껴졌다. 그녀는 꽤 오랜 시간 불빛을 황홀하게 응시했다. 흡사 자신이 어두운 밤바다에 떠 있는 축제에 온 것 같았다.

시라이시 씨는 상점 계산대에 턱을 괴고 있었다.

이케우치 씨는 『열대』의 수수께끼에 도전하기 위해 교토로 떠났다. 빈둥빈둥 손 놓고 기다리기만 하는 것도 한심하다. 뭔가 자기 나름의 가설을 세울 수는 없을까.

시라이시 씨는 노트를 훑어보며 지금까지 알아낸 것을 돌아봤다.

지요 씨는 사막의 궁전이 무풍대를 지나서 있다고 말했다. 어떻게 단언할 수 있었을까. 그녀만의 비밀, 다른 학파 멤버들에게는 이야기하지 않은 기억이 있는 게 틀림없다. 그건 거의 완성된 퍼즐로서 그녀의 가슴에 감춰져 있었으나 마지막 조각이 모자랐다. 그런데 자신이 나타났다. 그리고 '보름달의 마녀'라는 말이 지요 씨의 퍼즐을 완성으로 이끈 것이라면.

보름달의 마녀는 어떤 인물일까.

노트를 노려보는데 삼촌이 말을 걸었다.

"무슨 문제라도 있냐?"

얼굴을 들자 삼촌은 검지로 미간을 톡톡 쳤다.

"그런 표정 짓고 있으면 손님이 겁내. 여유를 갖자고, 여유."

시라이시 씨는 표정을 풀고 어색하게 웃음을 지었다.

"삼촌, 혹시 보름달의 마녀라고 들어본 적 없어요?"

"뭐냐, 그게?"

"모르니까 묻잖아요."

"보름달이면 가구야 아가씨 아닌가?"

"가구야 아가씨는 마녀가 아니잖아요."

"마녀 같은 거야. 사악한 여자."

시라이시 씨는 『다케토리모노가타리竹取物語』를 정식으로 읽어본 적은 없지만 대략적인 줄거리는 안다. 과거 무라시키 시키부가 그에 대해 '모노가타리의 시조'라고 쓴 것도 안다. 생각해 보면 『다케토리모노가타리』도 기묘한 이야기다. 가구야 아가씨는 누군지, 어째서 지상으로 내려왔는지, 어째서 떠났는지 아무것도 알 수 없다. 하나부터 열까지 수수께끼다.

"삼촌은 가구야 아가씨가 싫어요?"

"아주 좋아하지."

"사악한 여자라면서요?"

"난 친하게 지내고 싶지 않은 여자가 좋거든."

삼촌도 참 근사하게 비뚤어졌다고 시라이시 씨는 생각했다.

일요일 정오 지나 그녀가 메리에서 점심을 먹는데 갑자기 전화가 왔다. 이케우치 씨였다. 무슨 발견이라도 한 걸까.

"웬일이세요, 이케우치 씨."

"바쁘신데 죄송합니다."

"바쁘지 않아요. 지금 점심시간이거든요."

아마 이케우치 씨에게는 찻집의 소음이 들릴 것이다. 사람들 말소리, 식기 소리, 클래식 음악. 그녀는 귀를 기울여 봤지만 수화기 저편은 희미하게 라디오 같은 소리가 들릴 뿐 조용했다. 이케우치 씨는 택시 안에 있을지도 모르겠다.

"지금 어디 계시는지요?"

이케우치 씨의 목소리에는 묘한 긴장감이 있었다.

"찻집 메리에 있어요. 토스트 세트를 먹는 중인데요." 시라이시 씨는 말했다. "왜요?"

"아뇨, 교토에서 비슷하게 생긴 사람을 봐서 말입니다."

"전 유라쿠정에 있다고 알고 있는데요." 그녀는 웃었다. "어쩌면 또 하나의 저를 보신 걸지도 모르겠네요. 저도 교토에 가고 싶었으니까 미련이 남아서."

"그럼 제가 착각한 거군요."

"그럴걸요."

"이거야 원, 죄송합니다."

이케우치 씨는 그렇게 말하고 입을 다물었다.

역시 어쩐지 이상하다는 생각이 들었다.

"……이케우치 씨, 무슨 일이 있었던 거 아닌가요?"

"걱정 안 하셔도 됩니다. 하도 여러 가지 일이 생기는 바람에 아직 정리가 안 돼서 말이죠. 도쿄로 돌아가면 의논 드릴 게 아주 많습니다."

"기대할게요."

"좋은 소식 기대해 주십시오."

어쩐지 이케우치 씨답지 않은, 조리가 없는 통화였다.

시라이시 씨는 턱을 괴고 생각에 잠겼다.

내 『열대』만이 진짜랍니다.

확신에 찬 목소리가 귓전에 들리는 듯했다.

지요 씨가 보트를 타고 거침없이 바다를 달리는 모습이 떠올랐다. 반짝이는 눈동자는 수평선 너머를 향하고 있었다. 참 아름다운 이미지였다.

이케우치 씨는 교토에서 지요 씨를 따라잡을 수 있을까.

그 다음 월요일 오후, 시라이시 씨는 진보정에 갔다.

야스쿠니 거리에는 평온한 빛이 비추고 길을 걷는 이들도 느긋해 보였다.

거리를 따라 늘어선 헌책방 앞에는 책이 가득한 손수레가 여럿 있었다. 입구 양옆으로 쌓인 헌책 탑이 당장이라도 무너질 것 같은 곳도 있었다. 그쯤 되면 점포라기보다 헌책으로 만든 동굴이다. 문득 멈춰 서서 쇼윈도를 들여다보니 구니키다 돗포 전집이며 오자키 고요 전집이 웅장한 탑처럼 우뚝 솟아 있었다.

여기 진보정에 얼마만큼의 '세계'가 갇혀 있을까.

초등학생 때 시라이시 씨는 곧잘 그런 생각을 했다. 책을 펴고 읽는 동안 세계가 그곳에 있는 것처럼 느껴졌다. 그러나 다 읽고 나서 책을 덮으면 세계는 어디에도 없었다. 글자를 인쇄한 종이 묶음이 있을 뿐이었다. 물론 당연한 일이지만 그 당연한 일이 신비스럽게 느껴질 때가 종종 있었다.

가령 여기 진보정의 서점에 들어가 책 한 권을 집어서 펴면 그 순간 특별한 시간이 흐르기 시작한다. 그때까지 아무것도 없었던 공간을 말이 메워 대지가 생겨나고 초목이 우거지고 인간이 살기 시작해 그곳에 세계가 나타난다. 다른 책을 집으면 또 다른 세계가 나타날 것이다. 그렇게 해서 세계는 끝을 알 수 없는 밀림처럼 증식한다.

'어째 정신이 아득해지네.'

시라이시 씨는 살짝 하품을 했다.

왜 그런지 옛날부터 '우주'라든지 '대불' '만리장성' 같은 장대한 것에 관해 생각하다 보면 하품이 났다. 시라이시 씨는 하품하며 걸었다.

약속 시간에 런천으로 가자 친구는 먼저 와서 교정쇄인 듯한 종이 뭉치를 읽고 있었다. 아주 편집자 같은 모습이었다. 그녀는 학교 다닐 때부터 진보정의 작은 출판사에서 아르바이트를 하다가 졸업한 뒤 그곳에 취직했다.

"야호."

"야호."

그들은 인사를 주고받았다.

감기로 누워있을 때 통화했던 내용을 계기로 친구는 『열대』에 관심을 가진 모양이었다. 자세한 이야기를 듣고 싶다고 해서 만나게 됐다.

시라이시 씨는 점심을 먹으며 연말부터 지금까지 있었던 일을 이야기했다. 이케우치 씨와의 만남, 인양 작업, 하리마 고개의 아파트 방문, 지요 씨의 탈퇴, 학파에서 논의한 여러 가설, 교토에서 날아온 그림엽서, 이케우치 씨의 여행. 의외로 여러 가지 일이 있었네, 하고 새삼 생각했다.

"재미있다, 그거 재미있는데!" 친구는 말했다. "꼭 추리소설 같아."

"그래서 이케우치 씨의 조사 결과를 기다리는 중이야."

"교토에서 분명히 뭔가 찾아낼 거야."

"……그럼 좋겠는데."

주말이 지났는데도 이케우치 씨에게서 연락이 없었다. 그 정도로 약속했으니 도쿄로 돌아오면 바로 연락을 줄 터였다. 십중팔구 아직 교토에 있는 것이다.

친구는 "그나저나 이상하네" 하고 중얼거렸다.

"학과 사람들은 지금까지 1년도 넘게 『열대』에 관해 조사한 거잖아? 그동안 큰 사건은 일어나지 않았어. 그런데 연말에 네가 학파에 참가한 뒤부터 빠른 속도로 진전이 있었지. 의외로 네가 핵심 인물일지도 몰라."

그러고 보면 나카쓰가와 씨도 비슷한 말을 했다.

시라이시 씨는 "에이, 뭘" 하며 손을 내저었다.

"그래서 『열대』에 관해 뭐 알아낸 거 있어?"

"으응, 별로 도움은 안 될지도."

친구는 아는 편집자들에게 물어봤지만 사야마 쇼이치라는 소설가도, 『열대』라는 작품도 안다는 사람이 없었다. 그런데 어느 헌책방 주인에게 묻자 "그 책이라면 들어본 적이 있다"라는 대답이 돌아왔다. 1년쯤 전에 문의를 받았다고 했다. 어째서 그런 것을 기억하느냐 하면 나카쓰가와 씨라는 수집가가 끈덕지게 묻고 다니는 바람에 헌책방 거리에서 조금 화제가 됐다는 것이다.

"그런데 못 찾았대."

"그 수집가, 아마 내가 아는 나카쓰가와 씨일 거야." 시라이시 씨는 맥이 빠져 말했다. "그 사람이라면 그 정도는 할걸."

"나카쓰가와 씨도 학파 사람이야?"

"응."

"아아, 그래서 그런 거군."

친구에 따르면 나카쓰가와 씨는 다른 사람들을 거의 만나지 않는다고 했다. 진보정 어딘가에 사무실을 갖고 있는 모양인데 내력을 아는 사람이 아무도 없었다. '아내의 사고사로 보험금을 받았다' '소설가 시바 료타로의 친척이다' '김 도매상의 상속자였다' 같은 말이 있었지만 모두 근거 없는 뜬소문인 듯했다.

어쨌거나 친구가 들을 수 있었던 것은 나카쓰가와 씨에 관한 소문뿐, 막상 『열대』의 내용에 관해서는 아무것도 알아내지 못했다. 세계 최대의 헌책방 거리에서 화제가 됐는데도 아무도 정체를 모른다는 것은 참 기이한 일이다.

"시라다마는 『열대』의 정체에 관해 어떻게 생각하는데?"

시라이시 씨의 이름은 다마코라서 친구는 마음이 내킬 때면 갑자기 '시라다마'라고 부르곤 했다.

시라이시 씨는 어깨를 으쓱했다.

"글쎄."

"수수께끼 풀이는 이케우치 씨한테 통째로 떠넘기는 거야?"

"……하나 생각한 게 있긴 한데."

『천일야화』와의 관계였다.

하리마 고개의 아파트를 찾아갔던 날, 지요 씨는 소파에 앉아 『천일야화』를 읽고 있었다. 그녀와 사야마 쇼이치가 만난 것은 아버지 서재에 보관되어 있었다는 『천일야화』 사본을 통해서였다. 나카쓰가와 씨는 『천일야화』 수집가라 하고, 시라이시 씨가 『열대』를 만난 기이한 서점 이름은 '아라비야 책방'이었다.

"『열대』와 『천일야화』는 뭔가 관계있는 걸까 싶어서."

얼마 전 그녀는 『천일야화』를 조금 읽어봤다.

이와나미에서 나온 문고본이었는데 프랑스의 마르드뤼가 아랍어에서 프랑스어로 번역한 것을 일본어로 중역한 판본인 듯했다. 다들 여자 목을 쉽사리 베질 않나 아주 터무니없는 이야기였지만, 셰에라자드는 총명하고 용감하고 매력적이었다. 일단 「샤흐리야르 왕과 동생 샤흐자만 왕의 이야기」를 다 읽고, 그 다음 편인 「상인과 마신(이프리트)의 이야기」를 중간까지 읽었다. 그러나 『열대』와의 연관성은 보이지 않았다.

"내가 못 보고 넘어간 게 있는 걸까."

"반대일지도 모르잖아. 『열대』에 『천일야화』가 나오는 거야."

"그러게, 그런 패턴도 있겠네."

"기억에 없어?"

시라이시 씨는 "으음" 하며 고개를 갸웃했다. "비슷할 것 같은 궁전은 나왔는데."

"뭐, 실물이 없으니까 확인할 방법이 없네."

친구는 잠깐 입을 다물었다가 "나도 생각난 게 있는데"라며 뜸을 들였다. 시라이시 씨가 "뭔데?" 하고 묻자 친구는 진지한 표정으로 말했다.

"넌 『열대』를 읽은 거지?"

"그렇지."

"……그거 정말 『열대』였어?"

정색하고 물으니 시라이시 씨는 괜히 불안해졌다. 꽤 오래전에 읽은 데다 실물을 갖고 있는 것도 아니다. 하지만 자신과 마찬가지로 『열대』를 읽은 사람들이 있다. 실물은 없어졌어도 학파 멤버들의 '추억'은 남아 있다.

"이케우치 씨를 안 만났으면 『열대』에 관해서 잊어버리지 않았을까?"

"그건 그럴지도 모르지만."

"넌 학파 사람들을 만났기 때문에 『열대』를 읽었다고 자신 있게 말할 수 있는 거잖아. 실물은 갖고 있지 않으니까 다른 사람 기억에 의지할 수밖에 없어. 그건 다른 멤버들도 마찬가지잖아? 너희는 서로 암시를 걸고 있는 걸지도 몰라."

"어? 잠깐만. 뭔가 무서운 소리 아니야?"

"다시 말해서 말이지, 사실 『열대』라는 책은 존재하지 않는 거야. 그건 학파 사람들의 바람 속에만 존재해. 너희가 읽었다고 믿는 건 실은 다 다른 책이야. 그걸 조합해서 『열대』라는 한 권의 책을 날조하려고 하면 불일치가 생기는 건 당연하잖아? 그 모순을 '무풍대'라고 부르면서 얼버무리는 거야."

시라이시 씨는 "설마 그럴 리가" 하고는 말을 잇지 못했다.

침묵 속에 서로 눈이 마주치자 친구는 씩 웃었다.

"……라는 가설을 세워봤는데, 어때?"

스루가다이시타 교차로에서 친구와 헤어진 뒤 시라이시 씨는 슬렁슬렁 걸었다.

이른 오후의 뒷길은 인적 없이 고요했고 공기는 봄처럼 포근했다. 미술 서적이며 레코드 전문점이 있고, 유리문 안에 상자를 쌓아놓은 정체를 알 수 없는 사무실이 있었다. 빨간색으로 '임대'라고 쓴 패를 달아놓은 낡은 건물도 있었다.

작은 중국 음식점 모퉁이를 돌아 메이지 대학 쪽으로 걸어가자 공터가 나왔다. 헐고 새로 지으려고 건물을 철거했나 보다. 공터 주위에 울타리가 둘러져 있었다. 옆 건물의 벽이 고스란히 드러나 푸른 하늘이 비치는 창에 하얀 구름이 흘러갔다. 어쩐지 세계의 뒷면을 보는 기분이 들었다.

시라이시 씨는 멈춰 서서 친구가 지적한 것을 돌이켜봤다.

사실 『열대』라는 책은 존재하지 않는 거야.

자신들은 『열대』를 읽은 게 아니라 『열대』를 만들어 내고 있다. 신조 군의 '언어적 독' 가설과 비슷한 정도로 황당무계한 가설이었지만 허튼소리라고 무시할 수 없는 매력이 있었다. 그 또한 어떤 의미에서는 진실일지 모른다는 느낌이 들었다. 잃어버린 다섯 권의 『열대』, 인양 작업을 방해하는 '무풍대', '사막의 궁전'에 사는 '보름달의 마녀', 지요 씨가 남긴 말, 사야마 쇼이치의 행방, 『천일야화』와의 관련성 그리고 뒤엉키는 몇몇 가설……. 자신들은 『열대』의 수수께끼를 풀려 하고 있건만 수수께끼는 솜사탕처럼 부풀어 오르기만 했다.

이케우치 씨가 돌아오기만 기다리려니 답답했다.

'역시 나도 교토에 갈 걸 그랬나.'

시라이시 씨는 이케우치 씨에게 전화를 걸어봤다.

숨을 죽이고 신호음에 귀를 기울였다.

이 전화선 너머에 교토가 있다.

가슴 설레며 기다리던 시라이시 씨는 차츰 불길한 느낌이 들었다. 아무리 기다려도 이케우치 씨가 전화를 받지 않았다.

"이케우치 씨, 이케우치 씨, 어떻게 된 거예요?"

시라이시 씨는 혼자 중얼거렸다.

그때 갑자기 뒤에서 목소리가 들려왔다.

"시라이시 씨."

그녀는 놀라 전화를 끊고 돌아봤다.

신조 군이 공터 울타리에 몸을 기대고 서 있었다. 홀쭉하게 여위어서 눈만 형형하게 빛났다. 분위기가 확실히 이상했다.

"신조 군? 어디 아파요?"

"아까 큰길에서 보고 쫓아왔어." 신조 군은 여유가 느껴지지 않는 목소리로 말했다. "……환영이 보여."

"네?"

"아주 사실적인 환영이거든." 신조 군은 담담히 말을 이었다. "잠이 안 와서 밤거리를 산책하다 보면 꼭 나를 쫓아오듯 환영이 나타나. 패밀리 레스토랑 뒤에 있는 주차장이라든지 공원 모래 놀이터라든지 아무도 없는 상가라든지 그런 곳에 말이야.

지상에 뜬 또 하나의 달이야. 왜 그런 게 보이는 걸까. 줄곧 생각하다가 알았어. 전에 내가 '언어적 독' 이야기를 했지? 그게 환영을 만들어 내나 봐. 환영이라고."

"잠깐만요, 신조 군." 시라이시 씨는 말했다. "무슨 말인지 전혀 모르겠어요."

태양이 구름에 가려져 뒷골목은 수몰되듯 어스름에 잠겨갔다. 신조 군은 울타리에 기대고 있던 몸을 일으켜 시라이시 씨에게 서서히 다가오며 진범을 지적하듯 말했다.

"당신이 '보름달의 마녀'지?"

시라이시 씨는 경악했다.

"지요 씨는 그걸 간파했어. 그래서 저주에서 풀려날 수 있었던 거야. 당신도 『열대』가 만들어 낸 환영인 거야. 사실, 당신은 존재하지 않는 거지?"

주위 공간이 순간 일그러진 것처럼 느껴졌다.

"무슨 소리예요? 그럴 리 없잖아요."

"자, 저주를 풀어 줘. 이제 수수께끼는 지긋지긋해."

서서히 다가오는 신조 군의 눈은 정상이 아니었다.

아무리 그래도 터무니없는 이야기였다. 자신이 실제로 존재한다는 것쯤은 스스로 알 수 있다. 대체 신조 군은 어떤 망상 같은 가설에 사로잡힌 걸까. 하지만 현실을 보라고 아무리 말한들 통할 것 같지 않았다. 소녀는 위험을 가까이하지 않는 법.

시라이시 씨는 몸을 돌려 달아났다.

뛰기 편한 신발을 신고 있어서 다행이었다.

시라이시 씨는 두 가지 실수를 저질렀다.

첫째는 신조 군의 '체력 부족'을 만만히 본 것이었다. 탐정 소설을 너무 많이 읽어 체력이 약해진 데다 최근 계속 수면 부족을 겪은 신조 군에게 거침없이 달려가는 시라이시 씨를 뒤쫓는 것은 무리였다. 휘청휘청 몇 미터 나아간 것만으로 힘이 빠져 오래된 오락실 옆에 주저앉아 숨을 헐떡이고 있었다.

또 하나의 실수는 자신이 길치라는 사실을 잊어버린 것이었다. 신조 군을 떼치고 진보정 뒷길을 지그재그로 달리는 사이에 시라이시 씨는 길을 알 수 없게 됐다. '설마 여기까지 쫓아오지는 않겠지' 하고 한숨을 돌리려고 한 순간 신조 군의 궁상맞은 뒷모습이 보였다. 사막에서 조난 당한 카라반처럼 그녀는 진보정 한구석을 가볍게 돌아서 신조 군이 꼼짝 못 하고 있는 곳으로 돌아온 것이다.

'헉! 큰일 났다. 들키겠어!'

그녀는 순간적으로 오락실에 뛰어들었다.

좁은 통로가 눈에 들어왔다. 왼쪽에는 구식 게임기가 늘어서 있고 담배꽁초가 쌓인 재떨이와 빈 커피 캔이 놓여 있었다. 통로 안쪽에 위치한 짤막한 계단 위로 어둑어둑한 공간에서 게임기 불빛이 번쩍이고 있었다.

'어쩌지, 눈치챘을지도 몰라.'

계단을 올라가자 이상한 공간이 펼쳐졌다. 기와를 붙인 흰 벽이 있는 것을 보면 옛날 음식점이나 주점 건물을 억지로 오락실로 만들어 사용하는 듯했다. 작은 계단으로 이어지는 층은 입체 미로처럼 복잡하게 엉켜 있었다. 중 2층 같은 층에는 빽빽하게 늘어선 마작 게임기가 어둠 속에서 섬뜩하게 빛나고, 낮은 천장 바로 밑을 담배연기가 안개처럼 떠돌았다. 표정이 음울한 양복 차림의 남자가 담배를 입에 문 채 게임기 앞에 앉아 있었다.

중 2층 구석에서 난간 너머로 오락실 입구를 망보고 있으려니 아니나 다를까 신조 군이 들어왔다. 게임기 불빛에 창백한 얼굴이 비쳤다.

'헉, 살인귀 같아.'

그녀는 몸을 움츠리고 숨을 죽였다.

그때 누가 팔을 붙드는 바람에 저도 모르게 펄쩍 뛰어오를 뻔했다.

"나카쓰가와 씨!"

"이런, 진정해요."

베레모를 쓴 노인은 진지한 표정으로 쭈그리고 앉아 있었다. 책이 담긴 봉지를 들었다. 그러고 보니 나카쓰가와 씨의 사무실이 진보정에 있다고 했다.

"쫓기고 있군요?"

"어떻게 아세요?"

"당신이 허겁지겁 들어오고 나서 신조 군이 보였으니까요. 그 친구 요새 분위기가 이상했거든요. 집요하게 시비를 걸어오는 바람에 저도 애먹는 중입니다."

"진짜 왜 그러는 걸까요."

"들키면 일이 성가셔집니다. 따라와요."

나카쓰가와 씨는 몸을 숙인 채 게임기 뒤를 지나며 중 2층까지 올라온 신조 군의 시선을 교묘하게 피했다. 신조 군은 중 2층을 둘러보고 다닌 뒤 계단으로 내려가 구식 게임기 앞에 놓인 둥근 의자에 앉았다. 시라이시 씨가 나타날 때까지 거기서 버틸 셈인 듯했다.

"저런 곳에 있으면 나갈 수 없잖아요."

그러나 나카쓰가와 씨는 침착했다.

"아가씨, 진보정은 우리 집 앞마당이랍니다."

나카쓰가와 씨는 오락실 안쪽으로 들어갔다. '관계자 외 출입금지'라고 쓰여 있는 작은 문이 있었다. 문을 지나자 건물 뒤로 나올 수 있었다. 눈앞에 콘크리트 벽이 있어 썰렁했다.

안심한 것도 잠시, 나카쓰가와 씨가 나직하게 소리쳤다.

"어이쿠, 이걸 어쩌나. 신조 군이 우리를 봤습니다. 큰일 났군요."

"어, 어, 어."

"계단 위로 올라가요, 어서!"

나카쓰가와 씨에게 떠밀리듯 계단을 올라가자 그곳에도 문이 있었다. 나카쓰가와 씨가 "여기로 들어가서 건물을 통과합시다"라고 말했다. 그러나 문 안은 어둑어둑해 뭐가 어떻게 돼 있는지 알 수 없었다. 진한 냄새가 났다. 물감, 먼지와 곰팡이,

헌책, 커피, 파이프 담배 냄새.

"잠깐만요, 나카쓰가와 씨. 아무것도 안 보이는데요……."

"서둘러요, 어서. 신조 군이 옵니다. 여기서 들키면 일이 성가셔집니다."

"안 보이는데 어떡하라고요."

어둠 속을 더듬으며 한 발짝씩 나아가는데 선반에서 뭔가 큰 게 굴러 떨어지는 소리가 났다.

"조심해요. 좁으니 말입니다."

나카쓰가와 씨가 그녀의 등을 계속 밀며 명랑하게 말했다.

"밖으로 나갈 수 있는 거죠?"

"못 나갑니다."

"……못 나간다고요?"

그녀는 숨을 훅 들이마시며 멈춰 섰다.

"여기는 이야기의 막다른 골목이에요, 아가씨."

그 순간 뒤에서 문을 잠그는 차가운 소리가 났다.

"난 칼을 갖고 있으니까 쓸데없는 저항은 할 생각 말아요. 불을 켤 테니까 안으로 들어가서 소파에 앉아요. 고급 커피를 대접하죠."

시라이시 씨는 어둠 속을 더듬어 소파를 찾아 앉았다.

점차 눈이 어둠에 익자 눈앞에 큰 책상이 보였다. 실내는 캄캄한 게 아닌 듯했다. 정면 벽 위쪽에 보이는 희미한 빛으로 거대한 책꽂이가 창을 막고 있다는 것을 알 수 있었다. 나카쓰가와 씨가 책상 위의 전기스탠드를 켰다.

"실은 칼 같은 건 없습니다. 하지만 이제 와서 그런 말을 한들 확신할 수 없겠죠. 도망치려고 하면 내가 살인귀로 표변할지 모르니까요."

그곳은 복도처럼 길쭉한 형태의 기묘한 방이었다. 양쪽 벽에 잡다한 책이며 서류로 가득한 책꽂이가 늘어서 있었다. 바닥에는 오래된 물감이 든 상자며 구식 컴퓨터가 놓여 있고, 사이사이에도 책꽂이에서 흘러넘친 책이 쌓여 있었다. 보아하니 여기는 나카쓰가와 씨의 사무실 같았다. 책꽂이에 꽂힌 책은 모두 그가 수집한 책들일 것이다.

나카쓰가와 씨는 커피를 준비하며 이야기했다.

"미술 교사로 일하다 퇴직하고 화실을 시작할 때 집을 헐고 새로 지었거든요. 그때 아내가 부동명왕처럼 화를 내기 시작해서 말이죠. 그때까지 참았던 분노가 폭발했을 테죠. 내 수집품을 모조리 처분하겠다고 하기에 서둘러 이 사무실을 빌려 수집품을 이리로 옮긴 겁니다. 완전히 야반도주나 다름없었군요. 하지만 지금 와서는 그러길 잘했다고 생각합니다. 이 사무실 위치는 아내도 아들들도 모릅니다. 전화도 없고 말이죠. 단골 헌책방까지 걸어서 다닐 수도 있어요. 비밀 장소를 갖는다는 건 멋진 일입니다."

"……그렇겠죠."

시라이시 씨는 무뚝뚝하게 말했다.

"아가씨하고 한번 차분히 이야기해 보고 싶었습니다. 그렇다고 이 늙은이가 젊은 아가씨에게 마음이 있다거나 그런 하잘것없는 이야기는 아닙니다. 당신은 분명히 매력적인 사람이지만 내가 하고 싶은 건 『열대』 이야기랍니다."

"이야기하면 무사히 돌려보내 줄 건가요?"

"그건 향후의 전개에 달려 있군요."

나카쓰가와 씨는 커피를 잔에 따라 책상에 놓았다.

"신조 군도 참 난감한 친구죠. 『열대』의 수수께끼를 자기가 풀었다고 생각해요. 그 또한 『열대』가 만들어 내는 마술 세계에 불과하다는 걸 모르는 겁니다. 불굴의 탐정 정신이 안 좋게 작용한 셈이에요. 저래서는 점점 더 미궁에 빠져들 테죠."

시라이시 씨는 커피를 마시는 척하면서 생각했다.

신조 군도 나카쓰가와 씨도 대체 어떻게 된 걸까. 신조 군은 시라이시 씨가 보름달의 마녀라고 굳게 믿고 있었다. 십중팔구 나카쓰가와 씨도 무슨 망상에 사로잡혀 있을 것이다. 어떻게든 여기서 빠져나가야 하는데. 거기까지 생각했을 때 그녀는 가짜 『열대』가 가방에 들어 있다는 게 기억났다.

그녀는 나카쓰가와 씨를 쳐다보며 말했다.

"우리 거래할까요."

"어떤 거래죠?"

"실은 저 『열대』를 입수했거든요."

그녀는 가방에서 가짜 『열대』를 꺼내 보였다. 나카쓰가와 씨의 얼굴에서 웃음이 사라졌다. 그는 사나운 눈으로 눈앞의 책을 응시하고 있었다.

"어디서 났죠?"

"그런 건 아무래도 상관없지 않나요? 아무튼 여기 『열대』가 있어요. 저를 무사히 보내주면 이건 당신한테 드릴게요."

"그래요, 그런 거래입니까."

나카쓰가와 씨는 씩 웃었다.

"하지만 난 가짜에는 관심 없어요, 아가씨."

"이건 가짜가 아닌데요."

"아니, 가짜입니다. 왜냐하면 진짜는 이미 입수했으니까요."

나카쓰가와 씨는 유유히 커피를 마셨다. 이 노인은 허풍을 떠는 걸까. 아니면 정말로 『열대』를 손에 넣었나.

"핵심은 무풍대에 있어요, 아가씨."

나카쓰가와 씨는 책상에 인양 작업 표를 폈다.

스탠드 불빛이 단편적인 메모들 가운데 적힌 '무풍대'를 비추었다.

"우리는 이 공백 지대에서 이야기의 줄기를 놓칩니다. 그 이유는 무엇인가 하는 이야기입니다. 학파는 존재해야 할 유일한 이야기를 발견하려고 이야기 체계를 세우는 데 부심해 왔습니다. 하지만 그런 유일한 이야기가 존재한다는 가정이 잘못이었던 겁니다. 그런 사고로는 이 가공할 책의 정체를 밝혀낼 수 없어요. 지요 씨가 남긴 말을 생각해 봐요."

"내 『열대』만이 진짜랍니다."

시라이시 씨가 중얼거리자 나카쓰가와 씨는 고개를 끄덕였다.

"이제 알겠습니까?"

"전혀 모르겠는데요."

"다시 말해 『열대』는 우리한테 각기 다른 모습으로 보인다는 거죠. 모두 진짜인 동시에 모두 이본異本인 겁니다."

"그런 일은 불가능해요."

"그래서 『열대』는 마술적인 책이라고 할 수 있는 겁니다."

나카쓰가와 씨는 뒤로 돌아 벽에서 늘어진 끈을 잡아당겼다. 시커멓게 더러워진 환풍기가 마치 거인이 중얼거리는 듯한 소리를 내며 돌아가기 시작했다. 그가 책상 위에 있던 담배 파이프에 불을 붙이자, 담배통에서 피어오르는 짙은 연기가 살아 있는 것처럼 구불거리며 환풍기로 빨려들었다. 시라이시 씨는 손수건을 꺼내 땀을 훔쳤다. 왜 이렇게 후텁지근한 걸까.

"우리는 제각각 『열대』를 만납니다." 나카쓰가와 씨는 말했다. "그리고 책장을 넘겨 이야기를 따라갑니다. 이윽고 이야기는 각기 다른 길을 걷기 시작합니다. 마치 사막을 흐르는 강이 가지를 치는 것처럼 말입니다. 그럼 그 물줄기들은 어디로 이어질까요. 마술적 정신으로 생각하면 답은 저절로 나옵니다. 어째서 우리는 『열대』의 결말을 모를까요. 어째서 『열대』는 사라졌을까요?"

나카쓰가와 씨는 무슨 말을 하려는 걸까.

시라이시 씨는 눈살을 찌푸리며 생각에 잠겼다. 문득 엉뚱한 가설 하나가 계시처럼 머리를 스쳤다. 하지만 너무나도 황당무계한 가설이었다.

"그런 건 있을 수 없어."

그녀는 중얼거렸다.

"하지만 그게 진실이랍니다, 아가씨."

나카쓰가와 씨는 흥분해 이야기하면서 넥타이를 늦추었다. 벌게진 뺨에 땀줄기가 흐르는 게 보였다. 책상에 땀이 뚝뚝 떨어졌다.

"왜 우리가 『열대』를 끝까지 읽을 수 없었는가 하면 현실과의 경계가 되는 결말이 『열대』에 존재하지 않기 때문입니다. 그건 다시 말해 무슨 뜻인가. 우리는 아직 다 읽지 못했다는 말입니다. 그날 당신이 책을 펴 읽기 시작한 이야기는 그대로 이 방으로 이어집니다. 알겠어요? 우리는 지금도 계속해서 읽고 있습니다. 이 『열대』라는 세계의 책장을 넘기는 중인 겁니다."

실내가 너무 더워 시라이시 씨는 정신이 몽롱해졌다.

"난방이 너무 세요, 나카쓰가와 씨."

"난방 같은 건 엿이나 먹으라고 해요."

나카쓰가와 씨는 몸을 내밀었다.

"아까 나는 진짜는 이미 입수했다고 말했습니다. 『열대』라는 책은 세상에 둘도 없는 기서奇書 중의 기서입니다. 진정한 의미로 마술적인 책입니다. 그건 우리가 이렇게 살아가고 있는 세상 그 자체이기 때문이죠. 우리는 『열대』를 잃어버리지 않았어요. 잃어버리기는커녕 우리는 늘 『열대』와 함께 있는 겁니다."

게거품을 뿜는 그의 열변은 그녀의 귓전에서 안개처럼 흩어졌다.

문득 비에 젖은 식물의 싱그러운 냄새가 났다. 무인도에서 홀로 사는 로빈슨 크루소가 머리에 떠올랐다. 조용한 철도 모형 상점에서 『로빈슨 크루소』를 읽고 있을 때 책장에서 풍기곤 했던 냄새였다.

그녀는 눈을 비비며 어둑어둑한 실내를 둘러봤다.

모든 게 열기에 싸여 흐릿했다. 나카쓰가와 씨는 물을 뒤집어쓴 것처럼 땀을 줄줄 흘리며 무아지경으로 떠들고 있었다. 그의 뒤에 있는 책꽂이에서 뭔가가 움직인 듯 보였다. 무더기로 쌓인 백과사전 틈에서 녹색 잎사귀가 천천히 흘러나왔다. 얼굴을 들자 어느새 천장에서 덩굴 같은 것이 여럿 늘어져 있었다. 여기저기서 잎사귀가 스치는 소리가 들렸다. 열대 식물이 이 방을 집어삼키고 있었다.

"만약 우리가 『열대』 안에 있는 거라면." 시라이시 씨는 중얼거렸다. "이 뒤에 무슨 일이 벌어지죠?"

"그건 우리가 알 수 없습니다. 인생이란 그런 거예요."

"하지만 『열대』는 이야기잖아요."

"아닙니다, 아가씨." 나카쓰가와 씨는 부드러운 목소리로 말했다. "아직 끝나지 않은 이야기를 인생이라고 부르는 것뿐입니다."

그게 그녀가 기억하는 나카쓰가와 씨의 마지막 말이었다.

정신이 들고 보니 그녀는 진보정 뒷길을 휘청휘청 걷고 있었다. 어떻게 그 방에서 빠져나왔는지 알 수 없었다. 땀에 젖은 몸이 추위에 떨렸다.

상가 건물 사이에 낀 골목이 미로처럼 이어졌다. 저물녘의 모호한 빛이 거리를 뒤덮고 양옆으로 늘어선 건물의 창이란 창마다 뭔가가 움직이고 있었다. 멈춰 서서 올려다보니 지저분한 유리창 너머에 우거진 식물이 보였다. 창을 깨고 당장이라도 밖으로 나올 듯했다.

그녀는 무거운 발을 끌며 달리기 시작했다.

그다음 주 화요일 점심시간에 시라이시 씨는 이케우치 씨의 직장으로 찾아갔다.

가구점 쇼룸은 시라이시 씨가 일하는 건물 5층에 있었지만, 그녀가 하루의 태반을 보내는 지하상가와는 분위기가 전혀 딴판이었다. 널찍한 공간에 드문드문 놓인 아름다운 의자와 소파는 가구라기보다 미술 작품처럼 느껴졌다.

점원에게 이케우치 씨에 관해 묻자 상대방은 놀란 표정을 지었다.

"잠깐 기다려 주시겠습니까."

이윽고 점장인 듯 보이는 여자가 나타나 이케우치 씨는 자리에 없다고 말했다. 의도를 탐색하는 눈치기에 시라이시 씨는 이케우치 씨와의 관계를 간략하게 설명했다.

"연락이 안 돼서 곤란하거든요."

점장은 고개를 끄덕이고는 그녀를 안쪽 사무실로 안내했다.

"그 사람이 교토로 간 건 아시나요?"

"네, 그렇게 들었어요."

"오늘은 출근할 예정이었거든요. 그런데 안 오는 거예요. 호텔에 문의했더니 그저께 체크아웃 했다고 하더군요. 무단결근은 고사하고 지각조차 해본 적 없는 사람이니까 여행지에서 무슨 문제가 생긴 게 아닌지 저희도 걱정이 돼서 말이죠……. 댁에도 연락해서 앞으로 어떻게 할지 검토하는 중이랍니다."

"……그렇군요."

"뭔가 짚이는 데는 없으신가요?"

"네, 전혀 모르겠어요."

시라이시 씨는 고맙다고 말하며 쇼룸에서 나왔다.

엘리베이터를 타고 지하상가로 돌아오면서 시라이시 씨는 생각에 잠겼다.

이케우치 씨의 실종은 예상했던 바였다. 별로 놀라는 기색을 보이지 않았으니 점장이 의심했을지도 모른다. 하지만 그렇다고 무슨 말을 할 수 있었겠나.

이케우치 씨는 『열대』의 비밀을 풀기 위해 교토로 간 거예요. 하지만 사실은 저희들 모두 『열대』 안에 있고, 그러니까 이케우치 씨의 실종은 『열대』라는 소설에 포함되는 거예요. 그런 설명을 듣고 납득할 인간이 세상 어디에 있겠나.

시라이시 씨는 전날 있었던 일을 떠올렸다. 진보정 뒷길을 쫓아오는 신조 군, 홀린 사람처럼 이야기하는 나카쓰가와 씨, 돌연히 자라기 시작한 열대 식물. 환상적인 이야기의 한 장면 같았지만 그건 틀림없이 자신이 체험한 일이었다. 흡사 현실의 틈바구니로 『열대』가 파고든 것 같았다. 이케우치 씨도 교토에서 비슷한 일을 겪은 게 아닐까 생각했다.

'어떻게 하면 좋지?'

지하상가의 모형 상점으로 돌아온 시라이시 씨를 보고 삼촌은 놀란 듯했다. 미간에 깊게 주름을 잡고 당장이라도 물어뜯을 것처럼 사나운 표정을 짓고 있었기 때문이다.

"……왜 그래?"

"아무것도 아니에요."

"아무것도 아니긴."

"그냥 두세요. 저도 고민할 때가 있다고요."

시라이시 씨는 계산대에 양팔에 팔꿈치를 얹고 두 눈을 비볐다. 어떻게 하면 이 영문을 알 수 없는 미궁에서 빠져나올 수 있을까. 두 눈을 감고 있으려니 어둠속에 열기를 품은 밀림이 퍼져나갔다. 밀림의 섬뜩한 술렁거림에 귀를 기울이고 있었던 탓에 그녀는 삼촌이 부르는 것을 알아채지 못했다.

어깨를 치는 손길에 그제야 정신이 들었다.

"왜 그러는 건데."

삼촌은 걱정스레 말했다.

"죄송해요."

"너 없는 사이에 우편물이 왔어."

삼촌은 두툼한 서류 봉투를 내밀었다. 시라이시 씨는 멍하니 받으며 "왜지?" 하고 고개를 갸웃했다. 그녀에게 보내는 우편물이라면 고이시카와에 있는 집으로 갈 텐데.

"교토에 아는 사람이 있어?"

삼촌이 무심코 물은 말에 놀라 시라이시 씨는 소인을 확인했다. 정말 교토에서 부친 것이었다. 봉투를 뜯자 낯익은 검정 노트가 나왔다. 삼촌이 "어라?" 하며 쳐다봤다. "그거 이케우치 씨 노트 아냐?"

시라이시 씨는 황급히 노트를 폈다.

'시라이시 다마코 씨께'

이케우치 씨의 또박또박한 글씨가 공책을 빽빽이 메우고 있었다.

'잘 지내시는지요. 이케우치입니다.

당신은 『열대』를 탐구하는 학파가 마지막으로 맞이한 동료입니다. 저는 이 만남이 새로운 전개를 가져다 줄 것이라고 믿었습니다. 제 확신은 옳았습니다. 그 만남이 없었다면 이런 수기를 쓸 일도 없었을 테니까요.'

꼭 이케우치 씨의 목소리가 들리는 것 같았다.

몇 페이지 읽다 보니 이러고 있을 때가 아니라는 생각이 들었다.

왜 자신이 학파에 참가하자마자 이런저런 일이 생기기 시작했나. 그건 그녀 자신도 알고 싶었던 바였다.

모두 『열대』 안에 있다.

그건 나카쓰가와 씨 혼자만의 망상이 아닐지도 모른다.

시라이시 씨는 노트를 덮고 일어섰다.

"삼촌."

"왜?"

"저, 교토에 다녀올게요."

삼촌은 입을 딱 벌리고 그녀를 쳐다봤다. 그러고는 그녀가 들고 있는 이케우치 씨의 노트를 응시했다. 다소 방향이 엉뚱하기는 해도 나름대로 납득한 듯했다.

"쫓아가게?"

"네, 쫓아가려고요."

"알았다. 조심하고."

시라이시 씨는 마루노우치를 지나 도쿄역으로 향했다.

30분 뒤에는 매점에서 샌드위치를 사서 교토행 신칸센에 올라탔다.

신칸센이 도쿄역을 출발한 뒤로도 자기가 자기를 뒤따라가지 못하는 듯한 감각이 한동안 이어졌다. 유라쿠정을 지날 때 차창 밖으로 그녀가 일하는 건물이 보였다. 그곳 지하상가의 모형 상점에서 또 한 명의 자신이 지금도 상점을 지키고 있을 것만 같았다. 뒤로 흘러가는 이른 오후의 건물들과 황궁의 숲이 갑자기 그리운 추억처럼 느껴졌다.

'다들 누군가를 뒤쫓고 있어.'

사야마 쇼이치를 지요 씨가 뒤쫓았다.

지요 씨를 이케우치 씨가 뒤쫓았다.

그리고 지금 이케우치 씨를 자신이 뒤쫓고 있다.

그나저나 이렇게 충동적으로 여행을 떠나기는 처음이었다. 짐이라곤 헐렁한 토트백 하나, 최소한의 소지품, 『천일야화』 문고본 제1권, 지요 씨가 준 가짜 『열대』 그리고 이케우치 씨가 보내준 커다란 노트뿐이었다. 교토에 도착하면 묵을 곳을 찾고 필요한 물건을 사자. 그렇게 생각하니 꼭 모험 여행을 떠나는 것처럼 가슴이 설렜다.

시라이시 씨는 무릎 위에 놓인 이케우치 씨의 노트를 내려다봤다.

교토까지 두 시간 조금 더 걸린다. 그때까지 이 노트를 읽자. 이케우치 씨는 뒤를 따라올 사람, 즉 자신을 위해 단서를 남겨 놓았을 것이다.

그녀는 노트를 읽기 시작했다.

제 3 장

보름달의 마녀

시라이시 다마코 씨께

잘 지내시는지요. 이케우치입니다.

당신은 『열대』를 탐구하는 학파가 마지막으로 맞이한 동료입니다. 저는 이 만남이 새로운 전개를 가져다 줄 것이라고 믿었습니다. 제 확신은 옳았습니다. 그 만남이 없었다면 이런 수기를 쓸 일도 없었을 테니까요.

이 수기는 저 자신의 이야기입니다.

그와 동시에 당신을 위한 이야기이기도 합니다.

그림 동화의 헨젤과 그레텔은 숲속 깊은 곳에 버려졌을 때 미리 떨어뜨려놓은 하얀 자갈을 따라 숲에서 빠져나올 수 있었습니다. 저는 이 수기가 당신을 인도할 하얀 자갈이 되기를 바랍니다. 하지만 『헨젤과 그레텔』과는 달리 자갈은 더더욱 열대의 숲속 깊은 곳으로 당신을 끌어들일 테죠.

교토에 도착한 날 밤부터 이야기를 시작할까요.

교토역에 내린 저는 지하철을 타고 게아게로 갔습니다. 히가

시산이 눈앞에 우뚝 솟아 있고 난젠사와 무린암에서도 가까운 곳입니다. 높은 지대에 위치한 큰 호텔은 지요 씨가 교토로 성묘를 올 때 묵는 곳이라고 들었습니다.

호텔에 도착할 즈음에는 이미 밤이 깊어서 널따란 로비에는 사람이 얼마 없었습니다. 프런트에서 수속을 마쳤을 때 직원 한 명이 다가왔습니다.

"이케우치 님, 우미노 지요 님께서 전갈을 남기셨습니다."

전갈.

그 말을 듣고 제 가슴은 쿵쿵 뛰기 시작했습니다.

그러나 지요 씨의 전갈은 '여행 무사히 하시길 바랄게요'라는 짤막한 글이었습니다. 기대가 빗나가 맥이 빠졌습니다. 게다가 직원에 따르면 그녀는 그저께 아침에 이미 체크아웃을 했다는 겁니다.

"도쿄로 돌아갔는지요?"

"그건 모르겠군요."

"혹시 길이 엇갈렸으려나요." 저는 말했습니다. "지요 씨가 교토로 오라고 한 겁니다만."

"어쩌면 아직 교토에 계실지도 모릅니다. 전에 알던 분을 찾아간다고 하셨거든요."

물론 저는 사야마 쇼이치를 떠올렸습니다.

"혹시 사야마라는 분 아닙니까?"

"죄송하지만 성함까지는……."

저는 직원에게 고맙다고 하고 객실로 올라갔습니다.

방 창문으로 교토의 야경이 보였습니다. 바로 오른편으로 난젠사의 어두운 숲이 있고, 시커먼 산들이 북쪽 히에이산으로 이어졌습니다. 눈 아래 흩어져 있는 거리의 불빛을 바라보며 이 도시 어딘가에 『열대』의 수수께끼로 통하는 비밀 통로가 있구나 생각했습니다. 지요 씨는 우리보다 먼저 통로의 입구를 발견한 게 틀림없습니다.

저는 전기스탠드를 켜고 그림엽서를 다시 읽어봤습니다.

내 『열대』만이 진짜랍니다.

자정이 지난 시간이었는데도 좀처럼 잠들 마음이 나지 않았습니다.

저는 침대에 누워 『로빈슨 크루소』를 읽었습니다. 당신이 모형 상점에서 읽던 게 생각나 오랜만에 다시 읽어보려고 가져온 겁니다. 머리맡 램프 불빛으로 『로빈슨 크루소』를 읽다 보니 쥘 베른의 『신비의 섬』이며 스티븐슨의 『보물섬』이 생각났습니다. 그 책들은 제가 독서에 푹 빠져 있던 소년 시절과 이어져 있습니다. 이야기를 읽는 행복이 손으로 만져질 것처럼 가까이 느껴졌던 시절 말입니다.

깊은 숲의 존재를 느끼며 저는 이윽고 잠이 들었습니다.

이튿날 아침, 라운지에서 커피를 마시며 노트를 보면서 생각해 봤습니다.

일요일 밤에 도쿄로 돌아간다 치면 꼬박 이틀을 쓸 수 있습니다.

교토로 오기 전에 저는 지금까지 『열대』에 관해 메모해 온 노트 몇 권을 다시 읽고 새 노트에 전부 묶어서 정리했습니다. 인양된 이야기, 학파에서 제기됐던 몇몇 가설, 지요 씨와 당신이 주고받은 대화.

역시 지요 씨의 행방을 추적하는 데서부터 시작해야겠죠.

그녀가 학창 시절까지 거주했던 집은 요시다산에 있어서 창문으로 다이몬지산이 보였다고 들었습니다. 그 일대는 과거 사야마 쇼이치가 살았던 곳이니 바꿔 말하면 『열대』가 탄생한 장소이기도 합니다. 꼭 한 번 찾아가 보고 싶다는 생각이 있었습니다.

요시다산 기슭까지 택시로 10분 정도 걸렸습니다. 큰 교차로 앞에서 내렸는데, 긴카쿠사로 이어지는 소수疏水변 길은 관광객들로 북적였습니다. 하지만 저는 긴카쿠사와는 반대 방향인 요시다산 동쪽 기슭의 주택가로 향했습니다. 그쪽에는 관광객도 거의 눈에 띄지 않더군요. 하늘은 잔뜩 흐렸습니다.

저는 집들 사이로 비탈길을 올라갔습니다.

어느 정도 올라와 돌아보니 빽빽하게 들어선 집들 너머로 히가시산이 보였습니다. 완만한 능선을 따라가면 '고잔 오쿠리비'로 유명한 다이몬지산이 있습니다.

학창 시절 친구와 여름방학 때 오쿠리비를 구경하러 왔던 게 생각났습니다. 시커먼 산비탈에 떠오르는 오쿠리비는 딴 세상처럼 느껴졌습니다.

"현세로 돌아왔던 죽은 이들을 보내는 거야." 친구는 말했습니다. "그러니까 오쿠리비送り火, '보내는 불'이라고 하는 거지."

"그럼 무카에비迎え火, '맞이하는 불'도 있으려나."

그런 말을 주고받았던 기억이 납니다.

이윽고 비탈 꼭대기에 다다르니 요시다산의 울창한 숲이 눈앞에 나타났습니다.

저는 숲을 따라 이어지는 옆길로 들어섰습니다. 왼편으로는 어둑어둑한 숲이 계속되고 오른편으로는 목조 가옥이 늘어서 있었습니다.

사야마 쇼이치는 어떤 생활을 했을까요.

그는 언어학을 전공하는 대학원생이었다고 합니다. 지요 씨 집을 찾아오게 된 계기도 사본 해독이라는 아르바이트였습니다. 제 뇌리에는 어딘지 모르게 쓸쓸해 보이는 그늘진 외모가 떠올랐습니다. 『열대』라는 수수께끼 같은 소설을 달랑 한 편 남기고 모습을 감췄다는 비극적인 기억이 그런 이미지를 자아냈을 테죠.

이윽고 오른편의 민가가 사라지고 눈 아래로 시내가 한눈에 들어왔습니다.

시내가 바다에 잠기면 요시다산은 섬처럼 보일 테죠. 열대의 섬들을 둘러싼 모험담은 사야마의 그런 아이디어에서 시작됐을지도 모릅니다. 도시 곳곳에 『열대』 탄생의 흔적이 숨어 있는 겁니다. 그렇기에 지요 씨가 저를 교토로 부른 걸지도 모르겠습니다.

저는 주택가를 뒤로하고 요시다산의 숲 쪽으로 발을 들여놨습니다.

'사야마 쇼이치의 눈으로 바라보자.'

일부러 숲길에서 벗어나 낙엽을 밟으며 나무들 사이로 들어가 봤습니다. 주위는 색 바랜 겨울 숲이었습니다만, 과거에 사야마는 이 숲에 '열대의 숲'을 겹쳐 봤을지도 모릅니다. 망상 속에만 존재하는 이상한 나라. 그런 생각을 하며 나무들의 술렁거림에 귀 기울이고 있으려니 예전에 읽은 『열대』의 편린이 떠올랐습니다.

숲에서 빠져나오자 이윽고 어린이 공원이 보였습니다. 탁 트인 하늘은 회색 구름으로 덮여 있어 띄엄띄엄 놓인 놀이기구도 왠지 쓸쓸해 보였습니다.

멍하니 걸어 다니다가 묘한 것을 발견했습니다.

모양새는 라면 포장마차처럼 생겼는데 온갖 잡동사니가 쌓인 게 꼭 이동식 골동품 상점 같은 분위기였습니다. 주인인 듯 보이는 사람은 없었습니다. 가까이 다가가 지붕 밑을 들여다봤을 때 작은 책꽂이가 눈에 띄었습니다. 그 순간 당신에게 들은 이야기가 선명하게 되살아났습니다. 저는 노란 깃발에 시선을 돌렸습니다.

'아라비야 책방'이라고 쓰여 있었습니다.

그곳은 시라이시 씨가 『열대』를 샀다는 헌책방이었습니다.

기상천외한 이름에 어울리는 색다른 상품들은 주인의 취향이 반영된 것 같았습니다. 하지만 『열대』는 어디에도 보이지 않았습니다.

갑자기 포장마차 안에서 인기척이 느껴졌습니다.

"뭐 재미있어 보이는 게 있나?"

주인이 하품하면서 일어섰습니다.

"영업 중입니까?"

"……구하라, 그리하면 열릴 것이다."

주인은 엉덩이에 묻은 모래를 털며 하품했습니다.

포장마차 안에 주저앉아 졸았던 모양입니다. 복슬복슬한 칼라가 달린 감색 작업복을 입고 귀마개가 달린 러시아풍 모자를 쓰고 있었습니다. 포장마차의 분위기 탓도 있어 주인은 이국의 상인처럼 느껴졌습니다. 거뭇한 수염 탓에 언뜻 나이가 많아 보이지만 실제로는 저와 별로 차이가 없을 듯했습니다.

"이런 서점은 처음 봤군요."

"재미있지?"

"재미는 있습니다만……."

"왜 이런 산속에 있나 싶지?" 주인은 말했습니다. "며칠 전까진 시모가모 신사 언저리를 얼쩡거렸다고. 난 늘 신출귀몰을 명심하고 살거든."

"이런 곳엔 손님이 없을 텐데요."

"댁이 있잖아."

그렇게 말하면 대꾸할 말이 없습니다.

"그래서 무슨 책을 찾으시나?"

"……『열대』라는 책을 찾고 있습니다."

"열대?"

주인은 고개를 갸웃하며 책꽂이를 들여다봤습니다.

"그런 책은 모르겠는데."

"아는 사람이 이곳에서 샀다고 합니다만."

저는 노트 페이지를 넘기며 시라이시 씨에게서 들은 이야기를 주인에게 들려주었습니다. 당신이 『열대』를 만난 건 히에이산으로 가는 케이블카 앞에서였죠.

"아닌 게 아니라 그 근처에 출몰할 때도 있긴 한데." 주인은 말했습니다. "그런 책이 있었던 것도 같지만 기억은 안 나."

"……그렇겠죠."

"그 책에 집착이라도 있나 본데."

"네, 좀……."

저는 말을 얼버무렸습니다.

주인은 수염을 긁적이며 저를 쳐다봤습니다. 그냥 가기는 뭐해서 뭐라도 한 권 사려는 마음으로 제가 책꽂이를 물색하고 있으니 주인이 "부탁 하나 들어주겠어?"라고 묻는 겁니다.

"잠깐 가게 좀 봐 줘. 볼일을 보고 싶은데 일부러 문을 닫고 가기도 귀찮아서."

"그건 좀 곤란한데요."

"뭐 어때."

주인은 제 말을 들은 척도 하지 않고 포장마차 뒷문을 통해 나갔습니다. 수염으로 뒤덮인 얼굴은 겨울철인데도 검게 탔고, 저를 쳐다보는 눈은 소년처럼 반짝였습니다.

"가게 봐주면 좋은 거 가르쳐 주지."

"좋은 거라고요?"

"댁이 찾는 책에 관해서 말이야."

"뭔가 아시는 겁니까?"

제가 흥분해서 묻자 주인은 눈을 찡긋했습니다.

"그건 나중에. 그럼 부탁하자고."

그는 공원 저편을 향해 느릿느릿 걸어갔습니다.

저는 어안이 벙벙해서 그의 뒷모습을 바라만 봤습니다.

하여간 묘한 역할을 졸지에 떠맡고 말았습니다.

가게를 그냥 버려둘 수는 없었습니다. 게다가 그가 남긴 의미심장한 말도 마음에 걸렸고 말이죠. 흩날리기 시작한 눈을 피해 저는 지붕 밑으로 들어갔습니다.

지붕에 매단 작은 그림이 머리에 부딪혀 흔들렸습니다. 바위처럼 커다란 호랑이가 이빨을 드러내는 그림은 에도 시대의 육필화를 복제한 것 같았습니다.

흐린 하늘 아래 공원은 여전히 한산했습니다.

포장마차는 서적과 잡동사니로 대부분 메워져 있었지만, 한 구석에 서랍을 잠글 수 있는 선반과 계산대 같은 것이 있었습니다. 저는 작은 계산대에 노트를 펴고 추위에 언 손에 입김을 불며 지난밤부터 있었던 일을 적었습니다.

얼마 동안 노트를 쓰다가 문득 고개를 들자, 대학생처럼 보이는, 목에 머플러를 두른 남녀가 이상하다는 듯 포장마차 안을 쳐다보고 있었습니다. 깊은 숲속에서 서커스단이라도 만난 듯한 표정이었습니다. 저는 애써 붙임성 있게 "어서 오십시오" 라고 말했습니다.

여자가 당황한 얼굴로 물었습니다.

"여기…… 가게인가요?"

"헌책방이랍니다. 편하게 둘러보시죠."

그들은 먹이를 발견한 고양이처럼 다가왔습니다. 책꽂이를 들여다보며 소곤소곤 말을 주고받는 모습이 보기 좋았습니다. "아, 이거 나 안다." "뭐였더라?" "그 왜, 호랑이 되는 거." 집어든 것은 나카지마 아쓰시의 단편을 모은 문고본이었습니다. 「산월기」 이야기를 하는구나 생각했습니다. 시인이 되고자 했던 이릉이라는 젊은이가 좌절 끝에 호랑이가 된다는 이야기. 저도 학창 시절에 읽은 기억이 있습니다.

남학생이 이백 엔을 계산대에 놓으며 말했습니다.

"별난 가게네요."

"제 가게가 아닙니다만."

"네?"

"부탁받고 잠깐 봐주는 것뿐입니다."

학생들은 의아한 표정을 지은 채 떠났습니다.

변함없이 눈이 내리는 숲은 마치 시간이 멈춘 것처럼 고요했습니다.

흡사 버려진 듯한 불안을 맛보는 사이에 이야기 하나가 머리에 떠올랐습니다. 저주받은 헌책방 이야기입니다. 주인공은 헌책방 주인에게 가게를 봐달라는 부탁을 받습니다. 하지만 아무리 기다려도 주인은 돌아오지 않습니다. 이윽고 주인공은 자신이 헌책방을 벗어날 수 없게 됐다는 것을 알아차립니다. 그리고 그는 깨닫습니다. 다음 희생자를 발견하지 않는 한 자신은 영원히 이곳에서 책방을 지켜야 한다는 것을. 거기까지 생각하고 저는 쓴웃음을 지었습니다. 언젠가 시라이시 씨가 말씀하신 것처럼 '이야기 신경'이 과민해진 모양입니다.

저는 잡념을 떨쳐내고 포장마차의 책꽂이를 살펴봤습니다.

그때 문득 문고본 한 권이 눈에 띄었습니다.

『천일야화』 중 한 권이었습니다.

『천일야화』에 관해서는 당신과도 이야기를 나눈 적이 있죠. 지요 씨 아버지가 사야마 쇼이치를 자택으로 부른 것도 『천일야화』 사본을 읽게 하기 위해서였다고 합니다. 저는 「샤흐리야르 왕」에 이어지는 「상인과 마신 이야기」와 「어부와 마신 이야기」까지 읽고 중단한 상태였습니다.

마침 잘됐다 싶어 저는 낡은 문고본을 읽기 시작했습니다.

『천일야화』는 기이한 구조를 가지고 있습니다. 셰에라자드가 들려주는 이야기 속에 다른 이야기가 나오고 때로는 그 이야기에 등장하는 인물이 또 다른 이야기를 시작하기도 합니다. 예를 들어 「어부와 마신의 이야기」에서는 항아리에서 출현한 마신에게 목숨을 빼앗기게 된 어부가 「유난 왕과 의사 두반의 이야기」를 합니다(학과 모임에서 나카쓰가와 씨가 인용했는데 기억나시는지요?). 그 이야기에 등장하는 유난 왕은 의사 두반을 죽이라고 부추기는 대신에게 「신드바드 왕의 매」라는 이야기를 하는데, 이에 대해 대신은 「왕자와 식인귀의 이야기」로 받아칩니다. 이들의 이야기가, 셰에라자드가 하는 이야기에 포함되어 있다는 건 말할 것도 없겠죠.

저는 「짐꾼과 여자들 이야기」를 읽기 시작했습니다.

이런 이야기입니다.

옛날에 바그다드에서 짐꾼으로 일하는 한 남자가 있었습니다. 어느 날 남자가 시장에서 바구니에 등을 기대고 멍하니 있는데 베일을 쓴 여자가 말을 걸어왔습니다.

"바구니를 들고 따라와요."

여자가 베일을 살짝 쳐들자 대단한 미모가 드러났습니다. 남자는 즉각 머리가 아찔해져 시키는 대로 따라갔습니다. 그러자 여자는 시장을 돌아다니며 진미를 산같이 사들여서 남자가 짊어진 바구니에 계속 담았습니다. 바구니는 점점 무거워져 남자는 나귀를 끌고 올 걸 그랬다고 후회합니다.

이윽고 살 것을 다 산 여자는 짐꾼 남자를 데리고 흑단 문이 달린 훌륭한 저택으로 돌아갑니다. 저택엔 여자의 동생인 듯한 두 아가씨가 기다리고 있었습니다.

남자는 안마당에 면한 홀로 안내되어 세 여자와 진미를 먹고 야한 농담을 주고받으며 즐거운 시간을 보냅니다. 이윽고 밤이 되어 남자가 "오늘 재워주십시오" 하고 부탁하자 여자들은 조건을 내겁니다. 자신들의 지시를 따를 것, 무엇을 보든 자신들에게 사정을 캐묻지 않을 것. 남자가 동의하자 여자들은 문 위에 금색으로 쓴 글자를 가리키며 "저걸 읽어라"라고 합니다. 거기에는 다음과 같이 쓰여 있었습니다.

> 너와 관계없는 일을 이야기하지 말라.
>
> 그리하지 않으면 너는 원치 않는 것을 듣게 되리라.

여기까지 읽고 나서 저는 움찔했습니다.

물론 시라이시 씨도 기억하시겠죠.

그건 『열대』의 서두에 쓰여 있던 말이었습니다.

생각지도 못한 발견이었습니다.

제가 알기로 이 연관성을 지적한 사람은 없습니다. 사야마 쇼이치는 『천일야화』에서 그 말을 인용한 게 틀림없습니다.

저는 「짐꾼과 여자들 이야기」를 계속해서 읽었습니다.

짐꾼 남자는 이상한 세 자매의 저택에서 그날 밤을 묵게 되는데, 그곳에 외눈박이 세 탁발승과 상인이 되어 밤거리를 헤매는 몰락한 칼리프 하룬 알 라시드가 찾아옵니다. 세 자매는 그들에게도 하룻밤 잠자리를 제공하는 조건으로 문 위에 새겨진 글귀를 보여줍니다.

그런데 손님들은 자매의 기이한 행동에 호기심을 느껴 그만 '사정을 이야기해 달라'라고 부탁하고 맙니다. 그러자 자매는 갑자기 화를 내며 칼을 든 일곱 시종을 불러 손님들을 결박합니다. 이대로 죽겠구나 했는데 외눈박이 탁발승들이 번갈아 이야기를 하기 시작합니다. 서로 사랑하는 사이인 누이동생과 지하 궁전에서 살려다가 파멸하는 왕자, 마술 탓에 원숭이로 변해 배를 타고 여행하는 남자, 귀녀와 마신이 펼치는 마술 대결, 지나가는 배를 침몰시키는 '자석의 산', 거대한 로크 새에게 운반되는 양가죽을 쓴 남자, 마흔 명의 젊은 처녀가 사는 놋쇠 궁전. 그런 이야기들을 들려주는 것으로 그들은 자매에게 용서를 빌고 목숨을 건집니다.

이야기를 해서 목숨을 부지한다는 점에서 화자인 셰에라자드 자신의 처지가 생각납니다. 그녀는 이야기를 하는 것으로 샤흐리야르 왕에게 참수될 운명을 계속 면하니까요.

정말이지 기상천외한 이야기입니다. 하지만 문 위에 새겨진 말을 빼면 『열대』와의 연관성은 찾아볼 수 없었습니다.

그때 등 뒤 숲에서 바스락바스락 소리가 났습니다.

거대한 호랑이의 모습이 머리에 떠올랐습니다. 「산월기」에서 연상했겠지만 제가 생각해도 어이가 없습니다. 나무들 사이에서 불쑥 나타난 건 헌책방 주인이었습니다.

"왜 그런 데서 나오는 겁니까."

"지름길이거든."

주인은 그렇게 말하고는 따뜻한 캔커피를 건넸습니다.

"이거야 원, 미안해. 오래 기다렸지. 수고했어."

캔커피를 받아든 저는 그제야 몸이 싸늘하게 식은 것을 깨달았습니다. 집중해서 책을 읽을 때 저는 종종 제 몸의 존재를 잊어버립니다. 따뜻하고 단 커피를 마시니 비로소 『천일야화』의 세계에서 현실로 돌아왔다는 느낌이 들었습니다. 팔린 책값 이백 엔을 주자 주인은 어이없다는 표정을 지었습니다.

"용케도 팔렸군."

이동식 헌책방이 수지가 맞지 않는 장사라는 건 분명합니다. 주인은 내리는 눈을 올려다보며 "자선 사업 같은 거라서 말이야"라고 했습니다. 본업은 따로 있다는데 자세한 이야기는 해주지 않았습니다.

주인은 계산대에 제가 놓아둔 『천일야화』를 알아챘습니다.

"그걸 읽고 있었군."

"죄송합니다. 기다려도 안 오셔서……."

"괜찮아, 상관없어. 재미있지?"

"그렇더군요."

"생각해 보면 형식 한번 대단하지. 셰에라자드가 이야기하는 건 어떤 이야기든 『천일야화』가 되는 거야. 온 세상 이야기를 얼마든지 흡수할 수 있단 말이지. 굳이 천일 밤에 얽매이지 않아도 돼. 이천 일 밤이든 삼천 일 밤이든……."

"죄송합니다만 아까 말씀하신 것 말인데요."

"어? 뭐였지?"

"제가 찾는 책 말입니다. 뭔가 아시는 게 있다고요."

"아아, 그거." 주인은 담배 파이프에 불을 붙여 연기를 한숨 뱉었습니다. "사흘쯤 전인가, 여자가 혼자 숲에서 나왔어. 색을 입힌 안경을 쓴 세련된 부인이었지. 그 사람이 그러더라고. 아는 사람이 『열대』라는 책을 여기서 산 것 같다고. 다시 말해서 댁이랑 같은 걸 물은 거야. 희한한 우연이잖아?"

"무슨 말을 하던가요?"

"별 대단한 말은 안 했어. 옛날에 이 근처에 살았다느니, 그 책 쓴 사람하고 아는 사이였다느니, 그런 이야기."

"그 여자분 행방을 찾고 있습니다만."

주인은 뜻밖이라는 표정으로 저를 쳐다봤습니다.

"책을 찾는 줄 알았는데."

"이야기를 하자면 깁니다."

잠시 생각하던 주인은 이윽고 입을 열었습니다.

"그 사람이 고물상에 간다는 말을 했어. 이치조지에 위치한 '호렌도'라는 곳인데 나도 몇 번 거기서 뭘 산 적이 있지. 거기에 물어보면 어떨까."

주인은 제 노트에 간단한 약도를 그려주었습니다.

"고맙습니다."

"만나게 되면 좋겠군."

인사하고 떠나려 하자 주인은 제게 『천일야화』를 건넸습니다. 값을 치르려고 해도 "안 줘도 돼"라며 억지로 제 손에 쥐여 주는 겁니다.

"댁하고 이야기할 수 있어서 즐거웠어."

주인은 말했습니다.

"어디선가 또 만나자고."

저는 다시 숲으로 들어가 나무들 사이를 걸어갔습니다.

낙엽이 쌓인 숲길은 요시다산의 북쪽 비탈을 따라 이어졌습니다.

이윽고 저는 이마데가와 거리로 나왔습니다. 어느새 눈발이 잠시 그치고 차들이 길을 오가고 있었습니다. 느닷없이 현실로 돌아온 듯한 기분이 들었습니다. 하지만 노트에는 분명히 호렌도의 약도가 그려져 있었습니다.

저는 택시를 타고 시라카와 거리 북쪽으로 올라갔습니다.

이치조지에서 내려 근처 음식점에 들어가 점심을 먹기로 했습니다. 이미 정오를 지난 시간이었습니다.

음식이 나오기를 기다리는 동안 저는 노트를 펴고 조금 전 아라비아 책방에서 있었던 일과 『천일야화』에 관해 썼습니다. 그렇게 우직하게 손을 놀리다 보면 생각지도 못한 발견을 하곤 합니다. 그나저나 왜 사야마 쇼이치는 『열대』 첫머리에 일부러 『천일야화』를 인용했을까요.

너와 관계없는 일을 이야기하지 말라.

그 말의 인용에 숨은 의도가 있다는 생각이 듭니다.

저는 음식점에서 나와 시라카와 거리를 건너 동쪽으로 들어갔습니다. 미야모토 무사시가 요시오카 일문과 결투를 벌였다는 이치조지 사가리마쓰 부근으로, 이시카와 조잔의 시센당堂에서도 가까운 곳입니다. 아라비야 책방 주인이 그려준 약도 덕에 저는 그렇게 어렵지 않게 호렌도를 찾을 수 있었습니다. 유리문 밖의 작은 선반에 낡은 도기며 목각 호테이가 늘어 놓여 있었습니다. 가게 앞에 노부부가 걸음을 멈추고 서 있었습니다.

저는 유리문을 열고 안으로 들어갔습니다.

"어서 오세요."

귓전에서 속삭이는 듯한 다정한 목소리가 들렸습니다.

계산대에 한 여자가 앉아 있었습니다. 눈이 마주치자 그녀는 미소 지으며 "편히 둘러보세요"라고 하더군요. 촉촉하게 젖은 눈이 아름다웠습니다.

넓이가 다섯 평쯤 되는 호렌도는 발 디딜 틈 없이 고물이 놓여 있었습니다. 네쓰케를 비롯해 날밑, 화폐가 진열된 케이스, 장롱이 있는가 하면 시가라키 도기의 너구리 인형이며 목각 칠복신, 망원경과 실험 도구, 박제된 새, 작은 양탄자와 페르시아풍 그릇도 있었습니다. 계산대 뒤쪽에 친 색 바랜 커튼 뒤로 작은 방과 2층으로 올라가는 계단이 보였습니다.

"멋진 곳이군요."

"감사합니다."

"아는 분이 자주 오셨다고 하던데요." 저는 말했습니다. "전에는 기타시라카와에 있었다고 하죠?"

"저희 아버지가 계실 때군요. 제가 아직 어렸을 때겠죠." 그녀는 담담하게 말했습니다. "아버지가 돌아가시고 나서 가게를 이전했습니다. 벌써 30년쯤 전이랍니다."

"그때부터 쭉 이곳에 있었습니까?"

"네. 어머니가 돌아가신 뒤로 제가 물려받았습니다."

기이한 분위기를 지닌 사람이었습니다. 젊어 보이는데 실제로는 저보다 훨씬 연상인 모양입니다. 숲속에 숨은 아름다운 연못이 생각났습니다. 입을 다시 열려는데 조금 전 밖에서 본 노부부가 들어왔습니다. 영업을 방해하면 미안할 것 같아서 저는 부부가 나갈 때까지 안을 둘러보며 기다리기로 했습니다.

훌륭한 상점은 반드시 하나의 닫힌 세계를 이루고 있는 법입니다. 언뜻 보면 맥락 없는 물건들이 진열되어 있는 것 같지만 각 물건에 담긴 작은 이야기가 서로 공명해 불가사의한 조화를 자아냅니다. 호렌도가 딱 그런 곳이었습니다.

저는 옛날 유럽 귀족들 사이에서 유행했다는 진품珍品 진열실이 생각났습니다. 진기한 공예품과 자연물을 모아놓은 방은 '경이의 방(분더카머)'이라고 불렸습니다. 과거 사야마 쇼이치와 함께 고물상에 몇 번 갔었다는 이야기를 지요 씨에게 들은 적이 있었습니다. 이곳 또한 『열대』 탄생의 자취일지 모릅니다.

가게 안을 둘러보던 저는 구석에 있는 작은 선반을 발견했습니다.

다양한 크기의 달마 인형들이 시선을 끌었습니다. 하나같이 꽤 오래돼 보였고, 풍파에 시달린 양 빛이 바랜 것도 있었습니다. 그 밖에도 여러 가지가 놓여 있더군요. 크기가 포도알 만한 조개껍질, 석상의 파편으로 보이는 오른손 손목, 작은 과즙 우유병…….

그중에 낡고 조그만 나무 상자가 있었습니다.

한 손으로 들 수 있을 만큼 작은 상자에는 손잡이가 달린 뚜껑이 있었습니다. 정면에 라벨을 끼우는 칸이 붙은 것을 보면 소위 정보 카드를 보관하는 휴대용 카드 상자일 테죠. 학창 시절 학위 논문을 위해 한 전문 도서관에서 자료를 조사할 때 막대한 카드가 보관된 선반을 일일이 살펴본 적이 있습니다. 당시 아직 전자화되지 않았던 목록을 보려면 실제로 도서관에 가서 수작업으로 카드를 검색할 필요가 있었습니다.

저는 카드 상자를 열어봤습니다. 언뜻 보면 빈 듯 보였지만 낡아서 변색된 카드 몇 장이 남아 있었습니다.

앞쪽 카드에는 기이한 시 같은 글귀가 적혀 있었습니다.

"그대는 밤의 날개로 새벽을 어둡게 하는구나."

그러나 그대는 내게 대답한다,

"아니, 한 조각 구름이 달을 감추었을 뿐."

그때 목소리가 들렸습니다.

"죄송합니다만 그건 파는 게 아니랍니다."

돌아보자 주인 여자가 계산대에서 미소 짓고 있었습니다. 어느새 노부부는 볼일을 마치고 나간 듯했습니다. 저는 카드 상자를 닫았습니다.

"이거 카드 상자죠? 오랜만에 보는군요. 지금은 쓰는 사람도 별로 없을 테죠."

"거기 있는 물건들은 아버지가 남긴 거예요. 왜 그런 걸 소중히 간직한 걸까요. 지금에 와선 알 수 없겠죠."

"그대로 보관하고 계시는군요."

"아버지가 거기 계시는 것 같아서 말이에요."

그녀는 그렇게 말하며 저를 쳐다봤습니다. 촉촉하게 젖은 눈은 상냥해 보이면서 불안해 보이기도 했습니다. 숲속에 숨은 연못의 이미지가 또다시 떠올랐습니다. 그녀와 이야기하노라면 아름다운 연못에 돌멩이를 퐁당퐁당 던지는 기분이 들었습니다.

그녀는 일어나 전기 포트의 뜨거운 물을 찻주전자에 부었습니다.

"여행 오신 건가요?"

"네. 친구가 불러서 말이죠."

저는 조심스레 말을 골랐습니다. 캐묻듯이 느껴지면 이 여자는 입을 다물어버릴 것 같았기 때문입니다.

"이곳을 가르쳐 준 것도 그 사람이거든요. 지금은 도쿄에서 살지만 전엔 요시다산에 집이 있었다더군요."

"……누구시려나요."

"혹시 아실는지요. 지요 씨라는 분인데요."

주인의 표정이 부드러워진 듯 보였습니다. 그녀는 차를 제게 권하며 말했습니다. "지요 씨라면 알죠."

"그러시군요."

"어렸을 때부터 알고 지냈으니까요. 바로 얼마 전에도 오셨는데요."

저는 지요 씨와의 관계를 간략하게 설명했습니다. 지요 씨가 제 고객이었다는 것 그리고 『열대』라는 기묘한 책을 둘러싼 독서 모임에 관해서.

주인은 "열대" 하고 조그맣게 중얼거렸습니다. "지요 씨께 딱 한 번 들은 적이 있습니다."

"아주 흥미로운 책이랍니다."

"저도 읽어보고 싶더군요. 사야마 씨가 쓰신 책이라니 말이에요."

저는 주인을 응시했습니다.

"사야마 쇼이치를 아십니까?"

"네, 아주 오래전 일이지만요."

제가 당시 이야기를 해달라고 부탁하자 주인은 조금 당황한 것 같았지만, 이윽고 살며시 고개를 끄덕였습니다.

"잠깐 기다리시겠어요."

그녀는 난롯불 세기를 조정한 뒤에 제게 둥근 의자를 권했습니다.

이 가게가 아직 기타시라카와에 있었을 시절 이야기랍니다.

당시 가끔씩 호렌도에 찾아오는 신사 분이 있었습니다. 아름다운 은발과 기름한 눈이 어딘지 모르게 서양인 같은 인상을 주는 분이었습니다. 어린 저에게는 그 사람이 어쩐지 무섭게 느껴져서 몰래 '마왕님'이라고 부르곤 했어요. 마왕님은 요시다산의 저택에 산다고 해서 그 때문에 괜히 요시다산까지 무서운 곳처럼 느껴졌죠.

그 신사가 바로 나가세 에이조 씨, 그러니까 지요 씨 아버님입니다.

지요 씨는 아마 아버님을 따라온 걸 계기로 호렌도에 놀러 오게 됐을 테죠. 지요 씨는 저를 매우 예뻐하시면서 곧잘 같이 놀아주셨습니다. 오카자키 동물원이나 신교고쿠의 영화관에 데려가 주신 적도 있어요. 어두운 영화관이 무서워서 금세 도망치고 말았지만요……. 당시 저는 낯가림이 심하고 소심해서 손님이 말을 거시면 얼른 아버지 뒤에 숨어버리는 아이였습니다. 지요 씨를 빼면 어른 중에서는 그나마 사야마 씨와 이야기할 수 있는 정도였을 거예요.

사야마 씨를 처음 만난 날은 지금도 똑똑히 기억합니다.

당시 저는 가게에 있는 고물들을 가지고 혼자 놀곤 했습니다. 귀중품에는 손을 댈 수 없으니 아버지의 개인적인 수집품을 가지고 놀았어요. 아까 보셨던, 그 낡은 선반에 놓여 있는 물건들 말이에요. 그중에서 특히 작은 달마 인형 컬렉션을 좋아해서 인형에게 이런저런 연기를 시키면서 즐기곤 했답니다. 어느 날 제가 여느 때처럼 노는데 지요 씨와 함께 사야마 씨가 찾아왔습니다. 지요 씨와는 안면이 있었지만 사야마 씨는 처음 보는 사람이었습니다. 긴장해서 몸이 딱딱하게 굳은 제게 사야마 씨가 달마 인형 하나를 집어 "나는 달마 군이로소이다" 하고 말했습니다. 근엄한 어조와 통통 튀는 듯한 괴상한 움직임이 꼭 진짜 살아 숨 쉬는 것 같았죠. 저는 어색한 것도 잊고 사야마 씨에게 매료되고 말았습니다.

지금 생각하면 사야마 씨는 어린아이가 갖는 꿈이나 불안 등을 아주 잘 이해하는 분이었습니다. 다른 사람들은 어른이 되면서 잊어가는 것을, 잊지 못하는 사람이었다 싶습니다.

사야마 씨를 떠올리면 지금도 생각나는 놀이가 하나 있습니다.

"아무거나 세 개만 골라보렴."

사야마 씨가 그렇게 말하면 지요 씨와 저는 가게의 고물 중에서 세 개를 고릅니다. 어떤 것이라도 상관없어요. '전복 껍데기' '망원경' '장롱' 또는 '문진' '물담배 파이프' '시가라키 도기 너구리 인형'. 그러면 사야마 씨는 그 자리에서 그 세 가지를 이용해 즉흥으로 이야기를 지어내곤 했습니다. 이야기에는 늘 저희도 등장했는데 그게 얼마나 기뻤는지 모릅니다. 지요 씨는 그 놀이를 아주 좋아해서 몇 번이고 도전하셨지만, 사야마 씨가 이야기 도중에 갈팡질팡한 적은 한 번도 없었습니다.

어린 제게 그건 마치 마술 같았습니다. 나중에 지요 씨에게 사야마 씨가 『열대』라는 소설을 쓴 모양이라는 말씀을 들었을 때 그 놀이가 맨 먼저 머리에 떠올랐습니다.

당시 저는 어렸던 터라 사야마 씨가 어떤 사람인지 거의 아무것도 몰랐습니다. 어디선가 훌쩍 나타나 기이한 이야기를 들려주고 가는 그런 수수께끼 같은 사람이었습니다. 아랍어를 공부하는 학생이었다는 사실 등도 모두 나중에 지요 씨를 통해 들었습니다. 사야마 씨가 모습을 감춘 것은 겨울이었는데 저는 그 사실을 봄이 되어서야 깨달았던 것 같습니다.

'사야마 씨는 왜 안 오지?'

불현듯 그런 생각이 든 겁니다.

마침 지요 씨가 놀러와 있을 때였습니다. 달마 인형을 가지고 같이 놀면서 저는 머뭇머뭇 사야마 씨에 관해 물었습니다. 그러자 아가씨는 쌀쌀맞게 말했습니다.

"그 사람은 우리를 버리고 떠났어."

그럼 이제 두 번 다시 말하는 '달마 군'을 볼 수 없는 걸까. 그렇게 생각하니 눈앞에 놓인 달마 인형들이 서먹서먹하게 입을 다물어버린 것처럼 느껴졌습니다. 사야마 씨가 호렌도에 드나든 기간은 반년도 못 됐지만 어린 저에게는 매우 긴 기간이라고 할 수 있겠죠. 사야마 씨가 모습을 감춘 것을 제 나름대로 쓸쓸하게 생각했던 것은 사실입니다.

하지만 솔직히 조금 안심한 부분도 있었습니다.

저는 지요 씨도 사야마 씨도 좋아했지만 역시 지요 씨를 훨씬 더 좋아했기 때문에 그분이 저만을 특별대우 해주기를 바랐습니다. 하지만 사야마 씨가 있으면 그렇게 되지 않았거든요. 어쨌거나 저는 그런 자기본위적인 이유로 사야마 씨를 껄끄럽게 여기는 부분이 있었습니다. 그렇지만 여기서 급히 덧붙여 말씀드리는데, 제가 사야마 씨를 껄끄럽게 여긴 것은 그런 질투심만이 이유는 아니었습니다.

처음에 지요 씨의 아버님이신 나가세 에이조 씨를 언급했죠. 제가 '마왕님'이라고 부르며 무서워했던 사람 말입니다. 사야마 씨와 마왕님이 가게에서 만난 적이 딱 한 번 있었습니다. 당시 두 분은 진지한 표정을 짓고서 뭐라 작은 목소리로 논쟁하고 있었습니다.

무엇에 대한 이야기였는지 지금에 와서는 알 수 없습니다만, 뭐라 말할 수 없는 긴장감이 감돌았습니다. 어쩐지 평소의 사야마 씨가 아닌 것 같았습니다. 마왕님의 부름에 응해 물밑에 감추어져 있던 '그림자'가 떠오른 듯한 느낌이었습니다. 그때부터 저는 마음속 한구석으로 사야마 씨를 두려워했습니다.

당시에는 말로 표현할 수 없었지만 지금은 그때 제가 느꼈던 게 무엇인지 알 것 같습니다. 저는 사야마 씨가 뭔가 숨기는 게 있다는 것을 직감한 겁니다. 그 사람이 저희에게 친절하게 대해준 이면에는 그런 어떤 떳떳지 못한 이유가 있었던 게 아닐까요.

호렌도 주인이 들려준 것은 그런 이야기였습니다.

긴 이야기를 마친 그녀는 주전자에서 차를 따라주었습니다.

"사야마 씨의 비밀 말씀입니다만, 그 사람이 모습을 감춘 것과 관계있을까요?"

저는 말했습니다.

"……모르겠군요."

"지요 씨와는 그 일에 관해 말씀하신 적이 있습니까?"

"네. 결혼하고 도쿄로 이사하신 뒤로도 지요 씨는 1, 2년에 한 번은 오시거든요. 사야마 씨에 관해서는 여러 번 이야기하셨습니다. 하지만 워낙 오래전 일인 데다 지금에 와서는 수수께끼를 풀 길이 없으니까요."

"지요 씨 아버님이신 에이조 씨는 돌아가셨죠?"

"네, 그것도 꽤 오래전이랍니다."

지요 씨의 아버지 나가세 에이조 씨의 존재가 마음에 걸렸습니다. 원래 사야마 쇼이치는 에이조 씨가 고용한 학생입니다. 두 사람 사이에 어떤 연관이 있었나. 사야마 쇼이치는 무엇을 감추고 있었나. 왜 모습을 감추었나. 그런 수수께끼들은 『열대』와 관계있나. 떠오르는 의문을 노트에 적어 봐도 연관성은 보이지 않았습니다.

"지요 씨는 언제 이곳에 들르신 겁니까?"

"사흘 전이었을 거예요."

"지요 씨가 저를 교토로 부르셨거든요. 뵐 수 있을 줄 알았는데 이미 호텔을 체크아웃 하시는 바람에 말이죠. 연락이 안 돼서 난처합니다만."

"……그러세요."

호렌도 주인은 눈살을 찌푸리며 말했습니다.

"실은 지난번 뵈었을 때 조금 이상한 일이 있었답니다."

"뭐죠?"

"그날 지요 씨는 뒷문으로 도망치셨어요."

"도망쳤다고요? 왜죠?"

"모르겠습니다. 친구 분도 놀라시더군요."

"……지요 씨는 혼자 오신 게 아니란 말씀입니까?"

동행자는 호렌도 주인도 이제껏 본 적 없는 노년의 남자였다고 합니다.

남자와 지요 씨가 함께 가게 안을 둘러보는데 남자에게 전화가 와서 그가 혼자 밖으로 나갔다고 합니다. 그러자 지요 씨가 주인에게 "뒷문으로 나가도 될까?" 하고 귓속말로 물었다는 겁니다.

"겁에 질린 것 같던가요?"

"아뇨, 전혀. 오히려 즐거워하시는 것 같았습니다."

지요 씨는 호렌도 뒷문으로 나가고, 이윽고 통화를 마치고 돌아온 남자는 어안이 벙벙한 표정이었다고 합니다. 지요 씨의 행동은 무슨 의미였을까요. 아무리 생각해도 모르겠습니다. 남자가 누군지도 알 수 없습니다.

괘종시계가 오후 4시를 알렸습니다. 저는 일어나 명함을 내밀었습니다.

"이것저것 가르쳐 주셔서 감사합니다. 혹시 지요 씨가 오시면 이 전화번호로 연락 부탁드린다고 전해 주시겠습니까. 내일 밤까지는 교토에 있을 예정입니다."

"네, 알겠습니다."

"마지막으로 부탁드릴 게 있습니다만." 저는 말했습니다. "뒷문으로 나가도 될까요?"

되도록 지요 씨가 갔던 길로 가보고 싶었습니다.

주인은 말했습니다. "이쪽으로 오시죠."

저는 신발을 벗고 계산대 뒤에 있는 거실로 향했습니다. 부엌 옆에 있는 문을 열자 회색 콘크리트 담장으로 둘러싸인 어둑어둑한 뒷마당이 나왔습니다. 신발을 다시 신으며 주위를 둘러보다가 저는 기이한 것을 발견했습니다. 아직 2월이건만 마당 구석에 해바라기가 피어 있었습니다. 눈이 흩날리는 흐린 하늘 아래 마치 마법의 불이 얼어붙은 것처럼 보였습니다.

"어떻게 이런 철에……."

"지요 씨가 오시고 나서 피었답니다."

뒷마당을 둘러싼 콘크리트 담장에는 작은 철문이 붙어 있었습니다. 몸을 숙여야만 지날 수 있는 작은 문은 『이상한 나라의 앨리스』를 생각나게 했습니다. 마치 세계 밖으로 나가는 듯한 기분이 들었지만, 문을 지났을 때 보인 것은 콘크리트 담장과 산울타리 사이에 낀 평범한 뒷길에 불과했습니다.

걸음을 떼려는데 주인이 "잠깐만요" 하고 불렀습니다.

그녀는 촉촉한 눈으로 저를 응시하고 있었습니다. 작은 문 너머에서 몸을 숙이고 있는 탓인지 한층 체구가 작아 보였습니다.

"여기서 나갈 때 지요 씨가 분명히 이상한 말씀을 하셨어요."

"이상한 말씀이라고요?"

"마녀를 만난다느니, 그런……."

"혹시 '보름달의 마녀'라고 하지 않으셨습니까?"

제가 확인하자 그녀는 놀란 표정을 지었습니다.

"맞아요. 그렇게 말씀하셨습니다."

'보름달의 마녀에게 간다.'

지요 씨는 그렇게 중얼거렸다고 합니다.

저는 이치조지 주택가를 돌아 사가리마쓰로 돌아왔습니다.

호렌도에서 나온 다음 지요 씨의 발자취는 알 수 없습니다. 일일이 물어보고 다닐 수도 없으니 저는 일단 시내에 가기로 했습니다.

과거 지요 씨와 사야마 쇼이치가 걸었던 번화가를 둘러본 다음 저녁을 먹고 게아게의 호텔로 돌아갈 생각이었습니다. 어쨌거나 생각해 봐야 할 수수께끼가 수두룩했으니까요.

이치조지역에서 에이잔 전철을 타고 데마치야나기역으로

향했습니다.

'보름달의 마녀'라는 이름을 들은 게 우연일 것 같지는 않았습니다.

시라이시 씨는 물론 기억하실 테죠. 하리마 고개의 아파트에서 당신과 지요 씨가 했던 인양 작업. '무풍대' 저편에 있는 '사막의 궁전'과 '보름달의 마녀'라는 이름을. 지요 씨가 교토로 여행을 떠난 것은 그게 계기였습니다.

보름달의 마녀에게 간다.

그 말에는 분명히 숨은 의도가 있습니다.

데마치야나기역에서 게이한 전철로 갈아타 기온시조역에 도착했을 무렵에는 겨울철 태양이 벌써 저물기 시작해 가모천을 따라 거리의 불빛이 반짝이고 있었습니다.

시조 대교를 서쪽으로 건너 데마치 거리와 신교고쿠를 돌아다녀 봤습니다.

번화가는 지요 씨와 사야마 쇼이치가 교토에서 살았던 그 시절과는 크게 달라졌을 겁니다. 하지만 초롱불을 밝힌 니시키텐만궁이나 오래된 쇠고기 전골집은 당시와 변함없는 자태이리라는 생각이 들었습니다. 닫혀 있는 산문, 불교 용품 상점과 담배 가게, 어두운 터널 같은 뒷길……. 한동안 돌아다닌 뒤 저는 우동 집에서 저녁을 먹고 가와라마치 거리를 건너 폰토정으로 향했습니다. 그 부근을 잠시 걷다가 게아게의 호텔로 돌아갈 생각이었습니다.

주말의 폰토정은 축제일처럼 북적거렸습니다.

좁은 포석 길을 따라 북쪽으로 걸어가는데 오른편 건물 계단 입구에 있는 작은 간판이 눈에 띄었습니다. '밤의 날개'라고 쓰여 있었습니다. 건물 2층을 올려다보자 마치 위스키를 따른 듯 호박색 불빛이 유리창으로 흘러나오고 있었습니다.

저는 간판을 다시 봤습니다.

밤의 날개. 그 아름다운 말을 어디선가 읽은 적이 있다는 생각이 들었습니다.

이런 때 저는 제 기억 속에서 그 말을 찾아낼 때까지 다른 생각을 못 하게 됩니다. 스스로도 다소 편집증적이다 싶습니다만 저도 어떻게 할 수 없더군요. 머리에 먼저 떠오른 것은 소설가 로버트 실버버그의 『밤의 날개Nightwings』라는 작품이었습니다. 하지만 그 책을 읽은 지 꽤 오래되었는데 '밤의 날개'라는 말은 훨씬 생생하고 신선한 인상을 주었습니다. 저는 어제부터 읽은 것을 돌이켜 봤습니다. 호텔 객실에서 읽은 『로빈슨 크루소』였나, 아니면 아라비야 책방에서 읽은 『천일야화』인 걸까. 그 책들의 내용을 아무리 떠올려 봐도 '밤의 날개'라는 말은 없었던 것 같았습니다. 그렇지만 제가 어제부터 읽은 책은 그 두 권뿐일 텐데요. 다른 책은 읽은 게 없었습니다.

거기까지 생각했을 때 느닷없이 이 문장이 떠올랐습니다.

"그대는 밤의 날개로 새벽을 어둡게 하는구나."

그러나 그대는 내게 대답한다,

"아니, 한 조각 구름이 달을 감추었을 뿐."

그랬구나. 저는 뭐라 말할 수 없는 쾌감을 느꼈습니다.

호렌도 구석에서 발견한 낡은 목제 카드 상자. 거기에 남아 있던 카드에 적힌 시 비슷한 글귀.

'밤의 날개'라는 말은 바로 그 시에 있었던 겁니다.

술집 밤의 날개는 선실 같은 작은 가게였습니다.

위스키를 마시며 귀를 기울이니 폰토정의 포석 길에 울리는 떠들썩한 소리가 파도 소리처럼 들려 마치 폰토정 상공에 떠 있는 것처럼 느껴졌습니다. 아직 이른 시간이라 그런지 손님은 저와 젊은 여자 한 명뿐이었습니다. 그 사람은 가모천을 내다보는 둥근 창문 앞의 유일한 소파 자리에서 창밖을 바라보며 붉은 칵테일을 마시고 있었습니다.

즐비하게 늘어선 술병을 등지고 주인이 온화한 목소리로 말했습니다.

"피곤하신 것 같군요."

"아침부터 여기저기 돌아다녔거든요."

"일 때문에 오신 겁니까?"

"아뇨, 취미 같은 겁니다." 저는 말했습니다. "옛날 소설가의 발자취를 추적하는 중입니다만, 수수께끼가 깊어질 뿐이라 추리소설 주인공이 된 기분입니다."

"그거 재미있을 것 같은데요."

"네, 아닌 게 아니라 재미는 있습니다."

"추리소설은 저도 좋아하죠. 근사한데요."

주인은 엘러리 퀸이나 밴 다인 같은 작가가 쓴 고전적인 추리소설을 좋아하는 인물 같았습니다. 추리소설 이야기가 한바탕 오간 뒤 저는 이 가게의 이름에 관해 물어봤습니다.

"이름이 아름답군요."

"좋죠? 제가 지은 건 아니지만요."

주인은 그렇게 말하며 웃었습니다. "제가 독립할 때 이전 가게 단골손님이 지어주셨답니다. 『천일야화』에 나오는 말이라고 하더군요. 저는 읽어본 적이 없지만요. 추리소설만 읽어서 말이죠."

"『천일야화』라고요?"

"아세요? 『아라비안나이트』랍니다."

"이 책 말씀입니까?"

제가 아라비야 책방에서 받은 문고본을 계산대에 올려놓자 주인은 "저런!" 하고 눈을 둥그렇게 떴습니다. 그런 책을 가지고 다니는 사람이 없기 때문이겠죠. 그때 창가 자리에 앉아 있던 여자가 저희를 돌아봤습니다. 흥미를 느낀 것처럼 "천일야화?"라고 중얼거렸습니다. 주인은 제 문고본을 그녀에게 들어 보이며 "마키 씨" 하고 불렀습니다. "이거 흔치 않은 손님이 오셨는데요."

"처음 아니에요?" 여자는 미소를 지었습니다. "할아버지가 들었으면 기뻐하셨겠네요."

그녀는 자신의 할아버지가 이 술집의 이름을 지었다고 가르쳐 주었습니다. 할아버지가 마르드뤼 판 『천일야화』에서 발견한 말인데, 셰에라자드의 동생 두냐자드의 미모를 찬미하는 장면에 나온다고 합니다. "이런 시랍니다."

마키 씨는 아름다운 억양을 넣어 시를 읊었습니다.

겨울밤에 뜬 여름의 달도

그대만큼 아름답지 않으리

아아, 처녀여!

그대의 뒤꿈치에 엉키는 긴 머리와

그대의 이마를 덮은 새카만 머리에 나는 말한다

"그대는 밤의 날개로 새벽을 어둡게 하는구나."

그러나 그대는 내게 대답한다,

"아니, 한 조각 구름이 달을 감추었을 뿐."

저는 마키 씨의 완벽한 암송에 경탄했습니다, 그렇지만 제가 놀란 이유는 그것만이 아닙니다. 그녀가 읊은 시의 뒷부분은 제가 호렌도에서 발견한 카드에 쓰여 있던 바로 그 글귀였기 때문입니다. 주인과 제가 박수를 보내자 그녀는 우아하게 절을 했습니다.

마키 씨는 저를 보며 말했습니다.

"왜 그런 책을 들고 다니세요?"

"어쩌다 그렇게 됐습니다."

저는 요시다산에서 만난 기이한 헌책방 이야기를 했습니다.

"주인 대신 가게를 보다가 우연히 『천일야화』를 집은 겁니다. 전부터 한 번 정식으로 읽어보고 싶다는 생각은 있었습니다만……."

"신기한 우연이네요."

"실은 그게 다가 아니랍니다. 그 뒤 호렌도라는 고물상에 갔는데, 거기서 낡은 카드를 본 겁니다."

"……카드라고요?"

"아실지 모르겠군요. 예전에 도서관 목록으로 쓰던 종이 카드 같은 건데, 이만한 크기의 나무 상자에 들어 있었거든요. 그 속에 있던 카드에 아까 당신이 읊은 시가 적혀 있었습니다. 제가 이 가게에 들어온 것도 카드에 쓰여 있던 '밤의 날개'라는 말이 머리에 남아 있었기 때문이죠."

"……아주 흥미롭네요." 마키 씨는 말했습니다. "이쪽에서 같이 이야기하지 않으시겠어요?"

저는 일어나 그녀의 맞은편 소파에 앉았습니다.

달처럼 둥근 창문으로 밖을 내다보자 가모천 건너편에 불빛이 띄엄띄엄 보였습니다. "비어 있을 때는 늘 여기 앉는답니다"라고 마키 씨가 설명했습니다. 그렇게 마주 앉아 있으려니 이 술집이 밤바다를 나아가는 여객선의 객실처럼 느껴졌습니다.

"아까 암송이 정말 훌륭하시더군요."

"고맙습니다."

"『천일야화』를 아주 잘 아시나 봅니다."

"어느새 그렇게 됐지 뭐예요. 할아버지의 영향을 받은 탓일까요."

"할아버님께서 이 가게 이름을 지으셨다고 하셨죠?"

"지금은 돌아가셨지만 제가 『천일야화』를 읽게 된 것도 할아버지 때문이거든요. 꽤 기이한 이야기인데요."

"흥미로운 이야기일 것 같군요."

"흥미로워요."

마키 씨는 칵테일을 한 잔 더 주문하고 이야기를 시작했습니다.

저는 시조가라스마 근처 화랑에서 일합니다.

왜 그런 직업을 갖게 됐느냐 하면 역시 할아버지의 영향이 있지 않았을까 싶군요. 할아버지가 화가이셨기 때문에 제가 작업실에 자주 놀러갔거든요.

할아버지는 소위 고독한 예술가 같은 이미지가 아니라 느긋한 신선 같은 분이셨어요. 작업실에서 작업할 때 손주가 주위를 얼쩡거려도 아무렇지도 않아 하시며 '방해해 주는 편이 딱 좋지'라고 말하셨답니다. 혈기 왕성했던 시기도 있었던 것 같지만 제가 철이 들었을 때는 이미 '신선'이셨죠.

할아버지 작업실은 에이잔 전철 이치하라역에서 걸어서 갈 수 있는 거리에 있었어요.

도로변 찻집 옆으로 자갈길을 따라 들어가면 보이는 곳이었는데, 원래 작은 공업소였던 건물을 할아버지가 손수 고치셨다고 합니다. 어머니를 따라 놀러 가면 할아버지는 언제나 자갈길에 서서 느긋하게 담배를 피우며 저희를 기다리고 계시곤 했어요. 얼른 만나고 싶으셨겠죠. 어렸을 때는 어머니를 따라 갔지만, 중학생 때부터는 혼자서 놀러가곤 했답니다.

원래 공업소였다 보니 작업실이 아주 넓었거든요. 할아버지는 그곳에 별별 물건을 다 가져다 놓으셨어요. 작품과 화구, 온갖 자료와 과거의 기록들도 있었죠. 게다가 할아버지는 취미가 '발명'이셨던 분이라 거기에 쓰는 도구도 있었답니다. 도움이 되는 발명은 하나도 없었지만요. 말하자면 작업실은 어린아이의 커다란 방 같았습니다. 할아버지는 뭐든 다 만질 수 있게 해주셨기 때문에 저한테는 작업실이 너무너무 즐거운 곳이었죠. 그 대신 여름에는 덥고 겨울에는 추웠어요. 하지만 할아버지는 정정한 분이시라 언제나 널따란 작업실 안을 기운차게 걸어 다니셨답니다. 그게 건강 비결이었을지도 몰라요. 제가 고등학교를 졸업할 때까지 할아버지는 거의 쉬지 않고 작업실에 다니셨어요.

그런데 할아버지가 유일하게 허락해 주지 않으신 게 있었습니다.

작업실 뒤에 작은 단층집이 있었는데 거기 들어가는 것만은 허락하지 않으셨어요. "거기엔 마물이 살고 있다"라고 하시면서요. 어린 마음에 그럴 리 없다고 생각하면서도 역시 좀 무섭더군요. 바로 뒤에 잡목림이 있어서 비 오는 날이나 해 질 녘이면 섬뜩했거든요. 고등학생 때 할아버지 눈을 피해 딱 한 번 안을 몰래 들여다보려고 한 적이 있었어요. 그런데 정면에 있는 녹색 문은 잠겨 있고, 창문이라곤 문 옆에 쇠창살이 박힌 창문 하나뿐. 그마저도 두꺼운 불투명 유리를 끼워놔서 안이 전혀 보이지 않았습니다. 포기하고 어머니한테 여쭤봤더니 "거긴 도서실이야"라고 하시더군요. 하지만 어머니도 안에 들어가 본 적이 없다고 하시는 거예요. "할아버지 사생활을 존중해 드려야지"라면서 말이죠.

그 뒤 한동안 그 단층집을 잊고 지냈어요.

어렸을 때는 할아버지 곁에서 그림을 그리기도 했지만 점점 그림을 그릴 마음이 들지 않더군요. 할아버지의 그림에 관해 의논하고 도와드리는 게 더 즐거웠습니다. 화랑 관계자와 이야기할 때도 많았어요. 그러면서 점점 화랑에 관심이 생겼을 테죠. 하지만 제가 대학을 졸업할 무렵에는 그렇게 정정하셨던 할아버지도 자주 편찮으셔서 작업실에 나오는 일도 줄어들었어요. 그러다가 제가 시조에 있는 화랑에 취직한 지 얼마 안 돼서 할아버지가 돌아가신 거예요. 무척 슬펐지만 각오했던 일이기는 했습니다.

그러면서 문제가 된 게 이치하라의 작업실이에요.

할아버지는 그곳에 아무거나 다 가져다 놓으셨어요. 물건을 처분하는 걸 싫어하셔서 별의별 게 다 뒤죽박죽되어 있었어요. 부모님과 오빠도 도와주기는 했지만 결국 제가 진두지휘하는 게 제일 나을 것 같았습니다. 다행히 제가 일하는 화랑은 할아버지가 생전에 신세를 지셨던 곳이기도 해서 화랑 주인인 야나기 씨께도 의논 드릴 수 있었어요.

저는 틈날 때마다 작업실에 가서 조금씩 할아버지의 유품을 정리했습니다. 더운 여름이었거든요. 땀을 훔치면서 작업실을 정리하는데 어렸을 때 제가 그렸던 그림이 나와서, 할아버지는 이런 것까지 안 버리고 갖고 계셨나 싶어 괜히 눈물이 그치지 않았던 적도 있어요.

그러다가 작업실 뒤에 있는 단층집을 '어쩌면 좋을까' 하고 고민하게 됐습니다.

할아버지는 그곳에 마물이 산다고 하셨습니다.

어쩐지 마음이 내키지 않았지만 뒤로 미룰수록 마음만 무거워지니까, 어느 쉬는 날 오후 용기를 내서 작업실 뒤로 돌아가 봤습니다. 잡목림에서 요란하게 매미 울음소리가 들렸던 게 기억나네요. 풀을 벤 지도 오래됐으니 어느새 여름풀이 무릎 높이까지 무성하게 자라서 꼭 열대처럼 열기가 차 있었어요.

그런데 말이에요, 그 단층집을 보고 발이 얼어붙은 거예요.

정말 꼼짝도 하지 않더군요.

단층집을 보면서 저는 매미 울음소리 속에 멍하니 서 있었습니다.

다시금 보니까 정말 묘한 건물이지 뭐예요. 건물 정면 오른편으로 치우쳐 퇴색한 녹색 문이 있는데, 폭이 유난스럽게 좁은 게 일반적인 문의 3분의 2 정도밖에 안 됐어요. 그 왼편에 쇠창살이 단단히 박힌 창문이 달랑 하나 있을 뿐, 그 외에는 정말 아무것도 없어요. 어린애 그림처럼 소박한 느낌이 되레 섬뜩하게 느껴졌습니다. 뭐라고 하면 좋을까요. 꼭 악몽 속의 건물처럼, 사실은 그곳에 존재하지 않는 건물처럼 느껴지는 거예요. 결국 그날은 포기하고 그냥 갔습니다.

"그 단층집이 어째 무서워요."

제가 그런 말을 했더니 부모님도 생각에 잠기셨습니다. 오빠는 어렸을 때 할아버지가 겁을 준 탓이라고 말하더군요. "내가 대신 열어주지."

"나도 가마." 아버지도 말씀하셨습니다.

그다음 주 일요일 저희는 이치하라로 갔습니다.

작업실 뒤에서 단층집을 본 아버지는 두 손을 허리에 얹고 멈춰 서서는 "아하" 하고 납득했다는 듯 말씀하셨어요. "이건 정말 묘한데."

"그렇죠?" 저는 말했습니다.

"진짜 마물이 사는 거 아냐?"

오빠는 살짝 웃었지만 어딘지 모르게 긴장한 것 같았어요.

순간, 마魔가 지나간 것처럼 침묵이 흘렀습니다. 잡목림에서 들려오는 매미 울음소리가 한층 더 크게 들렸죠. 문득 누가 보는 것 같아서 돌아봤지만, 볕이 쨍쨍하게 내리쬐는 자갈길이 있을 뿐 아무도 없더군요. 그런데도 시선이 느껴지는 거예요. 이게 무슨 느낌일까 싶어서 저는 불안해졌습니다. 귓가에서 벌레가 윙윙 날고 땀방울이 뺨을 타고 천천히 흘러내렸습니다.

저는 다시 몸을 돌려 아버지와 오빠의 등을 쳐다봤습니다.

"그럼 어디 한번 '열면 안 되는 방'을 열어볼까." 아버지는 저희에게 용기를 북돋워 주듯 말씀하셨습니다. "열려라 참깨!"

그리고 저희는 녹색 문을 지나 실내로 들어갔습니다.

결론부터 말하자면 그 단층집은 마물의 보금자리도 뭣도 아니었어요.

밖에서는 상상도 할 수 없을 만큼 안은 정말 쾌적한 '도서실'이었던 거예요. 바닥에는 페르시아 양탄자를 깔았고 아주 편해 보이는 소파며 앤티크 테이블, 램프가 놓여 있더군요. 그리고 세 벽에 전부 책꽂이를 짜 넣었고요. 천장 구석에 에어컨까지 있어서 오빠가 전원을 켰더니 시원한 바람이 나왔습니다. 설마 할아버지가 이런 곳을 숨기고 계셨을 줄이야.

"여기가 아버님의 비밀기지였군. 멋진데." 아버지가 감탄한 듯 말씀하셨습니다.

솔직히 말하자면 저는 맥이 빠졌어요. 책꽂이에는 잡다한 책이 꽂혀 있을 뿐 무서운 느낌은 하나도 없더군요. 결국 저 혼자 호들갑 떨었던 건데, 그건 할아버지가 어렸을 때 저한테 그곳에 "마물이 살고 있다"라고 말씀하신 탓이죠. 원망스러운 마음이 들었습니다.

하나 마음에 걸린 건, 『천일야화』가 참 많다는 거였어요.

당신은 아시지 않을까 싶은데, 『천일야화』는 아랍어 원전을 번역한 것, 영어로 번역된 버턴 판을 중역한 것, 마르드뤼 판에 갈랑 판 같은 프랑스어 판을 중역한 것도 있습니다. 일본어로 번역된 『천일야화』만 해도 다종다양하죠. 그런데 도서실 책꽂이에 『천일야화』가 여러 종류, 그것도 꽤 많은 양이 있는 거예요. 할아버지는 『천일야화』를 참 좋아하셨나 보다 싶었습니다.

이윽고 아버지가 한숨을 쉬시며 말씀하셨습니다.

"이걸 어쩐다. 처분하기 쉽지 않을 거다."

"조금만 더 조사해 보게 기다려 주시면 안 돼요?"

"헌책방 사람을 불러서 조사해 달라고 하는 방법도 있어." 오빠가 말했습니다. "그러면 처분도 할 수 있고 그게 편하지 않겠어?"

"그건 언제든지 할 수 있잖아. 할아버지가 남기신 책인데 내 눈으로 직접 살펴보고 싶어. 마물도 없다는 걸 알았으니까 이제 괜찮아."

"네가 괜찮으면 상관없지."

오빠도 굳이 반대할 생각은 없는 것 같았습니다.

다양한 번역판 『천일야화』를 빼면 나머지 책들은 잡다했습니다. 보기만 해도 옛날 책 같은 게 있는가 하면 비교적 최근 책도 있고, 일본 작가의 책이 있는가 하면 번역본도 있고, 하드커버가 있는가 하면 문고본도 있었습니다. 맥락이 전혀 없는 거예요. 하지만 할아버지가 아무도 들여놓지 않을 정도였으니 이 장서에 어떤 중요한 의미가 있는 게 분명했죠.

그 뒤 보름 정도 바빴던 데다가 몸도 아파서 9월 들어서야 다시 작업실에 갈 수 있었어요. 그날은 제가 일하는 화랑의 야나기 씨도 같이 갔었답니다. 할아버지가 생전에 신세를 졌던 분인데 유작 정리도 도와주셨어요. 제가 할아버지의 도서실 이야기를 했더니 보고 싶다고 하셔서 같이 갔어요. 야나기 씨는 도서실에 들어서자마자 나지막이 환성을 지르시더군요.

"와, 이건 대단한데."

"어떤 장서인지 아직 잘 모르겠어요."

"『천일야화』가 많군." 야나기 씨는 금세 눈치채신 것 같았습니다. "그러고 보니 선생님이 좋아하셨지."

"저는 전혀 몰랐지 뭐예요."

"말씀하기 싫으셨겠지."

"왜요?"

"외설적인 표현도 있는 책이니까. 손주한테 말하기 싫으셨을 거야." 야나기 씨는 쓴웃음을 지었습니다.

"아, 그래서."

"아버지가 남기신 책꽂이가 생각나는군." 야나기 씨는 눈을 가늘게 떴습니다. "책을 빼서 읽어봤더니 아버지가 여기저기 밑줄을 그으신 거야. 아버지는 왜 거기에 밑줄을 그었을까 생각해 봤지. 내 눈에는 이렇다 할 게 없는 문장에 밑줄이 그어져 있을 때도 있었어. 거기에 아버지와 나의 차이가 있다는 뜻이겠지."

"야나기 씨도 책 읽을 때 밑줄 그으세요?"

"그런 일은 거의 없는걸. 아버지는 대화할 때나 다른 사람들 앞에서 말씀하실 때 인용을 즐겨 하는 분이셨거든. 그래서 평소에 그런 식으로 책을 읽으셨겠지. 하지만 아버지 장서를 훑어보다가 전에 아버지가 인용한 적이 있는 구절을 발견하면 어째 선득한 거야. 그런 문장을 몇 개 발견하다 보면 아버지가 나한테 하신 말씀이 전부 이 책꽂이에 있는 책을 인용한 게 아닐까 싶어져. 그렇게 되면 다름 아닌 눈앞의 책꽂이가 아버지라는 뜻이 돼. 돌아가셨을 아버지가 아직 거기 계시면서 나한테 뭐라 말을 거시는 셈이야. 그립기도 하지만 오싹하기도 하단 말이지."

"할아버지도 책에 뭔가 쓰셨을지도 모르겠네요."

"그것도 그렇군. 한번 볼까."

저희는 책꽂이의 책을 훑어봤습니다.

제가 별 생각 없이 꺼낸 책은 이케자와 나쓰키의 『마티아스 길리의 실각マシアス·ギリの失脚』이었어요. 책장을 넘기다가 전 숨을 훅 들이마셨습니다. '『천일야화』 속에 이미 나타난다'라는 문장에 검은 밑줄이 그어져 있는 거예요. 옆에 있던 야나기 씨를 봤더니 야나기 씨도 놀란 표정으로 들고 있던 책을 응시하고 있었습니다. 야나기 씨가 들고 있었던 건 요시다 겐이치의 『서가기書架記』였죠. 옆에서 봤더니 차례 중에서 '마르드뤼 역 『천일야화』'에 밑줄이 그어져 있더군요. 그 다음 제가 꺼낸 책은 다니자키 준이치로의 『여뀌 먹는 벌레』였는데, 그 소설도 『천일야화』와 관련된 부분에 밑줄이 그어져 있었습니다. '어른이 읽는 『아라비안나이트』는 어린이 것과 완전히 다른가요, 아버지?'라든지요.

제가 쳐다봤더니 야나기 씨는 천천히 고개를 끄덕이더군요.

“모두 『천일야화』와 관련이 있군.”

“까맣게 몰랐어요.”

“그럴 만도 해. 별다를 게 없는 부분에 밑줄을 그어놨으니까. 의식해서 찾아보지 않으면 놓치고 넘어갈 거야. 그나저나 이걸로 납득이 가는데. 스티븐슨의 『신 아라비안나이트』가 있고 이나가키 다루호의 『일천일초이야기一千一秒物語』도 있어. 『천일야화』에서 촉발돼서 쓴 작품들이지.”

다른 책들을 살펴봤더니 결론은 점점 더 확실해졌습니다.

“전부 『천일야화』와 관련된 책이군요.”

할아버지의 단순한 취미였을까요.

하지만 도서실에 모아놓은 막대한 책을 보다 보면 어쩐지 취미만은 아닌 듯한 집념이 느껴지는 거예요. 까맣게 몰랐던 할아버지의 일면을 본 기분이었습니다. 한 가지 수수께끼에 대한 답은 분명히 얻었지만, 그 답은 한층 불가해한 수수께끼로 이어진 셈이었죠.

이윽고 저희는 작업실에서 나왔습니다.

역을 향해 걷는데 야나기 씨가 중얼거렸습니다.

“건물이 어째 묘하군.”

“야나기 씨 생각에도 그런가요?”

“그 문도 창문도 어딘가 이상해. 게다가 말이지, 자네하고 거기 있는 동안 줄곧 누가 쳐다보는 느낌이 드는 거야. 대체 뭐였을까.”

야나기 씨는 그렇게 말하면서 연신 고개를 갸웃거렸습니다.

“……그래서 어떻게 됐습니까?”

제가 몸을 내밀자 마키 씨는 미소 지었습니다.

“이야기는 그걸로 끝이랍니다. 제가 기이한 이야기라고 말씀드렸죠?”

마키 씨가 긴 이야기를 들려주는 사이에 술집 ‘밤의 날개’에 손님이 차츰 늘어 이제는 나직한 말소리, 유리잔 맞부딪는 소리가 저를 감싸고 있었습니다.

“도서실은 어떻게 됐는지요?”

“지금도 그대로 있어요. 할아버지가 남긴 수수께끼를 풀고 싶어 거기에서 『천일야화』를 여러 번 읽었답니다. 온갖 이야기가 머리에 새겨졌어요. 혹시 임금님이 제 목을 베려고 하면 셰에라자드처럼 이야기를 해서 목숨을 부지할 수 있을지도 모르겠네요.”

“할아버님께서 남기신 수수께끼는 풀렸습니까?”

“……수수께끼는 지금도 수수께끼예요.”

그렇게 말하는 마키 씨의 얼굴에 옅은 미소가 번졌습니다.

“수수께끼로 말하자면 『천일야화』 자체가 수수께끼인걸요. 가령 당신이 읽고 있는 건 마르드뤼 판이라고 해서 마르드뤼가 아랍어에서 프랑스어로 번역한 거예요. 하지만 마르드뤼의 번역은 상당히 자의적이라 어떤 사본을 바탕으로 하고 있는지 알 수 없는 부분도 있답니다. 그건 어디까지나 마르드뤼가 만들어

낸 『천일야화』인 거죠."

"그 이야기는 저도 들은 적이 있습니다."

"그렇다고 단순히 마르드뤼가 나쁘다고 생각하진 않아요. 유럽에서 처음으로 『천일야화』를 번역한 앙투안 갈랑도 전혀 상관없는 사본과 다른 사람한테 들은 이야기를 그대로 책에 넣었단 말이죠. 그건 제목 탓도 있어요. 천일은 원래 단순히 '많다'라는 뜻이었는데, 어느새 세상 어딘가에 천일 밤 분의 이야기가 든 완전판 『천일야화』가 존재한다는 몽상을 낳았어요. 십중팔구 그런 건 어디에도 없었을 테죠. 하지만 그런 몽상을 실현시키기 위해서 수많은 사람들이 온갖 수법으로 이야기를 추가했어요. 양심이고 뭐고 가짜 사본을 만들었고 자의적인 번역도 마다하지 않았어요."

마키 씨는 저를 쳐다보며 말했습니다.

"하지만 정말 제목만이 이유였을까요?"

"무슨 말씀이신지요?"

"어쩐지 마력 같은 게 작용하는 것 같지 않나요? 꼭 셰에라자드가 죽지 않으려고 이야기를 원하고 있고 그에 얽힌 사람들은 다들 그녀의 마술에 조종당하는 것 같단 말이죠. 어쩌면 저희 할아버지도 같은 마술에 홀렸던 걸지도 몰라요. 사본의 신빙성이나 번역의 정확성 같은 문제를 일단 제쳐놓는다면 전 개인적으로 이렇게 생각한답니다. 셰에라자드의 마술에 홀린 사람의 수만큼 『천일야화』가 존재한다고."

저는 마키 씨 이야기를 매우 흥미롭게 들었습니다.

물론 『열대』 때문입니다. 시라이시 씨는 제가 전에 말씀드렸던 가설을 기억하시는지요? 학파 멤버들이 읽은 『열대』는 모두 각기 다르게 전개되는 '이본'이었다는 가설 말입니다. 마키 씨의 『천일야화』에 대한 생각은 바로 그 가설을 연상시킨단 말이죠. 사야마 쇼이치에게 홀린 사람의 수만큼 『열대』가 존재하는 셈입니다.

제가 골똘히 생각에 잠겨 있으려니 마키 씨가 한숨을 쉬었습니다.

"이상한 이야기를 해서 죄송해요."

"아닙니다. 아주 흥미로운데요. 참고가 됐습니다."

"그래서 당신은 왜 교토에 오셨나요?" 마키 씨는 말했습니다. "뭔가 재미있는 이유가 있을 것 같은데요."

이유를 말하려면 『열대』에 관해 이야기해야 합니다. "이야기하자면 긴데요" 하고 못을 박자 마키 씨는 "바라는 바예요"라고 대답했습니다. 그래서 저는 그녀의 이야기에 대항하듯 『열대』와 제 이야기를 했습니다. 마키 씨는 진지한 표정으로 열심히 듣더군요. 다시금 이야기해 보니 그건 그녀의 이야기 못지않게 기묘한 이야기이기는 했습니다. 제가 말을 마치자 그녀는 "수수께끼 같은 이야기네요"라며 생각에 잠겼습니다.

이윽고 그녀는 말했습니다.

"당신은 불안하지 않으세요?"

"뭐가 말이죠?"

"작가인 사야마 쇼이치는 사라졌고 지요 씨라는 사람도 사라졌어요. 같은 일이 나에게도 벌어질지 모른다, 그런 생각은 안 드세요?"

"잠깐만요. 지요 씨는 사라지지 않았는데요."

"이 세상에 이미 없을지도 모르잖아요."

"설마요." 저는 중얼거렸습니다. "그럴 리 없습니다."

시계를 보니 밤 11시가 넘었습니다.

저는 선실 같은 창문으로 바깥을 바라봤습니다. 배를 탄 것처럼 흔들거림이 느껴지는 것은 위스키 때문이겠죠. 이제 그만 호텔로 돌아가야지 싶었습니다. 안 그러면 내일 일정에 지장이 생길 겁니다. 고맙다고 인사하고 일어서자 마키 씨는 "제가 고맙죠"라고 했습니다.

그 뒤 이상한 일이 있었습니다.

술값을 계산하고 밖으로 나왔는데 마키 씨가 쫓아온 겁니다.

"교토시 미술관에 가보세요." 그녀는 속삭였습니다. "참고가 될지 모르겠지만요."

"미술관이라고요? 뭐가 있는데요?"

"어쨌거나 가보세요."

그녀는 그 말만 하고서 몸을 돌려 술집 '밤의 날개'로 돌아갔습니다.

어느새 폰토정을 오가는 사람들의 자취가 뜸해져 있었습니다. 썰물이 빠진 다음 같은 포석 길을 걸어 이윽고 저는 산조 소교小橋 어귀로 나왔습니다. 택시를 잡아 게아게 호텔로 가달라고 한 다음 뒷좌석에 몸을 묻으니 길었던 하루의 피로가 밀려드는 것 같더군요. 차창 밖으로 스치는 거리의 불빛을 바라보는데 갑자기 휴대전화 벨이 울렸습니다. 처음 보는 번호였습니다.

전화를 받자 남자 목소리가 들렸습니다.

"이케우치 씨입니까?"

"……누구시죠?"

"이런 시간에 죄송합니다. 이마니시라고 합니다."

"이마니시 씨?"

"호렌도에서 명함을 보고 연락 드렸습니다." 상대방은 말했습니다. "지요 씨를 찾으신다죠?"

그 순간 저는 상대방이 누구인지 깨달았습니다.

"지요 씨 친구 분이시군요?"

"네, 오랜 친구죠."

"지요 씨 행방을 아십니까?"

"그 일로 이야기를 나누고 싶은데 내일 만날 수 있을까요? 이마데가와 거리에 '신신도'라는 커피집이 있습니다. 거기서 오후 1시는 어떻습니까?"

제가 당혹해하면서 승낙하자 상대방은 느닷없이 이런 말을 했습니다.

"『열대』를 읽었습니까?"

"……네, 읽었습니다." 저는 놀라면서도 대답했습니다. "당신도 읽으신 겁니까?"

"아뇨, 난 읽지 못했습니다. 유감스럽게도."

그러고는 전화가 뚝 끊겼습니다.

저는 휴대전화를 내려놓고 다시 차창 밖을 바라봤습니다.

택시는 번화가에서 빠져나와 게아게로 향하는 너른 비탈을 올라가고 있었습니다. 고요한 밤거리는 어두운 바다 속에 가라앉아 있는 듯 느껴졌습니다. 잠이 오는 것을 참으면서 택시의 행방을 응시하고 있으려니 이윽고 높은 지대에 찬연히 빛나는 호텔이 나타났습니다. 마치 아무도 발을 들여놓은 적이 없는 대지를 향해 어두운 바다를 나아가는 거대한 여객선처럼 보였습니다.

이튿날 아침 교토 거리는 엷게 눈으로 덮여 있었습니다.

호텔 방 커튼을 열고 창밖을 바라보니 난젠사 숲은 은백색으로 물들어 있었습니다. 부서지는 큰 파도가 그대로 얼어붙은 것 같았습니다. 옅은 잿빛 구름이 하늘을 뒤덮고 차갑고 하얀 빛과 정적이 세계를 메우고 있었습니다.

라운지에서 아침식사를 한 뒤 저는 방으로 돌아와 노트를 폈습니다.

'호렌도' '경이의 방' '달마 인형과 카드 상자' '밤의 날개' '나가세 에이조 = 마왕' '산다이바나시(관객이 준 단어 셋으로 즉석에서 연기하는 라쿠고)' '사야마 쇼이치의 그림자 부분' '지요 씨가 동행자를 두고 뒷문으로 도망쳤다' '겨울에 핀 해바라기' '보름달의 마녀는 여기에도 없다'. 지난밤은 너무 피곤해서 노트를 쓸 수 없었기 때문에 자기 전에 단어만 먼저 메모해 뒀던 겁니다. 키워드만이라도 적어 놓으면 나중에 기억을 재현하기가 쉬워집니다. 단어들을 다시 읽으면서 저는 어제 있었던 일을 되도록 정확하게 노트에 메모했습니다.

점점 기분이 이상해졌습니다.

저는 원래 『열대』에 관해 조사하고 있었습니다. 지요 씨의 행방을 추적하는 것도, 사야마 쇼이치의 발자취를 짚는 것도 모두 『열대』라는 소설의 수수께끼를 풀기 위해서였습니다.

그런데 어제 있었던 일을 꼼꼼하게 살펴보면 또 다른 이야기의 존재가 떠오르는 겁니다. 말할 것도 없이 『천일야화』 말입니다.

아라비야 책방에서 읽은 『천일야화』

호렌도의 카드 상자에서 발견한 『천일야화』 속의 시

그 시에서 이름을 따왔다는 폰토정의 술집 '밤의 날개'

그 술집에서 『천일야화』 이야기를 한 마키라는 여성

그녀의 할아버지가 남긴 『천일야화』 관련 서적 컬렉션

폰토정 술집에서 마키 씨가 들려준 이야기는 무척 인상적이었습니다. 『천일야화』를 둘러싼 이야기인 동시에 『열대』의 한 에피소드인 것처럼 느껴지거든요.

지난밤 술집을 나올 때 마키 씨가 속삭인 말이 마음에 걸렸습니다.

조사해 보니 교토시 미술관은 헤이안 신궁 옆에 있고 호텔에서도 멀지 않은 것 같았습니다. 이마니시 씨를 만나기로 한 것은 오후 1시이니 미술관을 둘러볼 시간은 충분히 있었습니다. 저는 여행 가방을 도쿄로 보낸 다음 체크아웃을 하고 호텔에서 나왔습니다.

회색 하늘에서 눈이 흩날리고 있었습니다.

비와호 수로를 따라 걷는데 뺨이 꽁꽁 얼 만큼 추웠습니다.

나는 정말 『열대』의 수수께끼를 풀 수 있을까.

그런 불안에 사로잡혔던 것도 제가 혼자였기 때문이겠죠.

시라이시 씨가 있었다면 어떻게 생각했을까 싶었습니다. 저희에게 새로운 전개를 준 사람은 시라이시 씨, 당신입니다. 저는 갈피를 잡지 못하고 헤매도 당신이라면 벽을 부술 수 있을지 모릅니다.

이윽고 헤이안 신궁의 대大도리이가 보였습니다.

비와호 수로에 놓인 다리를 건너자 도리이 오른쪽에 교토시 미술관이 있었습니다. 쇼와 8년(1933)에 지은 일본식과 서양식 건축을 절충한 본관은 거대한 성벽처럼 느껴졌습니다. 교토 거주 작가들의 합동 전시회를 하는 것 같았습니다. 저는 티켓을 사서 안으로 들어갔습니다.

마키 씨는 왜 이 미술관에 가보라고 했을까.

저는 작품을 하나씩 꼼꼼하게 보며 이동했습니다. 공예품이 있는가 하면 동판화도 있고 일본화도 있었습니다. 이윽고 서양

화가 전시된 큰 방에 들어갔을 때 안쪽 벽에 걸린 그림 한 장이 눈에 띄었습니다. 저는 한산한 전시실을 가로질러 마치 빨려들 듯 그 그림에 다가갔습니다.

소개문을 읽은 순간 전율했습니다.

〈보름달의 마녀, 마키 노부오, 1984〉

그렇게 쓰여 있었기 때문입니다.

파란 옷을 입은 여성이 홀로 황무지에 서 있습니다.

그녀는 이쪽을 등지고 황무지 너머로 이어지는 모래 언덕을 응시하고 있습니다. 군청색 하늘은 해가 진 다음 같기도 하고 해 뜨기 전 같기도 합니다. 그리고 화면 왼쪽 뒤로 하얀 궁전이 동그마니 그려져 있습니다.

사막의 궁전.

지요 씨와 시라이시 씨의 인양 작업을 통해 떠오른 이미지, 무풍대 너머에 존재한다는 궁전이 틀림없습니다. 〈보름달의 마녀〉라는 제목만 봐도 이 불가사의한 그림이 『열대』와 관계있다는 것은 명백했습니다.

마키 노부오라는 이름에서 저는 즉시 술집 '밤의 날개'에서 만난 '마키 씨'를 떠올렸습니다. 그녀의 할아버지는 화가였다고 했습니다. 다시 말해서 이 그림을 그린 사람은 수수께끼 같은 도서실을 남기고 세상을 떠났다는 그녀의 할아버지라는 뜻이겠죠. 그리고 그는 사야마 쇼이치의 『열대』에서 영감을 얻어 이 그림을 그린 게 분명합니다.

저는 눈을 감고 시라이시 씨에게 들은 이야기를 돌이켜 봤습니다.

하리마 고개의 아파트로 지요 씨를 찾아갔던 날 오후, 당신이 눈을 감고 『열대』의 세계를 머릿속에 그려봤을 때 그 세계가 입체적으로 떠올랐다고 했죠. 모래 언덕으로 둘러싸인 황야에 우뚝 솟은 하얀 문. 모래에 파묻힌 유적 같은 정원. 페르시아풍 돔 지붕이 있는 궁전……. 그때 저 역시 그 정경을 생생히 그려볼 수 있었습니다.

문득 모래 냄새를 머금은 바람이 불었습니다.

이상하게 생각해 눈을 떠보니 저는 어둑어둑한 공간에 있었습니다. 미술관 전시실과는 전혀 다른 장소인 듯했습니다. 눈이 점점 어둠에 익자 성당처럼 천장이 높은 홀이라는 것을 알 수 있었습니다. 주위는 정적에 싸여 있고 돌바닥은 모래투성이였습니다. 뒤를 돌아보니 홀의 출입구 너머에 모래로 뒤덮인 정원과 하얀 문이 보였습니다. 멀리 모래 언덕이 산맥처럼 이어지고 파란 하늘에는 구름이 하늘을 찌를 듯이 솟아 있었습니다.

저는 놀라 할 말을 잃었습니다. 그림 속 사막의 궁전에 있었던 겁니다.

그때 홀 안쪽 어둠에서 소리가 들렸습니다.

돌아봐도 아무것도 보이지 않았습니다. 하지만 잘 들어보니 분명히 모래를 밟는 소리가 들렸습니다. 저는 꼼짝도 하지 않고 우두커니 서 있었습니다.

모습이 보이지 않는 누군가는 저를 향해 한 발짝씩 다가오고 있었습니다.

저는 숨을 크게 들이마시고 상대방에게 물었습니다.

"당신은 보름달의 마녀인가?"

그러자 발소리가 뚝 멎었습니다.

그리고 텅 빈 공간에서 목소리가 들렸습니다.

"……이케우치 씨세요?"

제가 얼마나 놀랐는지요.

그건 시라이시 씨, 당신 목소리였습니다.

"시라이시 씨, 어디 계시는 겁니까?"

"저도 이케우치 씨가 안 보여요."

"잠깐만요, 시라이시 씨가 왜 여기 있는 겁니까?"

"이케우치 씨를 쫓아온 거죠, 당연히!"

목소리가 들리는 쪽으로 팔을 뻗어 봐도 손에 잡히는 것은 허공뿐이었습니다.

왜 내가 사막의 궁전에 있나. 왜 시라이시 씨도 그곳에 있나. 왜 상대방의 모습이 보이지 않나. 알 수 없는 것투성이였습니다. 하지만 이상하게도 시라이시 씨의 목소리에서 불안은 조금도 느껴지지 않았습니다. 오히려 즐거워하는 기색마저 있었습니다.

"역시 만날 수 있을 줄 알았어요. 목소리만이라도 말이에요."

"뭐가 뭔지……."

"말씀드릴 게 많은데 시간이 없어요. 폭풍이 오거든요."

그러더니 당신은 서둘러 다음과 같은 이야기를 했습니다.

"이케우치 씨가 교토로 가신 다음에 나카쓰가와 씨를 만나서 이야기를 했어요. 나카쓰가와 씨는 『열대』의 정체를 눈치채고 있었어요. 『열대』는 실로 마술적인 책이라고 하더군요. 우리는 아직 다 읽지 못했다, 지금 우리는 『열대』 안에 있다고요."

"『열대』 안에 있다고요?"

"온갖 것이 『열대』와 관계있다. 이 세상 모든 것이 복선인 거예요."

습기를 머금은 바람이 홀에 불어왔습니다. 출입구 쪽을 돌아보니 모래 언덕 위로 펼쳐진 파란 하늘을 먹구름이 뒤덮어 가고 있었습니다. 기록 영화 필름을 빠른 속도로 재생하는 것처럼 무시무시한 속도였습니다. 먹구름 속을 번개가 용처럼 내닫고, 천둥이 우르릉거리기 시작했습니다.

"『열대』에 관해 생각난 게 있어요. 마왕이 하는 말인데……."

시라이시 씨는 천둥에 맞서듯 읊었습니다.

"과거에 이 해역은 보름달의 마녀가 지배했다. 나는 보름달의 마녀에게 마술을 배웠어. 그게 없었다면 살아남지 못했을 테지. 이 섬에 흘러왔을 때 나 역시 자네처럼 무력했다. 사방 어디를 둘러봐도 아무것도 없는 광막한 세계였다. 하지만 잘 생각해 보라고. 아무것도 없다는 것은 뭐든 있다는 뜻이야. 마술은 거기서 시작된다."

한층 큰 천둥소리에 시라이시 씨 목소리가 파묻혔습니다.

"시라이시 씨!"

"지요 씨를 뒤쫓으세요, 이케우치 씨. 저는 당신을 뒤쫓아갈 게요."

그러고는 목소리가 뚝 끊겼습니다.

정신이 들자 저는 전시실에 서 있었습니다. 눈앞에는 마키 노부오 씨 작품이 있고 모든 게 이전 그대로였습니다. 시라이시 씨 목소리도, 모래 냄새도, 폭풍 소리도 사라진 뒤의 정적이 마치 단단한 물질처럼 느껴졌습니다. 저는 나지막이 소리내며 주위를 둘러봤습니다.

"괜찮으십니까?"

경비원이 다가왔습니다.

전시실에 들어온 지 30분 가까이 지난 것을 알고 놀랐습니다. 그동안 저는 내내 그 그림 앞에 서 있었을까요. 그렇다면 경비원이 이상하게 생각할 만도 합니다. 제가 꾼 백일몽 이야기를 할 수도 없는 노릇이니 저는 그저 머리를 숙이고는 도망치듯 전시실에서 나왔습니다. 분명히 발걸음이 불안정했을 테죠.

저는 미술관 밖으로 나와 눈발이 흩날리는 회색 하늘을 올려다봤습니다.

택시를 타고 신신도에 가기로 했습니다.

차 안에서 시라이시 씨에게 전화를 걸어봤습니다. 일요일 정오 지나서 제가 갑자기 전화한 것 기억나시는지요.

당신은 아무 일 없었던 듯한 목소리였습니다.

"웬일이세요, 이케우치 씨."

"바쁘신데 죄송합니다."

"바쁘지 않아요. 지금 점심시간이거든요."

수화기 너머에서 소음이 들려왔습니다. 사람들 말소리, 식기 소리, 클래식 음악. 익숙한 정경이 눈앞에 보이는 듯했습니다.

"지금 어디 계시는지요?"

"찻집 메리에 있어요. 토스트 세트를 먹는 중인데요." 당신은 물었습니다. "왜요?"

제가 아까 겪은 불가사의한 일들을 설명한들 믿어줄 리 없었겠죠.

저 스스로도 믿기지 않았으니까요.

"아뇨, 교토에서 비슷하게 생긴 사람을 봐서 말입니다."

"전 유라쿠정에 있다고 알고 있는데요." 당신은 웃었습니다. "어쩌면 또 하나의 저를 보신 걸지도 모르겠네요. 저도 교토에 가고 싶었으니까 미련이 남아서."

이케우치 씨를 쫓아온 거죠, 당연히!

아까 시라이시 씨의 '목소리'는 분명 그렇게 말했습니다. 하지만 시라이시 씨는 틀림없이 도쿄에 있었습니다. 구태여 거짓말을 할 이유도 없었습니다.

"그럼 제가 착각한 거군요."

"그럴걸요."

"이거야 원, 죄송합니다."

저는 그렇게 말하고 입을 다물었습니다.

그 짧은 침묵이 당신을 불안하게 한 모양이었습니다.

"……이케우치 씨, 무슨 일이 있었던 거 아닌가요?"

"걱정 안 하셔도 됩니다. 하도 여러 가지 일이 생기는 바람에 아직 정리가 안 돼서 말이죠. 도쿄로 돌아가면 의논 드릴 게 아주 많습니다."

"기대할게요."

"좋은 소식 기대해 주십시오."

저는 그렇게 말하고 전화를 끊었습니다.

택시는 히가시오지 거리를 지나고 있었습니다.

아까 미술관에서 한 경험은 대체 뭘까.

사막의 궁전도 폭풍의 이미지도 모두 시라이시 씨가 인양 작업으로 건져낸 것을 되풀이한 것이었습니다. 시라이시 씨의 '목소리'가 이야기해 준 것도 제 은밀한 망상에 불과했다고 말할 수 있습니다. 마키 노부오 씨의 〈보름달의 마녀〉를 발견하고 흥분해서 제 망상이 그런 백일몽을 지어낸 게 아닐까요. 하지만 그게 설득력 없는 가설이라는 것은 제 자신이 제일 잘 압니다. 궁전 홀에서 나던 모래 냄새, 폭풍의 도래를 알리는 습한 바람, 당신의 생생한 목소리. 모두 현실 그 자체 같았습니다.

택시는 햐쿠만벤 교차로에서 우회전해 고풍스러운 커피집 앞에서 멈춰 섰습니다. 이마데가와 거리를 내다보는 큰 창문이 있는 가게의 작은 간판에는 '신신도'라고 쓰여 있었습니다. 저는 택시에서 내려 안으로 들어가 창가 자리에 앉았습니다. 창문으로 희미하게 빛이 비쳐들더군요. 안마당 쪽으로 갈수록 어두워지는 실내에는 커피 향이 배어 있을 듯한 긴 떡갈나무 테이블이 늘어서 있었습니다.

저는 커피를 주문하고 노트를 폈습니다.

보름달의 마녀에게 간다.

지요 씨는 호렌도에서 그런 말을 남겼습니다.

인물이 아니라 작품 이야기였을지도 모릅니다. 그렇다면 지요 씨는 마키 노부오라는 화가의 존재를 알아차리고 있었다는 뜻입니다. 그는 수수께끼 같은 도서실을 남기고 죽었습니다. 술집 '밤의 날개'에서 마키 씨에게 들은 이야기는 잊을 수 없는 내용이었습니다. 하지만 그렇게 되면 온갖 것이 서로 연결된다는 말이죠.

이 세계의 온갖 것이 『열대』와 관계있다.

우리는 『열대』 안에 있다.

어느새 커다란 유리창 가득 눈발이 날리고 있었습니다.

어느 정도 노트를 쓰고 나서 얼굴을 들자 회색 코트를 입은 남자가 코트에 묻은 눈을 털며 들어온 참이었습니다. 희끗희끗한 머리를 고지식하게 가다듬었고 고상한 안경이 하얗게 빛났습니다. 그는 주위를 둘러본 다음, 서슴없이 제 쪽으로 다가와 물었습니다. "이케우치 씨입니까?"

저는 일어섰습니다.

"이마니시 씨?"

"네. 나오시게 해서 죄송합니다."

이마니시 씨는 온화한 목소리로 말하고는 코트를 벗고 제 맞은편 자리에 앉았습니다. 커피를 주문하고 나서 그는 "바로 알아보겠더군요"라며 미소 지었습니다. "인상이 지요 씨에게 들은 그대로입니다."

"저에 대해 아십니까?"

"당신이 뒤따라 올 거라고 했거든요. 이렇게 금방 따라잡을 줄은 몰랐습니다만."

이마니시 씨는 간단히 자기소개를 했습니다.

태어나서부터 내내 교토 시내에서 살고 있다는 것, 오랫동안 이곳에 있는 기업에서 일했다는 것, 지금은 퇴직하고 작은 회사를 운영하는 친구를 돕고 있다는 것. 지요 씨와는 학창 시절 친구이고 졸업한 뒤로도 연락을 주고받았다고 합니다.

이마니시 씨는 이마에 손을 올리며 말했습니다.

"이제 어디서부터 이야기해야 하려나요."

"지요 씨의 행방을 아십니까?"

"유감이지만 모릅니다." 그는 고개를 저었습니다. "그래서 호렌도에서 이야기를 듣고 당신에게 연락한 겁니다. 그곳에서 있었던 일은 주인에게 들었죠? 지요 씨의 행동은 참으로 불가해했습니다."

"그 뒤로 지요 씨에게서 연락이 없다는 말씀이시죠."

"네. 도쿄에 있는 댁에도 연락해 봤지만 아직 돌아오지 않은 모양입니다."

이마니시 씨는 그렇게 말하고 한숨을 쉬었습니다.

"나흘 전 갑자기 '교토에 와 있다'라고 연락이 왔을 때는 놀랐습니다. 성묘 철도 아닌 데다 만난 지도 몇 년 됐거든요."

이마니시 씨는 윤이 흐르는 테이블에 손을 얹었습니다.

"여기서 지요 씨를 만났답니다."

"여기서 말씀입니까?"

"약속 시간에 와봤더니 지요 씨는 먼저 와서 기다리고 있었습니다."

서로 근황을 보고한 뒤 지요 씨는 『열대』에 관해 이야기하기 시작했다고 합니다. 남양의 섬에서 겪은 불가사의한 모험, 유라쿠정에서 열리는 독서 모임 그리고 그 소설을 쓴 사람이 '사야마 쇼이치'라는 것.

이마니시 씨는 커피를 마시고 말했습니다.

"저에게는 죄 믿기 힘든 이야기뿐이더군요. 사야마가 책을 썼다는 것만 해도 놀라운데, 읽는 도중에 사라지는 책이라니 말입니다……. 그래서야 마법의 책 아닙니까. 솔직히 지요 씨가 망상에 사로잡혔다고 생각할 수밖에 없었습니다."

"하지만 『열대』라는 책은 실제로 존재합니다."

"그래서 어젯밤 전화했을 때 먼저 『열대』에 관해 물었던 겁니다. 덕분에 지요 씨 혼자만의 망상이 아니라는 걸 알았습니다만."

저는 이마니시 씨의 냉정한 말투에 호감을 느꼈습니다.

"이마니시 씨는 사야마 쇼이치를 아시는군요?"

"……물론입니다. 제일 친한 친구였습니다."

이마니시 씨는 그렇게 말하고는 실내를 둘러봤습니다.

"사야마를 처음 만난 것도 여기 신신도였습니다. 학창 시절에 여기서 열리는 독서 모임에 참가했었거든요. '침묵 독서회'라는 묘한 모임이었죠."

이마니시 씨 말로는 각자 수수께끼가 있는 책을 가져와 같이 이야기를 나누는 모임이었다고 합니다. 그게 어떤 수수께끼인지는 각 참가자의 해석에 맡겼답니다. 다만 참가자는 수수께끼의 윤곽에 관해 이야기할 수 있어야 했습니다. 한 문학부 대학원생이 시작한 모임이었는데, 멤버가 바뀌는 경우는 있어도 한 달에 한 번 학생 대여섯 명이 모였다고 합니다.

"사야마 쇼이치는 거기서 처음 만났습니다. 사야마도 문학부 대학원생이었으니까 주최자를 따라왔을 테죠. 처음 만났을 때부터 죽이 잘 맞아서 그 뒤로도 자주 만나서 이야기를 나누게 됐습니다. 묘한 매력이 있는 사람이라 말이죠. 다른 대학을 졸업하고 문학부 대학원에 들어와서 고대 아랍어 연구를 한 것 같더군요. 그 친구와 지요 씨가 알게 된 것도 그게 계기였습니다…… 그 이야기는 들으셨습니까?"

저는 고개를 끄덕였습니다.

"네. 지요 씨 아버님이 사야마 씨에게 사본을 읽어 달라 부탁했다고 들었습니다."

"에이조 씨도 독특한 인물이었죠."

"아르바이트 이야기는 알고 계셨습니까?"

"사야마가 하던 아르바이트 중 하나였답니다. 그 밖에도 이것저것 했죠. 반면에 나는 부모님 댁이 기타시라카와에 있었던 덕에 꽤 태평하게 살았거든요. 당시 형이 독립해서 방이 남았기 때문에 사야마에게 괜찮으면 방을 공짜로 주겠다고 했습니다. 사야마는 어디서 경트럭을 빌려 이사 왔습니다. 나중에 듣고 놀랐습니다만, 운전면허도 없었다는데 말이죠. '고향에서 연습했다'느니 그런 말도 안 되는 소리를 하더군요. 보기와는 달리 터무니없는 면도 있는 친구였습니다."

이마니시 씨는 커피를 마시며 당시를 떠올리는 듯했습니다.

"사야마가 기타시라카와에서 살았던 건 반년 정도였습니다만 꽤 오랜 기간이었던 것처럼 느껴집니다. 지금도 학창 시절을 생각하면 그때가 가장 먼저 떠오릅니다. 마치 어제 일처럼 말이죠."

"사야마 씨는 어떤 사람이었는지요?"

"……글쎄요."

이마니시 씨는 멍하니 허공을 바라보며 말했습니다.

"사야마는 연구와 관련된 책 외에는 곁에 잘 두지 않는 주의라 말이죠, 바로 팔아버리는 겁니다. 그래서 곧잘 내 방에 와서 책을 빌려가곤 했습니다. 나도 어렸을 때부터 책 읽는 걸 좋아했던 터라 책은 다양하게 많이 있었죠. 아동문학에서 사회학 책까지 말입니다. 소설도 이것저것 있었군요. 나는 현대문학을 못 읽는 사람이라 목가적인 작품들이었답니다. 『로빈슨 크루소』, 『해저 2만 리』, 『보물섬』……. 하지만 사야마도 그런 책을 좋아해서 내 책꽂이를 종종 칭찬하곤 했습니다. 농담조로 나를 '도서관장'이라고 불렀지 뭡니까. 읽은 책에 관해 밤새도록 토론한 적도 있고, 둘이 레코드를 틀어놓고 담배를 피우면서 시간을 보낸 적도 있습니다. 불가사의한 시간이었군요. 그런 시간은 이제 두 번 다시 누리지 못할 테죠."

이마니시 씨는 문득 입을 다물고 눈 내리는 창밖을 응시했습니다.

"오늘은 세쓰분이니까요. 추운 것도 당연합니다."

이마니시 씨는 중얼거렸습니다.

"지요 씨는 왜 모습을 감췄을까요. 어째 불길한 느낌이 든단 말이죠. 사야마가 모습을 감춘 것도 세쓰분 축제가 열리는 날 밤이었으니까요."

"뭔가 연관이 있을지도 모르겠군요."

제가 말하자 이마니시 씨는 "설마요"라며 얼굴을 찌푸렸습니다. "사야마가 실종된 건 벌써 몇십 년 전입니다."

"사야마 씨는 왜 모습을 감췄을까요."

"나는 모르겠군요."

"뭔가 비밀이 있었을까요."

"비밀은 누구에게나 있습니다. 특히 사야마 같은 인간은 더 그럴 테죠."

이마니시 씨는 말했습니다.

"얼마만큼 친해져도 타인을 절대로 들이지 않는 자기만의 영역을 갖고 있었습니다. 고민을 의논한 적도 없고 푸념한 적도 없습니다. 혼자 생각해서 혼자 결정하는 사람이었죠. 그 친구가 모습을 감춘 다음 지요 씨와 여러 번 이야기를 나눴습니다만, 이유를 전혀 알 수 없었습니다. 사야마는 지요 씨에게도 나에게도 본심을 밝힌 적이 없을 겁니다. 박정하기에 다정한 사람이었던 거죠."

"사야마 씨는 당시 소설을 쓰셨습니까?"

"……소설 말입니까." 이마니시 씨는 눈을 가늘게 떴습니다. "사야마는 늘 노트를 들고 다녔죠. 그 친구가 모습을 감춘 뒤 방에 남아 있던 짐 중에서 애용하던 노트가 여러 권 발견됐습니다. 읽은 책에서 발췌한 부분이나 간단한 일기와 함께 기묘한 문장을 적었더군요. 하지만 모조리 미완성 상태였습니다. 장면 하나를 쓰다 말고 단념한 것 같은 글이었죠. 어째서 그런 걸 썼는지 도무지 모르겠더군요. 당신은 그게 『열대』의 원형이라고 생각하는 겁니까?"

"혹시 내용은 기억 안 나십니까?"

"당치도 않습니다." 이마니시 씨는 쓴웃음을 지었습니다. "30년도 더 된 일입니다."

"노트는 어떻게 됐는지요?"

"사야마의 고향집으로 보냈는데 그 뒤로는 어떻게 됐는지 모릅니다."

이마니시 씨는 한숨을 쉬더니 저를 응시했습니다.

"그나저나 나는 도무지 모르겠군요. 당신은 지요 씨를 따라 일부러 교토까지 왔습니다. 그리고 수십 년 전에 모습을 감춘 사람에 관해 알고 싶어 합니다. 전부 『열대』라는 소설 때문 아닙니까? 왜 그렇게까지 하는 건가 싶습니다."

"『열대』라는 소설에 관해 알면 알수록 수수께끼 같은 세계가 확장되는 느낌이 드는 겁니다. 뭐랄까…… 이렇게 『열대』에 관해 조사하는 행위 자체가 『열대』의 연장 같습니다."

"꼭 그 책에 홀린 것처럼 들리는군요."

"……그렇게 생각하시는 것도 무리는 아니겠죠."

"『열대』는 대체 뭘까요. 지요 씨에게 대략적인 이야기는 들었습니다만, 당신과 『열대』의 관계도 가르쳐 주시겠습니까."

저는 『열대』와의 첫 만남을 이야기했습니다.

되도록 사실을 간결하게 이야기하려고 애쓰면서 가령 학파에서 화제에 올랐던 황당무계한 가설은 생략하기로 했습니다. 물론 아까 미술관에서 경험한 기이한 백일몽에 대해서도.

그래도 이야기할 것은 많아서 말을 마치기까지 오래 걸렸습니다.

그동안 이마니시 씨는 잠자코 듣고 있었습니다만, 그가 동요한 듯한 순간이 한 번 있었습니다. 제가 '보름달의 마녀'라는 단어를 말했을 때입니다. 하지만 곧바로 동요를 감추고 그 뒤로는 표정이 달라지는 일이 없었습니다.

제가 이야기를 마치자 이마니시 씨는 눈을 감고 중얼거렸습니다.

"그렇습니까."

"어떻게 생각하시는지요?"

"아주 재미있군요. 하지만 당신은 상상의 날개를 너무 활짝 펼친 것 같습니다. 교토에 온 뒤로의 전말에서 특히 그런 경향이 강합니다. 술집에서 만난 여성도, 미술관에 전시되어 있던 그림도 『열대』와 관련이 있다고는 단언할 수 없어요."

"……그럴까요?"

"잘 생각해 보십시오. 당신이 가는 데마다 참으로 편리하게 단서가 나타난단 말이죠. 어떻게 그렇게 술술 풀립니까. 객관적으로 생각하면 당신은 단서를 '발견'한 게 아닙니다. 그야말로 '창조'하고 있는 겁니다."

"하지만 저는 사실을 말씀드리는 겁니다."

"당신이 거짓말한다는 뜻이 아닙니다. 당신은 분명히 술집에서 불가사의한 여성을 만났을 테고, 미술관에는 그 그림이 걸려 있을 테죠. 하지만 그런 사실들을 『열대』라는 소설과 결부시킨 사람은 어디까지나 당신이거든요. 그런 사실과 마주치지 못했다면 당신은 그걸 대신할 편리한 사실을 찾아낼 수 있었을 겁니다. 이 세상에는 무한히 많은 사실이 있고 그중에서 얼마든지 선택할 수 있으니까요. 알겠습니까? 당신 자신은 『열대』의 수수께끼를 조사하고 있다고 생각하지만, 사실은 별개의 사실들을 엮어서 새로운 수수께끼를 창조하고 있는 겁니다. 그렇다면 그 망상에서 해방되지 않는 한 수수께끼는 영원히 풀 수 없을 테죠."

"모든 게 제 망상이라는 말씀입니까."

그럴 리 없다.

저는 속으로 중얼거렸습니다.

이마니시 씨는 저를 달래듯 말했습니다.

"인간은 원래 해석이라는 이름의 렌즈를 통해 세계를 봅니다. 그런데 그 렌즈가 어떤 이유로 일그러지거나 흠집이 나면 기묘한 세계가 나타나는 거죠. 그건 음모론의 형태를 띨 수도 있고 병적인 망상의 형태를 띨 수도 있습니다. 어느 쪽이든 그 세계를 보는 당사자에게는 그게 현실 그 자체인 겁니다. 당신은 『열대』라는 일그러진 렌즈를 통해 세계를 보고 있습니다. 십중팔구 지요 씨에게도 같은 일이 일어나고 있을 테죠."

미술관에서 경험했던 백일몽이 머리에 떠올랐습니다. 그게 바로 제가 망상에 사로잡혔다는 증거일까요. 저도 그게 현실에서 일어난 일이라고는 생각할 수 없었습니다. 그렇다고 이마니시 씨의 말처럼 모든 게 망상의 산물이라고 확신할 수도 없었습니다.

공중에 뜬 상태로 이렇게 저렇게 생각하는데 문득 한 가지 걸리는 게 있었습니다. 조금 전 이마니시 씨가 언뜻 내비쳤던 동요말입니다.

"보름달의 마녀."

제가 중얼거리자 이마니시 씨는 눈을 치켜떴습니다.

"뭐죠?"

"이 말에 뭔가 짚이는 데가 있으신 게 아닙니까?"

"……왜 그렇게 생각하시는지?"

역시 이마니시 씨는 감추는 게 있는 것 같았습니다.

"질문에 답해 주시겠습니까."

"하지만 그건…… 시시한 이야기인데요. 별다른 의미는 없습니다."

"꼭 듣고 싶습니다."

"그 이야기를 해봤자 괜한 혼란을 낳을 뿐입니다. 당신은 또 그 사실을 『열대』와 결부시킬 테니까요. 뭣보다도 내가 기억난 건 사야마 쇼이치와는 관계없는 일입니다."

저는 잠자코 이마니시 씨를 쳐다봤습니다.

그는 한숨을 쉬고 커피를 새로 주문했습니다.

"하는 수 없군요. 그래서 당신 마음이 풀린다면야."

그러고는 다음과 같은 이야기를 해주었습니다.

사야마 쇼이치가 모습을 감추기 일주일쯤 전에 있었던 일입니다.

아까도 말했지만 그날 내가 경험한 일은 사야마 쇼이치와도 관계가 없고 『열대』라는 소설과도 관계없습니다. 지요 씨와 나 그리고 지요 씨의 아버지인 나가세 에이조 씨와 관련된 이야기죠. 그 점만은 미리 못 박아 두겠습니다.

1월 말 어느 날, 나는 혼자 지요 씨네 집으로 찾아갔습니다.

지요 씨를 알게 된 건 그 전 해 늦가을이었습니다. 지요 씨가 사야마를 찾아왔을 때 그 친구가 나를 자기 방으로 불러서 "아르바이트하는 곳 따님이야" 하면서 소개했거든요. 지요 씨는 사야마에게 내 이야기를 들었는지 '도서관장'이라는 별명도 알고 있었습니다.

그 뒤로 몇 번 사야마와 함께 만나며 친해져서 해가 바뀐 뒤로 지요 씨에게 '침묵 독서회'에 참가하지 않겠느냐고 권했습니다. 침묵 독서회에 관해서는 아까 말했던 대로입니다. 참가자는 자기가 고른 책을 가져와야 합니다. 내가 그날 지요 씨를 찾아간 건 어떤 책을 가져가야 할지 같이 생각해 봐 달라고 부탁했었기 때문입니다.

지요 씨의 집은 요시다산 동쪽에 있었습니다. 현대풍의 콘크리트 건물은 가정집이라기보다 연구소 같은 분위기였죠. 에이조 씨 취향이었을 테죠. 지금은 헐고 새로 지었기 때문에 그때 모습은 찾아볼 수 없습니다만, 당시에는 흔히 볼 수 없는 느낌의 집이었습니다.

찾아가 보니 부모님은 외출 중이고 지요 씨 혼자 있었습니다.

되레 긴장되더군요.

한 시간 정도 방에서 이야기를 나눴습니다. 지요 씨는 마침 책 몇 권을 준비해 놨고, 나도 내 서가에서 책을 골라 가져갔거든요. 도서관장님은 역시 다르네, 라고 하더군요. 그 방은 2층 동쪽에 있어서 창밖으로 가구라가오카의 거리가 내려다보였습니다. 그 너머로 다이몬지산이 보였고 8월에 다 함께 그곳에서 오쿠리비를 구경하자는 이야기도 나왔습니다. 말하지 않아도 아시겠지만 그 이야기는 실현되지 않았습니다. 그 다음 주 세쓰분 축제 날 사야마가 모습을 감췄으니까요.

어쨌든 이야기를 나누다가 지요 씨가 말하는 겁니다.

"아버지 서재에 가볼까?"

서재에도 다양한 책이 있다면서 말이죠.

나가세 에이조 씨는 딱 한 번 만난 적이 있었습니다.

그해 정초에 사야마는 고향에 가지 않고 우리 집에서 지낸 터라 둘이 지요 씨의 집에 신년 인사를 하러 갔거든요. 부모님은 술상을 마련해서 환대해 주시더군요. 에이조 씨의 멋진 은발과 아름다운 눈은 사업가라기보다는 오히려 예술가 같은 분위기를 풍겼습니다. 대단한 독서가라는 이야기는 사야마에게 익히 들어 알고 있었습니다.

"들어가도 괜찮으려나."

"괜찮아, 나도 자주 몰래 들어가니까."

지요 씨는 그렇게 말하며 일어섰습니다.

마음이 편치는 않았지만 결국 나도 호기심을 이기지 못했답니다.

2층 서쪽에 위치한 에이조 씨의 서재는 마치 수몰된 것처럼 어둑어둑한 방이었습니다. 안으로 들어가 오른쪽을 보면 서가가 세 벽을 메우고 있었죠. 구석에는 오래된 외국어 서적도 있는 것 같았습니다만, 시커먼 장정이 어스름 속에 녹아 책등에 있는 금박 글자가 흐릿하게 빛났습니다.

서쪽 창문 밖으로 요시다산의 숲이 바싹 다가와 있었습니다.

바닥에는 호화로운 페르시아 양탄자를 깔고 가죽 소파와 유리 테이블이 놓인 응접용 공간이 있었습니다. 유리 장식장에는 오래된 조각상이며 그릇이 들어 있더군요.

서가에는 에이조 씨의 일과 관련된 화학 서적 외에 문학, 철학, 역사 서적 등도 많았습니다. 그런 책들에 관해 한바탕 이야기를 한 다음 지요 씨가 꺼내든 것은 『천일야화』 번역서였습니다. 어렸을 때 서재에 몰래 들어와서 읽었다고 하더군요. 물론 나도 제목 정도는 알고 있었지만 읽어볼 생각은 한 번도 한 적이 없는 책이었습니다.

지요 씨는 "독서 모임에 이걸 가져갈까?"라고 했습니다. 『천일야화』는 성립 자체가 수수께끼라면서 말이죠.

"아버지한테 『천일야화』 사본도 있을 거야."

"사야마가 번역했던 것 말이야?"

"저기 곁방에 있을 거야, 아마."

지요 씨는 그렇게 말하면서 서재 반대편을 가리켰습니다.

서재에 들어갔을 때부터 신경이 쓰였습니다만, 서재 남쪽에 묘한 중 2층의 '곁방'이 있었습니다. 넓이는 아마 겨우 한 평 정도 될 겁니다. 작은 계단식 사다리를 이용해서 드나들고, 곁방 밑 공간은 창고처럼 쓰는 듯했습니다.

집을 짓고 나서 에이조 씨가 소목장에게 부탁해서 만든 '방 안의 방'이라고 하더군요. 사다리가 끝나는 곳에는 마치 소인국의 입구 같은 작은 녹색 문이 있었습니다. 지요 씨는 얼마 동안 생각하다가 서재를 가로질렀습니다. 그러고는 사다리 밑에서서 작은 문을 올려다봤습니다.

나는 다가가서 말했습니다.

"그만두는 게 나을 것 같은데."

"그냥 잠깐 보기만 할 거야."

지요 씨는 그렇게 말하며 사다리를 올라갔습니다.

나는 조마조마하게 지켜봤습니다.

분명히 죄책감도 있었습니다만, 그때 내 마음에 파고든 건 뭐라 말할 수 없는 느낌이었습니다. 다시금 보니 '방 안의 방'이 영 기묘한 겁니다. 마치 공중에 떠 있는 듯한 구조도 그렇고, 이상하게 작은 녹색 문도 그렇고, 서재 분위기와 어울리지 않았거든요. 원래라면 그곳에 존재하지 않았을 방이라는 생각이 자꾸만 들었습니다.

지요 씨가 문을 열자 내부는 심연처럼 시커멨습니다.

어쩐지 섬뜩한 기분이 들었지만 지요 씨가 안으로 들어가 스위치를 누르자 바로 전등에 불이 들어왔습니다. 지요 씨는 사다리 위에서 얼굴을 내밀며 손짓했습니다. 겁냈던 게 어째 우스워져서 나도 사다리를 올라갔습니다.

방 안을 들여다보니 지요 씨가 무릎을 꿇고 앉아 있는데 어쩐지 그 방에 사는 요정 같더군요. 나까지 들어갈 공간은 없어서 사다리 중간에 선 채 상반신만 숙여 방 안을 들여다봤습니다. 몇 개 있는 선반에는 낡은 노트며 책, 옛날 물건들이 대충 쌓여 있을 뿐이었습니다.

"이게 『천일야화』 사본인가?"

지요 씨는 흰 종이로 싼 책을 보여주었습니다.

포장을 풀자 기하학무늬로 장식된 표지가 나타났습니다. 오래된 책이라 조금이라도 거칠게 다루면 낱낱이 허물어질 것처럼 보였습니다. 낡아 변색된 책장을 넘기자 커다란 주홍색 테두리선 안에 아랍 문자가 빽빽하게 쓰여 있는 겁니다. 나는 어이가 없어져서 "사야마는 이걸 읽을 수 있다는 말이지" 하고 중얼거렸습니다.

"믿기지 않지?"

지요 씨는 사본을 다시 종이로 싸서 선반에 돌려놨습니다.

그나저나 참 묘한 방이었습니다. 에이조 씨는 왜 이런 방을 만들었을까 생각하는데 『천일야화』와 같은 선반에 놓인 어떤 물건이 보였습니다.

한 손으로 들 수 있는 크기의 작은 나무 카드 상자였습니다.

지금은 그런 걸 쓰는 사람도 많지 않을 테고 당신 같은 젊은 사람은 본 적조차 없을지도 모르겠군요. 일정한 크기의 종이 카드에 메모를 적어 전용 상자에 넣어두는 겁니다. 자유롭게 순서를 바꾸고 분류할 수 있으니까 노트와는 다른 편리함이 있거든요. 당시 나는 읽은 책에 대한 메모를 그런 식으로 정리하곤 했습니다. 그래서 카드 상자가 눈에 띄었을 테죠. 그렇지만 에이조 씨의 메모를 몰래 읽어볼 생각은 전혀 없었습니다. 그것만은 단언할 수 있습니다.

그런데도 나도 모르게 그 카드 상자를 향해 손을 뻗고 있더란 말입니다.

그 뒤로 여러 번 그 순간을 돌이켜봤습니다만, 내가 왜 그런 행동을 했는지 도무지 모르겠습니다. 마물에 홀린 느낌이었습니다. 손끝이 카드 상자 뚜껑에 닿았을 때 뭔지 모르게 오싹하더군요. 그대로 경직되어 있는데 지요 씨가 다가와 내 팔을 잡았습니다. 거드는 것도 아니고 말리는 것도 아니고 그저 손을 얹고 있었습니다. 지요 씨의 체온과 숨결이 생생하게 느껴졌습니다.

"괜찮을까."

"응, 괜찮아. 열어 봐."

지요 씨가 재촉하듯 말했습니다.

그때 서재 문이 열리는 소리가 들렸습니다.

돌아보니 에이조 씨가 서재에 서서 미소 짓고 있는 겁니다.

지요 씨와 나는 장난치던 현장을 학교 선생님에게 들킨 초등학생처럼 얼른 사다리를 내려왔습니다. 에이조 씨는 성큼성큼 서재를 가로지르더니 사다리를 올라가 곁방 안을 둘러보고는 불을 끄고 문을 닫았습니다. 그동안 우리 둘은 가죽 소파 옆에 꼼짝 않고 서 있었습니다. 그 상황이 거북해서 견딜 수 없었습니다.

이윽고 내려온 에이조 씨는 신기하다는 듯이 우리를 보며 소파에 앉으라고 말했습니다. 나는 허락 없이 서재에 들어온 것을 사죄했습니다.

"저 때문이에요."

지요 씨가 면목 없다는 듯 중얼거렸습니다.

하지만 에이조 씨는 우리를 탓하는 말을 한마디도 하지 않았습니다. "뭐 재미있는 게 나왔나?"라고 하는 겁니다. 나는 카드 상자가 떠올랐습니다. 지요 씨도 마찬가지였던 듯 몸을 내밀며 에이조 씨에게 물었습니다.

"아버지, 그 카드 상자는 뭐예요?"

"안을 봤냐?"

"아뇨."

"그럼 됐다. 너희에게 아무런 도움이 안 될 물건이야."

"안에 대체 뭐가 들어 있는데요?"

에이조 씨는 갑자기 입을 다물더니 눈을 가늘게 떴습니다. 눈앞에 앉아 있는 우리 몸을 관통해 멀리 수평선 너머를 응시하는 것 같았습니다. 난 그 모습에서 강한 인상을 받았습니다. 에이조 씨에게만 보이는 어떤 것이 모습을 드러내려 하고 있다는 긴박감이 서재를 가득 메운 것처럼 느껴지더군요. 당장이라도 서재가 무너지고 광대한 수평선이 나타날 것만 같았습니다.

이윽고 에이조 씨는 정신이 든 사람처럼 중얼거렸습니다.

"옛날이야기를 하나 할까."

"옛날이야기요?"

"예전에 내가 만주에 있었다는 건 너도 알겠지."

지요 씨는 "네" 하며 고개를 끄덕였습니다.

"지금으로부터 40년쯤 전 일이지."

에이조 씨는 담배에 불을 붙이고 이야기하기 시작했습니다.

호텐(펑톈) 북쪽에 분칸톤이라는 도시가 있다.

인간에게 십 대부터 이십 대까지의 나날은 그 뒤 인생을 다 합쳐도 모자랄 만큼 중요할 테지. 나는 데이코쿠 대학을 갓 졸업한 이십 대 중반이었으니 지금 너희와 비슷한 나이였다.

당시 나는 그곳에 있는 육군 조병창에서 근무하고 있었다.

3개월 앞당겨 대학을 졸업한 뒤 군대에 소집돼서 공병 대대에 입대했지. 1년 정도 공병 학교와 병기 학교를 다니다가 만주로 왔고 당시 계급은 중위였다. 조병창은 무기 탄약을 제조하는 곳인데, 민간 공장의 관리 지도가 내가 맡은 일이었다.

벽돌집 관사에서 아내와 살다가 쇼와 19년(1944)에는 아들도 태어났다.

관리과 창문으로 밖을 내다보면 정문 앞 허연 큰길을 끼고 회색 공장과 관사가 눈 아래를 메우고 있었다. 시가지 서쪽 외곽으로 호텐에서 신쿄(신징)로 향하는 남만주 철도 선로가 지나가고, 그 너머에는 수수밭과 솔숲이 점점이 흩어져 있는 벌판이 펼쳐져 있었다. 태양이 시뻘겋게 불타며 지평선 너머로 지는 풍경은 그때까지 본 적이 없었다. 그곳 대지와 하늘만큼 내가 이방인이라는 것을 느끼게 해준 게 또 없었다.

나는 왜 여기 있는 걸까.

이따금 그런 생각에 사로잡힐 때도 있었다.

나는 군인이니 언젠가 싸울 때가 오면 죽을 것이라고 생각하고 있었는데, 그런 의미에서 나에게 미래는 없고 그날그날의 현재가 있을 뿐이었다.

전황은 나날이 악화됐다.

쇼와 19년 말부터 20년 봄에 걸쳐서 미군 폭격기가 편대를 이뤄 날아오기 시작했다. 상관과 호텐 시내 출장소에 있다가 나도 폭격을 당했다. 호텐 조병소는 완전히 파괴됐고 무게가 1톤은 될 기재가 폭풍爆風으로 천장까지 날아가는 모습을 봤을 때, 이 전쟁의 끝에 기다리는 게 명확한 모습을 띠고 그곳에 있다는 느낌을 받았다. 그리고 쇼와 20년(1945) 여름, 나는 북쪽에 있는 신쿄로 이동하라는 명령을 받았다. 어린 아들이 장염으로 병원에 입원 중이었는데, 살풍경한 병원에서 아내와 작별 인사를 주고받았다. 십중팔구 두 번 다시 만나지 못하리라는 각오가 우리 둘 다 있었다.

신교로 온 지 얼마 안 돼서 나는 서둘러 열차를 타야 했다.

며칠 걸려 도착한 곳은 쓰카(통하)라는 조선에 인접한 국경 도시였다. 우리는 폭탄 제조 계획을 수립하라는 지시를 받고 무의미한 자원 조사를 담담하게 계속했다. 그러는 동안에도 소련군 군용기가 매일 날아와 동정을 살피고 있었으니, 언제 공격이 시작돼서 옥쇄하게 될지 모르는 일이었다. 차츰 마음이 마비돼서 죽음에 대한 두려움도 약해졌다.

그러다가 어느 날 갑자기 패전 소식을 들었다.

나는 동료 몇 명과 함께 귀대했다. 호텐을 향해 만주 벌판을 달려가는 유개화차를 타고 가며 곳곳에 펼쳐지는 수수밭, 그 속에 동그마니 자리하는 만주인 촌락, 흙탕물 같은 하천, 지평선에 지는 태양, 저녁 하늘에 먹구름처럼 소용돌이치는 까마귀 대군을 봤다. 옥쇄를 각오했을 무렵의 득도한 듯한 마음은 깨끗이 사라지고 없었다. 어떻게든 살아서 처자식에게 돌아가야겠다고 생각했다.

벌판을 여러 날 달린 끝에 열차는 마침내 호텐에 도착했다.

전에는 만주인의 인력거와 자동차로 북적였던 역 앞 광장도 쓰나미가 왔다 간 다음처럼 고요하게 느껴졌다. 오가는 사람들은 다들 숨죽이고 있는 것 같았다. 머리에 피를 흘리는 반라의 남자가 오후 햇빛이 내리쬐는 광장 한구석을 걸어갔다. 만주인인지 일본인인지 알 수 없었다. 기이한 웅성거림 속에서 아득한 총성이 들려왔다.

나는 동료 몇 명과 함께 시가지를 북쪽으로 통과해 분칸톤까지 걸어가기로 했다. 염천의 더위 속에 일본인 거리 곳곳에서 폭동의 흔적을 찾아볼 수 있었다.

큰길을 피해 뒷길로 들어가니 널담으로 둘러싼 주택 대문은 굳게 닫혀 있었고 통나무를 엮어 요새처럼 만든 곳도 있었다. 길을 다니는 사람도 많지 않았는데, 주민은 되도록 밖에 나오지 않고 숨을 죽이고 있었을 테지. 이른 오후 뒷골목의 널담이며 기와지붕을 올려다보고 있으려니 여기가 정말 만주가 맞나 싶었다. 우리가 모르는 사이에 시공이 일그러져 어느새 내지로 돌아온 게 아닐까 하는 착각이 들었다.

그렇게 10분쯤 걸었을까.

문득 뒤에서 날카로운 외침이 들려왔다. 돌아보니 회색 옷을 입은 소련군들이 다가오고 있었다. 그 다음부터는 잘 모르겠다. 민가의 산울타리와 담장이 복잡하게 이어지는 뒷골목으로 도망치다가 어느새 동료들과도 헤어지고 말았다.

그 기묘한 남자를 만난 건 바로 그때였다.

"이쪽으로 오세요, 이쪽."

옆길에서 태평한 목소리가 들려왔다.

회색 작업복을 입은 남자가 얼굴을 내밀고 있었다. 일본인인지 만주인인지 바로 알 수는 없었다. 하지만 남자는 "어서요"라며 연신 손짓했다. 내가 그쪽으로 가자 남자는 앞장서서 민가 사이를 빠져나가 막다른 곳의 벽돌담을 훌쩍 타넘었다. 나도 벽돌담에 들러붙어 기어 올라갔다. 담장 너머는 자재가 쌓인 초지였고, 그 너머로 작업장인 듯 보이는 함석지붕 건물이 몇

동 있었다. 남자는 "헤헤" 하고 웃었다.

하세가와 겐이치와의 첫 만남이었다.

내가 분칸톤으로 갈 생각이라고 하자 그는 잠시 생각하더니 말했다.

"나도 가겠습니다. 여기를 떠날 생각이었거든요."

우리는 호텐 교외로 나온 뒤 밭과 솔숲과 언덕이 펼쳐지는 벌판을 나아갔다.

소련군의 손도 거기까지는 미치지 않은 것 같았지만, 가급적 선로에서 보이지 않도록 주의하며 걸었다. 저물어 가는 태양은 눈앞에 펼쳐진 벌판을 황금빛으로 물들였다.

하세가와는 벌판을 걸으며 명랑한 목소리로 이야기했다.

전에 만테쓰(남만주 철도 주식회사)의 직원이었다고 했다. 오지에서 근무하다가 싫어져서 퇴직하고 호텐에서 다다미 상점을 운영하는 친척을 만나러 왔다가 패전을 맞았다고 설명했다. 의지할 친척은 행방을 감춘 데다 폭동 때문에 거리를 나다니는 것도 불가능해서, 싸구려 호텔에 틀어박혀 지내다가 상황을 살펴보러 나왔을 때 마침 나를 만났다고 했다. 세찬 비바람에 씻기며 살아온 듯한 풍모였다. 꽤 나이가 많을 것 같았는데 들어보니 나보다 젊었다. 중학교를 졸업하고 곧바로 만주로 건너왔다고 하니 10년 가까운 세월을 각지를 전전하며 보냈을 것이다. 이야깃거리가 떨어지면 그는 불가사의한 눈빛으로 지평 너머를 바라보곤 했다. 그 눈빛은 멍한 것 같기도 하고 황홀한 것 같기도 했다.

태양 빛이 사라지고 벌판은 어둠에 잠겼다.

이윽고 하세가와가 걸으면서 시 같은 것을 읊는 소리가 들렸다.

비밀이 있으면 밝히지 말라.
남에게 말하면 비밀은
어느새 비밀의 향기도 없을 것이다.
자기 가슴 속에 감추지 못한
비밀을 어찌해서
남의 가슴이 지켜주겠는가.

하세가와의 목소리에 귀를 기울이며 언덕을 기어 올라갔을 때, 그 너머 초지에 더없이 불가사의한 것이 보였다. 초지 위로 살짝 뜬 채로 정지한 '달'이었다. 등롱처럼 달 안에서 빛이 나 표면을 덮은 크레이터며 사막이 보였다. 주위의 풀이 달빛을 받아 촉촉하게 반짝였다.

망연히 바라보고 있으려니 하세가와가 속삭였다.

"저게 보이는군요?"

"저게 뭡니까?"

"보름달의 마녀입니다."

"당신은 알고 있었습니까?"

"나를 줄곧 따라왔거든요." 하세가와는 말했다. "자, 이제 얼마 안 남았습니다. 서두를까요."

그리고 우리는 언덕을 내려가 달을 우회해서 서둘러 걸음을 옮겼다.

그렇게 말없이 어스름 속을 나아갔다. 나는 한 번도 돌아보지 않았지만 달의 불가사의한 빛이 눈에 아로새겨져 지워지지 않았다. '보름달의 마녀'라니, 뭘까. 이 세상 것 같지 않다. 혹시 나는 이미 죽은 걸까. 호텔에서 소련군의 총에 목숨을 잃어 지금은 혼백만이 만주의 대지를 떠돌고 있는 걸까. 발걸음이 휘청거리는 것 같았고, 곁에 있는 하세가와도 산 사람이 아닌 듯했다. 하지만 얼마 되지 않아 거리의 불빛이 나타났다.

분칸톤의 불빛이었다.

거기까지 이야기한 뒤 이마니시 씨는 입을 다물었습니다.

36년 전 교토를 발판으로 만주로까지 도약한 이야기는 거기에서 갑자기 중단된 겁니다. 느닷없이 허공에 내던져진 기분이었습니다.

해 질 무렵이 다가오자 커피집은 숲속처럼 어두워졌습니다.

"그 뒤로 어떻게 됐는지요?"

제가 물어도 이마니시 씨는 대답하지 않았습니다.

그는 윤이 흐르는 테이블에 턱을 괸 채 꼼짝 않고 뭔가를 생각하고 있었습니다. 긴 이야기를 하는 사이에 자신도 몰랐던 어떤 것을 건드린 것처럼 보이기도 했습니다. 이야기를 시작하기 전의 냉정한 태도는 사라지고 곤혹과 불안이 어린 표정이었습니다.

그는 이마에 손을 올리며 중얼거렸습니다.

"내가 왜 이런 이야기를 하는 거지."

"이마니시 씨?"

"이 이야기는 아무에게도 한 적이 없었습니다. 그 서재에 몰래 들어갔던 것도, 에이조 씨가 이야기한 만주에 대해서도. 지금까지 기억조차 떠올려 본 적이 없는데 말입니다. 그날 만주의 추억을 이야기하고 나서 에이조 씨는 말했습니다. 그 카드 상자에는 마녀가 산다고."

이마니시 씨는 싸늘하게 식은 커피를 마시고는 고개를 끄덕였습니다.

"지금까지 나는 당신 말을 믿지 않았습니다. 지요 씨도 당신도 망상에 사로잡혔다고 생각했거든요. 하지만 당신과 이야기를 나누는 사이에 점점 더 알 수 없게 됐단 말이죠. 모든 게 불가사의한 형태로 이어져 있습니다."

"에이조 씨 이야기도, 사야마 씨의 실종도, 『열대』도……."

"그렇습니다."

이마니시 씨가 갑자기 일어섰습니다.

"여기서 나가죠."

"어디로 갑니까?"

"생각할 게 있을 때는 걷는 게 좋습니다."

내친 김에 요시다 신사의 세쓰분 축제에 가보자고 하더군요.

우리는 신신도에서 나와 이마데가와 거리를 건너 대학 캠퍼스를 가로질렀습니다.

하늘은 아직 완전히 어두워지지 않았는데 무뚝뚝한 대학 건물 사이에는 어스름이 숨어 들어와 있었습니다. 주위는 한층 어두워져 흐린 하늘 아래 솟은 시계탑 주위에서 눈송이가 춤추고 있었습니다. 정문 밖으로 길을 따라 노점이 늘어섰고 사람들이 많이 오가고 있었습니다.

우리는 요시다 신사를 향해 걸어갔습니다.

"그날 밤 우리는 이 축제를 구경하러 왔었습니다." 이마니시 씨가 입을 열었습니다. "지요 씨와 나 그리고 사야마, 이렇게 셋이서 말이죠. 지요 씨 집에 모였다가 같이 요시다산을 내려가기로 했거든요. 내가 지요 씨 집에 갔을 때 사야마는 한발 먼저 와서 지요 씨와 유쾌하게 이야기를 나누고 있더군요."

"평소와 다른 점은 없었습니까?"

이마니시 씨는 "없었습니다"라며 고개를 흔들었습니다.

"잠깐 이야기한 다음 우리는 지요 씨의 집에서 나와 요시다산 서쪽으로 내려갔습니다. 다시 말해 지금 우리와는 정반대 방향, 신사 뒤쪽에서 축제 속으로 들어간 셈이죠. 숲의 어스름에서 노점의 불빛이 이어져 있었습니다. 그날도 눈이 왔습니다."

붉은 도리이를 지나자 소나무 가로수가 늘어선 자갈길이 이어지고, 참배길에는 가면과 인형 맞히기, 마루마루야키(둥근 틀에 양배추, 오징어, 새우 등을 넣어 구운 음식), 베이비 카스텔라 등 노점이 줄을 짓고 있었습니다. 좁은 참배길을 메운 사람들을 보니 전후의 암시장이 생각났습니다. 어둑어둑한 텐트 안을 들여다보니 알전구 밑에서 어느 가족이 빨간 걸상에 앉아 오코노미야키를 먹고 있었습니다.

"이 근처입니다, 사야마가 사라진 건."

이마니시 씨는 멈춰 서서 도리이를 돌아보며 말했습니다.

"산 위의 다이겐궁에서 참배를 드리고 본당으로 내려올 때까지는 같이 있었단 말이죠. 그런데 저 도리이를 향해 이 참배길을 걷다 말고 사야마가 보이지 않는다는 걸 깨달았습니다. 우리는 도리이 밑에서 기다려 보기로 했습니다. 서로를 잃어버리는 일이 있으면 거기서 만나기로 약속했으니까요……."

그러나 사야마 쇼이치는 그 뒤 두 번 다시 모습을 보이지 않았습니다.

"그 일로 지요 씨와의 관계도 달라져서 말입니다."

본궁으로 이어지는 비탈길을 올라가며 이마니시 씨는 말했습니다.

"지요 씨는 나를 의심하는 것 같더군요. 사야마가 모습을 감춘 이유를 숨기는 게 아닐까 하고 말이죠. 지금 생각하면 아마 사야마에게 배신당한 기분이었을 테죠. 화낼 상대가 없으니까 나를 탓한 겁니다. 하지만 나도 나대로 지요 씨가 숨기는 게 있다고 생각했거든요. 실제로 그런 말을 한 적도 있었습니다."

"가슴 아픈 일이군요."

"지요 씨와 차분하게 이야기할 수 있게 된 건 몇 년 지난 다음이었습니다. 그때는 이미 모든 게 달라져 있었죠. 달라지지 않은 건 사야마의 기억뿐이었습니다."

우리는 본궁에 참배를 드린 뒤 다이겐궁으로 올라가는 비탈을 걸었습니다.

두꺼운 구름으로 뒤덮인 하늘이 어두워지더니 곧 눈이 쏟아지기 시작했습니다.

그날 밤 세 사람이 걸었던 길을 우리는 반대 방향으로 걷고 있었습니다. 노점에서 손님을 부르는 소리, 알전구 불빛, 철판에서 피어오르는 김, 겨울 숲에 떨림을 일으키는 소음……. 꼭 축제의 심장부에 발을 들여놓고 시간을 거슬러 올라가는 기분이었습니다.

"이제 어떻게 할 생각입니까?" 이마니시 씨가 하얀 입김을 불며 말했습니다. "도쿄로 돌아가야 하죠?"

아닌 게 아니라 제게 남은 시간은 얼마 없었습니다. 하지만 이제 『열대』와 사야마 쇼이치를 둘러싼 수수께끼는 감당할 수 없을 만큼 커지고 말았습니다. 『천일야화』와의 연관성, 〈보름달의 마녀〉를 그린 화가, 에이조 씨의 카드 상자 그리고 사야마 쇼이치의 실종…….

"지요 씨는 왜 저를 교토로 불렀을까요." 저는 중얼거렸습니다. "그걸 잘 모르겠습니다."

"그림엽서를 보냈다고 했죠?"

저는 노트에서 그림엽서를 꺼냈습니다.

'내 『열대』만이 진짜랍니다.'

엽서에는 그렇게 쓰여 있습니다.

"좀 이상한 말이군요." 이마니시 씨는 말했습니다. "신신도에서 만났을 때 지요 씨는 당신이 뒤따라올 줄 알고 있는 것 같았습니다. 『열대』를 읽은 동지라 할 당신에게 뭔가 기대하는 게 있었겠죠. 그런데 그런 것치고 이 말은 꽤나 도발적이거든요. 게다가 당신을 교토로 불러놓고 모습을 감추는 것도 이상하고 말입니다."

"그래서 모르겠다는 겁니다. 지요 씨는 대체 무슨 생각이었을까요."

이윽고 우리는 다이겐궁에 이르렀습니다. 참배객이 길게 줄을 서 있었습니다.

그 너머에서 이 겨울 축제가 끝났습니다. 여기까지 죽 늘어서 있던 노점이 사라지고 주택가로 이어지는 어두운 길이 입을 벌리고 있었습니다. 우리가 축제를 지나오는 사이에 땅거미는 더욱 짙어졌습니다. 그곳에는 싸늘한 축제의 끝이 있을 뿐이었습니다.

그때 기묘한 노점이 눈에 띄었습니다.

다른 노점들과 조금 떨어진 곳에 고풍스러운 서양식 램프의 불빛이 칠복신이며 복고양이 장식물을 번들번들하게 빛내고 있었습니다. 언뜻 보면 무슨 노점인지 모르겠는데 잘 보니 붙박이 책꽂이에 책이 꽂힌 것을 알 수 있었습니다. 때탄 깃발 옆에 이국의 상인처럼 보이는 남자가 서 있습니다.

"이런 곳에 아라비야 책방이 있을 줄이야."

"그게 뭡니까?"

"헌책방이랍니다. '날뛰는 밤'이라고 써서 '아라비야 책방'이죠."

노점으로 다가가니 주인은 멍하니 저를 쳐다봤습니다. 저를 알아본 듯 한바탕 웃었습니다. 이마니시 씨는 신기한 듯 책꽂이를 구경하면서 "헌책방 포장마차는 처음 보는군요"라며 중얼거렸습니다. 약간 호젓한 곳인데도 주인은 명랑한 표정이었고, 램프 불빛에 비친 얼굴은 건강한 소년처럼 반들반들 윤이 났습니다.

"찾던 사람은 만났고?"

"아직 못 만났습니다."

"그거 안됐군."

꼭 친구와 오랜만에 재회한 기분이 들었습니다. 하지만 생각해 보면 요시다산 속에서 이 기이한 헌책방을 발견한 것은 어제란 말이죠.

저는 『천일야화』를 꺼내 주인에게 보여주었습니다.

"이거 읽는 중입니다."

"훌륭한데. 하지만 「대단원」까지 읽으려면 여간 일이 아닐걸. 어쨌거나 천 날 밤의 분량이니까."

"셰에라자드는 용케도 이야기를 계속한다 싶군요."

"좌우지간 위대한 사람이야."

이마니시 씨는 책꽂이에서 문고본 한 권을 꺼냈습니다. G. K. 체스터턴의 『브라운 신부의 동심』이었습니다. 주인은 눈치 빠르게 "그거 재미있어" 하고 이마니시 씨에게 말했습니다. 꽤 오래전 일입니다만 저도 브라운 신부의 그 단편집을 읽은 기억이 남니다.

단편집 첫머리에 「푸른 십자가」라는 소설이 있습니다.

한 악당과 동행하게 된 브라운 신부가 가는 곳마다 기묘한 말썽을 일으킨다는 이야기입니다. 신부는 어째서 그런 일을 하는가. 그건 악당을 뒤쫓는 프랑스 형사에게 '추적의 실마리'를 남기기 위해서거든요.

추적의 실마리.

저는 생각해 봤습니다.

지요 씨의 그림엽서, 호렌도에서의 기묘한 행동, '보름달의 마녀에게 간다'라는 말. 그건 지요 씨가 남겨준 '추적의 실마리'인 겁니다. 지요 씨는 어디론가 저를 인도하려 하고 있습니다. 그렇다면 이렇게 미궁에 갇힌 채 끝나는 건 지요 씨가 의도하는 바가 결코 아닐 테죠. 저는 뭔가 중요한 실마리를 빠뜨린 겁니다.

호렌도의 어둑어둑한 실내가 뇌리에 떠올랐습니다.

전 주인의 컬렉션이 놓인 선반.

먼지를 쓴 달마 인형들, 석상의 파편, 작은 조개껍데기, 작은 과즙 우유병.

그리고 낡은 카드 상자.

"이마니시 씨." 저는 말했습니다. "어제 호렌도에 갔을 때 작은 카드 상자를 발견했습니다. 잠깐 안을 봤는데 오래된 카드가 아직 몇 장 남아 있더군요."

"카드 상자?"

"뭔가 중대한 단서를 놓쳤을지도 모르겠습니다. 카드 상자 안을 확인해 봐야겠습니다……. 귀중한 이야기를 들려주셔서 감사합니다."

저는 이마니시 씨에게 머리 숙여 정중히 인사했습니다. 그리고 주택가로 이어지는 어두운 길을 걷기 시작했습니다. 길은 금세 내리막이 됐습니다. 싸늘하고 어두운 터널 같은 길에 외등이 점점이 밝혀져 있었습니다.

이윽고 떠들썩한 축제의 소리가 멀어졌을 즈음 뒤에서 발소리가 들려왔습니다. 돌아보니 이마니시 씨가 하얀 입김을 뱉으며 쫓아오고 있었습니다.

"나도 갑시다." 그가 말했습니다.

이마데가와 거리에서 택시를 타고 이치조지 사가리마쓰로 향했습니다.

호렌도에 도착했을 무렵에는 날이 완전히 저물어 주택가는 고요했습니다. 유리문으로 흘러나오는 불빛이 가게 앞에 놓인 옹기 단지며 목각 장식품을 비추었습니다. 하지만 유리문은 잠겨 있었고 주인의 모습은 보이지 않았습니다.

"근처에 볼일을 보러 간 걸까요."

"잠깐 기다려 봅시다."

추운 듯 몸을 떠는 이마니시 씨를 그곳에서 기다리게 하고 저는 혼자 밤의 주택가를 걸었습니다. 호젓한 길목에서 자동판매기가 흩뿌리는 환한 빛 속에 눈발이 날렸습니다. 따뜻한 차를 사서 호렌도로 돌아오자 이마니시 씨는 『브라운 신부의 동심』을 읽다가 고개를 들어 "고맙군요"라고 말했습니다. 우리는 차를 마시면서 조금씩 몸을 덥히며 호렌도 주인이 돌아오기를 기다렸습니다.

"만약 살아 있다면 사야마는 왜 연락을 주지 않는 걸까요." 이마니시 씨는 중얼거렸습니다. "이렇게 오래 우리가 기다리고 있는데."

"사야마 씨가 남긴 건 『열대』뿐입니다."

"나도 읽어보고 싶어졌습니다. 그게 그 친구 꿈의 결정일 테니까요."

이마니시 씨는 차를 마시며 이야기했습니다.

"그 친구는 다소 낭만주의적인 데가 있었습니다. 거칠게 말하자면 '진실의 세계는 눈을 감아야 볼 수 있다'라고 생각했다 할까요. 그건 마음속에만 있는 불가사의한 세계라고 말이죠. 하지만 난 그런 신비적인 사고방식이 싫거든요. 젊었을 때는 특히 그랬습니다. 아무리 좋은 말로 꾸며봤자 그건 공허한 어떤 것을 받들어 모시는 일일 뿐입니다. 그런데 세상을 둘러보면 그럴싸한 말로 빈틈을 메우려 드는 인간들이 수두룩하단 말이죠. 사야마처럼 어중간한 몽상을 품는 건 강도를 위해 현관문을 열어놓는 것과 같은 일입니다."

이마니시 씨는 하늘을 향해 하얀 입김을 내뱉었습니다.

"그런 이야기를 두고 사야마와 여러 번 논쟁을 벌였습니다. 그 친구에게도 양보할 수 없는 뭔가가 있었겠죠. 지금 생각하면 좀 더 순순히 귀 기울여 들어볼 걸 그랬다 싶습니다. 『열대』라는 작품이 그 친구 몽상의 결정이었다면 나 같은 사람에게 읽힌들 의미가 없다고 사야마는 생각했을지도 모릅니다. 하지만 그건 좁은 소견 아닙니까."

이마니시 씨는 중얼거렸습니다. "유감입니다."

그때 이쪽으로 다가오는 발소리가 들렸습니다. 어둠 저편에서 발소리가 그치고 산뜻한 목소리가 "어머나"라고 말하는가 싶더니, 유리문에서 흘러나오는 불빛 속에 호렌도 주인이 스르르 나타났습니다. 주인은 고개를 갸웃하며 미소를 지었습니다.

"지요 씨는 만나셨는지요?"

"실은 그 일로 부탁드릴 게 있습니다." 이마니시 씨와 저는 일어섰습니다. "돌아오실 때까지 기다리고 있었거든요."

"기다리시게 해서 죄송합니다." 주인은 문을 열며 말했습니다. "우편물을 부치러 나갔다가 잠깐 걷고 싶어져서요……. 바로 난로를 켤게요."

저희는 호렌도에 들어갔습니다.

저는 선반에 놓인 카드 상자에 관해 물었습니다. 하지만 주인은 유래에 대해서는 아무것도 모른다고 말했습니다. 아버지의 개인적인 물건이라고만 생각했다는 겁니다.

"나가세 에이조 씨의 물건일지도 모릅니다."

제가 말하자 주인은 선반에서 카드 상자를 들고 와 계산대에 올려놓았습니다.

"메모 같은 게 들어 있었던 것 같습니다만……."

보기에는 평범한 낡은 나무 상자일 뿐, 안에 마물이 숨어 있을 듯한 불길한 느낌은 전혀 없었습니다. 뚜껑을 열자 맨 앞에는 역시 어제 제가 읽었던 '밤의 날개' 시가 있고 그 밖에도 카드가 열 장 정도 있었습니다. 한꺼번에 꺼내보니 오래된 종이는 옅은 갈색으로 변색됐고 검푸른 잉크 글씨는 번졌거나 희미해져 있었습니다.

저는 카드를 한 장씩 살펴봤습니다. 카드를 읽어 나갈수록 지금껏 경험해 본 적 없는 전율이 느껴지면서 얼굴이 굳는 것을 알 수 있었습니다.

"……무슨 문제라도 있나요?"

호렌도 주인이 걱정스레 소곤거렸습니다.

저는 카드를 계산대 위에 늘어 놓았습니다. 주인과 이마니시 씨는 숨죽이고 제 동작을 지켜봤습니다. 저는 카드가 '올바른' 순서로 나열될 때까지 묵묵히 작업을 계속했습니다.

이하에 카드의 내용을 적겠습니다.

높은 지대에 위치한 호텔에 도착

앞 사람의 메시지

로빈슨 크루소 표류자의 이야기

요시다산에서

고서점과 그곳 주인

가게를 봐달라고 부탁

『천일야화』 짐꾼과……

너와 관계없는 일을 이야기하지 말라

“그대는 밤의 날개로 새벽을 어둡게 하는구나.”

그러나 그대는 내게 대답한다,

“아니, 한 조각 구름이 달을 감추었을 뿐.”

경이의 방에서

봐야 할 것을 놓치고 지나가다

고물상 주인의 이야기 산다이바나시 마왕

남자를 두고 가다

작은 문을 지나

폰토정 술집에서

천일 밤의 여자 암송

천일 밤의 여자가 하는 이야기

마물이 사는 도서실

두고 간 남자에게서 온 전화

미술관에서

마녀의 궁전
눈에 보이지 않는 추적자와의 대화
쫓는 자가 쫓기는 자가 된다.

커피집에서
두고 간 남자와의 대화
수수께끼의 창조에 대해
방 안의 방

만주에서
패전까지
호텐에서 분칸톤으로 동행하는 남자
비밀이 있으면
벌판에 뜬 달

밤 축제에서
그는 어째서 사라졌나
고서점 재방문
놓치고 지나갔던 것을 발견

또다시 경이의 방
꿈의 결정
감추어져 있던 패

귀환 불능 지점

이치하라역에서

또다시 천일 밤의 여자

마지막 대화

도서실의 문이 닫힌다

대단원

이상이 카드에 쓰여 있던 내용입니다.

남아 있던 카드는 다 합해서 열한 장. 거기에 제가 그저께 교토에 왔을 때부터 이렇게 호렌도를 다시 찾기까지의 과정이 모두 쓰여 있었습니다. 놀라운 건 미술관에서 있었던 일에 대한 부분이었습니다. 다른 건 그렇다 치더라도 시라이시 씨와 대화를 나누는 백일몽은 저만 알 텐데요.

"이 카드는 언제부터 있었습니까?"

제가 묻자 호렌도 주인은 곤혹스러운 표정을 지었습니다.

"옛날부터 여기 계속 있었던 거라…… 뭐가 쓰여 있었는지 저도 까맣게 잊어버리고 있었거든요."

저희는 나열된 카드를 보며 침묵했습니다.

"이 모든 게 예언됐다는 겁니까?" 이마니시 씨는 당혹한 듯 중얼거렸습니다. "말도 안 됩니다. 그런 일이 현실에서 일어날 리 없어요."

하지만 우리가 있는 곳이 현실이 아니라면?

우리는 『열대』 안에 있다.

그때서야 저는 지요 씨가 보낸 그림엽서의 참뜻을 이해한 겁니다.

과거에 『열대』라는 소설을 읽기 시작한 우리는 어느새 『열대』라는 세계 그 자체를 살기 시작해 각자가 이 이야기의 주인공으로서 '대단원'을 향해 가고 있습니다.

그렇기에 제 『열대』만이 진짜인 겁니다.

저는 카드의 내용을 노트에 옮겨 적었습니다.

그동안 호렌도 주인과 이마니시 씨는 말없이 기다렸습니다. 실내는 난로의 열로 따뜻해져 꼭 편안한 은신처처럼 바깥 세계로부터 단절되어 있었습니다. 카드를 모두 베낀 다음 저는 마지막 카드를 한 번 더 읽어봤습니다.

이치하라역에서

또다시 천일 밤의 여자

마지막 대화

도서실의 문이 닫힌다

대단원

'천일 밤의 여자'란 술집 '밤의 날개'에서 제게 불가사의한 이야기를 들려준 마키 씨를 말하는 것일 테죠. 이치하라에는 마키 씨 할아버지의 작업실이 있고 『천일야화』 관련 서적을 수집한 도서실도 그곳에 남아 있다고 했습니다.

"거기 갈 겁니까?"

이마니시 씨의 물음에 저는 고개를 끄덕였습니다.

"네. 여기까지 왔으니까요."

"……지요 씨는 거기에 있을까요."

"그걸 확인하기 위해서라도 가야죠."

"그럼 나도 같이 가겠습니다. 괜찮겠죠?"

저는 계산대에 늘어놓았던 카드를 정리하고 주인에게 감사의 뜻을 표했습니다. 주인은 카드 상자를 원래 있었던 선반에 돌려놓은 뒤, 가게 밖까지 저희를 배웅하러 나와 주었습니다.

"지요 씨를 만나실 수 있길 바랄게요."

어두운 주택가를 걸으며 돌아보니 주인은 가게 앞에 놓여 있던 목각 호테이를 안고 유리문이 비추는 빛 가운데에 서 있었습니다. 그곳에서 멀어질수록 작은 고물상도, 목각상을 안은 주인도, 조금씩 실재감을 잃는 듯했습니다.

슈가쿠인역에서 탄 에이잔 전철은 의외로 한산했습니다. 생각해 보면 일요일 이런 시간대에 구라마로 가는 사람은 지역 주민 정도일 테죠. 북쪽으로 갈수록 시가지는 멀어지고 차창 밖으로 밤의 어둠이 깊어졌습니다. 시커먼 산기슭에 외따로 밝혀진 외등, 민가 창문으로 흘러나오는 따스한 빛, 건널목에서 깜박이는 새빨간 경보등……. 차창 밖으로 흘러가는 불빛에 겹

처져 좌석에 앉은 저와 이마니시 씨의 모습이 비쳤습니다.

이마니시 씨는 불안한 듯 차창을 응시하며 말했습니다.

"전부 당신이 꾸민 일이라면 어떻겠습니까. 카드는 당신이 사전에 써서 호렌도 카드 상자에 넣어놓았을지도 모릅니다. 지요 씨의 실종도 뒤에서 당신이 조종한 일일지도 모르죠."

"의심하시는 것도 당연합니다."

"부정하지 않는 겁니까?"

"물론 전 아무것도 꾸미지 않았습니다. 하지만 이마니시 씨의 냉정한 의견은 도움이 되거든요. 저를 현실에 붙들어 매주니까요."

"그건 나를 너무 과대평가하는 겁니다."

"그럴까요?"

"당신이 나에게 사기를 치는 거라면 나는 이미 당신에게 속아 넘어간 겁니다. 아니면 구태여 이치하라까지 가지 않아요."

만약 지금까지 일어난 모든 일이 꾸며진 것이라면.

꾸민 사람은 누굴까 저는 생각해 봤습니다.

저를 교토로 부른 지요 씨일까요. 하지만 지요 씨도 사야마 쇼이치가 남긴 『열대』라는 소설을 뒤쫓고 있는데요. 그렇다면 모두 사야마 쇼이치가 꾸민 일일까요. 하지만 호렌도 주인이나 이마니시 씨에게서 들은 이야기를 돌이켜보면 사야마 쇼이치의 배후에는 지요 씨 아버지, 에이조 씨의 그림자가 어른거리거든요. 에이조 씨의 배후에는 커다란 수수께끼가 있습니다. 그걸 우리는 '보름달의 마녀'라고 부르는지도 모릅니다.

어쨌거나 도쿄로 돌아간다는 선택지는 이미 제 머리에서 사라지고 없었습니다. 수수께끼의 연쇄가 마지막에 어디에 다다르는지 알고 싶다는 생각뿐이었습니다.

이윽고 열차는 니켄차야역을 통과했습니다.

"다음이 이치하라인가 보군요."

이마니시 씨가 긴장 어린 표정으로 일어섰습니다.

이윽고 이치하라역이 다가왔을 때 저는 차창에 시선을 주었다가 흠칫 놀랐습니다. 무인역 작은 플랫폼 끝에 한 여자가 보였기 때문입니다. 외따로 놓인 자동판매기 불빛이 여자의 모습을 뚜렷이 비추었습니다. 플랫폼에 서 있는 사람은 밤의 날개에서 만난 마키 씨가 틀림없었습니다.

이윽고 열차가 정차해 우리는 내렸습니다.

눈이 엷게 쌓인 플랫폼이 허옇게 보였습니다. 마키 씨는 플랫폼 끝에 서서 우산을 들고 우리를 응시하고 있었습니다. 열차가 떠나고 나자 밤의 밑바닥 같은 정적이 주위를 감쌌습니다. 아주 멀리 여행 온 기분이 들었습니다.

"마키 씨, 기억하실까요? 이케우치입니다. 어젯밤에 만났죠."

"물론 기억해요."

마키 씨는 우산을 흔들어 눈을 떨어냈습니다.

제가 이마니시 씨를 마키 씨에게 소개하자 두 사람은 머뭇머뭇 인사를 나누었습니다. 서로 상대방을 가늠하는 눈초리였습니다. 생각해 보면 이런 식으로 제가 끌어들이지만 않았다면 두 사람은 결코 만날 일이 없었을 테죠. 경계하는 것도 당연할 겁니다. "이런 곳에서 만나게 되네요." 마키 씨는 말했습니다. "할아버지 작업실에 있다가 이제 가는 길이거든요. 신기한 우연이 다 있는걸요."

"아뇨, 우연이 아닐 겁니다."

"……네, 그러네요. 그럴지도 몰라요."

마키 씨는 체념한 듯 미소를 지었습니다.

"할아버지 도서실을 조사하러 오셨죠?"

"네."

"그럴 것 같았어요."

"우리가 올 줄 아셨습니까?"

이마니시 씨가 놀란 듯 물었습니다.

"물론 여기서 만나게 될 줄은 몰랐어요. 하지만 조만간 찾아오시리라는 건 알고 있었답니다."

저는 마키 씨가 했던 말이 생각났습니다.

작가인 사야마 쇼이치는 사라졌고 지요 씨라는 사람도 사라졌어요. 같은 일이 나에게도 벌어질지 모른다, 그런 생각은 안 드세요?

"지요 씨가 작업실에 찾아왔군요?"

제가 묻자 마키 씨는 고개를 끄덕였습니다.

"……도서실에서 사라진 거예요."

우리는 짧은 계단을 내려갔습니다.

계단을 내려가니 양옆으로 민가와 자전거 보관소가 이어지는 좁은 길이 나왔습니다. 역 앞인데도 보이는 것은 셔터를 내린 상점 앞의 자동판매기 불빛뿐이었습니다. 산속에 위치한 동네는 고요하고 낮은 지붕들 너머로 시커먼 산 그림자가 보였습니다. 우리는 눈이 엷게 쌓인 밤길을 걸어 마키 노부오 화백의 작업실로 갔습니다.

마키 씨는 가는 도중에 이야기를 해주었습니다.

"지요 씨가 찾아온 건 나흘 전이에요."

그날 저물녘에 한 품위 있는 부인이 시조의 야나기 화랑에 찾아왔다고 합니다.

자신의 이름이 '우미노 지요'라고 밝히면서 교토 시립 미술관에서 〈보름달의 마녀〉를 보고 왔다고 했답니다. 마키 노부오 화백의 유작을 야나기 화랑이 관리한다는 걸 알고 이야기를 들으러 왔다고 하면서요. 화랑 주인인 야나기 씨도 함께 이야기하는 사이에 마키 씨는 지요 씨가 할아버지와 안면이 있다는 걸 알게 되었다는군요. 지요 씨의 아버지 나가세 에이조 씨가 마키 노부오 화백을 집에 초대한 적이 몇 번 있다는 겁니다.

"그때 지요 씨도 저희 할아버지를 만났다고 하더군요." 마키 씨는 말했습니다. "그래봤자 30년도 더 지난 옛일이라고 하지만요."

"이마니시 씨는 알고 계셨습니까?"

제가 묻자 이마니시 씨는 고개를 저었습니다.

"아뇨, 나는 몰랐습니다. 지금 처음 듣습니다."

"……그러다가 할아버지가 돌아가신 뒤 이야기가 나오면서 야나기 씨가 도서실 이야기를 꺼내신 거예요. 지요 씨는 무척 흥미를 느끼신 것 같았어요. 잠깐 생각하더니 '지금 보러 가면 안 될까요?'라고 묻더군요. 너무 갑작스러운 일이라 놀랐지만, 시간이 별로 없다고 하시는 데다 야나기 씨도 허락해 주셔서 저는 일찍 퇴근해 지요 씨를 작업실로 안내해 드리기로 했어요. 할아버지 이야기를 들을 수 있을지도 모른다는 기대도 있었고 말이죠."

우리는 얼어붙은 듯한 차도를 따라 걸어갔습니다. 이따금 지나가는 차의 전조등 불빛에 노면의 눈이 반짝였습니다. 편의점이 있는 큰 교차로를 건너자 거기서부터는 민가 사이를 지나는 좁은 길이 이어졌습니다. 조용한 주택가를 걸어갈수록 시커먼 산 그림자가 세 방향에서 덮쳐드는 듯했습니다.

"지요 씨가 이상한 걸 물으셨어요."

작업실로 가는 택시 안에서 지요 씨는 "『열대』라는 소설을 아나요?" 하고 마키 씨에게 물었다고 합니다.

"사야마 쇼이치라는 사람이 쓴 소설인데요. 할아버님께 들은 적 없나요?"

"죄송합니다. 기억에 없는데요……."

"아쉽네요. 아주 불가사의한 소설이거든요. 마키 선생님의 작품 〈보름달의 마녀〉는 그 소설에서 촉발되어 그려진 거랍니다."

그 말에 마키 씨는 놀랐습니다. 〈보름달의 마녀〉는 할아버지의 유품을 정리하다가 발견한 작품이었습니다. 당시의 자료는 남아 있지 않았거니와, 그림의 제재와 도서실의 책을 통해 『천일야화』에서 촉발됐을 것이라고 단순히 생각하고 있었던 겁니다.

"어떻게 알아차리셨는지요?"

"그림에 그려져 있는 궁전이 『열대』에 등장하니까요."

"저도 읽어봐야겠네요."

"할아버님 도서실에서 찾아봐요."

"도서실에 있을까요? 한 번 훑어봤는데 서가에 꽂힌 건 『천일야화』와 관련된 책뿐이었거든요."

"그래요, 거기 있을지도 모르겠네요."

지요 씨는 미소를 지으며 말했다고 합니다.

"『열대』는 『천일야화』의 이본이니까."

마키 씨 이야기를 들으며 걷는 사이에 검은 산에 둘러싸인 주택가 깊숙이 들어왔습니다. 밤의 밑바닥에 허옇게 보이는 눈길은 세상의 끝으로 이어지는 것 같았습니다. 그때 어두운 골짜기를 메운 정적을 가르듯 전철 소리가 다가왔습니다. 오른쪽을 보니 민가가 끝나는 공터 저편을 에이잔 전철이 미끄러져 갔습니다. 불빛이 선로 너머 삼나무 숲을 잠깐 비추었지만, 열차 바퀴 소리가 멀어지자 주위의 어둠과 정적은 한층 깊어진 느낌이었습니다.

『열대』는 『천일야화』의 이본이니까.

"지요 씨가 그렇게 말씀하셨다는 말이죠."

제가 확인하자 마키 씨는 고개를 끄덕였습니다.

"틀림없어요."

"어떻게 된 걸까요, 이케우치 씨." 이마니시 씨가 고개를 갸웃했습니다. "『열대』는 사야마가 쓴 책 아니었습니까?"

"저도 모르겠습니다. 그게 무슨 뜻인지……."

이윽고 마키 씨는 왼편에 나타난 어두운 집 앞에 멈춰 섰습니다. 폐업한 찻집인 듯, 앞에 놓인 간판은 청색 방수 커버로 덮여 있었습니다. 마키 씨는 그곳에서 왼쪽으로 꺾어 찻집과 옆집 담장 사이로 뻗은 자갈길을 따라갔습니다. 공장 같은 회색 단층 건물이 금세 눈에 들어왔습니다. 그곳이 마키 화백의 작업실이었습니다.

마키 씨는 문을 열고 불을 켰습니다.

"신발은 안 벗으셔도 돼요."

아직 그림물감 냄새는 났지만 작업실은 대부분 치워져 있었습니다. 작업 테이블과 이젤이 드문드문 놓여 있을 뿐 다른 가구는 없었고, 벽 가까이 상자와 액자가 쌓여 있었습니다. 화백이 작업했던 당시의 모습은 알 수 없었습니다. 이마니시 씨와 제가 전기난로를 쬐는 동안 마키 씨는 벽 앞의 상자에서 손전등을 꺼냈습니다.

"가실까요, 할아버지 도서실은 이 뒤에 있어요."

작업실 뒤는 어둠에 잠겨 있었습니다.

마키 씨는 무시무시한 괴물의 몸뚱이를 쓰다듬듯 손전등 불빛으로 도서실 쪽을 비추었습니다. 녹색으로 칠한 좁은 문, 쇠창살이 박힌 어두운 창문 그리고 황토색 벽. 정말 어린애가 그린 그림처럼 단순한 구조였습니다. 섬뜩하게 느껴지는 데는 바로 뒤까지 다가와 있는 숲의 어둠 탓도 있을 테죠. 하지만 그것만은 아니었습니다. 마치 세상의 막다른 곳 같은, 그 이상 가는 건 금지된 듯한, 정체를 알 수 없는 위압감이 느껴지는 겁니다. 이마니시 씨는 "느낌이 영 안 좋군요." 하며 중얼거렸습니다.

"어쨌거나 안에 들어가 보죠." 저는 말했습니다. "마키 씨, 부탁드리겠습니다."

마키 씨는 도서실로 다가가 문을 열어 주었습니다.

마키 씨가 불을 켜자 천장의 전등에 불이 들어왔습니다.

외관과는 달리 아주 편안해 보이는 방이었습니다. 바닥에는 페르시아 양탄자를 깔았고 일인용 갈색 소파와 원형 사이드 테이블이 놓여 있고 창가에는 책꽂이와 고풍스러운 레코드플레이어가 있었습니다. 쥘 베른의 『해저 2만 리』에 등장하는 잠수함 노틸러스호의 도서실이 생각났습니다.

"대단한데요."

이마니시 씨가 감탄한 듯 중얼거렸습니다.

세 벽에 서가가 늘어서 있었고 마키 씨가 어젯밤 이야기해

준 것처럼 『천일야화』 번역본이 여러 권 있는 듯했습니다. 그 밖에도 오구리 무시타로의 『흑사관 살인 사건』이며 J. 포토츠키의 『사라고사에서 발견된 원고』 등 잡다한 책이 있었습니다. 여기 있는 책들 전부가 『천일야화』에 관련된 서술이 있는 책이라면 놀라운 집념이라 하지 않을 수 없습니다.

"지요 씨는 눈을 반짝이며 서가를 바라보셨답니다."

역시 내 생각이 맞았네요.

지요 씨는 만족스레 중얼거렸다고 합니다.

"이 도서실에 있는 책은 아버지 서재에 있었던 거예요. 아마 마키 선생님이 인수하셨겠죠."

나가세 에이조 씨의 장서.

당연히 마키 씨도 처음 알게 된 사실이었습니다.

"계속 마음에 걸렸거든요. 내가 외국에 가 있는 동안 아버지가 장서를 처분하고는 경위를 이야기하지 않은 채로 돌아가셨으니까요……. 설마 이렇게 다시 만나게 될 줄은 몰랐네요. 너무 반가워요."

"그 말씀을 들으면 할아버지도 기뻐하실 거예요."

"고마워요, 마키 씨."

마키 씨는 차를 끓이려고 작업실로 돌아왔다고 합니다. 산기슭에 있는 탓의 영향인지 주위는 이미 쪽빛 어스름에 잠겨 있었습니다.

이윽고 마키 씨가 차를 준비해 작업실에서 나왔을 때 어둠은 한층 짙어져 있었습니다. 도서실 창문으로 흘러나오는 빛이 어둠 속에 쓸쓸이 떠올라 있었습니다. 마키 씨가 자갈길을 걸어 도서실에 다가가는데, 문득 창문의 불빛이 호흡하듯 깜박이는가 싶더니 촛불을 불어 끄듯 사라졌습니다.

마키 씨는 놀라 멈춰 섰습니다. 쇠창살이 박힌 창은 캄캄했습니다. 지요 씨는 왜 불을 껐을까요. 정전일지도 모릅니다. 마키 씨는 황급히 도서실로 달려가 문을 열려고 했습니다. 그런데 문은 안에서 잠겨 있었습니다.

"주머니에서 열쇠를 꺼내 문을 연 순간, 바닷바람 같은 냄새가 나더군요. 왠지 모르게 오싹해서 서둘러 스위치를 켰더니 불은 아무 문제 없이 들어왔어요. 그런데 지요 씨가 없었어요."

이마니시 씨가 의심스레 중얼거렸습니다.

"잠겨 있던 방에서 사라졌다는 말씀입니까?"

"물론 현실적으로는 있을 수 없는 일이죠. 저도 여우에 홀린 기분이었어요. 여기저기 찾아봤지만 어디에도 없었으니까요."

"몰래 돌아갔을지도 모르죠."

"작업실 개수대 앞에 창문이 있어서 도서실로 가는 자갈길이 그리로 보여요. 지요 씨가 지나갔다면 몰랐을 리 없어요. 뒤쪽 숲으로 들어갔다면 모를 수도 있지만 그래야 할 이유가 없잖아요? 게다가 문은 안에서 잠겨 있었어요. 하나뿐인 열쇠는 제가 갖고 있었고요."

이마니시 씨는 당혹스러운 듯 저를 쳐다봤습니다.

"어떻게 생각합니까, 이케우치 씨?"

마키 씨가 한 말이 마음에 걸렸습니다. 문을 연 순간 실내에서 났다는 '바닷바람 같은 냄새'는 뭘까요. 마키 씨가 도서실을 벗어나 있는 동안 이곳에서 지요 씨에게 무슨 일이 생긴 건 아닐까요.

"이 도서실엔 마물이 살고 있다."

제가 중얼거리자 이마니시 씨가 어이없다는 듯 말했습니다.

"마물이 지요 씨를 잡아먹기라도 했다는 말입니까?"

"저희는 마물의 정체를 모르니까요."

마키 씨는 소파에 앉아 팔걸이에 턱을 괴었습니다.

"결국 그날은 그냥 가는 수밖에 없었어요. 지요 씨는 나타나지 않고 도서실엔 아무런 흔적도 없었으니까요. 이튿날 화랑의 야나기 씨께 자초지종을 말씀드렸더니 야나기 씨도 고개를 갸웃거렸어요. 그런데 어젯밤에……."

"저를 만나셨군요."

"이케우치 씨께 지요 씨 이야기를 듣고 가슴이 철렁했어요. 게다가 『열대』라는 책 이야기를 하셨잖아요? 지요 씨가 택시에서 이야기하셨던 건 기억하고 있었으니까요. 도저히 우연 같지 않았어요."

우리는 분담해서 도서실 구석구석을 살펴봤습니다. 테이블과 소파를 이동하고 양탄자를 들추고 책꽂이의 책을 빼봤습니다. 하지만 어디에도 비밀의 문 같은 건 없었습니다. 창문에는 쇠창살이 있으니 그쪽으로 나가는 건 불가능해 보였습니다. 도서실 밖으로 나와 손전등으로 벽을 비추면서 한 바퀴 돌아봤지만 그것도 헛수고로 끝났습니다. 도서실은 완전히 밀폐된 '상자'였습니다.

밤이 깊어 주위는 어둠에 잠겨 있었습니다.

저는 노트에 베껴놓은 카드 내용을 다시 읽어봤습니다.

마지막 카드에는 다음과 같이 쓰여 있었습니다.

이치하라역에서

또다시 천일 밤의 여자

마지막 대화

도서실의 문이 닫힌다

대단원

"……도서실의 문이 닫힌다."

"네?"

"저를 잠깐 여기 혼자 있게 해주시겠습니까?"

카드에 쓰인 대로 도서실 문을 닫고 지요 씨와 같은 상황을 만들어 보자고 생각한 겁니다. 제 제안을 듣고 마키 씨와 이마니시 씨는 불안스레 서로를 마주 봤습니다. "내키지 않는군요"라고 이마니시 씨가 말했습니다.

"마물이 나타나 저를 잡아먹을까 봐 그러십니까?"

제가 농담조로 말하자 이마니시 씨는 쓴웃음을 지었습니다.

"그런 일은 있을 리 없지만 그래도……."

"지요 씨는 여러 실마리를 남겨서 저를 이 도서실로 인도했습니다. 거기엔 분명히 의미가 있을 겁니다. 그걸 찾아내야죠."

이윽고 두 사람은 고개를 끄덕이고 어두운 바깥으로 나갔습니다.

문을 닫기 직전 마키 씨가 물었습니다.

"이케우치 씨, 이제 무슨 일이 벌어질 거죠?"

"……모르겠습니다."

"사실은 아는 거 아니에요?" 마키 씨는 말했습니다. "저도 『열대』를 읽어보면 알 수 있으려나요?"

조만간 마키 씨도 어딘가에서 『열대』를 만나게 되리라는 생각이 들었습니다. 그건 이마니시 씨도 마찬가지입니다. 『열대』의 책장을 넘긴 그들 앞에 어떤 세계가 기다리고 있을지 그건 모릅니다. 하지만 그건 그들만의 『열대』인 겁니다.

"당신의 『열대』는 당신만의 것입니다."

저는 마키 씨에게 말했습니다.

그리고 도서실 문을 닫았습니다.

도서실은 깊은 숲속의 야영지처럼 고요했습니다.

날이 저물자 서가를 빽빽하게 메운 책은 한층 매혹적으로 보였습니다. 여러 『천일야화』와 그들로부터 태어난 책들. 의자에 앉아 서가를 바라보고 있노라니 수만 가지의 이야기가 서로 밀치락달치락하며 저를 응시하는 것 같았습니다.

저는 노트를 펴고 테이블 위에 놓인 램프 불빛으로 카드에 쓰여 있던 내용을 다시 한번 읽어봤습니다. 그곳에는 제가 교토에서 경험한 일들이 적혀 있었습니다. 마지막 카드의 마지막 줄은 '대단원'. 그게 끝입니다.

대단원은 연극이나 영화, 소설 등의 결말을 의미하고, 특히 '모든 게 잘 마무리 된다'라는 해피엔드를 가리킵니다. 하지만 이 도서실은 마치 세상의 막다른 곳 같습니다. 시간이 멈춘 듯한 정적이 이어질 뿐 '대단원'의 기색은 어디에도 없는데요.

지요 씨는 이곳으로 왔다.

저는 일어서서 도서실 안을 돌아다녔습니다.

내가 놓친 뭔가가 있다. 그게 뭘까?

책꽂이에는 『천일야화』 관련 서적의 방대한 컬렉션이 있습니다.

생각해 보면 『열대』를 둘러싼 모험의 배후에는 늘 『천일야화』가 보일 듯 말 듯 숨어 있었습니다. 사야마 쇼이치가 지요 씨와 알게 된 건 『천일야화』의 사본이 계기였습니다. 마키 화백은 나가세 에이조 씨의 장서를 인수해 『천일야화』와 관련된 책으로 이 도서실을 꾸몄습니다. 제가 마키 씨를 만난 계기가 된 '밤의 날개'라는 시도 원래는 『천일야화』에서 인용된 것이었습니다.

『열대』는 『천일야화』의 이본이니까.

지요 씨는 마키 씨에게 그렇게 말했다고 합니다.

그때 소박한 의문이 생겼습니다.

『천일야화』는 어떻게 끝이 날까.

저는 책꽂이로 다가가 검은 케이스에 든 책을 꺼냈습니다.

이와나미 쇼텐에서 발행된 마르드뤼 판 『천일야화』의 제 13권입니다. 초판 발행은 1983년, 마르드뤼가 아랍어를 프랑스어로 번역한 것을 일본어로 중역한 것입니다.

책을 테이블에 놓고 책장을 넘기는데 '대단원'이라고 쓰인 속표지가 눈에 띄었습니다.

다음과 같은 내용이었습니다.

샤흐리야르 왕으로부터 백성을 구하기 위해 셰에라자드는 매일 밤 이야기를 계속해 마침내 천일 번째 밤을 맞이합니다. 그러자 셰에라자드의 여동생 두냐자드가 천일 밤 사이에 셰에라자드가 낳은 왕의 아이들을 데려옵니다. 어느새 셰에라자드를 사랑하게 된 왕은 셰에라자드를 정처로 맞이하기로 결심합니다. 부름을 받고 온 샤흐리야르의 동생 샤흐자만 왕은 감동해 두냐자드를 아내로 맞이하겠다고 말합니다.

화려한 혼례 의식에서 신부의 아름다움을 찬미하기 위해 인용된 시가 바로 마키 씨가 폰토정 술집에서 암송한 것이었습니다.

겨울밤에 뜬 여름의 달도

그대만큼 아름답지 않으리

아아, 처녀여!

그대의 뒤꿈치에 엉키는 긴 머리와

그대의 이마를 덮은 새카만 머리에 나는 말한다

"그대는 밤의 날개로 새벽을 어둡게 하는구나."

그러나 그대는 내게 대답한다,

"아니, 한 조각 구름이 달을 감추었을 뿐."

그리고 샤흐리야르 왕은 달필인 서기들과 유명한 연대기 작가들을 불러 자신과 셰에라자드 사이에 일어난 일을 모조리 기록하라고 명합니다.

그중 한 구절을 여기에 발췌하겠습니다.

그래서 그들은 작업을 시작해 이렇게 서른 권을, 그보다 한 권도 적지도 많지도 않게, 금글자로 기록했다. 그들은 이 경이롭고 불가사의한 일련의 이야기를 천일 밤의 서書라고 불렀다.

그 뒤 그들은 샤흐리야르 왕의 명을 받들어 그것을 충실히 베낀 다수의 사본을 만들고 대대손손 교육에 활용하기 위해 온 영토 방방곡곡에 배포했다.

원본은 재무 대신의 관리 아래 왕실의 황금 서고에 보관되었다.

샤흐리야르 왕과 저 복 많은 여성 셰에라자드 여왕, 또 샤흐자만 왕과 저 아름다운 여성 두냐자드 그리고 셰에라자드가 낳은 세 왕자는 몇 년이고 몇 년이고 내일은 오늘보다 훨씬 훌륭하고 밤은 낮의 얼굴보다 훨씬 희어, 마침내 친구를 갈라놓는 자, 궁전을 파괴하는 자, 무덤을 만드는 자, 냉혹한 자,

피할 수 없는 자가 도래하기까지 환락과 행복과 희열 가운데에 살았다.

이상이 신기함과 교훈과 불가사의와 경이와 경탄과 아름다움이 담긴, 천일 밤이라 이름 지어진 찬연한 이야기다.

이 구절을 읽었을 때 희미하게 어색함을 느꼈습니다.

여기서 이야기되는 것은 『천일야화』의 성립에 관해서입니다. 금문자로 기록한 원본은 왕실 서고에 보관되고 사본은 온 영토 방방곡곡에 배포됐다고 쓰여 있습니다. 하지만 그렇게 해서 이야기가 맺어졌는데도 불구하고 대단원은 그 뒤로도 이어져 '피할 수 없는 자', 즉 죽음이 찾아올 때까지 그들이 행복하게 살았다고 적혀 있거든요.

그렇다면 왕실 서고에 보관됐다는 이야기는 뭘까요.

마치 『천일야화』 안에 또 하나의 『천일야화』가 존재하는 것 같지 않습니까. 그 안의 『천일야화』 안에도 또 하나의 『천일야화』가 존재하고, 또 그 안에도……. 그런 망상이 머릿속에 떠올라 바닥을 알 수 없는 구멍을 들여다본 것 같은 현기증을 느꼈습니다. 그때 문득 전등이 깜박였습니다.

저는 숨죽이고 긴장했습니다.

전등불은 꺼지고 테이블 위의 램프 불빛만이 남았습니다.

저는 의자에 앉은 채 도서실 안을 둘러봤습니다. 하지만 전등이 꺼진 것을 제외하면 아무런 변화도 없었습니다. 저는 시선을 테이블로 되돌렸습니다.

램프 불빛이 흡사 스포트라이트처럼 테이블 위에 있는 노트를 비추고 있었습니다. 지난 이틀 동안 늘 저와 함께 있었던 노트. 거기에는 『열대』와 관련된 온갖 것이 기록되어 있습니다. 학파 분들과 인양한 단편, 지금까지 생각해 온 온갖 가설 그리고 교토에서 보고 들은 모든 것.

여기에 단서가 있다는 뜻일까?

저는 노트를 천천히 훑어봤습니다.

지금까지 적은 것을 전부 다시 읽어 나가다 이윽고 마지막 페이지에 이르렀습니다. 그 뒤는 아직 아무것도 쓰지 않은 백지였습니다. 그 순간 저는 제가 무인도 모래사장에 서서 광대한 바다를 앞에 둔 듯한 착각을 맛봤습니다.

"눈을 감아요. 마음속으로 그려봐요."

지요 씨가 속삭이는 목소리가 들렸습니다.

그곳에 펼쳐진 것은 상상의 세계, 『열대』의 세계였습니다.

상상 속에서 저는 동트기 전 모래사장에 서 있었습니다. 태양은 수평선 밑에서 대기하고 있는 듯 바다 저편이 희부옇게 밝아오기 시작했습니다. 플라네타륨의 돔 천장 같은 하늘은 젖빛에서 짙은 감색으로 아름답게 그러데이션을 이루고, 남아 있는 밤의 영역에서는 아직 별이 반짝였습니다. 굽이지는 모래사장에 사람은 아무도 보이지 않고 끝없이 이어지는 물가가 생크림 같은 거품을 내고 있었습니다. 바다와는 반대 방향으로 시선을 돌리니, 모래사장에 테두리를 두르듯 이어지는 시커먼 숲이 바람 속에 거대한 짐승처럼 꿈틀거렸습니다.

모래사장에 밀려온 청년의 모습이 보였습니다.

나이는 이십 대 중반, 흙 묻은 셔츠와 바지를 입었고 그 외에 가진 물건은 아무것도 없어 보였습니다. 그는 차가운 모래에 뺨을 댄 채 칭얼거리는 아기처럼 눈살을 찌푸리고 있었습니다. 자신이 누구인지 모르고, 어디서 왔는지도 모르고, 어디로 가야 하는지도 모르는 남자. 이윽고 정신이 든 그가 모래사장을 걷기 시작할 때 『열대』의 문은 열립니다.

"우리가 만들어 내고 있는 것 같죠."

저는 눈을 뜨고 의자에 앉아 노트를 응시했습니다.

눈앞에 펼쳐진 백지 페이지. 그곳은 사방 어디를 둘러봐도 아무것도 없는 광막한 세계입니다. 하지만 아무것도 없기에 뭐든 있는 것이다, 마술은 거기에서 시작되는 것이라 한다면…….

저는 천천히 심호흡하며 펜을 들어 다음과 같이 썼습니다.

너와 관계없는 일을 이야기하지 말라.

그리하지 않으면 너는 원치 않는 것을 듣게 되리라.

그때 거대한 문이 열리는 소리가 들린 것 같았습니다.

제4장 눈에 보이지 않는 군도

너와 관계없는 일을 이야기하지 말라.

그리하지 않으면 너는 원치 않는 것을 듣게 되리라.

내가 의식을 되찾았을 때 주위는 어둠에 싸여 있고 파도가 밀려왔다가 빠져나가는 소리가 들려왔다. 바로 상황을 파악할 수 있었던 것은 아니다. 나는 꿈인 줄로만 알고 그저 누워 파도 소리에 귀를 기울이고 있었다.

얼마나 오래 그렇게 있었는지는 알 수 없다.

그런데 어느 순간을 경계로 뺨에 닿는 모래의 감촉과 물에 젖어 싸늘하게 식은 몸의 욱신거림, 불어 닥치는 바닷바람의 냄새가 문득 생생하게 느껴졌다. 마치 카메라의 초점이 맞은 것처럼 지금 이 순간부터 세계가 존재하기 시작한 것 같았다. 양철처럼 뻣뻣한 몸을 움직여 가까스로 몸을 일으켰다.

나는 어디인지 알 수 없는 모래사장에 밀려와 있었다.

동트기 전인 것 같았다. 태양은 수평선 밑에서 대기하고 있는 듯 바다 저편이 희부옇게 밝아오고 있었다. 플라네타륨의 돔 천장 같은 하늘은 젖빛에서 짙은 감색으로 아름답게 그러데

이션을 이루고, 남아 있는 밤의 영역에서는 아직 별이 반짝이고 있었다. 굽이지는 모래사장에 사람은 아무도 보이지 않고 끝없이 이어지는 물가가 생크림 같은 거품을 내고 있었다. 바다와는 반대 방향으로 시선을 돌리니, 모래사장에 테두리를 두르듯 이어지는 시커먼 숲이 바람 속에 거대한 짐승처럼 꿈틀거렸다.

나는 추위에 몸을 부르르 떨며 일어나서 뺨에 묻은 모래를 털어냈다.

무슨 일이 있었던 거지?

여기는 어디지?

하지만 아무것도 기억나지 않았다.

내가 누구인지조차 알 수 없었다.

실마리를 찾아 입고 있던 옷가지를 살펴봤지만, 입은 것이라곤 가죽점퍼와 셔츠, 바지뿐 주머니에는 지갑조차 없었다. 주위 모래사장을 살펴봐도 조개껍데기와 자갈이 무수히 뒹굴고 있을 뿐 단서가 될 만한 것은 아무것도 보이지 않았다. 뿐만 아니라 사람이 살고 있음을 알려줄 법한 쓰레기도 전혀 없었다.

참으로 아름다운 모래사장이었다.

나는 몸을 굽혀 고둥을 주웠다.

크기는 건포도만 하고 색은 맑은 분홍색이었다. 지구에서 멀리 떨어진 다른 천체의 건조물 같았다. 이렇게 아름다운 것이 자연히 생겨나 모래사장에 무수히 뒹굴고 있다는 사실이 신비롭게 느껴졌다. 그리고 그 감정은 기시감처럼 뭔지 모르게 마음에 걸렸다. 아마 지금은 잊어버린 과거 어딘가에서 비슷한 감정을 품었던 적이 있으리라.

은색으로 빛나는 바다에는 섬 그림자 하나 보이지 않았다.

어떻게 하면 좋을지 몰라 멍하니 있는데 앞바다에 기이한 것이 나타났다.

소리도 없이 미끄러져 가는 작은 2량 열차였다. 모래사장에서 기껏해야 이백 미터쯤 떨어져 있어 동틀 녘의 바다 위에 비치는 차창 불빛이 선명하게 보였다. 왠지 모르게 향수가 느껴지는 정경이었다. 어디서 본 것 같은데 어디였는지 기억나지 않았다. 은색 바다에 인공적인 빛을 흩뿌리며 작은 열차는 모래사장과 평행으로 달려갔다.

나는 어안이 벙벙했다가 다음 순간 달리기 시작했다.

"이봐! 잠깐만! 기다려 줘!"

열심히 달렸지만 모래에 발이 빠져 생각만큼 뛰어지지 않았다. 꼭 꿈속에서 몸부림치는 느낌이었다. 그 동안에도 열차는 거침없이 달려 나와의 거리를 벌렸다. 이윽고 나는 숨이 차 멈춰 섰다. 그 순간 열차가 사라져 버렸다. 마치 바다가 열차를 집어삼킨 듯했다.

아무리 눈을 크게 뜨고 봐도 앞바다에는 은색 파도가 흔들리고 있을 뿐이었다.

나는 바다를 왼쪽에 두고 홀로 모래사장을 걸었다.

열차는 대체 뭐였을까. 그 정도로 똑똑히 보였는데 환영일 것 같지는 않았다. 하지만 열차가 보이지 않자 확신이 흔들리기 시작했다.

혹시 꿈을 꾸고 있나?

하지만 그것도 아닌 것 같았다. 모래에 발이 빠지는 감촉도, 거듭해서 밀려오는 파도 소리도, 뺨을 어루만지는 바닷바람도 모두 현실로 느껴졌다. 바닷바람이 불어와 젖은 몸이 와들와들 떨렸다. 이를 딱딱 맞부딪치며 걸었다.

이윽고 바다 너머에서 태양이 떠오르자 거인이 숨을 불어넣어 밤을 날려버린 양 순식간에 아침이 됐다. 바다는 눈부실 정도로 햇빛을 강렬하게 반사했다. 그때까지 시커먼 덩어리에 불과했던 숲도 아침 햇살을 받아 뚜렷하게 보였다. 확연히 열대의 숲이었다. 모래사장이 끝나는 곳에서 높직한 산으로 이어졌다. 숲에서는 새들의 기괴한 지저귐이 들려왔다.

그나저나 여기는 어디인가.

보이는 곳이라곤 굽이지며 뻗어가는 하얀 모래사장뿐이었다. 왼편은 수평선까지 아무것도 없는 광대한 바다, 오른편은 정체를 알 수 없는 열대의 숲이었다.

아무리 모래사장에 아무것도 없다고 해도 해안을 벗어나 숲속에 발을 들여놓을 용기는 없었다. 이상할 정도로 무성한 숲속은 태양이 떴는데도 어두워서 어떤 맹수가 숨어 있을지 알 수 없었다. 문득 '로빈슨'이라는 이름이 뇌리에 떠올랐다. 자기 이름도 모르면서 로빈슨 크루소의 이름은 기억이 날 줄이야.

이윽고 널따란 바위땅에 다다랐다.

검은 바위에 마른 바닷말이며 조개껍데기가 들러붙어 있었다. 어렵게 기어 올라가 정상에 섰을 때 나는 안도의 한숨을 쉬었다. 눈 아래에 아름다운 후미가 있고 바다를 향해 뻗은 잔교가 보였기 때문이다. 잔교 어귀에는 녹색 박공지붕의 오두막이 있었다. 그런 게 있는 것을 보면 이 해변에서 사람이 생활하고 있는 게 틀림없었다.

흡사 은신처 같은 후미였다. 작은 모래사장은 바위땅과 숲 그리고 맑은 바다로 둘러싸여 있었다. 숲에서 나온 작은 물줄기가 모래사장을 양분하며 바다로 흘러들었다.

나는 바위땅에서 내려와 모래사장을 가로질러 잔교 오두막으로 다가갔다.

간소한 목조 오두막은 칠도 거의 벗어져 있었지만, 사람 손으로 만들었다는 것만으로도 마음이 놓였다. 안에는 낚싯대와 노, 튜브 같은 것이 잡다하게 있었다. 나는 안으로 들어가 봤다. 바다를 내다보는 유리창 앞의 작은 나무 책상에 낡은 수첩과 공구, 쌍안경이 놓여 있었다.

나는 땀을 닦으며 지저분한 창문으로 밖을 내다봤다.

녹색을 띤 파란 바다와 길게 뻗은 잔교가 보였다. 배가 한 척도 없다는 게 묘하게 느껴졌다. 오두막 주인은 배를 타고 바다로 나갔는지도 모르겠다.

창유리에 얼굴을 갖다 대고서 앞바다를 살펴봤다.

저게 뭐지?

나는 쌍안경을 챙겨 들고 밖으로 나왔다. 그리고 잔교 끝까지 걸어가 앞바다를 봤다.

작은 섬이 있었다.

그런데 그 섬이 매우 기묘했다.

파도에 삼켜질 것처럼 얄팍해서는 모래사장이 거의 대부분인데 야자나무 몇 그루가 있었다. 하지만 무엇보다도 기묘한 것은 야자나무 그늘에 빨간 콜라 자동판매기가 있다는 사실이었다. 왜 그런 게 있을까. 뿐만 아니라 한 남자가 자동판매기에 몸을 기대듯 앉아 있었다. 어안이 벙벙해서 쌍안경을 들여다보는데, 남자가 이쪽으로 시선을 돌리더니 허둥지둥 일어섰다.

나는 쌍안경에서 눈을 떼고 손을 크게 저으며 소리쳤다.

"이봐요! 여기요! 이봐요!"

그러고는 다시 한번 쌍안경을 들여다봤다.

남자는 나를 향해 두 손을 크게 흔든 다음 모래사장으로 끌어올려 놨던 보트를 밀기 시작했다. 이쪽으로 돌아올 모양이었다. 나는 잔교에 주저앉아 바다를 향해 다리를 늘어뜨렸다. 맑은 바닷물 속에서 바닷말이 흔들리고 물고기가 헤엄쳤다.

"이거야 원, 이제 살았군."

나는 안도하며 남자를 기다렸다.

그게 '학파의 남자' 사야마 쇼이치와의 첫만남이었다.

남자는 흔들리는 보트에서 잔교로 펄쩍 뛰어 올라왔다.

후줄근한 빨강 티셔츠와 반바지 차림에 새까만 선글라스를 꼈고, 검게 타고 이목구비가 뚜렷한 얼굴은 수염이 까칠했다. 초등학생과 중년 남자가 뒤섞인 듯한 인상이었다.

그는 잔교에 보트를 매며 물었다.

"댁은 어디서 온 거지?"

"그건……."

나는 머뭇거렸다.

뭐라고 말하면 되는 걸까.

상대방은 의아한 듯 나를 쳐다보고 있었다.

"말할 수 없나?"

"저도 모르거든요."

나는 고개를 흔들었다. 몹시 한심한 기분이 들었다.

남자는 허리에 두 손을 얹고 가슴을 펴며 선글라스 렌즈 너머로 나를 응시했다. 빨간 셔츠 속 가슴팍은 우람하고 반소매 밖으로 나온 팔은 통나무 같았다. 검게 탄 얼굴은 무두질한 가죽 같은 광택이 흘렀다.

남자는 짜증스레 선글라스를 벗었다.

"자기 이름도 몰라?"

남자는 혀를 차며 내 어깨를 가볍게 질렀다.

"일이 성가시게 됐군."

남자는 붙임성 있는 웃음을 띠고 있었다. 눈이 반짝반짝 빛나면서 갑자기 젊어진 것처럼 느껴졌다. 선글라스와 검은 피부 탓에 나이가 더 들어 보인 것 같았다. 실제로는 서른 살도 안 됐을지도 모르겠다. 그나저나 남자의 말투는 더없이 명랑했다.

"기억나는 게 아무것도 없나?"

"정신이 들었더니 저기 모래사장에 쓰러져 있었는데요." 나는 바위땅 쪽을 가리켰다. "그보다 더 전 일은 아무것도 생각이 안 납니다."

"어젯밤에 폭풍이 불었지."

"난파된 걸까요."

"으음, 하지만 배는 못 봤는데."

우리는 잠시 침묵했다.

잔교에 부딪치는 파도 소리만이 크게 들렸다.

"도대체 뭐가 어떻게 된 건지." 남자는 말했다. "아침에 후미에 나가봤더니 저 괴상망측한 자동판매기 섬이 나타났더라고. 그걸 조사하러 갔더니 이번엔 댁이 나타났지. 외로운 섬 생활이 갑자기 급전개되기 시작했어. 하지만 여기엔 깊은 의미가 있거든."

"여기는 섬입니까?"

"아, 그것도 모르는군. 여기는 섬이야. 자세한 설명은 '관측소'로 돌아가서 해주기로 하고……. 그나저나 난 사야마 쇼이치라고 해. 도와주는 대신 댁은 내 조수가 되어 줘야겠어."

"……조수라고요?"

"그럼 이름이 없으면 곤란하겠군. 뭐가 좋으려나. 그래, 네모. 네모는 어때? 멋지지? '아무도 아니다'라는 뜻이니까 딱 맞잖아? 쥘 베른의 『해저 2만 리』는 알지? 자, 그럼 네모 군, 이제 가볼까!"

사야마 쇼이치는 곧바로 잔교를 걷기 시작했다.

나는 황급히 따라갔다.

"어디로 가는 거죠?"

"'관측소'라니까. 저 산 위에 보이지?"

사야마 쇼이치는 후미 뒤에 자리하는 숲을 가리켰다. 아닌 게 아니라 숲 저편, 다소 높은 산의 꼭대기 부근에 회색 건물이 보였다. 대체 뭘 '관측'한다는 걸까. 내가 의아하게 생각하고 있으려니 갑자기 사야마가 돌아보며 큼직한 주먹으로 내 가슴을 쳤다.

"네모 군, 설마 마왕의 자객은 아니겠지?"

바닷바람이 그의 뻣뻣한 곱슬머리를 날렸다.

"……마왕? 자객?"

나는 어안이 벙벙했다.

그러자 사야마는 긴장이 풀린 것처럼 웃었다.

"아니겠지. 자객치곤 너무 얼이 빠졌으니까."

사야마는 후미로 흘러가는 물줄기를 따라 걸어가 열대 밀림에 발을 들여놓았다.

짐승이나 다닐 법한 좁은 길이 구불구불 이어졌다. 조금이라도 길에서 벗어나면 방향을 잃을 것 같았다. 사야마 쇼이치는 허리에 찬 곡도曲刀로 키가 자란 풀을 솜씨 좋게 베며 걸었다. 이렇게 매일 오가면서 길을 유지하는 모양이었다. 그러지 않으면 밀림에 갇힌다고 했다. 도무지 뭐가 뭔지 알 수 없었지만 어쨌거나 따라가는 수밖에 없었다. 여기가 무인도라면 의지할 사람은 그밖에 없었기 때문이다.

중간에 개울에서 얼굴을 씻고 물을 마셨다.

"언제부터 이 섬에 있었죠?"

내가 묻자 사야마는 풀줄기를 씹으며 이야기했다.

"그게 언제였더라. 이젠 모르겠군. 이런 섬에서 혼자 살다 보면 모든 게 모호해지거든. 이 부근은 우기도 없고, 애초에 계절의 변화란 게 거의 없어. 하루하루가 판에 박힌 것처럼 지나가. 정말로 오늘 다음엔 '내일'이 오나. 혹시 오늘 다음에 '어제'가 오는 게 아닌가. 그런 생각도 들고."

이윽고 개울은 사라지고 숲은 한층 어두워졌다. 키 큰 나무들의 가지와 잎사귀가 엉켜 빛이 들지 못하는 것이다. 주위는 한증탕처럼 무더웠다. 햇볕에 탄 몸이 땀에 젖어 쓰렸다. 우리가 말없이 걷는 동안에도 여기저기서 새들의 울음소리가 들려왔다. 밀림이 쉴 새 없이 노래하는 느낌이었다.

"위험한 맹수 같은 건 없나요?"

"낮엔 괜찮아."

"밤에는요?"

"……밤에 산책하는 건 권하지 않겠어."

사야마 쇼이치는 그렇게만 말했다.

후미에서 산꼭대기의 관측소까지 30분 정도 걸렸다.

"어이구, 겨우 다 왔네."

사야마는 기쁜 듯이 말했다.

숲을 베어 인공적으로 만든 듯한 초지 안쪽에 사야마 쇼이치가 말하는 관측소가 있었다. 꽤 그럴싸한 건물이었다. 콘크리트 상자를 엇갈리게 쌓은 듯한 느낌으로, 맨 위 층은 밀림의 나무 꼭대기보다 더 높이 위치해 가로로 긴 유리창이 허옇게 빛났다. 저곳에서 내려다보면 이 섬과 바다가 한눈에 보일 것이다. 밀림 속에 용케도 이런 시설을 만들었다. 파르테논 신전의 기둥 같은 것이 초지를 둘러싸듯 늘어서 있었다.

건물 입구에는 좌우로 열리는 커다란 자동문이 있고, 문 위에 박힌 금속 플레이트에 다음과 같이 쓰여 있었다.

너와 관계없는 일을 이야기하지 말라.

그리하지 않으면 너는 원치 않는 것을 듣게 되리라.

"어째 수수께끼 같은 말이군요."

"의미심장하지. 이 관측소가 처음 생겼을 때부터 저기 있었던 거야."

"누가 이런 건물을 세운 겁니까?"

"서두르지 말라고. 조만간 설명해 줄 테니까. 자, 들어와."

뜻밖에 건물 안은 냉방이 되는지 시원했다.

들어가서 바로 왼쪽에 공항 대합실처럼 널찍한 로비가 있었다. 바깥 초지를 면한 벽은 전체가 유리였다. 햇빛이 비쳐드는 로비 한가득 색깔도 형태도 각기 다른 소파와 의자가 놓여 있었다. 마치 온갖 과일을 방 안 가득 흩어놓은 것 같았다. 오래된 탐정 사무소에서 먼지를 뒤집어쓰고 있을 법한 게 있는가 하면 미래의 우주 정거장에 있을 법한 것도 있었다. 전부 제각기 다른 방향을 향해 놓여 있었다.

"왜 의자가 이렇게 많죠?"

"사람에게는 저마다 앉아야 할 의자가 있으니까."

사야마는 로비를 가로질러 계단을 올라갔다.

2층도 1층처럼 넓은 공간이었지만 로비와는 다른 느낌으로 어질러져 있었다. 커다란 페르시아 양탄자를 깐 바닥은 서류와 노트, 책 더미 때문에 발 디딜 틈이 없었다. 통신기와 상자 사이에 간이침대도 있었다. 벽에는 빨간 펜으로 이것저것 메모한 해도海圖 같은 것이 붙어 있었다.

그곳이 사야마 쇼이치의 방인 듯했다.

"안에 샤워실이 있으니까 쓰라고." 사야마는 말했다. "댁의 방은 이 위에 있는 전망실이야. 간이침대밖에 없지만 이런 섬에서 너무 많은 걸 바라지 말아 줘."

"고맙습니다."

"자, 이제 이 섬의 전모를 보여줄까."

사야마는 그렇게 말하며 3층 전망실로 안내해 주었다.

이름에 걸맞게 과연 전망이 훌륭했다. 두꺼운 유리창 밖으로 수평선이 크게 호를 그린 모습이었다. 아까 사야마를 만난 후미와 잔교가 보였다. 앞바다에는 자동판매기가 있는 작은 섬이 떠 있었다. 그 밖에 보이는 것이라곤 울창한 밀림과 섬 하나 없는 바다 그리고 파란 하늘뿐이었다.

“작은 섬이지? 두 시간이면 해안을 따라서 한 바퀴 돌 수 있어. 해안선을 조사하는 것도 내 일이라서.”

정말 이곳은 절해고도인 듯했다.

나는 얼마 동안 망연자실했다.

“바다만 펼쳐져 있는 것처럼 보이잖아?” 문득 사야마가 말했다. “하지만 여기는 군도거든.”

“……다른 섬은 안 보이는데요.”

“마술적 군도니까. 곧 알게 될 거야.”

우리는 계단을 내려와 사야마의 방으로 돌아왔다.

어질러진 방으로 보건대 사야마 쇼이치는 이 섬에서 오래 산 게 분명했다. 대체 어떤 인물일까. 하지만 똑같은 의문이 나에게로 이어졌다. 나 자신에 대해 아무것도 아는 게 없는 내가 그에 대해 이러쿵저러쿵할 자격은 없었다.

사야마가 커피 원두를 가는 동안 나는 세면실에서 적셔온 타월로 땀을 닦으며 창밖을 바라봤다. 이윽고 커피가 추출되기 시작하자 실내에 좋은 향기가 감돌았다. 사야마는 페르시아 양탄자 한구석을 치워 내가 앉을 자리를 마련해 주었다.

우리는 캄캄한 밤처럼 진한 커피를 마셨다.

"맛은 어때?"

"긴장이 풀리는데요."

"최소한 커피가 있는 나라에서 왔다는 뜻이군."

사야마는 어린애 같은 웃음을 지었다.

"자네는 신뢰할 수 있는 인물이라고 믿겠어. 그러니까 이렇게 관측소까지 안내해 준 거고, 자네 내력에 대해 아무것도 모르지만 재워주겠다는 거니까."

"고맙습니다."

"나는 이 섬에서 오래 살았어. 기후, 식물, 동물, 이 섬에 관해서는 모르는 게 없지. 말하자면 이 섬의 지배자 같은 거야. 자네가 예의를 지키는 한 자네를 손님으로 대할 거야. 하지만 자네가 은혜를 모르고 행동하면 나도 그에 맞게 대할 테니까 명심하라고."

내가 정색하고 고개를 끄덕이자 사야마는 만족스러운 표정을 지었다.

"자기가 어디에 있는 건지 궁금하겠지. 정확한 위치를 알려줄 순 없지만 이 섬은 대략 북위 28도에 위치하고 있어. 적도 바로 밑은 아니지만 해류의 영향도 있어서 기후 면에서는 열대라 해도 될 테지. 1년 내내 기온이 섭씨 15도 밑으로 내려가는 일은 없어. 아까도 말했다시피 우기다운 우기는 없지만 가끔씩 맹렬한 스콜이나 폭풍이 올 때가 있어. 어젯밤 폭풍은 꼭 세계의 종말 같았지. 아주 무시무시했어."

나는 폭풍을 만난 배를 상상해 봤다.

하지만 아무런 감정도 들지 않았다.

"……기억이 안 납니다."

"그렇게 걱정할 것 없어, 네모 군. 조바심 낸다고 어떻게 될 일도 아니니까."

사야마 쇼이치는 내 어깨를 치며 명랑하게 웃었다.

"일단 좀 쉬고 나서 일을 도와줘. 잠자리를 제공해 주는데 그 정도는 해 줘야지. 이 섬은 만성적인 일손 부족에 시달리고 있거든."

그날 오후 나는 담담히 일했다.

일의 태반은 풀베기였다. 사야마와 함께 관측소 뒤로 가자 커다란 잎사귀가 괴물 무리처럼 우거졌고 콘크리트 벽도 덩굴로 뒤덮여 있었다.

"조금만 게으름 피우면 이렇다니까."

사야마는 혀를 찼다.

"나 혼자선 감당이 안 돼. 자네가 와 줘서 다행이야."

나는 밀짚모자를 쓰고 사야마가 준 낫으로 계속 풀을 벴다. 관측소 뒤가 그늘이기는 했지만 김이 오르는 게 보일 것처럼 무더웠다. 사야마는 벽에 사다리를 대고 올라가 질긴 덩굴을 상대로 곡도를 휘둘렀다. 그렇게 담담히 일하다 보면 공연한 생각은 들지 않았다. 풀베기를 끝낸 다음에는 낮잠을 자고, 그 뒤 관측소를 청소했다.

어느새 나무 꼭대기가 석양에 불타고 있었다.

"오늘은 이쯤 할까. 샤워하고 저녁을 먹지."

저녁 메뉴는 소박했다. 건빵과 생선 통조림 그리고 이 섬에서 사야마가 발견했다는, 입이 비뚤어질 정도로 시어 빠진 감귤류. 대신 위스키는 얼마든지 있어서 사야마는 해적이 럼주를 마시듯 호쾌하게 마셨다. 음식과 술은 어디에서 조달하는 걸까. 사야마는 그저 "우아한 로빈슨이지?" 하고 유쾌하게 말할 뿐이었다.

밤이 깊어지자 창밖은 캄캄해 아무것도 보이지 않았다.

"자네는 얼마 동안 여기 관측소에서 살게 될 거야. 죄수가 아니니까 일이 없을 땐 마음대로 지내도 돼. 관측소 안을 자유롭게 다녀도 되고. 하지만 밤에는 밖으로 나가지 말아 줘. 위험하니까."

"맹수라도 나옵니까?"

"그런 거지."

"주의하죠."

"밖으로 나가봤자 어두운 숲밖에 없어."

이윽고 기분 좋게 술기운이 올랐다. 오후 내내 풀베기와 청소를 한 탓에 몸은 녹초가 되어 있었다. "그만 자겠습니다" 하며 내가 전망실로 가려고 하자 사야마는 "자, 여기"라며 사진 한 장을 내밀었다.

"가엾은 네모 군한테 외로운 밤을 달래줄 걸 주지."

스무 살쯤 된 젊은 여자가 아무도 없는 모래사장에 서 있는 사진이었다. 간소한 옷을 입고 바닷바람에 날리는 머리를 붙들며 바다 저편을 바라보고 있었다. 아침인지 저녁인지 황금빛 햇살이 온몸을 비추었다. 사진을 찍은 사람도 그 순간의 숭엄함에 감동받은 게 틀림없었다. 사진을 보고 있으려니 당장이라도 그녀가 돌아보며 웃어줄 것 같았다.

이내 정신을 차리자 사야마가 나를 응시하고 있었다.

"본 적 있는 여자야?"

나는 고개를 흔들었다. 실제로 기억에 없었다.

"그런 것치곤 꽤나 열심히 쳐다보던데. 반했군?"

"설마요."

"감출 것 없어. 자네 기분은 잘 아니까."

나는 사진을 돌려주려고 했지만 사야마는 "그냥 갖고 있어"라고 했다.

"아름다운 아가씨 사진엔 긴장을 풀어주는 효과가 있거든. 이런 외딴 섬에서 온정신으로 버티려면 그런 '부적'이 필요하지. 부끄러워할 것 없어. 나도 처음 이 섬에 파견됐을 땐 이 아가씨 사진을 품에 안고 잤으니까."

결국 사야마는 사진을 내게 억지로 떠넘겼다.

"잘 자라고, 네모 군."

"안녕히 주무세요, 사야마 씨."

나는 전망실로 올라갔다.

유리창으로 다가가 블라인드를 올리자 밤의 정경이 눈 아래 펼쳐졌다. 나무 꼭대기는 달빛을 받아 금속처럼 빛나고 어두운 바다 저편은 별이 총총한 하늘과 하나로 녹아 있었다. 그런 정경을 보고 있으려니 관측소가 우주 공간을 표류하는 듯한 착각에 사로잡혔다. 발밑에 육지도 바다도 없고 그저 시커먼 허공만이 있는 것 같았다.

창가에 작은 책상과 전기스탠드가 있었다.

스탠드를 켜자 어두운 창에 내 얼굴이 비쳤다.

이십 대 중반쯤으로 보이는 젊은 남자. 지저분한 셔츠를 입고 수염이 꺼칠하게 자랐다. 이게 정말 나일까. 낯선 타인으로만 보이는데.

너는 대체 누구지?

나는 오랫동안 그 모습을 응시했다.

이렇게 해서 나는 그 섬에서 살게 됐다.

할 일은 얼마든지 있었다. 풀베기는 일과였고 관측소 설비를 정비하고 물자도 정리해야 했다. 담담히 일을 해나가는 사이에 어느새 하루가 지나갔다. 며칠도 안 돼서 그 생활에 완전히 익숙해졌다.

특히 섬 순찰은 즐거웠다.

아침 공기가 아직 선득할 때 우리는 준비를 하고 관측소를 나선다. 숲을 걷는 사이에 해가 뜨면 마치 물속에서 떠오르듯 섬 전체가 깨어나는 게 느껴진다. 몇 번을 봐도 싫증나지 않는 경험이었다. 나뭇가지에서 지저귀는 선명한 색상의 새들, 열대의 나무들 사이를 날아가는 나비 떼, 달콤한 향기를 풍기는 과일나무 군락.

사야마는 섬을 돌아다니며 여러 가지를 보여주었다. 이 섬에 관해 그는 모르는 게 없는 것 같았다.

"섬은 작아도 심오하지?"

사야마는 언제나 명랑하고 친절했다.

한편으로 수수께끼투성이 인물이기도 했다.

가령 함께 모래사장을 걷고 있을 때 사야마는 문득 얼어붙은 것처럼 멈춰 서서 바다 저편을 응시할 때가 있었다. 마치 낯선 곳에 버려진 어린애 같은 눈빛으로. 그런 때는 아무리 말을 걸어도 소용없었다. 얼마 동안 놓아두면 그는 아무 일도 없었다는 듯이 다시 걷기 시작했다. 아마도 너무 오랫동안 고독하게 살았기 때문일 것이라고 생각했다. 세상의 끝 같은 이런 곳에 혼자 살면서 온전한 정신을 유지하기는 쉽지 않다.

그나저나 알 수 없는 일투성이였다.

이 관측소는 무엇을 위해 세워졌나.

사야마 쇼이치는 왜 이런 곳에서 살고 있나.

단서가 될 만한 것 중 하나가 사야마의 방에 걸려 있는 '해도'였다. 관측소에 온 첫날부터 마음에 걸렸는데, 모눈으로 나뉜 바다에 수많은 섬들이 흩어진 모습이었다. 수치와 암호 같은 말이 빨간 펜으로 기입되어 있었다.

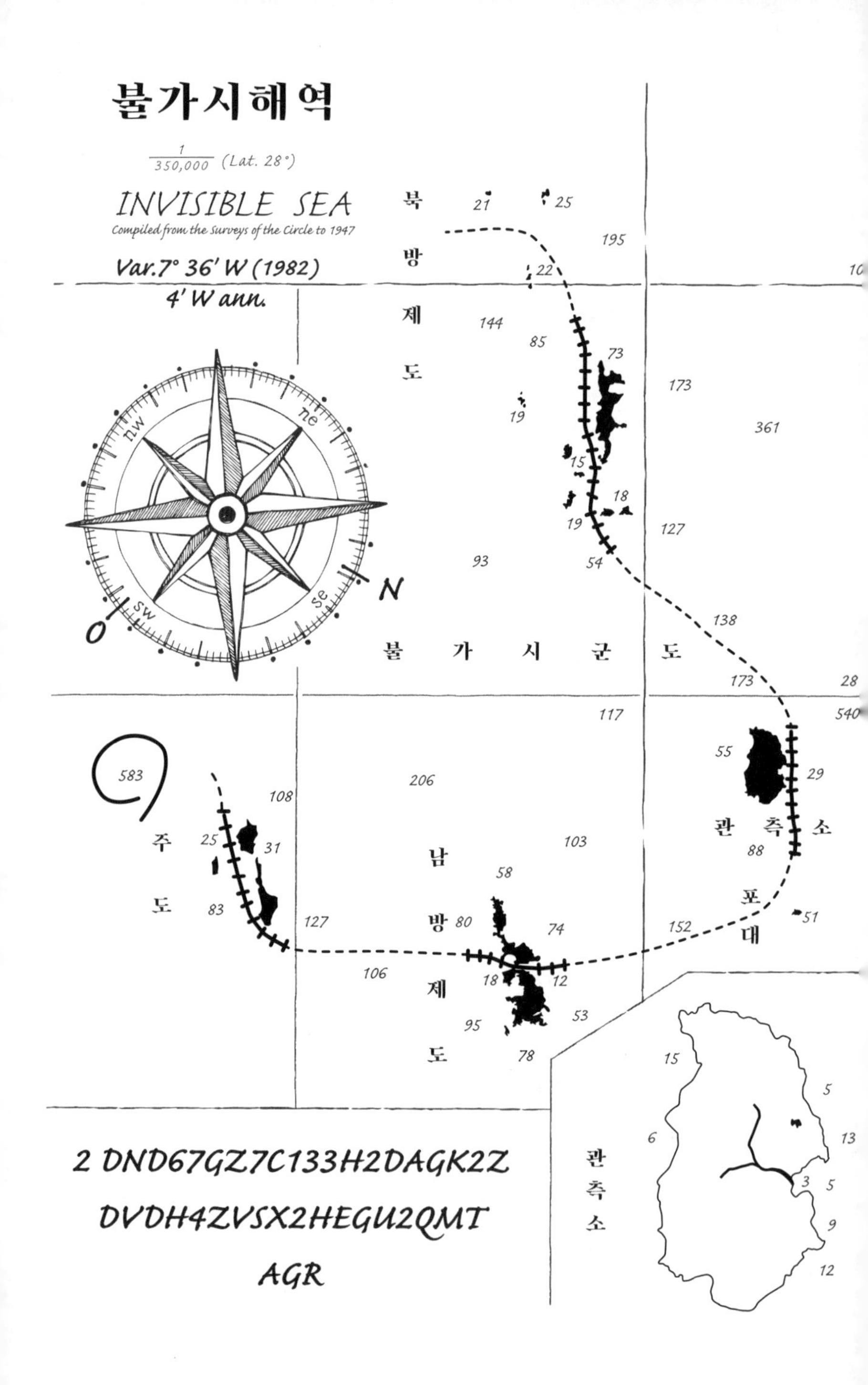
불가시해역
1/350,000 (Lat. 28°)
INVISIBLE SEA
Compiled from the Surveys of the Circle to 1947
Var.7° 36' W (1982)
4' W ann.
nw
ne
sw
se
N
O
북방제도
불가시군도
남방제도
주도
관측소
포대
관측소
21
25
195
22
144
85
73
173
361
19
15
18
19
127
93
54
138
173
28
117
540
55
29
583
206
108
25
31
103
88
58
83
127
80
74
152
51
106
18
12
53
95
78
15
5
6
13
3
5
9
12
2 DND67GZ7C133H2DAGK2Z
DVDH4ZVSX2HEGU2QMT
AGR

해도를 여러 번 바라보는 사이에 나는 '관측소'라고 적힌 작은 섬을 발견했다.

전에 전망실에서 사야마가 한 말이 떠올랐다.

여기는 군도거든.

이상한 말이었다. 해도가 맞는다면 이 섬 주변에 다른 섬들이 보여야 한다. 하지만 전망실에서는 섬이 전혀 보이지 않았다.

어느 날 아침 커피를 마시면서 해도를 보고 있으려니 사야마가 다가와 물었다.

"어떻게 생각해, 네모 군?"

"이게 이 섬 주변 바다입니까?"

사야마는 "그래"라며 고개를 끄덕였다. "이 섬들은 '눈에 보이지 않는 군도'라고 불리지."

사야마는 해도의 섬들을 가리키며 이야기했다.

"이 섬들은 존재와 비존재의 틈새에 있어. 하지만 현재 존재한다고 말할 수 있는 건 관측소가 있는 섬, 즉 우리가 사는 이 섬뿐이야. 주위 섬들의 존재는 항상 유동적이야. 어떤 때는 존재하고 어떤 때는 존재하지 않아. 그러니까 엄밀히 말하자면 '눈에 보이지 않는 군도'라는 명칭은 옳지 않아. 보이지 않는 게 아니야. 그게 보이지 않는 관측자에겐 정말로 존재하지 않으니까. 하지만 보일 때는 분명히 존재해서 상륙하는 것도 가능하지. 그게 다가 아니라고. 이 해역에선 그 외에도 여러 이상한 일이 벌어지거든. 가령……."

사야마는 검지로 해도를 가리켰다.

열차 선로 같은 것이 섬들 사이를 누비고 있었다.

"이게 뭔지 알겠어?"

나는 고개를 갸웃했다. "아뇨."

"바다 위를 달리는 열차라고. 난 몇 번 본 적이 있어."

나는 나도 모르게 "앗" 하고 소리쳤다. 동틀 녘의 바다 위를 달리는 열차가 뇌리에 떠올랐다. 수면에 반사되는 차창 불빛이 생생하게 기억났다.

"그래, 네모 군도 그걸 봤군?" 사야마는 만족스레 말했다. "역시 내 예상이 맞았어."

그날 사야마 쇼이치가 이야기해 준 것은 그것뿐이었다. 하지만 그것으로 관측소의 목적과 그가 이곳에 있는 이유를 어렴풋이 알 것 같았다. 이 해역에는 어떤 비밀이 있고 사야마는 그것을 연구하는 게 임무인 모양이었다.

밤이 되면 우리는 함께 술을 마시며 내용 없는 잡담을 주고받았다.

실제로 내용이 없는 대화였다. 어쨌거나 나는 내가 누구인지 알지 못하는 데다가 사야마도 자신의 내력을 이야기하지 않았기 때문이다. 과거도 미래도 없는 남자 둘이 할 수 있는 이야기는 한정되어 있다. 화제는 그날 섬에서 보고 들은 것과 망상 정도다. 그래도 이상하게 따분하지는 않았다. 그건 그것대로 즐거운 시간이었다.

취하면 사야마 쇼이치가 하고 싶어 하는 놀이가 있었다.

그 놀이를 '산다이바나시'라고 하는 모양이다. 내가 서로 관계없는 단어를 세 개 내놓으면 사야마는 그것을 교묘하게 이용해 즉흥으로 이야기를 지어내는 것이다. 어떻게든 콧대를 꺾어 보겠다고 지혜를 쥐어짜서 절대 연결될 것 같지 않은 단어를 선택하는데도, 사야마가 갈팡질팡한 적은 한 번도 없었다. 그런 놀이를 되풀이하는 사이에 밤이 깊어졌다. 이윽고 나는 전망실로 돌아가 잠자리에 들곤 했다.

지금 생각하면 사야마 쇼이치는 그런 식으로 하루하루를 보내면서 나라는 인간의 '정체'를 파악하려고 한 건지도 모른다. 그러면서도 그는 한 번도 내 과거를 캐려 하지 않았다. 오히려 "기억나는 게 있어도 가슴에 묻어 둬"라고 했다.

"추억을 선불리 이야기하는 게 아니야" 사야마는 말했다. "최소한 상대방은 가리라고."

"어차피 이야기할 상대도 없는데요."

"……곧 알게 될 거야."

사야마는 그렇게 말하며 체념 어린 미소를 지었다.

나 또한 사야마의 일에 관해 캐려 들지 않았다. 내가 알아야 할 일이 있다면 사야마가 이야기해 줄 것이다. 어쨌거나 나는 사야마의 말을 따를 수밖에 없었다. 사야마가 로빈슨 크루소라면 나는 프라이데이였다. 아니, 프라이데이보다도 훨씬 무력한 인간이라 할 수 있었다. 잠자리와 식사에 보답하겠다는 정도는 아니지만 사야마 쇼이치가 하는 일에 최대한 협조하자. 나는 그런 식으로 생각하고 있었다.

2주 정도가 지났을 무렵이었다.

"네모 군, 내일은 드디어 모험을 떠나볼까."

"……어디로 말입니까?"

"자동판매기가 있는 섬을 한 번 더 조사해 볼 생각이야."

잔교가 있는 앞바다의 얄팍한 섬을 말하는 것이다. 나는 사야마 쇼이치를 처음 만난 날 아침을 돌이켜봤다. 지난 2주간 사야마와 나는 이 섬을 구석구석 돌아다녔지만, 그 기묘한 섬으로 건너간 적은 한 번도 없었다. 사야마가 화제에 올린 것도 처음이었다.

"그 섬은 뭐죠?"

"모르니까 조사한다는 거잖아." 사야마는 말했다. "게다가 시원한 콜라를 마실 수 있다고."

"물론 같이 가겠습니다."

내가 고개를 끄덕이고 전망실로 돌아가려고 하자, 사야마 쇼이치가 "네모 군" 하고 불렀다. 돌아보자 그는 양탄자에 책상다리를 하고 앉아서 두 팔을 벌린 채였다.

"자네가 나타나 줘서 정말 다행이야. 그날 자네를 보고 내가 얼마나 기뻤는지 자네는 아마 상상도 못 할 거야."

"갑자기 뭡니까." 나는 웃었다. "사야마 씨, 취했군요?"

"가슴 설레는 거야."

"안녕히 주무세요."

"잘 자, 네모 군. 좋은 꿈 꾸고."

나는 전망실로 올라갔다.

간이침대에 누워서도 '내가 얼마나 기뻤는지'라는 사야마의 말이 귓전에 계속 되살아났다. 무슨 뜻일까. 물론 내가 표류해 온 것이 사야마의 고독을 달래준 면은 있을 것이다. 하지만 말투로 보건대 그 말에는 보다 복잡한 의미가 들어 있는 것 같았다. 마음에 걸리는 것은 자동판매기가 있는 섬이었다. 사야마를 처음 만났을 때도 그는 그 기묘한 섬을 조사하는 중이었다. 섬이 나타난 것과 동시에 내가 나타났다고도 말했다. 혹시 사야마가 말하는 '눈에 보이지 않는 군도'와 관계있을까.

그런 생각을 하다 보니 영 잠이 오지 않았다.

나는 머리맡에 둔 사진을 집었다.

지난 2주 동안 나는 거의 매일 밤 사진을 봤다. 아닌 게 아니라 그 사진은 사야마의 말처럼 '부적' 같은 안도감을 주었다. 정말이지 신비스러운 여자였다. 차가운 것 같은가 하면 다정할 것도 같았다. 친숙한 느낌도 들었다. 얼굴 윤곽을 더듬고 몸짓을 상상하고 있노라면 어쩐지 기분이 좋아졌다. 그건 내가 이 사진 속 여자와 사랑에 빠졌기 때문인가, 아니면 그녀의 외모가 내 잃어버린 기억을 자극했기 때문인가.

이윽고 나는 꾸벅꾸벅 졸기 시작했다.

그리고 신경 쓰이는 꿈을 꿨다.

꿈속에서 나는 어둑어둑한 찻집에 있었다. 상판이 두껍고 검게 윤이 흐르는 긴 테이블이 늘어 놓여 있고, 학생인 듯한 젊은

이며 백발 남자가 커피를 마시면서 느긋하게 시간을 보내고 있었다. 나는 거리에 면한 창가 자리에 앉아 널찍한 창으로 드는 어슴푸레한 빛을 쬐고 있었다. 사람들의 속삭임과 스푼으로 커피를 젓는 소리, 묵직한 출입문이 열리는 소리가 들렸다.

내 맞은편에는 사진 속의 여자가 앉아 있었다.

무슨 이야기를 했는지는 기억나지 않는다. 그녀가 친근하게 말을 걸어주는 것만으로 나는 뭐라 말할 수 없이 즐거운 기분이 들었다. 그녀는 이따금 입을 다물고 창밖으로 시선을 돌렸다. 수족관의 수조 같은 커다란 창 밖에는 하얗고 보드라운 눈이 흩날리고 있었다. 이윽고 그녀는 손가락으로 작은 물체를 집어 우리 사이에 있는 떡갈나무 테이블에 놓았다. 건포도만한 크기의 조개껍데기인데 맑은 분홍색을 띠고 있었다. 지구에서 멀리 떨어진 다른 천체의 건조물 같았다.

그녀는 가느다란 손가락을 조개껍데기에 갖다 대며 말했다.

"너와 관계없는 일을 이야기하지 말라. 그리하지 않으면 너는 원치 않는 것을 듣게 되리라."

마치 노래하는 것처럼 아름다운 목소리였다.

그 순간 나는 흠칫 놀라 눈을 떴다. 어둑어둑한 찻집의 웅성거림도, 커피 향도, 창문으로 비치는 희끄무레한 빛도 전부 순식간에 사라져 버렸다.

나는 천장을 올려다보며 꿈을 되새겨 보았다.

무척 생생한 꿈이었다. 흡사 현실의 기억 같았다. 나는 머리맡의 사진을 집어 들고 어둠 속에서 여자를 응시했다. 가슴이

미어지는 듯한 친숙함을 느꼈다. 혹시 이 여자를 만난 적이 있는 걸까.

그때 갑자기 관측소 밖에서 야수의 포효가 들려왔다.

일어나 블라인드 틈으로 밖을 내다봤다. 아직 날이 밝으려면 더 있어야 하는지 온통 어두웠다. 한 번 더 포효가 들려왔다. 섬에서 생활하게 된 뒤로 포효는 종종 내 잠을 깨웠다. 여느 때는 야수가 멀리 가버릴 때까지 기다렸다가 잤지만, 그날 밤 나는 전망실에서 몰래 빠져나왔다. 대체 어떤 짐승인지 모습을 보고 싶었다.

계단을 내려가자 사야마의 방에 불이 켜져 있었다. 하지만 사야마의 모습은 어디에도 없었고 화장실이나 샤워실을 쓰는 것 같지도 않았다.

나는 이상하게 생각하며 1층 로비까지 내려갔다.

텅 빈 로비는 푸르스름한 달빛이 비쳐들어 신전의 홀 같은 분위기가 감돌았다. 여러 소파와 의자가 리놀륨 바닥에 그림자를 드리우고 있었다. 유리 밖으로 내 흐릿한 그림자와 겹쳐진 검은 숲과 초지가 보였다.

그러나 사야마 쇼이치의 모습은 어디에도 없었다.

그때 숲 속에서 또다시 포효가 들려왔다.

나는 소파에 앉아 달빛이 비추는 초지를 바라봤다.

이윽고 초지와 검은 숲의 경계 언저리에서 커다란 그림자가 꿈틀꿈틀 움직이는 게 보였다. 흡사 밀림의 어둠이 생명을 얻어 달빛 아래로 기어 나온 것 같았다. 왕 같은 관록을 떨치며 그림자는 천천히 초지를 걸어왔다. 달빛을 받은 몸뚱이는 파르스름하게 인광을 발하는 듯 보였다.

커다란 호랑이였다.

호랑이는 천천히 관측소 앞까지 오더니 머리를 낮추고 입을 벌려 내 눈앞을 좌우로 왔다 갔다 했다. 우리 사이를 막고 있는 것은 유리 한 장뿐이라 호랑이가 내 앞으로 올 때마다 뜨겁고 비릿한 숨결이 느껴지는 것만 같았다.

나는 얼어붙은 듯 움직이지 않았다. 정확히 말하면 움직일 수 없었다. 호랑이의 아름다움에 매료되어서였다.

호랑이는 유리 너머에 눕더니 조각상처럼 꼼짝도 하지 않고 뭔가를 호소하듯 나를 쳐다봤다. 몹시 쓸쓸해 보이는 눈이었다. 자신이 왜 이런 곳에 있는지 모르겠다는 것 같았다.

그때 나는 비로소 깨달았다.

호랑이는 사야마 쇼이치였다.

이튿날 아침, 나는 전망실의 간이침대에서 잠이 깼다.

블라인드를 걷으니 동쪽 하늘이 부옇게 밝아오고 있었다.

계단을 내려가자 사야마 쇼이치는 자기 방 구석에 있는 부엌에서 아침식사를 준비하고 있었다. 샤워를 했는지 웃통을 벗고 목에 얇은 타월을 걸치고 있었다. 그는 프라이팬에 두툼한 베이컨을 넣으며 나를 불렀다. "네모 군." 그때 프라이팬에서 기름이 튀었는지 "앗, 뜨거!" 소리치며 털이 난 가슴을 탁탁 쳤다.
"요리할 때는 옷을 입어야죠." 나는 말했다.

"알몸으로 요리하면 힘이 솟거든. 내면의 야성이 눈뜨는 것 같지."

베이컨 굽는 냄새가 커피 향과 섞였다. 사야마가 요리하는 동안 나는 테이블을 닦았다.

"어제 한밤중에 호랑이를 봤지?" 베이컨에그를 먹으며 사야마 쇼이치가 불쑥 말했다. "그건 나야."

나는 어안이 벙벙해서 사야마를 쳐다봤다.

혹시 꿈이었던 게 아닐까 의심하고 있었기 때문이다.

"놀랐군?"

"그야 놀라죠."

"용케 내 지시를 따라줬다 싶어. 호랑이로 변신한 동안 내 이성은 느슨하거든. 네모 군이 태평하게 밖으로 나왔다면 서슴없이 덥석 물었을 거야."

"장난치는 건 아니겠죠?"

"믿지 않아도 돼."

"……선천적으로 그런 겁니까?"

"이거 봐, 선천적으로 호랑이로 변신하는 인간이 어디 있어? 이건 아마 이 섬에서 너무 오래 살았기 때문일 거야. 가끔씩 기억이 없을 때가 생기면서 점점 상황을 알게 됐지. 호랑이인 동안의 기억도 단편적으로는 나."

"대체 왜 그런 일이 있는 겁니까?"

"여기는 불가사의한 해역이라고, 네모 군. 하지만 호랑이가 되는 것도 의외로 나쁘지 않아. 네 발로 섬을 달리다 보면 무서울 게 아무것도 없는 것처럼 느껴진단 말이지. 꼭 세계와 하나가 된 기분이야. 게다가 뛴 다음엔 컨디션도 아주 좋거든."

"호랑이는 밤에만 되는 겁니까?"

"……아마. 그래도 조심은 해 줘."

"조심하겠습니다" 하고 나는 중얼거렸다.

그렇게 식사를 마친 다음이었다.

사야마 쇼이치는 커피를 마시며 말했다.

"네모 군, 지난 2주 동안 자네는 훌륭하게 내 조수로 일해 줬어. 신뢰할 만한 인물이라는 걸 스스로 입증한 거지. 그래서 이제 자네에게 이 관측소의 존재 이유를 설명해 주고 싶군. 이제부터 우리는 새로운 모험에 나설 건데, 그 모험의 의의를 자네가 꼭 이해해 줬으면 하거든."

진지한 말투에 나는 자세를 바로 했다.

"알겠습니다. 가르쳐 주십시오."

사야마는 "좋아"라며 고개를 끄덕이고 테이블을 벗어나 해도 앞에 섰다.

"난 '학파'에서 파견됐어."

"……'학파'라고요?"

"아주 오래전부터 이 해역을 조사하는 기관이야. 학파가 여기 관측소를 세우고 오랜 세월을 들여 이 해도를 작성했어. 하지만 해역에서 발생하는 불가사의한 현상은 학파가 창설되기 훨씬 전부터 알려져 있었지."

대항해 시대 이전으로 거슬러 올라간다.

당시 이미 이 해역에서 발생하는 수수께끼 같은 현상에 대한 소문이 선원들 사이에 있었다. 『천일야화』에도 그 전설을 근거로 한 듯한 이야기가 있다고 한다. 대다수의 선원은 이 해역을 피해 다녔다. 그 때문에 해적들에게는 더없이 좋은 은신 장소였지만, 그들 같은 무법자들조차 이 바다에 오래 머물기를 꺼렸다고 한다. 상륙했던 섬이 하룻밤 사이에 가라앉았다는 둥, 바다 위를 달리는 괴물을 봤다는 둥, 기분 나쁜 소문이 여럿 있었기 때문이다. 『천일야화』에 따르면 달의 운행조차 마음대로 할 수 있는 강대한 마신이 이 해역에 마법을 걸었다고 한다.

물론 그런 바다의 전설은 세계 각지에 있거니와 과거에는 드물지도 않았다. 하지만 그것들은 후세로 내려오면서 합리적 지식의 범주에서 밀려났다. 바야흐로 이 해역을 둘러싼 수수께끼를 진지하게 대하는 사람은 없다.

"하지만 그건 잘못된 거야."

사야마 쇼이치는 해도를 탁 치며 말했다.

"얼마 전에 내가 '눈에 보이지 않는 군도' 이야기를 했지. 요새는 그걸 선원의 환각이거나 황당무계한 뜬소문으로만 보고 무시하거든. 수수께끼를 풀기 위해 노력을 거듭하는 건 오로지 학파뿐이야. 내가 이 관측소에서 지내온 건 그 때문이지."

이 사람은 지금 나를 데리고 장난치는 건가?

순간 그런 의심이 떠오를 만큼 너무나도 장대한 이야기였다.

하지만 나 같은 사람을 속여서 얻을 수 있는 게 있을 것 같지도 않았다. 게다가 농담치고는 규모가 너무 컸다. 거대한 관측소, 대량의 물자, 사야마의 방에 무더기로 쌓인 자료, 치밀하게 그린 해도…….

나는 싸늘하게 식은 커피를 마시고 말했다.

"학파의 목적은 그 수수께끼를 푸는 거죠?"

"그렇지."

"하지만 이런 무인도에 시설을 세우는 건 쉬운 일이 아닌데요. 막대한 자금과 노력이 듭니다. 그렇게까지 투자할 만한 뭔가가 있는 겁니까?"

"훌륭한 지적이야, 네모 군."

사야마 쇼이치는 만족스레 고개를 끄덕였다.

"확실히 학파는 이 해역의 수수께끼를 풀려 하고 있어. 하지만 진짜 목적은 그 다음에 있지. 이 해역의 불가해한 현상을 성립시키는 기술, 즉 '창조의 마술'을 손에 넣는 게 우리 목적이야."

사야마 쇼이치는 옆에 쌓여 있는 책 더미에 손을 뻗어 맨 위에 놓여 있던 종이 서류철을 집었다. 속에는 클립으로 묶은 서류가 들어 있었다. 그는 사진 한 장을 빼서 내게 보여주었다.

"이 인물을 본 적 없어?"

나무 테이블에 턱을 괴고 먼 곳을 바라보는 남자의 사진이었다. 아름다운 은발을 길게 길렀고 나이는 오십 대쯤으로 보였다. 엄격하고 위엄 있는 왕 같은 풍모인데 기름한 눈매는 요염한 미녀 같았다.

"기억이 없는데요. 누굽니까?"

"마왕이야."

잔교에서 만났을 때 사야마가 했던 말이 생각났다.

마왕의 자객은 아니겠지?

"어떤 사람이죠?"

"이 인물이 다름 아닌 눈에 보이지 않는 군도의 '지배자'야. 아니, 정확히 말하면 '창조자'라고 하는 게 낫겠군. 이 해역의 섬들은 모두 이 남자가 만들어 내고 있으니까."

사야마는 사진을 가리켰다.

"여기 놓여 있는 걸 잘 봐둬."

나는 사진에 얼굴을 가져갔다. 사야마가 가리킨 것은 테이블에 놓인 작은 나무 상자였다. 마왕은 왼손으로 턱을 괴고 오른손을 상자에 대고 있었다. 도서 카드나 메모를 정리할 때 쓰는 카드 상자 같았다. 그런 생각을 하면서 나는 어떻게 그런 것을 알고 있는 걸까 이상하게 생각했다.

"이게 마왕의 카드 상자야. 이 작은 나무 상자가 바로 마왕이 부리는 '창조의 마술'의 원천이거든. 말하자면 '마법의 지팡이'라고 할까. 그 비밀을 밝히려고 학파는 지금까지 여러 밀정을 마왕에게 보냈어. 그런데 모두 소식이 끊겼어. 내 전임자도 이 사진을 찍는 것까지는 성공했지만, 다시 눈에 보이지 않는 군도에 발을 들여놨다가 그 뒤로 소식이 없어."

"……두렵지 않습니까?"

"난 오히려 가슴이 설레는군."

사야마는 새 커피를 주며 말했다.

"관측소가 있는 이 섬은 세계가 끝나는 곳이야. 이 바다는 우리 세계와는 다른 원리를 따르고 있어. 무無에서의 창조가 가능한 세계, 말하자면 '천지창조의 원점'이지. 마왕만이 창조의 마술의 비밀을 알고 있어. 그 답을 얻기 위해서라면 목숨을 걸 가치가 있잖아?"

사야마는 또 다른 사진도 보여주었다. 그 젊은 여자 사진이었다.

"이 사람은 마왕의 딸이야."

마왕에게 약점이 있다면 딸 외에는 있을 수 없다.

그렇게 말하며 사야마는 몸을 내밀었다.

"자네한테 기대를 걸고 있어."

"……제가 도움이 될까요?"

"난 오랫동안 이 무인도에서 혼자 살아왔어. 몇 번이고 눈에 보이지 않는 군도에 들어가려고 했지만 입구를 못 찾았단 말이지. 할 수 없으니까 전임자들의 기록을 꼼꼼히 읽어 '창조의 마술'에 대해 조사해 왔어. 이루 셀 수 없을 만큼 잠 못 이루는 밤을 지내왔지. 밤이 되면 숲도 바다도 캄캄하고 그저 별이 쏟아질 것 같은 밤하늘만 보여. 꼭 우주 공간에서 잊혀가는 인공위성 같은 기분이었지. 나는 왜 여기 있는 건가, 어째서 나는 상륙할 수 없는 건가. 그러다가 2주 전 폭풍이 불었어. 지금까지 경험해 본 적이 없을 만큼 무시무시한 폭풍이었어. 세계의 종말 같았지."

사야마는 기대에 반짝이는 눈으로 나를 응시했다.

"그날 밤 이 작업실에서 미쳐 날뛰는 폭풍 소리를 듣다가 나는 문득 깨달았어. 세계의 종말은 곧 세계의 시초이기도 하다, 이 폭풍이 지나가면 새로운 전개가 섬에 찾아들 게 틀림없다고 말이야. 그랬더니 예상이 적중해서 날이 밝은 다음 앞바다에 이상한 섬이 출현했지 뭐야. 나는 당장 보트를 타고 상륙해 봤어. 역시 그건 '창조'된 섬이었어. 대체 이건 무슨 징조인 걸까 생각하는데……."

"제가 표류해 왔군요."

"여기서부터 모든 게 시작된다. 그런 생각이 들었어."

사야마는 그렇게 말하며 내 어깨를 두드렸다.

우리는 아침식사를 마치고 뒷정리를 한 다음 출발했다.

밀림의 열기가 밀려와 관측소 앞 초지는 뜨거운 물에 잠긴 것처럼 느껴졌다.

"거기에 가면 콜라를 마실 수 있어. 진짜 얼음처럼 시원한 콜라. 까무러치게 맛있을 테지. 기계 문명의 감미로운 맛이야!"

"그런 걸 마셔도 괜찮을까요."

"누가 뭐라든 난 마실 거야."

사야마 쇼이치는 애용하는 곡도를 휘두르며 밀림에 발을 들여놓았다.

후미에 다다랐을 때 나는 새삼 그곳의 아름다움에 감탄했다. 어두운 밀림을 지나온 눈에는 모든 게 별천지처럼 보였다. 왼편에 솟은 시커먼 바위땅과 오른편의 나무들에 파묻힌 곶 사이에 안긴 작은 후미는 신비적인 고요함을 지니고 있었다. 잔교를 걸어가니 발밑에서 파도가 찰싹거렸다.

사야마는 잔교 끝에 서서 오두막에서 가져온 쌍안경으로 앞바다를 바라봤다.

"좋아, 섬이 확실히 있군." 사야마는 말했다. "얼른 콜라를 마시고 싶은걸."

우리는 보트에 올라탔다. 내가 잔교에 묶여 있던 로프를 풀자, 사야마는 우람한 팔로 노를 저어 앞바다의 섬을 향해 출발했다.

"Row, row, row your boat."

사야마는 명랑하게 노래하며 노를 저었다.

나는 선미에 걸터앉아 균형을 잡으며 살짝 뒤를 돌아봤다. 아름다운 모래사장이 멀어져갔다. 앞바다로 조금 나온 것만으로도 내가 표류한 게 정말 작은 섬이라는 것을 알 수 있었다. 수평선에는 아무것도 보이지 않았고 관측소 섬만이 하늘에서 뚝 떨어진 것처럼 외따로 떠 있었다. 어둡고 후텁지근한 밀림도 이렇게 바다에서 보니 아름다운 숲이었다.

"불안해 보이는군, 네모 군."

"저는 배 타고 처음 나가는 거니까요."

"기억이 없을 뿐 사실은 경험 많은 뱃사람일지도 모르잖아."

"그래 보입니까?"

사야마는 노를 멈추고 나를 뜯어보았다.

"아니, 도무지 그렇게는 안 보이는데."

"저도 동감입니다."

"걱정할 거 없어, 어차피 상식이 안 통하는 바다니까."

"제발 호랑이로 변신하지는 말아주세요."

"내가 변신하면 사양 말고 바다로 뛰어들라고."

다행히 사야마가 호랑이로 변신하지도, 보트가 파도에 뒤집혀 침몰하지도 않고 앞바다의 작은 섬에 상륙할 수 있었다. 보트를 모래사장으로 끌어올린 뒤 나는 섬을 한 바퀴 둘러봤다. 섬이라기보다 여울에 가까운 느낌이었다. 조롱박 모양의 섬은 가장자리가 모래사장으로 둘러싸여 있었다. 가운데 쑥 들어간 부분에 작은 초지가 있고 야자나무가 띄엄띄엄 서 있었다. 바닷바람이 불어와 야자 잎사귀를 흔들었다. 관측소 섬과 반대 방향으로는 수평선에 이르기까지 아무것도 없었다.

"저게 문제의 자동판매기인데."

사야마는 그렇게 말하며 야자나무 밑을 가리켰다.

자동판매기는 공장에서 막 출하된 장난감처럼 새것이었다. 야자 잎을 통해 비치는 햇빛이 자동판매기를 연녹색으로 물들였다.

"어쩐지 꿈을 꾸는 기분이군요."

"내 꿈? 아니면 자네 꿈?"

사야마는 자동판매기에 동전을 넣고 버튼을 눌렀다. 물방울이 맺힌 콜라 캔을 꺼내더니 서슴없이 꿀꺽꿀꺽 마셨다. “아아” 하고 한숨 쉬는 듯한 소리를 내고는 눈물 어린 눈으로 야자나무 가지를 올려다봤다.

“……눈물 나게 맛있군. 자네도 마셔 봐.”

나는 사야마가 준 동전으로 콜라를 하나 뽑아 조심조심 입을 대봤다. 마술 같은 시원함과 뭐라 형언할 수 없는 향기, 목구멍에 남는 강렬한 단맛과 탁탁 터지는 거품의 자극. 아닌 게 아니라 정말 눈물 나게 맛있었다. 우리는 쓰러진 야자나무에 걸터앉아 수평선을 바라보며 말없이 콜라를 마셨다. 아름다운 시간이었다.

“저는 정말 인간일까요?”

“갑자기 무슨 소리야, 네모 군.”

“사야마 씨 이야기를 듣다 보니까 불안해져서 말이죠. 저는 제가 누군지 기억을 못 합니다. 난파돼서 기억을 잊은 줄 알았거든요. 하지만 사실은 그게 아닐지도 모르죠. 기억을 못 하는 게 아니라 처음부터 과거가 없다면?”

“마왕의 마술로 만들어졌다는 말인가?”

“……그렇다면 저는 인간이 아니라는 뜻이죠.”

“뭐, 가능성은 부정하지 않겠어. 하지만 인간일 가능성도 마찬가지로 있어. 적어도 같이 생활해 온 내가 보기엔 네모 군은 충분히 인간으로 보이는데.”

“고맙습니다.”

나는 텅 빈 바다를 바라봤다.

눈이 시릴 만큼 반짝이는 바다가 끝없이 펼쳐져 있었다. 정말 아무것도 없었다. 이 바다에 다른 섬들이 모습을 드러낸다는 게 과연 있을 수 있는 일일까.

"아무것도 안 보이는군요."

"눈에 보이지 않는 이유는 간단해." 사야마는 콧방귀를 뀌었다. "아직 존재하지 않으니까."

"존재하지 않으면 상륙할 방법이 없잖습니까."

"마왕은 마술로 그 섬들을 만들어 냈어. 우리는 마술의 구조를 몰라. 전임자가 여러 명 상륙했는데 내가 조사한 바로는 정해진 방법은 없더군."

사야마 쇼이치는 콜라를 끝까지 마시고 한숨을 쉬었다.

"네모 군이 '열쇠'일 거라고 기대했는데 말이야."

"기대에 부응하지 못해 죄송합니다."

"……내가 멋대로 기대한 건가."

우리는 잠자코 바다 저편을 바라보았다.

만약 이 섬을 창조한 게 마왕이라면.

"이 섬이 마왕의 '함정'일 가능성은……."

"당연히 있지."

"어떤 함정일까요."

"가령 우리가 이 섬에 와 있는 동안 관측소 섬이 가라앉는다든지."

관측소 섬을 돌아보자 변함없이 그곳에 있었다.

"아니면 콜라에 독이라도 들었나."

사야마 쇼이치는 콜라 캔을 응시하며 침묵했다.

그의 눈초리가 문득 허공을 바라보는 듯했다. 나뭇잎 사이로 비쳐드는 햇빛에 얼룩덜룩 물든 얼굴에서 순식간에 핏기가 가셨다. 정말이지 섬뜩한 순간이었다. 나는 "왜 그러시죠?" 하고 물었다. 하지만 사야마는 대답하지 않았다. 어깨에 손을 얹고 흔들자 그는 느닷없이 거칠게 내 손을 뿌리쳤다. 모래땅에서 엎드린 자세를 취하더니 무시무시하게 으르렁거렸다.

"도망쳐! 네모 군."

"무슨 일입니까?"

"멍청아, 호랑이한테 잡아먹히고 싶어?"

사야마는 거친 숨을 몰아쉬었다. 당장이라도 변신이 시작될 것 같았다.

나는 벌떡 일어섰다. 허둥지둥 야자나무 그늘에서 도망쳤지만 눈앞에는 수평선까지 펼쳐진 바다가 있을 뿐이었다. 호랑이의 습격을 피할 수 있는 곳이 없었다. 뒤에서 사야마의 으르렁 소리가 들려왔다. 빈약한 보트 생각을 할 여유는 없었다. 일단 헤엄쳐 도망치는 수밖에 없다는 생각으로 나는 바다로 첨벙첨벙 들어갔다.

"미안해, 네모 군. 농담이야, 농담!"

뒤에서 허둥대는 목소리가 들려왔다.

물론 나는 그 악질적인 농담에 화를 내야 했을 것이다.

하지만 그런 반응도 잊고 망연자실했다. 기묘한 현상에 완전히 마음을 빼앗겼기 때문이다. 바다 속에 들어가도 내 몸은 가라앉지 않았다. 사람 한 명이 걸을 수 있을 만큼의 길이 물 밑으로 나 있었다.

믿기지 않는 심정으로 걸어가자 길은 수면 바로 밑까지 높아졌다. 모래사장에서 나를 보면 수면을 걷는 마술사처럼 보일 것이다. 조금 더 나아가서 돌아보자 사야마는 어안이 벙벙한 얼굴로 모래사장에 서 있었다.

"사야마 씨, 이쪽으로 오세요!"

내가 손짓하자 그도 바다로 들어와 조심조심 걸어왔다.

"물속에 길이 있는데요."

"……저걸 봐, 네모 군."

사야마는 앞쪽 바다를 가리켰다.

가파른 절벽으로 둘러싸인 차통 같은 섬이 보였다. 위에는 푸른 숲과 벽돌 건물이 있었다. 방금 전까지 아무것도 없었던 바다에 수수께끼 같은 섬이 홀연히 나타난 것이다. 바닷속 길은 그 섬까지 곧장 이어지는 듯했다.

"드디어 해냈군, 네모 군. 자네가 해냈어."

사야마는 기쁜 표정으로 말하며 춤을 추기 시작했다.

"그거 봐. 내가 말했지? 자네가 '열쇠'라고."

사야마 쇼이치와 나는 천천히 바다 위를 걸어갔다.

내가 발견한 바다의 길은 폭이 좁은 데다 물속에 있으니 더

더욱 걷기 불편했다. 우리는 서커스에서 줄타기하는 사람처럼 두 팔을 수평으로 벌리고 조심조심 걸었다. 홀연히 출현한 섬까지 거리가 200미터쯤 될까.

천천히 다가갈수록 섬의 세부가 파악됐다.

"꼭대기에 건물이 있지? 저건 포대야."

사야마 쇼이치가 뒤에서 말했다.

나는 수직으로 솟은 절벽을 올려다봤다. 울창한 나무들 틈으로 덩굴로 덮인 벽돌담이 보였다 안 보였다 했다. 꽤 오래된 건물인 듯했다.

"원래는 해적하고 싸우기 위해 설치한 포대인데, 지금은 우리 학파를 감시하는 목적으로 사용되고 있어. 전임자들은 꽤 호된 꼴을 당한 모양이더군. 관측소 섬의 모래사장을 파헤치면 전쟁을 했던 시대에 날아온 포탄이 수두룩하게 나온단 말이지."

"지금 저기서 포를 쏘면 끝장인데요."

"그야 그렇겠지. 그러라고 있는 포대인데."

"이 상황에선 저를 먼저 쏠 겁니다."

"걱정 마. 죽을 땐 어차피 나도 같이 죽으니까."

저 포대에서 내려다보면 바다 위를 흐느적흐느적 걸어오는 우리가 더없이 잘 보일 것이다. 당장이라도 총알이 뺨을 스칠 것 같아 배 속이 스멀거리기 시작했다. 그렇다고 이제 와서 돌아선들 위험한 것은 똑같았다. 나는 공포심을 억누르며 걸어갔다.

마침내 절벽 밑에 다다랐을 때 자연히 한숨이 흘러나왔다.

바닷속 길은 거기서 끝나고 거친 절벽이 우뚝 솟아 있었다. 꼭대기의 포대까지 15미터 정도 되는데 계단도 사다리도 보이지 않았다. 포대까지 기어 올라가기는 쉽지 않을 듯했다.

사야마는 가볍게 휘파람을 불었다.

"네모 군, 헤엄칠 수 있겠지?"

"글쎄요, 모르죠."

"머리는 기억 못 해도 몸은 기억하는 법이야. 헤엄을 못 칠 리 없어. 폭풍우 몰아치는 밤에 섬까지 왔으니까."

"……일리 있군요."

"가장자리를 따라 한 바퀴 돌아보자고. 상륙할 수 있는 장소가 있을지도 몰라."

사야마 쇼이치는 바지를 벗더니 신발을 바지에 싸서 몸에 비스듬히 묶었다. 헤엄치기 쉽게 하려는 것이다. 나도 사야마를 흉내 내서 준비했다. 그리고 우리는 절벽을 짚으며 바다로 들어가 포대 섬의 바깥 둘레를 시계 방향으로 헤엄쳤다.

아무리 돌아도 가파른 절벽이 이어질 뿐이었다. 쉴 새 없이 파도에 밀리니 방심했다가는 거친 바위에 부딪힌다. 발밑은 바닥을 알 수 없는 바다이니 떠내려가지 않도록 바위를 붙들고 매달려야 했다.

"다른 섬은 전혀 안 보이는군요."

"지금 존재하는 건 이 포대 섬뿐이야." 사야마는 말했다. "어떻게든 상륙을 해야 뭐가 돼도 될 텐데."

"계속 절벽뿐인데요."

"낙담하지 말라고, 네모 군. 긍정적으로……."

갑자기 사야마가 입을 다물더니 크게 재채기를 했다.

나는 나도 모르게 "쉿!" 하고 주의를 줬다.

"미안."

우리는 절벽에 들러붙어 숨을 죽였다.

얼마 지나 위를 올려다본 나는 팔랑거리는 하얀 것을 발견했다. 사야마도 "어라" 하며 실눈을 떴다. 가파른 절벽 중간에 작은 창문 같은 것이 있고 그리로 털북숭이 팔이 나와 하얀 천을 흔들고 있었다.

"무슨 뜻이지?"

"함정일지도 모릅니다."

"일단 올라가 볼까."

사야마 쇼이치는 하얀 천을 향해 절벽을 오르기 시작했다.

내가 감탄하며 올려다보고 있으려니 그는 발이 주르르 미끄러져 신음하며 떨어져 내려왔다. 내가 가까스로 피하자 그는 물보라를 일으키며 바다에 빠졌다.

"괜찮습니까?"

"까짓것 아무것도 아니야. 이제 요령은 알겠어."

사야마는 다시 절벽에 들러붙어 이번에는 실수 없이 착실하게 올라갔다.

이윽고 그는 창을 잡았다. 낮은 목소리로 "어이" 하고 부르는 게 들렸다. 그러자 하얀 천이 사라졌다. 당장이라도 총성이 들리고 사야마가 추락하는 게 아닐까 불안했지만, 그런 일은 일어나지 않았다. 사야마는 창 안에 있는 인물과 뭐라 말을 주고받는 듯했다. 잠시 후 그는 오른팔을 창 안으로 넣었다. 그 위태로운 자세로 나를 내려다보며 윙크했다. 이윽고 그는 낡은 로프 같은 것을 끌어내 부지런히 몸에 감기 시작했다. 창 안의 인물과 어떤 거래를 한 모양이었다. 사야마는 다시 절벽을 올라가기 시작했다.

그 다음 일은 순식간에 벌어졌다.

사야마는 벼랑 위로 몸을 끌어올린 뒤 내게 잠깐 기다리라며 손을 들어 보이고 사라졌다. 얼마 지나고 나서 로프를 밑으로 던져주었다. 올라오라는 뜻일 것이다. 로프를 당겨보자 팽팽하게 당겨졌다.

나는 로프를 잡고 절벽을 오르기 시작했다.

위로 올라갈수록 파도 소리가 멀어지고 그것을 메우기라도 하듯 바람 소리가 커졌다. 밑을 내려다보면 마음이 약해질 것 같아서 위만 보며 갈 수밖에 없었다. 구름 한 점 없는 하늘은 눈이 시릴 정도로 파랬다. 하늘 밑바닥으로 추락할 듯한 느낌이었다.

이윽고 절벽에 난 창에 다다랐다. 수작업으로 파낸 듯 보이는 작은 창에는 쇠창살이 박혀 있었다. 안은 어두워서 아무것도 보이지 않았다. 윙윙 바람 소리가 들렸다. 로프에 매달린 채 숨을 돌리고 있으려니 쇠창살 뒤에서 사람 목소리가 들려왔다.

"어디서 왔지?"

몹시 쉰 목소리였다.

관측소 섬에서 왔다고 나는 대답했다.

"이름은?"

"네모라고 불립니다."

"네모 군인가…… 좋은 이름이군."

상대방은 어둠 속에서 바스락거렸다.

부랑자 같은 모습이 나타났다. 머리도 수염도 자랄 대로 자랐다.

"당신은 누구죠?"

"난 이 포대의 죄수야."

"……죄수라고요?"

"그런 건 아무래도 상관없어. 얼른 나를 풀어달라고."

어떤 인물인가 싶었지만 꾸물댈 여유는 없었다.

나는 다시 로프를 타고 올라가기 시작했다.

다행히 여기까지 올라오면 물보라도 튀지 않으니 젖은 바위나 바닷말에 발이 미끄러질 염려도 없었다. 나는 로프를 꽉 잡고 점점 무거워지는 몸을 힘껏 끌어올렸다. 간신히 절벽 위에 다다랐을 때는 팔이 저려왔다. 나는 초지에 쓰러져 숨을 돌렸다. 단단한 지면의 감촉과 풀 냄새가 몹시 오랜만인 것처럼 느껴졌다.

눈앞에는 울창한 숲이 있었다. 로프는 그곳의 한 나무에 매여 있었다. 주위에 인기척은 없었고 강한 바람에 나뭇잎이 흔들리고 있을 뿐이었다. 숲 속을 응시하니 햇빛으로 얼룩진 벽돌담이 보였다. 나는 자세를 낮추고 숲을 지나 싸늘한 벽돌담에 등을 붙인 자세로 귀를 기울여 봤다.

사야마는 어디 있는 거지?

낡은 벽돌담은 내 키보다 조금 큰 정도였다.

나는 주위를 경계하며 벽돌담을 따라 걸었다. 이 섬의 바깥 둘레를 따라 세워진 듯했다. 벽돌의 갈라진 틈으로 풀이 자랐고 여기저기 넝쿨이며 이끼로 덮여 있었다. 마치 이곳에 존재한다는 사실이 잊힌 유적 같았다. 주변 나무들 사이로 열대의 바다가 보였다.

이내 벽돌담 터널을 발견했다.

발소리를 죽여 터널을 빠져나오자 포석을 깐 통로가 좌우로 뻗어 있었다. 나뭇잎 사이로 비치는 햇빛이 조용히 흔들려 깊은 수로 속에 있는 것처럼 느껴졌다. 왼쪽에는 터널이 하나 더 있고 그 너머에 작은 막사 같은 건물이 보였다. 그쪽으로 갈 용기는 없는 터라 오른쪽으로 꺾었다. 왼편으로는 작은 벽돌집이 늘어섰고 오른편으로는 아까 따라온 벽돌담이 이어졌다. 점차 오르막길이 되는 포석 통로를 얼마 동안 따라가자 벽돌담으로 둘러싸인 원형 우묵땅의 가장자리에 다다랐다. 우묵땅을 내려다보고서 소름이 오싹 끼쳤다.

시커먼 대포 2문이 설치되어 있었고, 그 너머 나무들을 베어 내 관측소 섬이 보이게 했다. 대포는 섬을 정조준하고 있었다.

'창조의 마술'을 부린다는 마왕.

그 원리를 훔치려는 학파.

양측 사이에는 긴 싸움의 역사가 있는 모양이다. 나는 그 역사를 모른다.

그런데도 사야마 쇼이치는 내가 열쇠라고 말했다. 그리고 실제로 나는 바다에 감추어져 있던 길을 발견해 학파의 남자인 사야마 쇼이치를 여기 포대의 섬으로 인도했다. 나는 나도 모르는 새에 마왕과 학파의 싸움에 말려든 모양이었다.

사야마를 믿어도 되는 걸까?

그런 의심이 들었다.

대포 근처에서 사야마 쇼이치의 모습은 보이지 않았다.

그렇다면 조금 전 터널 끝에 보였던 작은 막사에 있는 걸까.

나는 포석 통로를 되돌아갔다. 인기척은 전혀 없었다. 포대 섬에 사람이 살지 않는지도 모른다. 그런 생각을 하며 막사로 이어지는 터널을 들여다봤을 때 날카로운 총성이 울려 퍼졌다. 주변 공기가 단숨에 변질된 느낌이었다.

나는 나도 모르게 뒤로 펄쩍 물러나 터널 입구 곁에 숨었다. 심장이 빠르게 뛰기 시작했다. 얼마 지나자 막사 문이 열리는 소리가 들렸다.

누가 이쪽으로 다가왔다.

순간적으로 주위를 둘러보니 허물어진 계단이 보였다. 벽돌담 위로 이어지는 계단이었다. 나는 황급히 계단을 달려 올라가 우거진 풀 속에 숨었다. 숨죽인 채 통로를 지켜보고 있으려니 터널에서 남자가 나타났다. 사야마 쇼이치였다.

나는 몸을 일으켜 "사야마 씨" 하고 작은 목소리로 불렀다.

사야마는 움찔하고 돌아보며 권총을 겨누었다.

"네모입니다!"

내가 두 손을 들자 사야마의 어깨에서 힘이 빠졌다.

"뭐야, 놀랐잖아."

"죄송합니다."

"그런데서 뭐 해?"

태평한 말투에 약간 화가 났다.

"사야마 씨가 어디론가 가버리니까 그렇죠."

"미안해. 생각보다 번거로워서."

사야마는 권총을 허리에 찬 권총집에 넣고 미소를 지었다.

"내려와. 일을 시작하지."

"……괜찮은 겁니까?"

"안심해, 네모 군. 이 포대는 우리가 점령했으니까."

내가 벽돌담에서 내려오자 사야마는 "어때, 좋지?"라고 자랑하며 허리의 권총을 툭툭 쳤다. 숲 속 비밀 기지를 탐험하는 소년 같은 웃음이었다. 하지만 권총을 보자 조금 전 대포 2문을 봤을 때의 불안감이 되살아났다. 내가 사야마 쇼이치에게 이용당해 큰 실수를 저지르고 있는 게 아닐까 하는 불안이었다.

"아까 들린 총소리는 뭐죠?"

"착각하지 말라고. 쏜 건 적이니까."

"용케 무사하셨군요."

"턱을 확 때려서 기절한 사이에 묶어놨어."

내 가슴에 번진 의심을 사야마가 눈치챈 기색은 없었다. 그는 포대를 점령했다는 사실에 매우 만족한 듯 보였다. "가지, 이쪽이야."

우리는 막사로 통하는 터널을 지났다.

터널에서 나오자 풀을 깎았는지 말끔히 정리된, 나무들로 둘러싸인 광장이 나타났다. 막사는 원통형 벽돌 건물이었는데, 마치 건설하다 말고 버려진 작은 탑 같았다. 2층의 태반은 철골이 그대로 드러나 있고 범포로 대충 덮여 있었다. "2층은 로프웨이 승강장이야"라고 사야마가 말했다. 아닌 게 아니라 굵은 철삭 몇 줄이 나무들 위로 뻗어 있었다. 철골 꼭대기에 설치된 풍속계가 달칵달칵 소리를 내고 황색 깃발이 파란 하늘에 산뜻하게 나부꼈다.

"로프웨이는 아직 움직입니까?"

"꼭 움직일 거야. 다른 섬으로 건너가는 방법은 저것밖에 없으니까."

사야마는 그렇게 말하며 막사 문을 열었다.

막사는 중앙을 가로지르는 벽을 기준으로 반원형 방 두 개로 나뉘어 있었다.

우리가 발을 들여놓은 방은 왼쪽 반원이었다. 파수꾼의 방인 듯했는데, 나는 둥글게 곡선을 그리는 왼쪽 벽을 보고 놀랐다. 책꽂이가 다닥다닥 붙어 있었기 때문이다. 파수꾼 생활이 아무리 고독하다지만 이렇게 번듯한 책꽂이가 필요할까. 오른쪽은 회벽을 따라 테이블과 의자, 간이침대, 레코드플레이어 등이 놓여 있었다. 어쩐지 포대라기보다 소설가나 학자의 작업실이 생각났다.

안쪽에 놓인 의자에 흰 셔츠를 입은 남자가 앉아 있었다.

손이 뒤로 묶인 채 고개를 숙이고 있었다.

"정신이 들었어?"

사야마가 말을 걸자 남자는 얼굴을 들었다.

문 옆 작은 창으로 드는 어슴푸레한 빛이 얼굴을 비추었다. 내 또래의 젊은 남자였다. 머리는 약간 헝클어졌지만 온화하고 기품 있는 이목구비였다.

"안경을 주워 주겠어?"

"어이쿠, 이거 미안하군."

사야마는 마룻바닥에서 안경을 주워 남자에게 씌워주었다.

"어때?"

"이제 댁의 얼굴이 잘 보이는군."

남자는 미소 지었다. 안경 렌즈 뒤로 눈이 날카롭게 빛났다.

사야마는 또 다른 의자를 들고 와 남자 맞은편에 놓고 앉았다. 두 남자는 말없이 서로를 바라봤다. 흡사 서부극의 한 장면 같았다. 두 사람의 옆얼굴을 보다가 나는 그들이 서로 초면이 아니라는 사실을 깨달았다.

이윽고 사야마가 한숨을 쉬고 말했다.

"돌아왔어, 이마니시 씨."

"……잘 돌아왔다는 말이라도 듣고 싶어?" 이마니시 씨라고 불린 남자는 말했다. "질리지도 않나."

"방심은 금물이라고, 도서관장님." 사야마는 웃었다. "이 포대 섬은 이제 우리 거야. 어느 쪽에 붙을지 잘 생각해 보는 게 좋을걸. '도서관장'이라는 이름은 그럴싸해도 결국엔 유배당한 신세잖아? 그런데도 마왕한테 의리를 지킬 생각인가?"

남자는 싸늘한 눈초리로 사야마를 쳐다봤다.

"이 해역에서 마왕을 배신할 사람은 없어."

"역시 무서운가?"

"그것도 있고."

"마왕의 딸한테 충성을 맹세했으니까?"

남자는 불쾌한 듯 얼굴을 찡그렸다.

"댁도 전임자들하고 마찬가지로 바보로군. 이건 마왕의 게임이야. 댁들은 반드시 패배한다고."

"그래서 네모 군을 데려온 거야."

사야마가 말하자 남자는 의심 어린 눈으로 나를 쳐다봤다.

"이 남자라면 마왕한테 이길 수 있다고?"

"이번에야말로 우리는 '창조의 마술'을 손에 넣을 거야."

사야마는 몸을 내밀며 말했다.

"이건 종말의 시작이야. 각오하라고, 도서관장."

두 사람이 무슨 말을 하는 건지 잘 알 수 없었지만, 내가 사야마의 '무기'로 이용되고 있다는 것만은 이해할 수 있었다. 사야마가 이마니시라는 인물과 안면이 있다는 사실도 내 의혹을 부추겼다. '돌아왔어'라는 사야마의 말로 볼 때 그는 이 섬에 처음 상륙한 게 아니다. 사야마에게 들은 이야기와 모순됐다.

이윽고 사야마는 일어나 실내를 돌아다녔다. 뭔가를 찾는 듯했다.

몸을 똑바로 편 자세로 얼마 동안 사야마를 지켜보던 도서관장은 문득 나를 돌아보더니 뜻밖에 온화한 어조로 말했다.

"자네는 큰 실수를 저지르고 있어."

흡사 속마음을 읽힌 기분이었다.

내가 입을 열지 않자 그는 납득한 듯 고개를 끄덕였다.

"그래, 자네는 아무것도 모르는군."

"……사야마 씨는 은인입니다."

"자네는 저 친구한테 이용당하는 거야. 조심하라고."

막사 안은 고요했다. 바람에 흔들리는 나무들의 술렁거림이 마치 먼 폭포 소리처럼 들려왔다. 도서관장은 고요한 눈빛으로 뭔가를 호소하듯 나를 쳐다봤다.

"이거 봐, 네모 군한테 묘한 소리는 말라고." 사야마가 말했다. "순박한 젊은이니까 말이지."

그는 열쇠 꾸러미를 흔들며 "지하 감옥 열쇠야"라고 말했다. 아까 도움을 받았던 죄수가 생각났다.

사야마는 열쇠 꾸러미를 내게 던졌다.

"네모 군, 미안하지만 지하에 가서 풀어 줘."

"……그래도 되는 겁니까?"

나는 당혹해서 열쇠를 응시했다.

도서관장은 불상처럼 눈을 감고 있었다.

"죄수잖아요?"

"그러니까 풀어주는 거지. 내 전임자야."

문을 열자 다른 하나의 반원형 방이 나왔다.

그곳에는 옅은 청색 타일을 바른 취사장과 창고가 있고 로프웨이 승강장으로 통하는 계단과 지하로 통하는 계단이 있었다. 지하로 이어지는 계단을 내려다보니 계단참의 알전구가 음울한 벽을 비추고 있었다. 그 너머는 보이지 않았다.

나는 조심조심 계단을 내려갔다.

천장에 정체를 알 수 없는 쇠파이프가 여럿 붙어 있었다. 공기가 싸늘해 마치 땅속 세계에 발을 들여놓은 듯했다. 계단참 너머로 갱도처럼 보이는 계단이 이어졌다. 너무나도 음울한 분위기에 이 공간 끝에 있다는 죄수가 괴물 같은 존재로 여겨지기 시작했다. 이윽고 계단이 끝나자 포석을 깐 어둡고 텅 빈 복도가 나왔다. 좌우를 철창으로 막은 감방이 늘어서 있었다. 작은 창밖으로 보이는 하늘이 꼭 파란 우표 같았다.

"안녕하세요."

나는 복도 안쪽을 향해 불러봤다.

하품 섞인 목소리로 "여어" 하고 대답했다.

나는 복도 끝까지 걸어갔다. 왼쪽에 있는 감방 안에서 검은 그림자가 느릿느릿 움직였다. 선잠을 자고 있었던 모양이다.

죄수는 침대에서 일어나 앉아 눈을 비볐다. 창문으로 드는 어슴푸레한 빛이 텁수룩한 머리와 수염을 비추었다. 딱 무인도에서 생활하는 로빈슨 크루소 같은 모습이었다. 죄수는 나를 뚫어지게 쳐다보며 한숨을 쉬었다.

"잊어버린 줄 알았잖나."

"늦어져서 죄송합니다."

"아니, 불평하는 건 아니고."

죄수는 정중하게 머리를 숙이며 합장했다. "덕분에 살았어. 지금까지 기다린 시간에 비하면 조금 더 기다리는 정도는 아무것도 아니지."

"그렇게 오래 여기에 있었습니까?"

"시계도 달력도 없지만 말이야. 그나저나 다른 사람하고 이야기하니까 좋군. 적대 관계에 있는 도서관장하고 허심탄회하게 이야기할 수도 없는 노릇이라……. 아무튼 우선 여기서 꺼내 줘. 이거야 원, 이제 자유의 몸이군. 고마운 일이야."

죄수는 감방에서 나오자 기분 좋게 기지개를 켰다.

거무스름한 얼굴은 쇳덩어리 같은 머리와 수염에 가려져 인상이 어떤지 알 길이 없었다. 하지만 반짝이는 눈은 의외로 젊게 느껴졌다. 목소리가 쉰 것은 타인과 말을 한 지 오래됐기 때문일 것이다.

"그럼 네모 군, 가르쳐 주겠어?" 그는 친밀한 느낌으로 내 어깨를 쳤다. "이 포대는 우리 학파 수중에 들어왔나?"

"그런 것 같습니다."

"좋아, 여기까지는 성공했군."

죄수는 그렇게 말하더니 기운차게 복도를 걷기 시작했다.

계단을 올라가니 진한 커피 향기가 풍겨왔다. 사야마는 취사장에서 커피를 끓이고 있었다. 그는 "왔군" 하며 풀려난 죄수에게 고개를 끄덕여 보였다. 학파의 전임자와 후임자는 각자의 입장과 해야 할 일을 완벽하게 공유하는 듯 보였다. 사야마는 커피를 잔에 따라 죄수에게 내밀었다.

죄수는 한 모금 마시더니 기쁘게 말했다. "맛있는데."

그 뒤 우리는 방으로 돌아와 커피를 마셨다.

사야마는 의자에 묶여 있는 도서관장에게도 커피를 마시게 해주었다. 도서관장은 체념한 듯 주는 대로 얌전히 커피를 받아 마셨다. 죄수는 여유 있게 의자에 앉아 행복한 표정으로 커피를 홀짝홀짝 마셨다. 이윽고 그는 도서관장에게 말했다.

"입장이 반대가 됐군, 도서관장."

"아직 댁들이 이긴 건 아니야. 이 포대를 점령해 봤자 마왕은 아쉬울 게 없으니까. 우쭐하지 말라고."

"지당하신 말씀이야."

죄수는 쿡쿡 웃었다.

나는 창가에 서서 따뜻한 커피를 마셨다. 슬슬 배가 고파왔다. 막사를 둘러싼 나무들이 오후 햇살에 반짝이고 있었다. 남양의 섬의 아름다운 오후였다. 내가 그런 정경을 홀린 듯이 바라보는 동안에도 학파 남자들은 팔짱을 낀 채 소곤거리고 있었다. 더없이 진지한 표정이었다. 도서관장이 말하지 않아도 마왕이 얼마나 무서운지는 그들 자신이 잘 알고 있을 터였다.

"급할수록 돌아가라고 하잖아?" 죄수가 말했다. "준비도 없이 적지에 쳐들어간다면 마왕의 생각대로 될 뿐이야. 나도 그렇게 해서 당했으니 말이지……."

"그럼 어쩌지?"

"점심식사와 낮잠이 필요해. 기다리다 보면 좋은 날이 와."

이 말에는 사야마 쇼이치도 당혹한 표정이었다.

죄인이 "식사하지"라고 말하자 도서관장은 "마음대로 해"라며 대꾸했다. 아무래도 상관없는 듯한 말투와는 반대로 어렴풋이 동요가 느껴졌다. 사야마도 뭐가 있구나 하고 눈치챈 듯했다. "안 그래도 배고팠는데"라고 말했다.

우리는 막사 취사장을 이용해 수프 깡통을 냄비에 데워 점심식사를 했다. 식사를 하는 동안 다들 거의 조용했다. 각자 바람소리에 귀를 기울이며 무슨 일이 일어나기를 기다리는 듯했다. 식사가 끝나자 사야마는 창가에 서서 숲을 바라보고, 죄수는 당장 드러누워 낮잠을 자기 시작했다. 학파 남자들의 여유 있는 태도와는 달리 의자에 묶인 도서관장의 얼굴에는 초조한 빛이 짙어졌다. 대체 무엇을 초조해하는 걸까.

나는 책꽂이 앞을 왔다 갔다 하며 책등을 훑어봤다.

학문적인 책이며 외국 서적이 많았지만 제목만 봐도 옛날 생각이 나는 책도 있었다. 가령 쥘 베른의 『신비의 섬』, 대니얼 디포의 『로빈슨 크루소』, 로버트 루이스 스티븐슨의 『보물섬』, 셰익스피어의 『폭풍우』 그리고 『천일야화』도 있었다. 야자나무 그늘에 누워 이런 책을 읽으면 꽤 기분 좋을 것 같다고 생각했다.

그나저나 이상했다. 나는 내 이름도 잊어버렸건만 어째서 이 책들의 내용을 기억하는 걸까.

"이건 누가 읽는 거죠?"

나는 물었다. 도서관장은 입을 열지 않았지만 사야마가 대신 대답했다.

"여기 있는 건 '금서'야."

쥘 베른이나 스티븐슨의 작품을 금지한다는 말은 처음 들어봤다.

"이런 책은 여기 군도 사람들을 바다 저편으로 유혹하니 말이지. 마왕은 그런 걸 원하지 않아. 안 그래, 도서관장?"

사야마가 쾌활하게 도서관장의 어깨를 치자 그는 언짢은 듯 얼굴을 돌렸다.

좀 더 자세하게 물어보려 한 순간 요란한 벨소리가 막사에 울려 퍼졌다. 아무도 없을 2층에서 길게 울리다가 끊기더니 다시 길게 울렸다. 지금까지 잠들어 있던 죄수가 부스스 일어났다. 벨소리가 울리기를 기다린 모양이었다.

"자, 제군. 일을 시작해 볼까."

죄수는 일어나 기지개를 켰다.

"마왕의 딸이 올 거야."

학파 남자들이 작은 목소리로 의논하더니 금세 '작전'이 정해졌다.

그들은 도서관장에게 재갈을 물려 빛이 들지 않는 방 안쪽으로 옮겼다. 마왕의 딸이 실내로 들어와도 그곳에 있으면 눈에 띄지 않을 것이다. 사야마와 나도 같은 곳에 몸을 숨겼다. 죄수는 계단으로 통하는 문을 반쯤 열고 그 뒤에 숨었다.

학파 남자들은 마왕의 딸을 인질로 사로잡을 계획이었다.

어둠 속에 웅크리고 있으려니 로프웨이의 단조로운 진동이 느껴지기 시작했다. 도서관장이 조용히 나를 쳐다보고 있었다. '아직 늦지 않았다'라는 표정이었다.

나는 그의 시선을 피해 벽 한 면을 차지한 방대한 금서를 올려다봤다.

마왕의 딸은 여기 있는 금서를 읽기 위해 바다를 건너온다고 했다. 책꽂이 앞에 서서 책을 고르는 그녀의 옆얼굴을 나는 생생하게 그려볼 수 있었다. 참으로 기묘한 일이었다. 나는 사야마가 준 사진 한 장을 봤을 뿐 실제로는 그녀를 만난 적이 없었다(꿈속을 제외하면). 그런데도 나는 그녀의 모습을 극명하게 떠올릴 수 있었다.

숨 막히는 시간이 흘렀다.

돌연히 로프웨이가 움직이는 소리가 그치더니 막사를 둘러싼 나무들의 술렁거림이 들렸다. 멎어 있던 시간이 갑자기 움직이기 시작한 듯했다. 곁에서 숨죽이고 있던 사야마 쇼이치가 권총집에서 권총을 빼는 게 보였다.

2층에서 문이 열리는 소리 그리고 닫히는 소리.

탕, 탕, 탕, 계단을 내려오는 경쾌한 발소리가 들렸다. 자신을 기다리는 함정이 있으리라고 꿈에도 상상하지 않는 발소리였다. 문을 지나 방으로 들어온 젊은 여자는 곧바로 책꽂이로 다가갔다. 사각거리는 소재의 시원해 보이는 반소매 옷차림이었다. 책을 여러 권 가슴에 안고 작은 목소리로 노래를 흥얼거리고 있었다. 마치 들판에서 꽃을 따는 아가씨처럼.

사야마가 "아가씨" 하고 말을 걸었다.

그녀는 멈춰 서서 돌아보더니 눈을 크게 떴다.

"오랜만이군요. 당신이 어떻게 여기에 있죠?"

"조금 전에 이 포대를 점령했거든요."

그녀는 사야마의 권총을 응시했다.

"……질리지도 않나요."

"다시 만나게 돼서 참 기쁘군요."

"이마니시 씨는 어디 있죠?"

사야마는 어두운 구석에 밀어 넣은 이마니시 씨를 가리켰다. 그녀는 측은한 듯 도서관장을 흘깃 보고는 바로 사야마 쇼이치에게 시선을 돌렸다.

"아버지가 화내겠네요."

"그래서 이렇게 당신을 맞이하기로 한 겁니다. 딸의 신병이 여기 있는 한 마왕도 섣불리 움직이지 못할 테니까요."

그녀는 "과연 그럴까"라며 미소를 지었다.

"필요하면 딸이 탄 배도 침몰시키는 사람이에요."

"그렇다고 그냥 죽게 두지야 않겠죠."

"그래서 원하는 건 뭔데요?"

"말 안 해도 알 텐데요. 카드 상자입니다."

그녀는 아까 들어왔던 문을 곁눈으로 봤다. 문은 이미 닫히고 죄수가 그 앞을 가로막고 있었다. 시선을 원 위치로 돌리면 사야마가 권총을 겨누고 있다. 하지만 그녀는 겁내는 기색이 조금도 없었다. 움직이면 쏘겠다는 사야마의 경고도 소용없었다. 그녀는 유유히 책꽂이로 다가가 두 손에 들고 있던 책을 한 권씩 도로 꽂았다.

"지금 당장 항복하면 눈감아 줄게요."

"이봐요, 아가씨."

"항복할 생각이 없으면 당신들을 해적으로 취급하겠어요."

"어이가 없군." 사야마는 말했다. "당신은 그런 말 할 자격이 없어. 이 바다를 부당하게 점령하고 있는 건 마왕이라고."

"당신 말은 안 믿어요."

그녀는 두꺼운 『천일야화』를 들었다.

"당신은 무력한걸요. 어차피 아무것도 못 해."

그때 나는 어지간히 감각이 예민했나 보다. 창유리 저편에서 반짝이는 나뭇잎, 문에 기대서서 수염을 쓰다듬는 죄수, 도서관장의 이마에 맺힌 땀방울까지 모두 세밀하게 보였다. 권총을 겨눈 사야마 쇼이치가 눈을 가늘게 뜨고 방아쇠에 건 손가락을 살짝 움직였다. '진짜로 쏠 작정이구나' 하는 확신에 사로잡힌 순간, 총구 끝에서 『천일야화』를 든 그녀의 존재가 선명하게 불타오르는 것처럼 느껴졌다.

나는 앞으로 뛰쳐나가 그녀를 감싸듯 두 팔을 벌렸다.

"이런 방법은 옳지 않습니다, 사야마 씨."

"이거 봐, 네모 군. 그러다 자네까지 쏘겠어."

"누구 덕에 상륙할 수 있었죠?"

사야마는 "젠장" 하고 중얼거리며 총구를 천장으로 향했다.

그때 내 뒤에서 딸깍 소리가 났다.

그게 방아쇠를 당기는 소리라는 것은 모든 게 끝난 다음에야 알았다. 갑자기 뒤에서 "탕" 하고 큰 소리가 들렸다. 마치 얻어맞은 듯한 충격에 나도 모르게 머리를 감싸 안았다. 그 다음 눈을 떴을 때 사야마는 이미 바닥에 길게 뻗어 있었다. 마왕의 딸을 돌아보니 내게 권총을 겨누고 있고, 그녀의 발밑에는 두꺼운 『천일야화』가 떨어져 있었다. 그 속에 권총이 감추어져 있었던 모양이다. 그녀는 "항복할래요?" 하고 속삭였다. 나는 두 손을 들고 말했다. "항복하겠습니다."

그녀의 총구가 그 다음으로 향한 곳은 죄수가 있는 문 뒤였다. 죄수는 두 손을 들고 항복하는 듯하더니 갑자기 옆으로 펄쩍 뛰었다. 총알이 창유리를 박살냈다. 그녀는 곧바로 한 발 또 쐈지만 죄수는 막사 밖으로 구르듯 도망쳐 전속력으로 달렸다. 뒤를 쫓아 문간까지 나가기는 했지만 그녀가 세 발째 쏘는 일은 없었다.

그녀는 곧 돌아와 내 옆에 쭈그리고 앉았다.

"……죽었나요?"

놀라운 실력이었다. 총알은 사야마 쇼이치의 이마에 검은 구멍을 냈다.

하지만 뜻밖에도 사야마는 편안한 표정이었다. 멀거니 뜬 눈은 꿈을 꾸는 것 같았고 입가에는 행복해 보이는 미소를 머금고 있었다. 마치 자신이 죽은 것조차 모르는 듯 보였다. 아닌 게 아니라 그 자신도 이렇게 맥없이 죽을 줄은 몰랐을 것이다. 가까스로 '눈에 보이지 않는 군도'에 상륙해 이제 시작이다 하던 참이었으니까.

마왕의 딸은 사야마의 얼굴을 쳐다보고 있었다.

"가엾어라, 무력한 사람."

그녀는 그렇게 중얼거리며 사야마의 눈을 감겨주었다.

나는 도서관장을 거들어 사야마의 시신을 막사 밖으로 운반했다.

"여기쯤이면 되겠지."

도서관장이 말했다.

그곳은 광장 구석에 있는 초지였다.

나뭇잎 사이로 비치는 햇빛이 시트로 싼 사야마의 시신을 물들였다. 그가 죽었다는 게 조금도 실감나지 않았다. 당장이라도 나무 뒤에서 훌쩍 나타날 것 같았다. 하지만 내 손에는 피가 묻어 있었고 감촉도 냄새도 진짜였다. 벌써 파리가 나타났다. 시신 곁에 우두커니 서 있으려니 도서관장이 내 얼굴을 보고 "괜찮나?" 하고 물었다.

도서관장은 막사 옆에 있는 수도꼭지를 가리켰다.

"저기서 피를 씻어."

"이대로 그냥 둡니까?"

"나중에 내가 처리할 테니까 자네는 걱정하지 않아도 돼."

도서관장은 막사에서 비누와 수건을 가져다주었다. 피를 씻어내는데 막사에서 음악이 들려왔다. 마왕의 딸이 레코드를 틀었나 보다.

도서관장은 안경에 묻은 물방울을 닦으며 말했다.

"자네는 학파 사람 같지 않은데."

"학파 사람이 아닙니다."

"그럼 뭐지?"

하지만 나는 대답할 길이 없었다.

"이름은?"

"네모입니다."

"그건 이름이라고 할 수 없는데." 도서관장은 약간 기분이 상한 듯했다. 얼마 동안 내가 손 씻는 것을 잠자코 바라보다가 갑자기 "자네는 이 바다 밖에서 왔지?" 하고 물었다.

"네. 관측소 섬에서 건너왔습니다."

"그 전에는 어디 있었고?"

"그건 모릅니다. 기억을 못 하거든요."

솔직히 말했건만 도서관장은 내가 얼버무렸다고 생각한 것 같았다.

"바깥에서 오는 건 불길한 인간들뿐이야."

"저는 이제 어떻게 되는 겁니까?"

"그건 마왕이 정해."

우리가 막사로 돌아가자 마왕의 딸은 의자에 앉아 기다리고 있었다. 무릎 위에는 책꽂이에서 새로 고른 듯한 책이 몇 권 놓여 있었다. "끝났어요?"

"나머지 뒤처리는 맡겨주십시오, 아가씨."

도서관장이 말하자 그녀는 일어섰다.

"난 이 포로를 아버지께 데려가겠어요. 탈주한 죄인에 관해서 다른 섬에도 연락하세요. 어차피 멀리는 못 도망칠 테죠."

"마왕에게 안부 전해 주십시오."

"안심해요. 내가 잘 말할 테니까."

그녀는 나를 재촉했다.

"가죠. 얌전히 따라와요."

막사 2층으로 이어지는 계단을 올라가 막다른 곳 문을 열자 녹슨 철골에 덮은 범포가 소리 내며 펄럭거리고 있었다. 말이 로프웨이지, 양철 깡통에 구멍을 뚫은 것 같은 원시적인 것이고 어른 셋이 타면 만원이 될 것처럼 작았다. 마왕의 딸은 "먼저 타요"라고 내게 명한 다음 승강장의 철골에 설치된 전화로 연락을 취했다. 그녀가 훌쩍 뛰어 올라타자 양철 깡통이 흔들렸다. 나도 모르게 창틀을 꽉 붙들었다.

이윽고 버저 소리가 들리고 로프웨이가 움직이기 시작했다.

울창하게 자란 나무들 꼭대기를 헤치며 지나는가 싶더니 우리는 번쩍번쩍 빛나는 바다 위를 활주하듯 이동하고 있었다. 포대 섬은 순식간에 뒤로 멀어져 갔다. 앞쪽 바다를 보니 로프웨이의 지주가 되는 철골이 점점이 서 있었다. 하지만 보이는 것이라곤 그것뿐, 움직이는 것은 철탑에서 무리 지어 날개를 쉬는 바닷새 정도였다.

어느 순간 작은 섬이 눈앞에 나타났다.

마치 하늘에서 그림물감 한 방울이 떨어진 느낌이었다. 처음에는 신기루인가 생각했을 정도다. 그 섬의 출현을 시작으로 다른 섬이 잇따라 모습을 나타냈다. 물감이 튀어 물에 녹아 번지듯 내가 시선을 움직일 때마다 섬이 태어나 눈앞의 바다를 가득 메워갔다. 한 번 보이고 나니 어째서 지금까지 보이지 않았는지 도무지 알 수 없었다. 섬들은 분명히 존재하고 있었다.

"섬이 있군요!" 나는 경탄했다.

"물론 있어요. 당연하잖아요."

마왕의 딸은 어이가 없다는 듯 말했다.

로프웨이가 통과하는 것은 하나의 수상 도시였다.

잡다한 인상에 나는 몹시 당혹했다. 고색창연한 서양식 저택이 있는가 하면 근대적인 건물군도 있고, 기와지붕을 인 민가에 신사와 절, 대중목욕탕의 굴뚝까지 보였다. 도무지 열대 지방의 풍경 같지 않았다. 오랜 역사를 지니는 도시를 조각조각

잘라 바다에 뿌린 것처럼 보였다.

참으로 기묘한 섬들이었다.

문득 마왕의 딸이 물었다.

"이름이 뭐죠?"

"네모입니다."

"이상한 이름이네요."

"진짜 이름은 아닙니다."

"진짜 이름을 가르쳐 줘요."

"관측소 섬에 표류했을 때 기억을 잃어서 이름도 몰랐거든요. 그래서 사야마 씨가 '네모'라는 이름을 지어준 겁니다."

지금에 와서는 사야마 쇼이치가 소박한 선의에서 나를 도와줬다고는 생각할 수 없었다. 그에게는 나름의 계획이 있었다. 그건 알고 있었지만 나는 역시 그가 그리웠다. 가엾다는 생각도 들었다. 눈에 보이지 않는 군도에 상륙하기를 그렇게 갈망했던 사야마가 맥없이 죽고, '아무도 아닌' 내가 그 대신 여기에 있다니. 이 얼마나 얄궂은 이야기인가.

"저는 제가 누군지 모릅니다."

"그래서 그렇게 기가 죽어 있나요?"

마왕의 딸은 바람에 나부끼는 머리를 붙들며 웃었다.

"우리도 별로 다르지 않은데요."

"당신들은 다르죠."

"그렇지 않아요. 다들 똑같답니다. 우리는 마왕이 꾸는 꿈이 아닐까, 내일 사라져 버리는 게 아닐까, 다들 불안해해요. 하지만 그래서 어쩌라는 거죠? 이 군도가 마술로 생겨난 꿈이라면 꿈이 끝날 때까지 어쨌거나 사는 수밖에 없지 않나요?"

그녀는 내게 손을 내밀었다.

"아까 도와줘서 고마워요."

나는 손을 잡고 물었다.

"이름이 뭐죠?"

"지요예요. 천의 밤이라고 쓰죠."

이윽고 로프웨이 종점이 다가왔다.

"저기가 아버지가 사는 섬이에요."

나는 요새 같은 섬을 상상했건만, 로프웨이에서 보기로 삼엄한 분위기는 어디에도 없었다. 나무들이 빽빽이 들어선 조금 높은 언덕이 하나 있고 그곳에서 짤막한 꼬리가 나온 형태였다. 바다에 떠오른 고래가 생각났다. 언덕 위에 포대 섬 같은 원통형 건물이 있었다. 그곳이 로프웨이 종점이었다.

지요 씨는 로프웨이에서 내려 나를 데리고 건물 밖으로 나왔다.

나무들로 둘러싸인 광장이었다.

우리는 숲을 지나 마왕이 있는 곳으로 향했다.

울창한 밀림 속 오솔길을 걷는 사이에 차츰 숨이 막혀왔다. 걷는 지요 씨에게서 긴장감이 전해져 나는 어째 처형대로 가는 기분이 들었다. 나무들이 바람에 술렁거릴 때마다 그녀의 몸을 얼룩덜룩 물들이는 햇빛이 흔들렸다.

얼마 지나자 오솔길은 오른쪽으로 꺾어져 내리막길로 이어졌다.

나무들이 사라지고 시야가 트이자 마왕의 저택이 눈 아래 나타났다. 로프웨이에서 보이지 않았던 것은 섬 반대편 비탈에 있기 때문이었다. 콘크리트 2층 건물 앞마당의 종려나무가 그림자를 드리우고 주위는 고요했다.

현관문을 열고 안으로 들어간 순간, 사야마 쇼이치를 따라 학파 관측소를 찾아갔을 때의 느낌이 되살아났다. 지붕까지 이어지는 휑뎅그렁한 현관홀, 무기질적인 콘크리트 벽, 서늘한 냉방. 저택 내에 감도는 비현실감은 관측소와 매우 비슷했다.

"아버지는 서재에 계세요." 그녀는 2층으로 올라가는 계단을 가리켰다. "여기서부터는 당신 혼자 가요. 계단을 올라가서 왼쪽 방이에요."

"고맙습니다."

그녀는 눈살을 찌푸렸다.

"얼른 가요. 난 여기서 기다릴게요."

계단을 올라가며 돌아보니 그녀는 현관 옆에 놓인 작은 의자에 앉아 있었다. 무릎에 책을 올려놓고 나를 올려다보는 모습은 어딘지 모르게 쓸쓸해 보였다.

나는 검은 문을 노크했다.

"들어와."

널찍한 방은 반대편 벽 한 면이 유리로 되어 있어 섬들이 떠 있는 바다가 수평선까지 한눈에 보였다. 이 해역을 지배하는 왕에 걸맞은 전망이었다. 그런데 마왕이 보이지 않았다. 서재에는 커다란 페르시아 양탄자가 깔려 있을 뿐 가구가 하나도 없었다. 숨을 만한 장소는 어디에도 없을 터였다. 방금 전 노크 소리에 '들어와'라고 답한 사람은 어디로 사라진 걸까.

나는 서재를 가로질러 창으로 다가갔다.

저물어 가는 태양에 물든 바다가 펼쳐져 있었다. 그때 바다 저편을 미끄러지듯 달려가는 열차가 보였다. 관측소 섬에 표류한 날 동틀 녘의 바다를 달려간 그 열차였다. 나는 얼마 동안 홀린 듯이 바라보았다.

문득 뒤에서 속삭이는 듯한 목소리가 들려왔다.

"저 열차에 마음이 끌리는 모양이군."

나는 흠칫 놀라 돌아봤다.

하지만 실내에는 역시 아무도 없었다.

그때 페르시아 양탄자 중앙에서 작은 서안을 발견했다. 조금 전에는 그런 게 없었다. 위에는 포도주 병과 작은 유리잔 둘 그리고 오래되어 갈색으로 변색된 나무 상자가 있었다. 마왕의 카드 상자. 마왕이 부리는 '창조의 마술'의 원천, 사야마 쇼이치가 '마법의 지팡이'라고 불렀던 그것이다.

나는 주위를 경계하며 서안 주위를 걸어봤다. 누가 보고 있다는 느낌이 강하게 들었다. 이윽고 걸음을 멈추고 카드 상자에 손을 뻗으려 했을 때, 바로 옆 공간에서 목소리가 들려왔다.

"그건 자네 것이 아니야."

나는 손을 빼며 말했다.

"모습을 보여주시지 않을 겁니까?"

"보려고 하지 않으면 보여도 보이지 않지."

나는 서안 앞을 벗어나 페르시아 양탄자 위에 앉았다. 그리고 눈앞의 공간을 응시했다. 서안 너머 유리창으로 바다와 하늘이 보였다.

보려고 하지 않으면 보이지 않는다, 하고 자신에게 일렀다.

다음 순간 서안을 사이에 두고 맞은편에 앉아 있는 사람이 보였다.

거무스름한 색의 양복에 넥타이, 희끗희끗한 머리는 단정하게 빗어 넘겼다. 사야마가 보여준 사진보다 훨씬 체구가 작고 젊어 보였다. 마왕은 섬세해 보이는 하얀 손으로 포도주를 따 유리잔에 따랐다. 시원스러운 눈매는 지요 씨와 똑같았다. 마왕은 "독 같은 건 없어"라며 자신의 잔에 입을 대보였다. 우리는 함께 포도주를 마셨다.

"여기는 서재입니까?"

"그래."

"아무것도 없는데요."

"아무것도 없다는 것은 뭐든 있다는 뜻이지." 마왕은 쿡쿡 웃었다. "마술은 거기서 시작된다."

"정말 당신이 모든 걸 만들어 낸 겁니까?"

"그렇지."

나는 잠자코 마왕을 쳐다봤다.

"자네는 이 해역에 존재할 사람이 아니야." 마왕은 엄숙하게 말했다. "자네는 바깥에서 온 인간, 이방인이네."

"제가 누군지 아십니까?"

"물론 알지."

"그럼……."

"나한테 알아내려고 해봤자 소용없어. 기대에 부응해 주지 못해서 미안하네만 말이지. 물론 자네 심정은 이해해. 자네한테 알 권리가 있다고 생각하겠지. 하지만 이 바다에서 자네는 '초대받지 않은 손님'이거든. 학파의 무법자들과 마찬가지로 멋대로 내 영토에 침입해 왔어. 딸을 도와준 것은 고맙지만 따져보면 자네가 스스로 초래한 사태야. 특별 취급할 이유가 못 되네."

"그건 압니다."

"이해해 줘서 고맙군."

"그럼 저더러 어떻게 하라는 말씀입니까?"

"나는 자네의 이야기가 듣고 싶어. 자네는 어떻게 이곳에 이르게 됐지?"

나는 이곳 서재에 이르기까지의 경위를 이야기했다.

관측소 섬에 표류한 것, 사야마 쇼이치와의 만남, 관측소에서 지낸 나날, 자동판매기 섬 그리고 포대 섬 상륙. 지금에 와서는 관측소 섬에서 처음 정신이 들었을 때가 먼 과거처럼 느껴졌다.

마왕은 자상하게 미소 지으며 이야기를 들었다.

서안에 놓인 카드 상자가 신경 쓰였다. 내가 이야기하는 동안 마왕은 나무 상자 뚜껑을 열고 안에서 카드를 꺼내 훑어보았다. 대체 뭘 하는 걸까. 마치 내 이야기와 카드의 내용을 맞춰보는 것 같았다. 사야마 쇼이치의 말처럼 작은 나무 상자에 어떤 중대한 비밀이 감춰져 있는 게 아닐까.

나는 덫을 놔보기로 했다.

"그러고 보니 기이한 일이 있었습니다. 어느 날 아침, 사야마 씨와 같이 모래사장을 걷는데 이상한 게 떠내려 와 있는 겁니다. 전체적인 모양은 거대한 대합 같은데 명백히 인공적인 물체였습니다. 작은 유리창이 여럿 있고 안에서 뭐가 꿈틀거리고 있었습니다. 사야마 씨가 '배 같은데'라고 하더군요. 조심조심 다가가서 유리창을 들여다봤을 때 안에 있는 젊은 금발머리 여자와 눈이 마주쳤지 뭡니까……."

물론 그 섬에서 그런 일은 없었다.

마왕은 눈을 들어 나를 쳐다봤다.

"……재미있군."

그 순간 나는 가짜 이야기를 계속할 수 없게 됐다. 목이 바싹 말라붙어 목소리가 나오지 않았다. 나를 쳐다보는 마왕의 눈은 창밖에 펼쳐지는 하늘과 바다처럼 텅 비어 있었다. 얼마 동안 죽음과도 같은 침묵이 흘렀다.

"너와 관계없는 일을 이야기하지 말라."

마왕이 그렇게 말하며 손바닥을 맞비비자 페르시아 양탄자가 물결치듯 흔들리는 것처럼 보였다. 처음에는 착각인가 했는데 실제로 내 몸도 흔들리는 것 같았다. 이윽고 파도 소리가 커졌다. 양탄자가 물결칠 때마다 마왕의 모습이 멀어졌다.

어느새 벽도 천장도 사라지고 없었다.

내가 있는 곳은 좁은 모래사장으로 둘러싸인 작은 섬이었다. 이 섬을 먼발치에서 에워싸듯 섬들이 흩어져 있었다. 저물어가는 석양에 섬들이 불타고 있었다.

"자네 자신의 이야기가 듣고 싶다고 말했을 텐데."

마왕의 목소리가 하늘에서 내려왔다.

"그런데 자네는 자네와 관계없는 일을 이야기했어. 그런 일은 결코 용납되지 않아. 금기를 어긴 이상 대가를 치러야겠어."

나는 모래를 밟고 일어나 하늘을 향해 부르짖었다.

"저를 이 섬에 두고 갈 생각입니까?"

"아닌 게 아니라 인도적인 방법은 아니군." 마왕은 온화한 어조로 나를 달래듯 말했다. "자네를 이런 곳에 두고 가려니 내 마음이 아파. 하지만 이 바다를 지키기 위해선 꼭 필요한 일이거든."

마왕의 목소리는 차츰 멀어졌다.

"과거에 이 해역은 보름달의 마녀가 지배했다. 나는 보름달의 마녀에게 마술을 배웠어. 그게 없었다면 살아남지 못했을 테지. 이 섬에 흘러왔을 때 나 역시 자네처럼 무력했다. 사방 어디를 둘러봐도 아무것도 없는 광막한 세계였다. 하지만 잘 생각해 보라고. 아무것도 없다는 것은 뭐든 있다는 뜻이야. 마술은 거기서 시작된다."

마왕의 목소리는 그 이상 들리지 않았다.

나는 정말로 이곳에 버려진 모양이었다.

주위 바다는 강렬한 석양빛을 받아 피 흘리듯 붉게 물들어 있었다.

그 섬은 마치 좌초되어 오랜 세월이 지난 잠수함을 생각나게 했다.

솟아오른 바위땅과 야자나무 몇 그루 외에는 길게 뻗은 모래사장밖에 없었다. 5분이면 걸어서 한 바퀴 돌 수 있을 만큼 작은 섬이었다. 멀리 다른 섬이 보이지만 그곳까지 헤엄쳐 가려면 상당한 각오가 필요할 듯했다.

적어도 오늘은 불가능할 것 같았다.

긴 하루를 보내고 지칠 대로 지쳐 있었다.

그래도 완전히 어두워지기 전에 섬을 돌아다니면서 표류물 몇 가지를 발견했다. 너덜너덜한 범포 쪼가리, 빈 과즙우유 병 그리고 헌 달마 인형. 로빈슨 크루소의 재산 목록에 비하면 매우 빈약했지만 그래도 어쩐지 마음이 든든했다. 범포는 이 섬에서 밤을 보내는 데에 당장 침낭으로 쓸 수 있다.

태양은 바다 너머로 가라앉아 긴 하루가 이제 끝나려 하고 있었다.

나는 야자나무 밑에 앉아 사라져가는 저녁노을을 바라봤다. 이윽고 짙은 감색 하늘에 별들이 반짝이기 시작했다. 그때까지 흐릿한 빛을 발하던 바다도 시커먼 물결로 변했다.

먼 섬들에 밝혀진 거리의 불빛이 한층 매혹적으로 빛나기 시작했다.

파도 소리에 귀를 기울이며 먼 불빛을 바라보다 보니 문득 기시감에 가슴이 메었다. 언젠가 어디 먼 곳에서 거리의 불빛을 이렇게 혼자 바라봤던 적이 있다는 생각이 자꾸만 들었다. 하지만 아무리 기억을 더듬어 봐도 단서가 될 만한 것은 생각나지 않았다. 그저 정체를 알 수 없는 기시감에 가슴이 멜뿐이었다.

"나는 이방인이야. 나한테는 돌아갈 곳이 있어."

그때 어두운 바다 저편으로 2량 편성 열차가 지나가는 것이 보였다. 차창으로 흘러나오는 불빛이 어두운 수면에 흩어졌다. 나는 바닷가에 서서 열차를 배웅했다. 너무나도 길었던 하루의 피로에 짓눌려 그런 정경에 경탄할 기력조차 없었다.

범포를 덮고 밤하늘을 올려다봤다.

우주를 떠도는 외톨이가 된 기분이었다.

그날 밤 기묘한 꿈을 꾸었다.

꿈속에서 나는 지요 씨와 함께 고물상을 구경하고 있었다.

어둑어둑한 가게 안에 고물이 빼곡히 진열되어 있었다. 칠복신과 너구리 장식품, 도자기 접시, 색색의 유리잔, 장롱이며 서안. 색 바랜 달마 인형이 잔뜩 놓인 선반은 주인의 취향인 걸까. 검정색 전화기가 놓인 계산대에 사람은 보이지 않고 난로가 빨갛게 달아올라 있었다.

지요 씨가 유리 케이스 안에 든 작은 물건을 가리켰다.

"이건 뭘까?"

"네쓰케야. 에도 시대 장식품."

어떻게 그런 것을 아는지 꿈을 꾸는 나는 이상하게 생각했다. 하지만 꿈속에서의 나에게는 조금도 이상하지 않았다. 꿈속 세계를 사는 나와 꿈을 꾸는 나는 별개의 인물인 듯했다.

그런데 꿈속 세계를 사는 나 또한 자신이 이곳에서 이방인이며 돌아갈 곳이 따로 있다고 느끼고 있었다. 꿈속의 내가 지요 씨와 어깨를 맞대고 있는 것도 그런 불안을 달래기 위해서일지도 몰랐다.

"아버지는 당신이 무척 마음에 드셨어."

"정말 그렇게 생각해?"

"딸한테 보이는 얼굴과 당신한테 보이는 얼굴은 다르겠지만."

"당신 아버지는 내가 마음에 든 게 아니야. 함정에 빠뜨리려고 하는 거지."

하지만 그렇게 말하면서도 그게 어떤 함정인지 도무지 짐작이 가지 않았다.

나는 그녀 아버지의 얼굴을 떠올렸다. 시원스러운 눈매는 지요 씨와 똑같이 수수께끼 같은 빛이 서려 있었다.

지요 씨가 내 귓가에서 속삭였다.

"그럼 날 데리고 도망쳐."

"어디로?"

"그러게. 먼 남양의 섬으로라도."

전화가 요란하게 울기 시작했다. 우리는 숨을 삼키듯 입을 다물었다.

계속 울리는 전화벨은 경고 같기도 하고 누가 도움을 청하는 것 같기도 했다. 여전히 아무도 나타나지 않았다. 계산대 옆 벽에는 달력이며 종이쪽지가 다닥다닥 붙어 있고 커다란 밀짚모자가 못에 걸려 있었다. 나는 견딜 수 없어져서 "나가자"라고 말했다. 그리고 지요 씨 손을 잡고 차가운 유리문을 밀고 밖으로 나왔다. 한 남자가 가게 앞에서 담배를 피우고 있었다.

"여." 사야마 쇼이치는 씩 웃으며 손을 들었다. "그만 갈까."

우리는 해질 녘의 주택가를 걷기 시작했다.

잿빛 하늘에서 눈이 훌훌 날리고 있었다.

사야마 쇼이치는 가죽점퍼 주머니에 손을 넣고 혼자 앞장서서 걷고 있었다. 품에 손을 넣고 활보하는 시대극의 주인 없는 무사 같았다. 그의 뒷모습을 보며 나는 기쁨을 느꼈다. 내가 이방인인 것처럼 그 또한 이 도시에서 이방인이었다.

지요 씨가 내 손에 자신의 손을 갖다 댔다.

"나 손 따뜻하지?"

그녀는 하얀 입김을 내뱉었다.

눈을 뜨자 태양이 하늘 높이 떠 있었다.

나는 나무 그늘에서 몸을 일으키고 얼마 동안 지난밤 꾼 꿈을 되새겨 봤다.

고물상에서 나던 독특한 냄새, 겨울 공기 속에 차가웠던 유리문, 지요 씨의 따스한 손. 마치 진짜 기억 같았다. 하지만 그런 일은 있을 수 없다. 꿈속에서 지요 씨는 나를 꽤 친근하게 대했지만, 현실에서는 어제 처음 만났다.

지요 씨는 그 뒤 어떻게 됐을까.

마왕의 저택 현관 옆에서 의자에 앉아 있던 그녀의 모습이 생각났다. 그녀는 나를 기다리는 운명을 두려워했던 게 틀림없다. 그렇기에 헤어질 때 그렇게 불안해 보였을 것이다. 그녀는 내가 이런 상황에 처하기를 바라지는 않았을 것이다.

일어서자 발밑에서 사과 같은 것이 굴렀다.

어제 이 섬을 살피고 다녔을 때 바위 뒤에서 발견한 작은 달마 인형이었다. 색 바랜 달마 인형은 이런 외딴 섬의 모래사장보다 고물상 구석 자리가 더 어울릴 듯했다. 자기 처지가 마음에 들지 않는다는 것처럼 험악한 표정이었다.

"아이고 이 이쁜 것, 너도 내 동지구나. 외로운 표류자야."

나는 사랑스러운 달마 인형과 함께 모래사장으로 나갔다.

사방이 번쩍번쩍 빛나는 바다였다.

바다 저편에 뜬 섬들은 아침 햇빛 아래 스크린에 투영된 영상 같았다. 섬이 드문드문 있는 쪽으로 시선을 돌리자, 수평선 상에 큰 산맥 같은 소나기구름이 솟아 있고 그 아래 바다만이 밤처럼 어두웠다. 이곳은 마왕이 지배하는 군도 중에서도 특히 외진 곳인 듯했다. 도움을 청하고 싶어도 지나가는 배조차 없었다. 들리는 것이라곤 모래사장에 부서지는 파도와 야자나무 잎을 흔드는 바람 소리뿐이었다.

나는 손바닥에 얹은 달마 인형에게 말을 걸었다.

"자, 이제 어쩌지?"

먼 옛날에도 그렇게 놀았던 적이 있는 것 같았다.

내 친구 '달마 군'은 태평하게 중얼거렸다.

"자, 이제 어쩐다. 귀군, 이건 쉽지 않은 상황이야."

"넌 경험이 풍부하잖아?"

"과대평가는 곤란해. 파도에 흔들리면서 어푸어푸하다 보면 이 정도로 나이 들어 보이는 건 금방이라고. 솔직히 경험은 별로 없어."

달마 군은 겸손을 떨면서 잠시 생각하더니 말했다.

"일단 이 섬에 이름을 붙여보면 어떨까. 밥풀처럼 작아도 섬은 섬이니까. 이름이 있으면 애착도 생길 것이야."

그것도 일리는 있다 싶었다.

"……그럼 '노틸러스 섬'이라고 하지."

"훌륭해. 라틴어라니 제법이군."

"다음은?"

"우리가 노틸러스 섬을 구석구석 탐험하는 것이야."

나는 달마 인형을 안고 노틸러스 섬을 한 바퀴 돌아봤다.

하지만 쓸모 있을 만한 것은 아무것도 발견하지 못했다. 낯선 섬에 표류하는 것은 이번이 두 번째인데, 관측소 섬에 표류했을 때보다 상황이 훨씬 좋지 않았다. 이곳에는 사야마처럼 의지할 수 있는 선인先人도 없었고, 관측소는 고사하고 밀림도 개울도 없었다. 지금 이대로라면 물조차 마실 수 없다. 달마 군과 함께 여생을 보낼 것을 각오해도 여생이 그렇게 길 것 같지 않았다.

나는 바위에 기어 올라가 노틸러스 섬을 내려다봤다.

"깜짝 놀랄 정도로 아무것도 없군!"

"음, 아무것도 없어!"

"존재하든 말든 상관없는 것 같은 섬이야."

"그만큼 그윽하다고도 할 수 있지."

"하지만 이래서는 내가 말라비틀어질 텐데."

"귀군이 말라비틀어지면 나도 말라비틀어지지." 달마 군의 험악한 표정이 한층 더 험악해졌다. "이거 난처하군."

그때 사야마 쇼이치와 함께 포대 섬에 갔을 때의 경험이 되살아났다. 그때 나는 바다로 도망쳤다가 바닷속에 감추어진 길을 발견했었다.

달마 군은 "글쿠나"라고 말했다. "귀군, 시도해 볼 만한 가치가 있어."

"좋아, 어디 한번 해볼까."

노틸러스 섬 주변의 여울을 돌아다녀 봤지만 길은 찾지 못했다. 장마다 망둥이가 나지는 않는 모양이다. 태양은 쨍쨍하게 내리쬐고 갈증과 배고픔에 머리가 어질어질했다. 생각해 보니 어제 포대 섬에서 점심을 먹은 뒤로 입에 댄 것이라곤 포도주 한 잔뿐이었다.

나는 화가 나서 수면을 찰싹 때렸다.

"이젠 다 틀렸어."

"귀군, 자포자기했군."

"어쩌라는 건데, 아무것도 없잖아!"

"아무것도 없다는 건 뭐든 있다는 뜻이야."

문득 오른발이 뭔가에 부딪쳤다. 나는 소리도 못 내고 비명을 질렀다. 모래에 파묻혀 있던 바위에 발이 부딪친 모양이었다. 한참 몸부림친 다음 얼굴을 들자, 달마 군이 파도에 흔들리며 딱한 듯 나를 쳐다보고 있었다.

"아주 아프겠어. 나와는 인연이 없는 아픔이지만."

"여기에 뭐가 묻혀 있어. 망할."

수면 밑의 모래땅을 여기저기 더듬자 단단한 것이 만져졌다. 매끄럽게 연마된 것이 자연석 같지는 않았다.

모래를 파고 있으려니 "잘한다! 잘한다!" 하는 달마 군의 목소리가 멀어졌다. 그는 파도에 실려 앞바다로 떠내려가려 하고 있었다. 나는 황급히 달마 군을 붙잡아 모래사장에 내던졌다. 그리고 발굴 작업을 계속했다.

이윽고 모래 밑에서 굵고 긴 막대기 같은 것이 나타났다. 나는 수수께끼의 물체를 힘주어 빼내서 모래사장으로 끌어올렸다. 바닷가에 이르렀을 때 물체의 끄트머리에 사람 손가락 같은 것이 보였다.

"이게 뭐지."

나도 모르게 중얼거렸다.

거대한 석상의 오른팔이었다.

나는 석상의 팔을 야자나무 그늘에 내동댕이쳤다.

잎 사이로 비쳐드는 햇빛이 팔을 옅은 녹색으로 물들였다. 상당히 정교하게 만든 석상이었다. 손가락은 뭔가를 잡듯이 가볍게 구부러져 있었다. 사람 손으로 만들었다기보다 마술에 의해 돌로 변한 인간의 일부인 것처럼 사실적이었다. 물에 젖은 표면은 빛을 받아 우람한 근육이 당장이라도 움직일 듯이 생기가 느껴졌다. 굵은 팔을 보니 사야마 쇼이치가 생각났다.

"귀군의 상상이 맞을지도 모른다고."

"너도 그렇게 생각해?"

"여기는 마술의 바다니까 말이지."

"다시 말해 이건 돌이 된 사야마 쇼이치라고?"

"손가락을 주의해서 보도록. 구부러져 있지? 포대 섬에서 마왕의 딸이 쏜 총에 맞았을 때 사야마 씨는 권총을 들고 있지 않았나?"

나는 돌 손가락을 만져봤다.

"왜 석상이 된 거지?"

"그건 나도 모르지. 수수께끼로군!"

석상을 끌어올리면서 생각보다 체력을 쓰고 말았다. 이러는 동안에도 시간은 지나가고 내 여생은 점점 줄어들겠지. 갈증과 배고픔은 더욱 심해졌다. 나는 야자나무 꼭대기를 멍하니 둘러봤다. 야자열매라도 없을까 싶었지만 그런 게 없다는 것은 어제 이미 알고 있었다.

나는 한숨을 쉬고 바다 저편의 섬을 쳐다봤다.

"오도 가도 못 하게 되기 전에 헤엄치는 수밖에 없겠어."

"귀군, 저 거리를 헤엄칠 수 있나?"

"솔직히 절반도 못 갈 거야. 굶주림과 갈증으로 죽는 것하고 물에 빠져 죽는 것하고 어느 쪽이 덜 고통스러우려나? 물에 빠져 죽는 편이 괴로워하는 시간이 적은 만큼 그나마 나을지도 모르겠군."

"아아, 내가 좀 더 크기라도 했다면!" 달마 군은 원통한 듯 말했다. "그러면 귀군을 태우고 바다를 건널 만큼의 부력이 생겼을 텐데. 작은 달마 인형으로서 나 자신의 무력함을 통감하게 되는군!"

"말 상대가 있는 것만으로도 마음이 든든해."

"귀군의 망상이지만 말이지, 까놓고 말하면."

"까놓고 말하지 마."

나는 달마 군을 무릎에 올려놓고 말했다.

"역시 바다에 빠지는 건 쓸쓸해. 기왕이면 내가 이름을 지은 섬에서 죽고 싶은데. 네 조언이 옳았어. 노틸러스 섬에 애착이 생겼지 뭐야."

"귀군은 네모 군이니 말이지."

"그래, 난 네모 군이야."

나는 광대한 하늘과 바다를 바라보며 생각했다.

나는 내가 누군지도 모르는 채 정신이 들어 누군지도 모르는 채 사라질 것이다. 처음부터 존재하지 않았던 것이나 다를 바 없다. 그것이 본래의 자연스러운 모습이며 내가 누군지 알고 싶다는 바람은 내가 사로잡힌 번뇌에 불과할지도 모른다. 하지만 포기를 못 하는 나는 내 이름을 원했다. 그건 네모 군이라는 가면에 감추어진 진짜 이름이요, 내가 돌아가야 할 곳으로 통하는 문이다.

"달마 군, 우리 어디서 만난 적 없어?"

"어디 먼 도시에서 마주쳤는지도 모르지."

"……지요 씨를 봤을 때도 같은 느낌을 받았는데."

"다음에 만나면 솔직하게 이야기하라고. 마왕의 딸이라고 사양할 필요 없어. 솔직하게 이야기하는 게 제일이야."

"지요 씨를 다시 만날 수 있을까?"

"만날 수 있고말고."

어째선지 달마 군은 자신만만했다.

선선한 바람이 뺨을 어루만졌다.

"귀군, 이건 좋은 징조일지도 몰라."

"어째서?"

"폭풍이야. 폭풍이 오고 있어." 달마 군이 말했다. "물 걱정을 하지 않아도 돼."

나는 벌떡 일어나 야자나무 그늘에서 모래사장으로 나갔다.

달마 군 말대로 아까 수평선에 보였던 구름이 빠른 속도로 다가오고 있었다. 습기를 머금은 싸늘한 바람을 맞으며 유심히 살펴보니 환한 바다와 어두운 바다의 경계가 보였다. 먼 쪽의 어두운 해상은 부옇게 흐렸다. 비다. 그렇게 생각한 것만으로도 목구멍에서 꿀꺽 소리가 날 듯했다.

나는 범포와 함께 보관해 놓았던 과즙우유 병을 가져와서 땅에 반쯤 묻었다. 비구름이 지나가는 동안 빗물을 받아놓으려는 것이었다. 이것으로 수명이 조금은 연장될지도 모른다.

"정말 여기까지 와줄까."

"그냥 지나간다면 그건 고문이야." 달마 군은 말했다. "망망대해에 비가 내리는 것만큼 무의미한 일은 없어. 이 노틸러스 섬에 내려야지."

어두운 바다에 번개가 치고 천둥이 바다를 건너왔다.

모래사장에 서서 지켜보는 사이에 먹구름이 노틸러스 섬 상공으로 흘러왔다.

주위는 저물녘처럼 어두워지고 별안간 하늘에 구멍이라도 난 듯 세찬 비가 쏟아지기 시작했다. 노틸러스 섬을 둘러싸는 여울이 일제히 끓어오른 것처럼 보였다. 나는 입을 벌려 빗물을 꿀꺽꿀꺽 마셨다. 바싹 말랐던 몸에 물이 스며들었다.

하지만 단비를 천천히 음미하고 있을 여유는 없었다. 거의 숨도 쉬기 힘들 지경이었다. 사나운 폭포를 맞는 것이나 다름없었다.

"안 되겠군."

나는 야자나무 그늘로 도망쳤다.

호우와 폭풍에 이리 치이고 저리 치여 뭐가 뭔지 알 수 없었다. 난파되기 직전의 배 갑판에서 돛대를 부둥켜안고 있는 기분이었다.

번갯불이 주위를 환히 밝히고 천둥이 쳤다.

"귀군, 도망쳐!" 달마 군이 황급히 부르짖었다. "곧 벼락이 떨어져!"

내가 바위 뒤로 도망친 뒤 세계가 반으로 쪼개지는 듯한 굉음이 울리더니 주위가 새하얘졌다. 방금 전까지 부둥켜안고 있던 야자나무가 불타올랐다.

나는 바위에 등을 붙이고 숨을 돌렸다. 정말 아슬아슬하게 살았다.

노틸러스 섬의 유일한 바위땅은 세찬 물보라를 맞고 있었다. 폭풍을 피할 길이 없었다. 나는 쫄딱 젖어 그저 몸을 움츠리고 있었다. 검은 광택을 발하는 바위 표면을 흘러내리는 빗물은 점차 세져 마치 폭포수를 맞으며 수행하는 기분이었다. 발아래 땅은 진창이 되어 갑자기 생겨난 시내가 진흙을 바다로 실어 날랐다. 이대로 가다가는 노틸러스 섬 자체가 녹아 없어질 듯 했다.

"왜 이런 일을 당해야 하는 건데."

그때 신발 바닥에 단단한 것이 닿았다.

밑을 보니 빗물에 씻겨 내려간 흙 밑에서 철판 같은 물체가 드러나 있었다. 표면에는 문자 같은 것이 새겨진 것으로 봐서 인공물이 틀림없었다. 나는 땅에 엎드려 철판의 진흙을 닦았다. '노틸러스 섬 기관부'라고 돋을새김으로 쓰인 철제 해치였다. 해치를 열자 녹슨 레버가 나타났다.

"이게 뭐지?"

"귀군, 레버라는 것은 '당기기' 위해 존재하는 게 아니겠나?"

나는 레버를 당기려고 했지만 녹이 슬어 꼼짝도 하지 않았다. 아무리 애를 써도 내 팔 힘으로는 움직일 수 없었다. 나는 얼굴을 들어 노틸러스 섬을 둘러봤다. 타다 남은 야자나무 밑에 아까 바다에서 끌어올린 석상의 팔이 뒹굴고 있는 것이 보였다.

나는 폭풍우를 뚫고 달려가 팔을 주워왔다.

석상의 손을 레버에 대보니 딱 맞았다. 마치 그러라고 만든 것 같았다. 나는 자갈을 지렛대의 지점으로 삼아 석상에 체중을 실었다.

레버가 크게 움직이면서 반응이 느껴졌다.

"땅속에서 뭐가 움직이기 시작한 것 같은데."

거대한 기계가 작동하는 소리가 땅속에서 들려왔다. 하나의 움직임이 또 다른 움직임을 불러와 차츰 움직임이 커져갔다. 주위 땅에 괴어 있던 흙탕물이 부들부들 떨리기 시작했다. 나도 모르게 바위를 부둥켜안았지만 거대한 바위도 땅속에서 올라오는 힘에 쉴 새 없이 흔들렸다.

느닷없이 노틸러스 섬 전체가 위로 솟구치듯 크게 요동쳤다. 잠자던 고래가 갑자기 깨어난 느낌이었다.

"귀군, 이것은 섬이 아니로군." 달마 군이 말했다. "배였어."

노틸러스 섬은 그렇게 항해를 시작했다.

제5장 『열대』의 탄생

노틸러스호는 순조롭게 바다를 나아갔다.

이윽고 폭풍은 등 뒤로 멀어져가고 주위에 햇빛이 비쳤다.

나는 함교에 자리 잡은 선장처럼 바위산에 서서 전방을 노려봤다. 과즙우유 병에 받은 빗물을 마시며 기이한 흥분에 휩싸여 있었다. 알지도 못하는 이런 바다에서 내가 죽을까 보냐 생각했다. 꼭 살아남아 주마.

"이제야 기운이 난 모양이군." 달마 군이 말했다. "좋은 마음가짐이야."

그나저나 해치에 새겨진 '노틸러스 섬 기관부'라는 명칭이 이상했다. '노틸러스 섬'은 그 순간에 생각나서 지은 이름이었다. 내가 이 섬에 표류하기도 전에 누군가가 이 섬을 '노틸러스 섬'이라고 명명한 걸까.

그런 생각을 하는데 달마 군이 말했다.

"귀군이 '노틸러스 섬'이라는 이름을 붙였기 때문에 그 이름에 걸맞은 섬으로 변신한 것이야. 다시 말해 자네가 이 섬을 창조한 것이지."

"안 되는 게 없네?"

"여기는 마술의 바다니까."

"그럼 이 섬은 지금부터 '단팥빵 섬'이다." 나는 두 팔을 벌리고 외쳐봤다. “단팥빵이여, 쏟아져라!”

그러나 단팥빵은 쏟아지지 않았고 괜히 허기만 더 졌다.

“안 되는 게 없지는 않나 봐.”

달마 군이 미안한 듯 말했다.

하늘 높이 뜬 태양이 쨍쨍 내리쬐어 비에 젖은 몸도 금세 말랐다.

얼마 지나자 전방에 작은 섬이 눈에 띄었다. 시골에서 보는 신사의 숲을 가져다 바다에 살짝 띄워놓은 듯 보였다. 숲에 이물을 들이박듯 섬에 올라앉은 목조 범선이 시선을 끌었다. 기울어진 여러 돛대에서 범포며 로프가 늘어져 있고 고물 부분은 부서져 있었다. 그런데 자세히 보니 갑판에 빨래를 널어놨고 반대편에서 가느다란 연기도 피어오르고 있었다. 폐선에서 누가 살고 있는 모양이었다.

바위산에서 내려와 레버를 내리자 엔진이 꺼졌다.

그 뒤 노틸러스호는 관성에 의해 전진을 계속해 미지의 섬 여울에 올라앉았다. 항해하는 사이에 모래가 대부분 씻겨 사라진 탓에 노틸러스호는 크기가 확 줄었다. 나는 폐선 주민에게 도움을 청하기로 하고 달마 군과 석상의 팔을 들었다.

“얼씨구, 팔도 들고 가려고?”

“이건 사야마의 팔이야. 은인을 버릴 수는 없잖아.”

"글쿠나. 친구는 있고 볼 일이군."

좁은 모래사장이 울창한 숲을 에워싸고 있었다. 번쩍이는 모래를 밟으며 오른쪽으로 가니 바로 폐선이 나왔다. 바닷바람이 휙 불 때마다 비스듬하게 기운 돛대에서 삐걱삐걱 소리가 났다. 이상하게도 선창 근처에 『이상한 나라의 앨리스』에 등장할 법한 작은 문이 있었다. 측면에 난 구멍을 문으로 막아 현관으로 삼은 듯했다. 나는 문을 열고 불러봤다.

"실례합니다. 누구 없습니까?"

귀를 기울여 봐도 대답은 들리지 않았다.

널빤지 사이로 비쳐드는 햇빛이 여기저기 가느다란 빛의 기둥을 만들었다. 아마 선창船倉에 해당되는 공간일 것이다. 바닥은 모래투성이에 천장은 낮고 거뭇하게 변색된 나무통이며 상자가 잔뜩 쌓여 있었다. 계단을 발견하고 올라가보니 주위가 환해지면서 시원한 바람이 부는 복도로 이어졌다. 선실에는 생활의 자취가 분명히 있었다. 이윽고 취사장을 발견한 나는 통조림과 건빵과 물을 슬쩍했다. 배가 너무 고파서 기절할 것 같았다.

식사를 마치고 갑판으로 나왔다.

마치 오래된 건물 옥상처럼 황량한 곳이었다. 로프를 묶어 빨래를 널어놓았는데 세탁을 굳이 왜 하는지 모를 만큼 지저분했다. 빨래 밑을 지나 뱃전으로 다가갔을 때 건너편 모래사장에서 이상한 것이 보였다. 바다를 향해 길게 뻗은 잔교 끝에 거대한 양식 수조水槽 같은 것이 떠 있었다.

"저게 뭐지?"

몸을 내미려는데 뒤에서 "꼼짝 마!" 하는 목소리가 들렸다.

흠칫해서 돌아보자 기괴한 노인이 곡도를 들고 서 있었다. 너덜너덜한 범포를 허리에 두르고 물 빠진 야구모자 밑으로 백발이 축 늘어졌다. 상반신은 물에 잠긴 나무뿌리처럼 허옇고, 갈비뼈가 빨래판처럼 튀어나온 모습이었다. 심상치 않은 서슬에 위험을 느낀 나는 달마 군과 석상의 팔을 바닥에 내려놓고 두 손을 들었다.

"넌 대체 누구냐. 내 배에서 뭘 하는 거지?"

노인은 으르렁거리듯 말했다.

노인의 노여움을 풀기는 쉽지 않았다.

그도 그럴 것이 나는 허락도 없이 그의 거처에 들어온 데다 통조림과 건빵과 물을 훔쳐 먹었다. 노인은 모두 꿰뚫어 보고 있었다. 배에 들어온 내 일거수일투족을 몰래 숨어서 지켜보고 있었던 것이다. 왜 처음에 말하지 않았나 싶었지만 그런 말은 해봤자 불에 기름을 붓는 격이다. 나는 그저 싹싹 빌었다.

"이름은 뭐지?"

"네모입니다."

"그래. 나는 신드바드다."

"신드바드라고요?" 나는 나도 모르게 되물었다.

"아무렴, 그렇고말고. 내가 바로 '방황하는 신드바드'다."

노인의 풍채에 '신드바드'는 전혀 어울리지 않았다.

노인은 쭈그리고 앉아 석상 뒤에 뒹굴고 있던 달마 군을 집더니 공손하게 받쳐 들고 다양한 각도에서 꼼꼼하게 살펴봤다. 달마 군은 "뭔데?" 하고 부끄러운 듯 중얼거렸다. 한바탕 뜯어본 뒤 노인은 "이건 내가 가지지"라고 말했다. "네가 먹어치운 식량 값으로."

나는 놀라서 달마 군을 빼앗았다.

"이건 안 됩니다."

"뭐야?"

"내 친구라서요."

노인의 얼굴이 순식간에 벌게졌다.

"잔말 말고 이리 내놔. 처지를 알. 라. 고."

노인은 분노한 형상으로 덤벼들어 달마 군을 빼앗으려 했다. 나도 질세라 달마 군을 꽉 끌어안았다. 중간에서 달마 군이 "사이좋게! 싸우지 말고!"라며 아우성을 쳤다. 장난감을 놓고 다투는 유치원생처럼 보기 흉한 싸움을 벌인 끝에 노인은 단념하고 숨을 몰아쉬며 내뱉듯 말했다. "징그러운 녀석 같으니! 그럼 네 놈이 먹은 만큼 일해서 갚아."

"……뭘 시키려는 겁니까?"

"잔소리 말고 따라와."

노인은 뱃전에 묶은 줄사다리를 타고 내려갔다.

모래사장에 내려 그는 바다를 향해 뻗은 잔교를 걸어갔다.

그 끝에는 아까 간판에서 본 양식 수조 같은 것이 떠 있었다. 부유 구조물 같은 것으로 여울을 둘러싸 커다란 수영장처럼 만들었다. 구조물 구석에는 발동기며 빨간색과 흰색 튜브가 있고, 검게 그을린 사각 깡통에서 가느다란 연기가 피어오르고 있었다. 고물 같은 물건이 여러 개 보였다. 향로, 여우 가면, 담배합, 목조 호테이, 작은 달마.

"내 동류가 있는데." 달마가 기쁜 듯 말했다.

노인은 수조 안을 가리켰다.

"인양해."

"……인양이라뇨?"

"잠수하라고. 난 그걸로 먹고살거든." 노인은 말했다. "상품이 될 만한 걸 건져와."

인양은 바닷속에서 고물을 건져오는 것을 말하는 듯했다.

구조물 위에 놓인 고물은 햇빛을 받아 반짝반짝 빛났다. 다소 흠집이 났거나 때는 탔어도 원래 모습이 거의 남아 있는 게 바닷속에 가라앉아 있었던 것 같지 않았다. 도기 파편이 있는가 하면 금속 톱니바퀴도 있었다. 재질도 용도도 제각각인데 전체적으로 묘한 맥락이 있는 것처럼 느껴졌다.

나는 구조물에서 몸을 내밀어 수면을 바라봤다.

"알겠습니다. 빚진 건 갚아야죠."

"열심히 해보라고, 젊은이."

"대신 다른 말 하기는 없기입니다."

나는 속옷만 남기고 땀에 젖은 옷을 벗었다.

노인이 준 바구니를 허리에 묶고 고글을 쓰고 바다에 몸을 담그니 뭐라 말할 수 없이 마음이 푸근해졌다. 몇 번 가볍게 잠수해 봤지만 숨이 답답한 것도 거의 없었다. 투명한 파란 빛과 정적이 나를 부드럽게 감싸주었다.

바닷속 깊이 들어가니 이윽고 하얀 모래땅이 보였다.

그곳에 기이한 것이 있었다. 곳곳에 흩어진 석상 파편들이었다. 어떤 것은 팔, 어떤 것은 몸통, 어떤 것은 다리. 버려진 뒤 눈이 내려 쌓인 것처럼 모래에 묻힌 파편들은 수면에 비치는 어슴푸레한 빛을 받고 있었다. 파편 중에는 머리도 있었다. 멍하니 꿈을 꾸는 듯한 눈, 미소를 띤 입. 그 얼굴을 잊을 리 없었다.

사야마 쇼이치의 머리였다. 포대 섬에서 맞이한 죽음의 순간 그대로 묘지 같은 정적에 싸여 있었다.

나는 홀린 사람처럼 그 정경을 바라봤다.

인양 작업은 뜻밖에 재미있는 일이었다.

"넌 꽤 싹수가 있는 녀석이군."

노인이 감탄했을 정도로 나는 얼마든지 바다에서 잠수할 수 있었다.

작은 바구니를 허리에 묶고 거침없이 잠수해 바닷속 모래땅을 더듬었다. 고물을 하나둘 줍는 일에 푹 빠져 호흡하고 있지 않다는 것도 잊어버릴 정도였다.

"잘도 그렇게 오래 잠수하는군." 노인은 어이없다는 듯 말했다. "넌 전생에 돌고래였냐?"

그나저나 이 고물들은 어디서 오는 걸까.

내가 모래땅을 손으로 더듬으면 하얀 모래 먼지가 피어오르고 고물들은 그 속에서 얼마든지 잡혔다. 부서진 것은 거의 없으니 멀리서 떠내려 왔을 것 같지는 않았다. 마치 바닷속 모래땅에서 자연히 돋아나는 것 같았다.

내가 그렇게 부지런히 인양 작업을 벌이는 동안에도 사야마 쇼이치의 부서진 석상은 바닷속에 있었다. 작업 틈틈이 옆으로 눈길을 주면 미소 띤 사야마 쇼이치의 얼굴이 보였다.

잠수를 되풀이하는 사이에 오후의 태양이 저물었다.

"어이, 그만 나와."

노인이 불렀다.

나는 구조물로 올라와 숨을 돌렸다.

곁을 보니 내가 인양한 고물들이 잔뜩 있었다. 담담하게 작업하는 사이에 엄청나게 늘어난 것이다. 노인은 명랑하게 휘파람을 불며 담수가 든 양동이에 물건들을 씻어 부지런히 넝마로 닦았다.

"풍어로세, 풍어로세."

물건들 중에 빛이 반짝하는 것이 있었다.

나는 구조물에 앉은 채 그것을 집었다. 별 생각 없이 주워온 것이었는데 밝은 곳에서 보니 아주 아름다운 조각이었다. 돌멩이만 한 크기의 정교하게 조각된 감으로, 작은 용이 구멍에서 얼굴을 내밀고 있었다. 어째서 몰랐을까. 노틸러스 섬에서 꾼 꿈에 등장했던 물건이다.

네쓰케야. 에도 시대 장식품.

어둑어둑한 고물상.

차가운 유리문.

흩날리는 눈.

주위 세계가 빠른 속도로 멀어져가는 것처럼 느껴졌다. 뜨거운 햇살도, 바다 저편에 보이는 섬들도, 파란 하늘에 떠 있는 소나기구름도 모두 모조품처럼 보였다. 그것들은 마술로 만들어낸 것이고, 아무리 아름다워도 가짜일 뿐이었다.

내가 그런 생각을 하고 있으려니 노인이 "자, 마셔"라며 찝찔한 차를 따라 주었다.

그러고는 뭔가가 생각난 것처럼 잔교를 걸어 가버렸다.

그가 사라지기를 기다린 듯 달마 군이 입을 열었다.

"귀군에게 이런 재능이 있을 줄이야."

"저 영감님한테 부탁해서 당분간 이 섬에 숨어 있는 것도 방법이겠어."

"하지만 귀군, 저 자는 불길한 사내야. 언젠가 귀군의 등에 딱 들러붙어 떨쳐낼 수 없게 될 테지. 이런 곳에 오래 있는 것이 아니야."

"그런가? 아닌 게 아니라 별난 영감님이긴 한데."

나는 물에 젖은 몸을 닦고 바지를 입은 다음 네쓰케를 주머니에 넣었다.

이윽고 노인이 돌아왔다. 내가 노틸러스 섬에서 발견한 석상의 팔을 안고 있었다. 왜 그런 것을 가져왔나 생각하고 있으려니 그는 서슴없이 팔을 바다에 던졌다. 물보라가 성대하게 일고 나는 나도 모르게 엉거주춤 일어섰다.

"무슨 짓이야!"

"이런 건 얼마든지 있어."

바다에 뛰어들어 주워올까 생각했다. 하지만 이 구조물 밑 바다에는 그 외에도 사야마의 석상 파편들이 흩어져 있었다. 노인 말대로 따르기는 분했지만, 사야마 쇼이치도 팔과 같이 있으면 기뻐할지 모른다.

그나저나 '얼마든지 있다'라는 노인의 말이 마음에 걸렸다.

"생각해 보면 가엾은 녀석들이거든."

노인은 내 옆에 앉아 허옇고 털이 수북한 정강이를 늘어뜨렸다.

"밤에 모닥불을 피워놓으면 날아드는 벌레들이 있잖냐. 학파 녀석들을 생각하면 그 어리석은 벌레들이 생각난단 말이지. 마왕한테 홀려 석상이 돼서 바다에 가라앉아 각설탕처럼 부서져. 시시해. 까마득히 먼 옛날부터 되풀이되어 온 일이야. 내가 아직 네놈처럼 젊어서 이 바다를 멋대로 휘젓고 다니던 시절부터 말이지."

"아주 먼 옛날이야기 같군요."

"깔보지 말라고." 노인은 울컥한 듯했다. "난 마왕한테도 맞서 싸웠던 사람이야."

그러고는 옛날이야기를 시작했는데, 내용이 터무니없이 황당무계한 데다 끝도 없이 이어졌다. 거대한 로크 새, 인간을 꼬치에 꿰어 구워먹는 큰 원숭이, 배를 삼켜버리는 바다 괴물, 표류자에게 들러붙어 떨어지지 않는 '바다의 노인', 날개가 돋친 남자들……. 갖은 기괴한 모험을 겪은 끝에 노인은 해적 선단을 이끌게 되어 마왕의 해역을 휘젓고 다녔다 했다.

"그리하여 신드바드의 이름이 세계만방에 떨쳐진 것이었다!"

지금은 이렇게 코딱지만 한 섬에 갇혀 있지만 자신은 아직 늙지 않았다고, 언젠가 다시 바다로 나가고 말겠다고 말했다.

그러고는 공허한 눈으로 바다 저편을 바라봤다.

"꿈을 꾸는 것이야." 달마 군이 소곤거렸다. "전부 망상에 불과해."

십중팔구 달마 군 말이 맞을 것이다. 어쩌면 이 노인도 나처럼 과거를 잃고 군도에 표류한 사람인지 모른다. 이런 외딴 섬에서 외롭게 살며 스스로에게 이야기를 거듭해서 들려주다 보면 이윽고 뭐가 진실인지 구분할 수 없게 될 것이다. 나는 갑자기 등골이 오싹해졌다. 바다 저편을 바라보는 노인의 모습에서 이방인인 내 앞날이 보이는 것 같았다.

문득 노인이 물었다.

"넌 어디서 왔지?"

기억나지 않는다고 말하고 싶지 않았다.

나는 돌아갈 곳이 있다고 말하고 싶었다.

"먼 곳에서 왔죠……."

그렇게 말한 순간 노틸러스 섬에서 꾼 꿈이 떠올랐다. 어둑어둑한 고물상, 아름다운 젊은 여자, 흩날리는 눈, 축제 분위기……. 그에 대해 노인에게 이야기하기 시작하니 세세한 기억이 생생하게 되살아났다. 꿈이 아니라 틀림없는 진짜 기억이었다. 내가 돌아갈 곳을 알려주는 단서였다.

내가 기억을 이야기하는 동안 노인은 열심히 귀 기울여 들었다.

"눈 내리는 도시라……." 노인은 꿈꾸는 사람처럼 중얼거렸다. "그 추억을 소중히 간직하라고."

어디서 엔진 소리가 들려왔다.

노인은 "왔군" 하며 일어섰다.

앞바다에서 보트 한 척이 다가왔다.

노인이 손을 크게 흔들자, 보트를 운전하는 오픈칼라 셔츠 차림의 남자도 가볍게 손을 들었다. 두 사람은 안면이 있는 듯했다.

이윽고 남자는 보트를 잔교에 대고 엔진을 끈 뒤 선창으로 펄쩍 뛰어 건너왔다. 그때야 보트에 초등학생쯤 되는 여자애도 타고 있었던 것을 알아차렸다. 부녀 사이인 모양이었다. 밀짚모자를 쓴 아버지와 딸은 캉캉 소리를 내며 선창을 걸어왔다.

"영감님, 잘 있었나." 남자가 말했다. "물건은 준비됐고?"

"풍어야. 보면 놀랄걸."

남자는 나를 보고 의아한 표정을 지었다. 노인은 "이놈은 조수야"라고 말했다. 어느새 그렇게 된 모양이었다.

남자는 나를 가만히 쳐다보더니 물었다. "이름이 뭐지?"

"네모입니다."

"네모? 특이한 이름이군."

내 값을 매겨보는 듯한 눈초리였다.

그러나 남자는 그 이상 캐고들 생각은 없는 듯했다. "잘 부탁해"라고 짤막하게 말하고는 구조물에 늘어 놓인 고물을 둘러보더니 휘파람을 불었다.

남자와 노인은 흥정을 시작했다.

두 사람을 두고 다른 곳으로 가려는데 여자애가 쭈그리고 앉아 있는 게 보였다. 고물을 늘어놓고 혼자 놀고 있었다. 아버지가 일하는 동안에는 늘 그렇게 노는 모양이다. 아주 얌전한 아이였다. 사발 공주처럼 큰 밀짚모자로 얼굴을 감추고 있었다. 내가 "안녕" 하고 인사를 건네자 아이는 머뭇머뭇 고개를 들었다.

달마 군이 명랑한 목소리로 말했다.

"안녕, 꼬마야."

여자애가 순간 동작을 멈추었다. 놀란 듯 쳐다보더니 대답했다. "안녕."

"꼬마는 내 목소리가 들리는구나."

"응, 들려."

"글쿠나."

"글쿠나가 뭐야?"

"그렇구나, 라는 뜻이지."

여자애는 미소를 지으며 "글쿠나"라고 했다.

"넌 어디서 왔어?"

"머나먼 섬에서 떠내려 왔단다, 야자열매처럼."

"야자열매야?"

"아니, 나는 달마 군이야."

"……난 나쓰메."

"그래, 잘 부탁해, 나쓰메. 이 사람은 내 친구 네모 군."

나도 쭈그리고 앉아 인사했다. 커다란 밀짚모자 밑으로 작고 창백한 턱이 보였다. 대답하는 목소리는 작았지만 그래도 나쓰메는 조금 경계를 푼 듯했다.

"가게에 네 친구들이 많이 있어." 나쓰메는 달마 군에게 말했다. "아버지가 모으거든."

"그거 훌륭한데. 꼭 한 번 가보고 싶군."

나는 나쓰메에게 물어봤다.

"아버지 가게는 어떤 가게야?"

"오래된 물건이 많아요."

"고물상인가."

"호렌도라고 해요."

호렌도.

그 이름을 듣는 순간, 노틸러스 섬에서 꾼 꿈속 고물상이 되살아났다.

“고맙다, 나쓰메.”

나는 일어섰다.

노인과 고물상 주인의 흥정은 잘 마무리된 듯했다. 남자는 “이거 한몫 잡았는데”라고 말했고 노인은 만면에 웃음을 짓고 있었다. 내가 바닷속에서 건져온 물건이 꽤 값이 나가는 모양이었다. 호렌도 주인이 고른 물건을 내가 보트로 나르는 동안, 노인은 파이프 담배를 피우며 돈 계산에 여념이 없었다.

“부탁이 있습니다.” 나는 호렌도 주인에게 부탁했다. “저도 데려가 주실 수 없을까요?”

“……댁을?” 주인은 눈살을 찌푸렸다. “영감님 조수라며?”

“저 사람이 혼자 그렇게 정한 겁니다.”

“그래도 그렇지.”

“뱃삯으로 이걸 드리겠습니다.”

아까 바닷속에서 인양한 네쓰케를 주자 호렌도 주인은 눈을 둥그렇게 떴다.

“이거 대단한데. 뱃삯을 하고도 남아.”

협상은 잘 타결될 듯했다.

그런데 노인이 방해했다.

“둘이 무슨 이야기를 하는 거지?”

“난 이 사람하고 같이 가겠어.”

“무슨 소리냐, 넌 이 섬에서 일해야지.”

나는 식량을 훔쳐 먹은 것은 잘못했지만 지금까지 인양한 고물로 전부 갚은 게 아니냐고 주장했다. 하지만 노인은 완강하게 용납할 수 없다는 태도였다. 내가 먹은 통조림과 건빵, 물은 자신의 재산이니 '값을 얼마로 매기든 자기 자유'라는 것이었다. 그렇다면 내가 언제 풀려날지 역시 노인 마음이라는 뜻이 된다.

"나더러 노예가 되라는 건가?"

"난 네놈한테 생명의 은인이라고."

노인은 내 팔을 붙들고 놓아주려 하지 않았다.

이윽고 나쓰메가 달려와 달마 군을 돌려주고 "안녕" 인사하고는 보트에 올라탔다. 호렌도 주인이 발동을 걸자 보트가 출발했다. 그제야 노인이 내 팔을 잡고 있던 힘을 늦추고 "너는 재능이 있다" "언젠가 독립할 수 있다" 하며 비위를 맞추듯 말했다.

달마 군이 조바심을 냈다.

"귀군, 이러다가 이곳에 발이 묶이겠어."

멀어져가는 보트에서 나쓰메가 쓸쓸한 듯 이쪽을 보고 있었다. 달마 군을 두고 가는 게 마음에 걸리는 모양이었다. 그때 나쓰메가 아버지 팔에 매달려 열심히 뭐라 말하기 시작했다. 호렌도 주인은 처음에는 당혹스러워하는 듯 보였지만 이윽고 엔진을 끄고 일어서서 크게 손짓했다.

"태워줄 테니까 이리 와."

나는 노인의 손을 뿌리치고 바다에 뛰어들었다.

보트까지 헤엄쳐서 가자 나쓰메가 손을 내밀고 있었다. 나쓰메에게 달마 군을 건넨 뒤 나는 주인의 손을 잡고 보트에 기어 올랐다. 뒤에서 미쳐 날뛰는 노인의 목소리가 들려왔다. 나를 쫓아 헤엄치며 "도둑놈!" "그놈은 내 재산이야!" 하고 부르짖었다. 시퍼런 서슬에 놀라 나쓰메는 숨고 말았다.

"어이구야, 힘도 좋지."

호렌도 주인은 뱃전에 발을 올려놓고 몸을 내밀었다.

"영감님, 포대 섬에서 사건이 있었던 건 알고 있나?"

"그게 왜!"

"지하 감옥의 죄수가 탈주했어. 학파 인간 둘이 쳐들어와서 탈주를 거든 모양이지. 한 명은 총 맞아 죽고 또 한 명은 마왕한테 유배됐거든. 내가 듣기로 유배된 쪽은 '네모'라는 이름의 젊은이라던데."

노인은 헤엄치며 나를 노려봤다.

"흥. 어째 수상쩍은 이야기군."

"얽히지 않는 게 좋을 거야, 영감님." 호렌도 주인은 말했다. "마왕한테 호되게 당했잖아?"

"……누가 겁낼 줄 알고?"

노인은 허세를 부리듯 말했다.

하지만 그 뒤로 조용해졌다.

섬을 떠날 수 있었던 것은 호렌도 주인 덕분이었다.

노인은 단념하고 잔교로 돌아갔다. 보트가 멀어지면서 잔교에 주저앉은 노인의 모습은 순식간에 작아졌다. 성가신 인물이기는 했지만 쓸쓸한 모습을 보니 어쩐지 딱한 마음이 들었다.

"저 영감님하고 오래 알고 지낸 사이인데 말이지." 호렌도 주인은 보트를 운전하며 말했다. "해적으로 여기 바다를 휘젓고 다닌 적도 있었던 모양이야. 워낙 오래전 이야기라 어디까지가 사실인지는 나도 몰라. 하여간 묘한 영감님이라니까."

"'신드바드'라는 건 진짜 이름입니까?"

"해적이었을 때 자기가 지었다는군. 본명은 아무도 몰라."

"아무튼 감사합니다."

"인사는 나쓰메한테 해. 딸애의 부탁은 거절할 수가 없어서."

주인은 그렇게 말하며 곁에 있는 나쓰메에게 시선을 돌렸다.

나쓰메는 기쁜 표정으로 달마 군을 무릎 위에 올려놓고 있었다.

열대의 태양은 저물고 바다는 황금빛으로 물들어 있었다. 보트는 여러 섬 사이를 누비며 나아갔다. 사무 빌딩이 늘어선 섬이 있는가 하면 '가무 연습장'이라는 간판이 붙은 멋없는 건물이 있는 섬도 있고, 치즈케이크 같은 상가 건물이 동그마니 선 섬도 있었다. 울창한 숲으로 덮인 섬에 다가갔을 때, 숲을 지나는 참배길 끝에 주홍색 도리이가 보였다.

얼마 지나 호렌도 주인이 말했다.

"댁은 이 바다 밖에서 왔다는 거지."

"……그런가 봅니다."

"부러운걸."

뜻밖의 말이었다.

"모두가 마왕한테 고마워하는 건 아니거든."

그게 나를 도와준 이유일지도 모른다.

이윽고 보트는 큰 섬으로 다가갔다.

밀림이 있는 섬 해안선을 따라 건물이며 민가가 늘어서 있었다. 항구에는 크고 작은 배가 장난감처럼 다닥다닥 붙어 둥실둥실 떠 있었다. 호렌도 주인은 능숙한 솜씨로 혼잡을 이루는 배들 사이를 지나 작은 잔교에 보트를 댔다.

잔교 어귀에 있는 오두막에서 알로하셔츠 차림의 약간 살집이 있는 남자가 나왔다. 호렌도 주인이 계산을 하는 사이에 알로하셔츠는 연신 수건으로 땀을 훔치고 얼굴을 부채질했다. 도중에 "나쓰메, 잘 갔다 왔어?" 하고 말을 걸었는데, 나쓰메는 아버지 등 뒤에 숨어 나오지 않았다. 알로하셔츠는 슬픈 표정을 지었다.

대금을 치르고 나서 주인은 말했다.

"여기서부터는 걸어서 가야 해."

나는 고물이 든 상자를 안아 들었다.

주인 뒤를 따라 걸어가자 금세 아케이드 상점가가 나왔다. 해안을 따라 곡선을 그리며 이어지는 상점가는 끝이 보이지 않았다.

마왕의 마술이 얼마나 대단한지 알겠느냐고 새삼 들이대는 것 같았다.

거대한 상점가도, 오가는 사람들도 모두 마술의 산물이었다. 대중식당, 오코노미야키 가게, 찻집, 불교용품 상점, 양품점, 담배 가게, 고서점. 다양한 상점이 늘어서 있었다. 장바구니를 든 주부로 보이는 사람도, 함께 걷는 여고생들도, 지팡이를 짚은 기모노 차림의 노인도, 장사에 열을 올리는 상인들도 얼굴에서 생활감이 느껴지는 것이 도무지 전부 마술로 만들어 냈다는 게 믿기지 않았다.

상점가에 면한 작은 신사 앞에 이르렀다. 사람들이 봉헌한 하얀 초롱이 줄줄이 걸려 있고, 문 양옆의 장대 끝에 매단 초롱에는 '니시키 덴만궁'이라고 쓰여 있었다.

나는 멈춰 서서 그 글자를 쳐다봤다.

"왜요?" 나쓰메가 물었다.

나는 여기에 온 적이 있었다.

마음의 수면 밑에서 고래 같은 커다란 그림자가 꿈틀거렸다. 하지만 그림자는 내 손에 잡히지 않고 다시 어딘가 깊은 곳으로 잠수해 버렸다.

"아무것도 아니야."

나는 다시 걷기 시작했다.

상점가에서 오른쪽으로 뻗은 골목으로 접어들자 수로가 가로세로로 지나는 동네가 나타났다. 묘지와 절, 검댕이 앉은 민가가 늘어서 있고, 2층 창문에 친 발에 수로의 불빛이 비쳐 흔들렸다. 마음이 적적해지는 바닷새의 울음소리가 들렸다.

동네를 지나니 바다에 면한 안벽이 나왔다.

그곳에서 길게 뻗은 다리 끝에 2층 건물이 마치 기괴한 배처럼 떠 있었다. 유리문 밖에 큼직한 갈대 가리개가 세워져 있고 그늘에 장롱이며 큰 단지가 놓여 있었다. 간판에 '호렌도'라고 쓰여 있었다. 긴 다리를 건너 가게 앞에 다다르자 주인은 짐을 내려놓고 땀을 닦았다. 그러고는 유리문을 열더니 "왔습니다"라고 말했다.

"댁도 피곤할 테지. 들어가서 쉬라고."

호렌도는 물속에 잠긴 것처럼 시원했다.

어둠에 눈이 익자 오른쪽 계산대에 여자가 있는 게 보였다.

여자는 계산대에 턱을 괴고 꿈을 꾸는 것처럼 멍하니 있었다. 그녀의 얼굴을 보고 나는 숨을 훅 들이마셨지만, 사실 이 상황이 뜻밖일 사람은 오히려 그녀였을 것이다. 눈이 마주치자 오수에서 완전히 깨어나지 못한 그녀의 얼굴에 놀람의 빛이 번졌다.

어째서 이 사람이 이렇게 익숙하게 느껴지는 걸까. 관측소에서 본 사진, 포대 섬에서 만났을 때 그리고 지금. 그녀의 모습을 볼 때마다 그 느낌이 점점 강해졌다. 먼 옛날, 어느 먼 곳에서 그녀를 만났다는 생각이 자꾸만 들었다.

지요 씨는 한숨을 쉬듯 말했다.

"살아 있었군요."

호렌도 주인과 지요 씨는 소곤소곤 무슨 말인가 주고받았다.

그동안 나는 두 사람과 떨어져 혼자 고물을 구경했다.

가게 안은 바다 깊숙한 곳처럼 어둑어둑했다. 새카만 장롱은 바위땅, 아무렇게나 쌓아놓은 도기는 조개껍데기, 매달아 놓은 중국풍 초롱은 열대어 같았다. 전부 인양 작업으로 건져낸 것이라면 그런 인상도 꼭 부자연스럽다고 할 수는 없을 것이다. 그나저나 대체 이 기시감은 뭘까. 호렌도는 노틸러스 섬에서 꾼 꿈과 똑같았다.

나쓰메가 어두운 구석에서 달마 군과 이야기하고 있었다.

두 사람은 어느새 친구가 된 모양이었다.

"나쓰메" 하고 부르자 그녀는 눈앞의 선반을 가리키며 방글방글 웃었다. 나는 선반을 보고 경악했다. 크고 작은 달마 인형이 가득 놓여 있었다. 이쯤 되면 고물이라기보다 다른 차원에서 습격해 온 생명체 같았다.

"와, 대단한데."

"아버지가 모은 거예요."

"나의 동포들이여! 참으로 푸근한 광경 아닌가."

"네가 돌아갈 곳은 여기였을지도 모르겠군."

"나도 그런 생각을 하고 있었어."

"이걸 보여주고 싶었어요."

나쓰메는 기쁜 표정으로 말했다.

호렌도 주인이 와서 컵에 따른 보리차를 나쓰메에게 건넸다. “마시렴.” 그러고는 잠깐 보자며 내 팔을 잡아당겼다.

계산대로 돌아가니 지요 씨는 진지한 표정이었다. 나는 주인이 권해 준 둥근 의자에 앉았다. 그녀와 마주 보고 앉은 모양새가 되어 신문당하는 듯한 압박감이 느껴졌다. 호렌도 주인은 상자를 들여다보며 자칭 ‘신드바드’ 노인에게 사들인 고물을 하나씩 살펴보고 있었다. “이거 전부 댁이 인양한 거지?”

“네, 맞습니다.”

“바로 알겠어. 그 영감님 솜씨가 아니야.”

나는 용기 내어 지요 씨에게 물었다.

“왜 여기에 있는 겁니까?”

“가끔 놀러 오거든요. 가게도 보고요.” 지요 씨는 짤막하게 말했다. “그러는 당신이야말로 어째서 여기에 있죠? 유배된 게 아니었나요?”

나는 찝찔한 보리차를 마시면서 지금까지 있었던 일을 설명했다.

기분이 이상했다. 어제 아침까지 나는 관측소 섬에서 생활하며 이 ‘눈에 보이지 않는 군도’를 보지조차 못했다. 그런데 지금은 이렇게 호렌도에서 두 사람에게 내 이야기를 하고 있다니. 사야마 쇼이치를 처음 만난 날 아침이 마치 먼 옛날처럼 느껴졌다.

이야기를 마치고 나서 바라본 지요 씨의 눈은 반짝반짝 빛나고 있었다.

"재미있네요."

시간이 꽤 많이 지났을 텐데 해는 여전히 환해 황금색 저녁이 영원히 계속되는 듯했다. 조용한 고물상을 둘러싼 바다는 거대한 게으름뱅이 생물처럼 일렁이고 있었다. 눈부시게 빛나는 바다 너머로 상점가 섬이 보이는데, 그곳에서 살아가는 사람들의 소리는 여기까지 들리지 않았다.

"노틸러스 섬에, 인양 작업도." 지요 씨는 중얼거렸다. "창조의 마술을 썼군요."

"……그럴 리가요."

창조의 마술은 마왕의 힘이라고 하지 않았나. 그렇게 간단히 익힐 수 있는 것이라면 학파 남자들이 목숨을 걸면서까지 훔치려고 할 리 없다.

내가 당혹스러워하자 지요 씨는 일어섰다.

"이리 와요."

그리고 뒷문을 열고 밖으로 나갔다.

호렌도 주인의 재촉에 나도 밖으로 나갔다.

바깥에는 좁은 발판과 작은 보트밖에 없었다. 눈앞에는 황금색 바다가 펼쳐져 있고 멀리 떠 있는 섬들과의 사이에 바위땅 하나 없었다.

"자, 증명해 봐요."

차가운 말투와는 반대로 그녀의 눈은 기대에 차 반짝였고 두 손은 기도하듯 모아져 있었다. 그녀는 내가 창조의 마술을 쓰기를 바라는 듯했다.

나는 눈앞의 바다를 곤혹스레 쳐다봤다.

그때 마왕의 말이 되살아났다.

아무것도 없다는 것은 뭐든 있다는 뜻이야. 마술은 거기서 시작된다.

나는 눈을 감고 노인의 섬에서 인양 작업을 했을 때의 기억을 떠올려봤다. 고요한 바닷속, 아름다운 모래땅 그리고 고물을 끄집어내는 감각을.

나는 상상 속에서 눈앞의 바다에 잠수했다. 이윽고 피어오르는 모래 먼지 너머로 검게 윤이 흐르는 긴 테이블이 보였다. 사람들이 속삭이는 목소리, 커피 향기, 거리를 내다보는 큰 창문. 나는 창가 좌석에 앉아 있고 맞은편에는 지요 씨가 앉아 있었다. 관측소 섬에서 꾼 꿈, 어둑어둑한 커피집의 정경이었다.

"그 섬을 '신신도 섬'으로 명명한다."

나는 눈을 감은 채 선언했다.

얼마 뒤 지요 씨가 크게 한숨 쉬는 소리가 들렸다.

머뭇머뭇 눈을 뜨자 조금 전까지 아무것도 없었던 앞바다에 작은 섬이 떠 있었다. 모래사장으로 둥글게 둘러싸인 작은 섬 중앙에 숲이 있어 마치 수프 그릇에 브로콜리를 얹은 것처럼 보였다. 작은 숲에 건물이 파묻혀 있었다.

나는 "됐다" 하고 중얼거렸다.

호렌도 주인이 뒷문으로 얼굴을 내밀었다.

"이거 기절초풍할 노릇이군."

"우리 같이 가 봐요."

지요 씨는 사뿐히 보트에 뛰어 올라탔다.

자신이 창조한 섬에 상륙하는 것은 기묘한 체험이었다.

노를 저어 바다를 건너는 동안에도 섬이 실제로 존재하는지 반신반의했다. 상륙하려고 하면 신기루처럼 사라질 것 같았다. 이윽고 뱃머리가 모래사장에 올라앉는 확실한 감촉에 나는 무심코 "진짜 섬이군" 하고 중얼거렸다.

"당신이 만든 거잖아요?" 지요 씨는 미소를 지었다. "자, 우리 탐험해 봐요. 저 건물은 뭐지?"

그녀는 소년처럼 가뿐히 보트에서 뛰어내렸다.

숲으로 가는 지요 씨를 따라가며 나는 뜨겁게 달아오른 모래를 손에 쥐어 봤다. 손바닥에서 느껴지는 구체적인 모래의 느낌에 되레 기분이 모호해졌다.

이 섬은 분명히 발아래 존재하고 있었다. 하지만 존재감이 강해질수록 '내가 만들어 냈다'라는 사실이 믿기지 않게 되면서 이 섬은 태곳적부터 여기 있었다는 생각이 들었다. 이게 정말 '창조의 마술'일까.

숲을 오른쪽으로 돌아가니 건물 정면으로 나왔다.

1층은 연갈색 타일 벽이고 2층은 흰 벽에 일본식 기와지붕이었다. 어딘지 모르게 서양과자가 생각났다.

"신신도." 지요 씨는 문을 열며 기쁜 듯 중얼거렸다. "근사한 마술이에요. 전부 당신이 만들어 낸 거죠."

커피 향기가 감도는 어둑어둑한 실내는 별세계처럼 느껴졌다. 어둠에 눈이 익자, 검게 윤이 나는 직사각형 테이블이며 그곳에서 제각각 편안한 시간을 보내고 있는 사람들이 보였다. 그러나 실내는 기이한 정적에 싸여 있어 사람들 말소리는 고사하고 커피를 젓는 스푼 소리조차 들리지 않았다. 나는 곧 사람들이 꼼짝도 하지 않는 것을 알아차렸다.

모두 석상이었다.

"이 석상들은 뭐지?"

"당신은 아직 인간을 만들지 못해요." 지요 씨는 나를 위로하듯 말했다. "그래서 석상이 되는 거예요."

이야기를 나누는 젊은 학생들도, 혼자 책을 읽는 노인도, 방금 전까지 살아 움직였던 것처럼 보였다. 테이블에는 마시다만 커피가 놓여 있는데 만져보니 아직 따뜻했다. 이 커피집에서는 인간만이 가짜였다.

이 석상들이 진짜 인간이 되어 살아 움직인다면.

그런 생각을 하니 등골이 오싹했다. 그들은 느닷없이 여기 열대의 바다에 만들어져서 무엇을 느낄까. 자신들을 만든 사람이 나라는 것을 알면 "왜 나를 만들었느냐"라고 따질지도 모른다. 그때 나는 뭐라고 대답할 것인가.

내가 멍하니 있는데 지요 씨가 창가 좌석에 앉았다.

나는 잠시 망설인 뒤 그녀 맞은편에 앉았다.

지요 씨는 얼마 동안 잠자코 있었다. 무슨 생각을 하는 걸까.

눈은 크나큰 희망으로 반짝이고 있었지만 이따금 완전히 감출 수 없는 불안이 엿보였다.

널따란 창문으로 드는 햇빛이 지요 씨를 비추고 있었다. 마치 겨울 거리를 지나온 것처럼 뺨이 차갑고 투명해 보였다. 이윽고 그녀는 모래사장에서 주은 듯한 조개껍데기를 테이블 위에 놓았다. 크기는 건포도만 하고 색은 맑은 분홍색이었다.

"너와 관계없는 일을 이야기하지 말라."

지요 씨는 조개껍데기를 만지며 중얼거렸다.

"그리하지 않으면 너는 원치 않는 것을 듣게 되리라."

"……무슨 말입니까?"

"아버지가 종종 하던 말이에요. 가끔 생각나거든요."

커다란 창문으로 바다 저편을 보니 환한 저녁 하늘을 배경으로 큰 섬이 보였다. 햇빛이 들지 않는 이쪽 부분은 이미 보랏빛 어스름에 잠겨 있었다. 자세히 보니 바다를 따라 요릿집 같은 건물이 여럿 서 있고 불빛이 들어와 있었다. 바다를 향해 내민 무대 같은 곳에서 많은 사람들이 연회를 벌이는 듯했다. "저건 여름 평상이에요"라고 지요 씨가 가르쳐 주었다. "꼭 밤바다를 떠다니는 것 같죠?"

나는 지요 씨의 옆얼굴을 쳐다봤다.

"우리 전에도 만난 적 있지 않습니까?"

"포대 섬에서 만났죠."

"그게 아니라 더 전에요."

"어디서요?"

"먼 곳이었습니다. 눈이 내리는 곳."

지요 씨는 난처한 듯 미소를 지었다.

"……그건 꿈이에요."

"그럴까요?"

"나도 자주 꿈을 꿔요. 여러 가지 꿈을."

먼 산맥처럼 부옇게 흐린 군도 저편으로 해가 저물어 갔다.

숭고한 빛이 하늘을 가득 메워 낮보다 더 눈이 부셨다. 강렬한 석양 속에 바다 건너 섬이 실루엣처럼 떠올랐다. 시커먼 그림자를 둘러싸듯 여름 평상의 불빛이 목걸이처럼 줄줄이 이어졌다. 마치 그곳에만 작은 밤이 있어 낮의 세계와 밤의 세계를 동시에 바라보는 기분이었다.

문득 지요 씨가 숨을 훅 들이마시며 중얼거렸다.

"저걸 봐요."

여름 평상의 섬이 바다에 가라앉고 있었다.

환영처럼 떠오른 여름 평상의 불빛이 어두운 밤에 삼켜지자, 요릿집 창문으로 흘러나오던 불빛도 차례차례 꺼졌다. 연회를 벌이던 사람들은 어떻게 최후를 맞이했을까. 이쪽 섬에서 보이는 것이라곤 그저 촛불을 불어 끄듯 불빛이 잇따라 사라지는 모습뿐이었다. 몇 분 만에 섬의 불빛이 모조리 사라지고 시커먼 밀림만이 남았다. 그것도 잠깐뿐이었다. 이윽고 거대한 고래가 몸을 비틀듯 섬이 기우는가 싶더니 모든 게 단숨에 바닷속으로 가라앉았다.

태양이 지고 바다 위에 어스름이 펼쳐졌다.

"난 왜 이런 곳에 있는 걸까요." 지요 씨가 중얼거렸다. "딱 한 번 여기서 나가려고 한 적이 있어요. 이런 바다에서 더는 못 살겠다 싶었거든요. 그런데 태풍에 배가 침몰하고 말았어요."

어느새 창밖에 하얀 것이 춤추고 있었다.

"……이게 뭐죠?"

"눈입니다."

"이것도 당신 마술인가요?"

굉장하네요, 하고 지요 씨는 감탄한 듯 중얼거렸다.

우리는 말없이 창밖에 흩날리는 눈을 바라보고 있었다.

그날 밤 나는 호렌도에서 자게 됐다.

"당신에 대해 아버지한테 밀고하지는 않을 거예요." 지요 씨는 말했다. "아침에 다시 올게요."

"어째서 도와주는 거죠?"

"난 당신을 이용할 생각이거든요."

그런 말을 남기고 지요 씨는 어둠 속으로 사라졌다.

지난밤은 노틸러스 섬에서 범포를 덮고 잤던 것을 생각하면 호렌도에서 보내는 밤은 천국 같았다. 나 같은 '현상범'을 숨겨준 호렌도 주인에게 그저 감사할 뿐이었다. 주인 그리고 나쓰메와 함께 2층 방에서 식탁에 둘러앉는 것도, 인양한 고물 정리를 거드는 것도 즐거웠다. 그 무렵에는 호렌도를 둘러싼 바다에 밤의 장막이 드리워져 흡사 황야의 외딴집에 있는 듯한 적막감이 밀려들었다. 그래서 더더욱 실내가 편안하게 느껴졌을 것이다. 이루 표현할 수 없는 평안을 느끼고 이대로 여기서 살아도 괜찮겠다고 생각했을 정도였다.

나는 나쓰메가 졸라서 온갖 이야기를 해주었다.

달마 군이 주인공인 엉터리 모험담이었다. 상자에서 꺼낸 고물을 조합해, 관측소에서 사야마 쇼이치가 했던 대로 흉내 낸 것이었다. 물론 별 특별할 것 없는 이야기였지만 기쁘게도 나쓰메는 "그래서요?"라며 이야기를 계속해 달라고 졸랐다. 호렌도 주인은 인양한 고물을 손질하며 "잘도 그렇게 막히지 않고 생각해 내는군" 하고 웃으며 감탄했다.

이윽고 계산대의 벽시계가 밤 9시를 알려주었다.

"나쓰메는 그만 자야지" 하고 주인이 말했다.

나쓰메는 달마 군을 안고 하품했다.

"잘 자렴, 나쓰메."

"안녕히 주무세요, 네모. 내일 또 만나요."

주인은 나쓰메를 데리고 2층으로 올라갔다.

내가 유리문을 열고 밖으로 나와 바람을 쐬고 있으려니, 주인이 나쓰메를 재우고 나서 내려와 의자 두 개를 가지고 왔다.

우리는 나란히 의자에 앉아 시원한 캔맥주를 마셨다.

들리는 것이라곤 안벽이며 교각에 찰랑찰랑 부딪치는 파도 소리뿐이었다. 눈앞에 펼쳐진 어둠 속에 다리가 희끄무레하게 보이고 그 너머로 상점가 섬이 환영처럼 떠 있었다. 섬 둘레를 따라 이어지는 아케이드의 불빛이 밀림을 비추었다.

“섬이 가라앉는 걸 지요 씨와 봤습니다.” 나는 저 너머에 뜬 섬을 보며 말했다. “공포스러운 광경이더군요.”

“가라앉는 섬이 있으면 떠오르는 섬도 있어.”

“두렵지 않습니까?”

내가 묻자 호렌도 주인은 잠시 생각하다가 말했다.

“이 바다에 있는 삼라만상은 모조리 가짜야. 전부 마왕이 ‘창조의 마술’로 만들어 낸 것이라 우리는 언제 바다에 가라앉아도 이상할 게 없어. 그렇게 생각하면 내가 느끼는 공포도 가짜에 불과하지. 그래도 어딜 가든 꼭 딸애를 데리고 다녀. 가라앉을 땐 같이 가라앉고 싶으니까.”

“나쓰메는 압니까?”

“이야기한 적은 없지만 막연히 아는 것 같더군. 애들은 모르는 게 없거든.”

우리는 잠자코 바다를 바라봤다.

이윽고 주인은 담배에 불을 붙이며 말했다.

“댁은 대체 누굴까.”

“저도 알고 싶군요.”

“댁은 이 바다 밖에서 왔어. 하지만 학파 인간은 아니지. 그자들은 창조의 마술을 쓸 수 없으니까. 댁이 쓸 수 있다는 걸 알면 꽤나 부러워할걸. 그자들은 그 힘을 갖고 싶어 안달이 났으니까. 그래서 기를 쓰고 마왕의 비밀을 훔치려는 거야.”

“카드 상자 말입니까?”

내가 말하자 주인은 뜻밖이라는 표정을 지었다.

"알고 있었어?"

"마왕을 만났을 때 봤거든요."

"그래, 그거야. 하지만 그걸 훔치는 건 불가능해."

"마왕도 조심할 테니 말이죠."

"그래. 댁도 그자들하고 똑같은 착각을 하고 있군."

주인은 담배 연기를 뱉으며 미소를 지었다.

"그 카드 상자는 마법의 지팡이 같은 것이고 마왕은 그걸 써서 이 군도를 만들어 내고 있다. 이렇게 생각하지? 그러니까 카드 상자를 손에 넣을 수만 있으면 '창조의 마술'의 비밀이 밝혀질 것이라고 말이야."

나는 잠깐 생각했다가 고개를 끄덕였다.

분명히 사야마 쇼이치는 그런 식으로 말했다.

"아닙니까?"

"그건 마법의 지팡이가 아니라 그냥 이 세계의 그릇인 거야. 이 바다, 군도, 거기 사는 우리 같은 인간들 모두 마술에 의해 나무 상자 안에서 만들어졌어. 이 세계가 카드 상자 안에 있으니 카드 상자 자체는 세계 바깥에 존재하는 셈이지. 그런 걸 어떻게 훔치겠어?"

"하지만 전 제 눈으로 봤는데요."

"수평선은 눈에 보이지. 하지만 그렇다고 존재하나?" 주인은 유쾌하게 말했다. "이 세계에 존재하지 않는 걸 훔칠 수 있는 사람은 아무도 없어. 학파 남자들의 꿈은 원리적으로 불가능한 일이라고."

그 말을 듣고 의문이 생겼다.

"이 바다가 마왕의 카드 상자 안에 존재한다면 어떻게 밖으로 나가죠?"

"밖에 대해서는 댁이 더 잘 알 텐데."

"전 기억이 전혀 없는데요."

"십중팔구 댁은 이제 두 번 다시 여기서 나갈 수 없을 테지. 학파 남자들도 마찬가지야. 우리는 모두 이곳에 갇혀 있어."

주인은 일어나 어두운 바다 저편에 시선을 주었다.

"포대지기를 만났을 테지?"

"도서관장 말입니까?"

"그 사람은 학파 남자의 꾐에 넘어가서 바다 밖으로 나가려고 한 적이 있어. 이 세계가 가짜라는 사실을 견딜 수 없어서 마술로부터 자유로워지려고 한 거겠지. 하지만 폭풍에 배가 침몰됐어. 그래서 그 사람은 지금도 학파 남자들을 원망해."

관측소 섬에서 사야마 쇼이치에게 들은 이야기가 생각났다.

이 바다는 우리 세계와는 다른 원리를 따르고 있으며 무에서의 창조가 가능한 세계, 천지창조의 원점이라고 했다. '그 답을 얻기 위해서라면 목숨을 걸 가치가 있다'라고 말했을 때, 사야마의 눈은 정열로 반짝이고 있었다. 지금까지도 수많은 학파 남자들이 사야마와 똑같은 사명감에 사로잡혀 이 바다에 왔을 것이다. 하지만 그들의 소망은 결코 이루어지지 않는다. 마왕의 카드 상자가 그저 그릇일 뿐이라면 그곳에 그들이 원하는 답은 없기 때문이다. 그렇게 그들은 석상이 되어 바닷속에 가라앉는다.

"이 바다 자체가 마치 그자들을 사로잡기 위한 덫 같단 말이지." 주인은 중얼거렸다. "내 생각엔 그래."

"무슨 목적으로요?"

"글쎄, 나야 모르지."

이윽고 주인은 담배를 끄고 일어섰다.

"그만 잘까."

우리는 가게 불을 끄고 2층으로 올라갔다.

복도 왼편으로 장지문이 늘어서 있었다. 주인과 나쓰메의 침실이 바로 앞방이고 내게는 안쪽 헛방이 주어졌다. 주인에게 잘 자라고 인사한 뒤, 나는 얼마 동안 복도의 창 커튼을 열고 호렌도 뒤쪽으로 펼쳐지는 바다를 바라봤다.

신신도 섬이 떠 있었다.

난 당신을 이용할 생각이거든요.

지요 씨가 속삭이는 목소리가 들렸다.

그녀는 대체 무슨 계획인 걸까.

바다를 바라보고 있으려니 작은 빛의 행렬이 바다 위로 미끄러지듯 지나가는 게 보였다. 2량 열차였다. 별이 총총한 밤하늘 아래 철도 모형 같이 조그만 열차는 바다 저편을 향해 달려갔다. 어디까지 가는 걸까.

나는 커튼을 닫고 헛방으로 들어왔다.

자리에 눕자마자 곯아떨어졌다.

그날 밤 이런 꿈을 꾸었다.

나는 사람들로 북적이는 밤의 축제 속을 홀로 걷고 있었다. 신사의 참배길인 듯 양옆으로 노점 불빛이 이어졌다. 전구 불빛 속에 눈발이 흩날렸다. 축제를 구경하러 나온 사람들은 다들 옷을 따뜻하게 껴입었고, 머리며 어깨에 눈이 쌓여 있었다.

한겨울의 밤 축제에 나는 그들과 함께 나왔을 터였다. 그런데 왜 혼자 걷고 있는 걸까. 나는 막연한 불안을 느끼며 그들을 찾아 인파 속을 걸어갔다. 오른쪽을 보니 눈이 내리는 밤하늘에 대학의 시계탑이 우뚝 솟아 있었다.

이윽고 나는 더럭 겁이 나 멈춰 섰다.

노점 불빛 속에 한 남자가 서 있었다. 체구가 작고 검은 양복을 입었으며 눈이 쌓인 은발은 꼭 설탕을 뿌린 것처럼 보였다. 그가 마왕이라는 것은 바로 알 수 있었다. 나는 가까이 가면 안 된다고 생각하면서도 마치 빨려들듯 다가갔다.

마왕은 내가 오기를 기다린 양 미소를 지으며 카드 상자를 내밀었다. 황갈색 나무 상자에 눈이 소복소복 쌓였다.

"세계의 중심에는 수수께끼가 있다."

마왕은 비밀을 털어놓듯 속삭였다.

"그게 '마술의 원천'인 것이다."

어쩐지 불안감이 느껴져 깨어났다.

아직 날이 밝지 않은 듯 헛방은 창백한 빛으로 차 있었다.

왜 잠에서 깼는지는 금세 알 수 있었다. 호렌도 뒤에서 기이한 소리가 들려왔다. 여러 남자가 웃고 삽질을 하는 듯한 소리였다. 처음에는 잠이 덜 깼나 했는데, 이윽고 몇 차례 총성이 들리는 바람에 단번에 잠기운이 달아나고 말았다.

호렌도 주인이 복도에서 불렀다.

"일어났어?"

내가 나가자 주인은 커튼 틈으로 바깥을 살피고 있었다. 큰 배가 떠 있는 듯 소란은 점점 더 커졌다. 나쓰메는 달마 군을 안고 아버지 허리를 꼭 붙들고 있었다.

"해적이야." 주인은 씁쓸한 표정으로 말했다. "어떻게 된 거지? 오래전에 절멸됐을 텐데."

이윽고 남자들이 배에서 이쪽으로 건너뛰더니 뒷문을 두드리는 소리가 들려왔다. "호렌도!" "이리 나와!" 하는 거친 목소리가 들렸다. 어디서 들은 적이 있는 목소리였다. 이내 문을 발로 차는 소리에 이어 남자들 여럿이 우르르 밀려들어 왔다. 곧바로 도기와 유리가 깨지는 소리가 들렸다. 주인은 "이런 바보 같은 것들" 하며 혀를 찼다.

"뭐냐, 호렌도! 잠꾸러기냐!"

"신드바드 님께서 납시셨다!"

벽이 울릴 것처럼 목소리가 컸다.

"댁은 나쓰메하고 같이 있어. 녀석들한테 들키지 말고."

나는 고개를 끄덕이고 나쓰메의 손을 잡았다.

주인이 천천히 계단을 내려가자 누가 명랑한 목소리로 "아침부터 미안하게 됐어!"라고 했다. 해적들이 짐승 무리처럼 와르르 웃었다. 참으로 추잡한 웃음소리, 알맹이가 조금도 느껴지지 않는 공허한 목소리였다.

해적들의 목소리가 워낙 커서 아래층에서 무슨 이야기를 하는지 다 들렸다. 노인이 득의양양하게 이야기하고 있었다. 유명하신 신드바드는 오늘부터 다시 해적으로서 모험을 떠나게 됐다. 이 기회에 생명의 은인인 네모 군에게 경의를 표해 자신의 해적선 노틸러스호에 맞이하고 싶다. 그런 내용이었다.

"저 영감님, 좋지 않은 일을 꾸미고 있어." 달마 군이 소곤거렸다. "영감님 말에 넘어가면 안 돼, 귀군."

"그런다고 얌전히 물러나겠어?"

"그건 모르지. 어쨌거나 해적이니까."

그나저나 내가 생명의 은인이라는 말은 무슨 뜻일까. 나는 그 노인의 목숨을 구해준 적이 없는데. 더욱이 무인도에서 외롭게 살고 있던 노인이 어떻게 하룻밤 새에 다른 해적들과 훌륭한 배를 손에 넣었는지도 알 수 없었다. 게다가 그 해적선은 '노틸러스호'라는 것이다. 대체 무슨 일이 벌어지고 있는 걸까.

이윽고 해적들이 시끌시끌 떠들기 시작했다.

호렌도 주인이 그들을 막으려는 듯했다.

해적들이 2층으로 올라오려 하는 모양이었다.

"으음, 이거 큰일이군. 숨을 데가 없어."

나는 커튼 틈으로 바다를 내다봤다. 아침 안개에 싸인 해상에 위풍당당한 범선이 떠 있었다. 갑판에 아무도 없는 듯했다.

창문을 통해 저쪽으로 뛰어 올라탈 수 있을지도 모른다.

해적선에 숨어 있다가 해적들이 물러날 때 그 틈을 타서 돌아올 수 있다면……. 하지만 나쓰메는 어떻게 되나. 녀석들이 나를 노리는 것이라 해도 이 아이를 혼자 두고 갈 수는 없다.

해적들이 호렌도 주인을 밀쳐내고 계단을 올라왔다.

하는 수 없다. 나는 창문을 열었다.

"나쓰메, 나는 일단 밖으로 나갈 테니까……."

갑자기 호렌도를 통째로 뒤흔들 만큼의 진동이 느껴졌다. 해적들도 놀라 숨을 들이마신 듯했다. 진동은 점차 커져 집 사방이 삐걱거렸다. 상점가 섬으로 이어지는 다리가 부서지는 소리가 들렸다.

해적들이 공포에 질려 부르짖었다.

"섬이 가라앉는다!"

"배로 돌아가! 어서!"

벌집을 쑤신 것 같은 소동이 벌어졌다. 해적들은 비명을 지르며 앞다투어 배로 돌아갔다. 그 소리를 귀 기울여 듣고 있으려니 주인이 뛰어올라와 나쓰메를 안아 들었다. 그동안에도 호렌도는 세차게 흔들렸다.

"상점가 섬이 가라앉기 시작했어. 여기도 가라앉을지 몰라."

주인이 말했다.

커튼 틈으로 내다보니 뒤에 정박하고 있던 해적선이 천천히 출발하는 게 보였다. 노인이 로프에 손을 얹고 이쪽을 노려보고 있었다. 검은 광택이 나는 상의를 입고, 멋진 모자를 쓰고, 허리에는 세이버를 차고 있었다. 유명한 해적 같아 보이는 차림새였다. 표정도 늠름한 것이, 어제 만난 그 사람 같지 않았다.

해적선이 멀어지고 호렌도의 진동도 멎었다.

갑자기 동틀 녘의 바다에 대포 소리가 울려 퍼졌다.

해적들이 분풀이로 허공에다가 쏘는 모양이었다. 몇 번이고 반복되는 무의미한 포격에 복도의 유리창이 드르르 떨렸다.

호렌도 주인이 딸에게 타이르듯 말했다.

"저 사람들은 마왕이 무섭거든. 그래서 저렇게 허세를 부리는 거란다."

그러나 이윽고 대포 소리도 멀어졌다.

해적들이 돌아올 염려는 없을 듯했다.

나는 바깥으로 나가 날이 밝아오는 아침 바다를 바라봤다.

부서진 다리 잔해가 떠다니고 있었다. 그 너머로는 그저 아무것도 없는 바다가 펼쳐져 있을 뿐이었다. 수로가 지나는 동네도, 아케이드 상점가도 없었다. 어젯밤까지 분명히 그곳에 있었던 거리도 사람도 모두 흔적도 없이 사라져 버렸다. 그런 정경을 멍하니 바라보고 있으려니 어젯밤 호렌도 주인이 한 말이 생각났다.

이 바다에 있는 삼라만상은 모조리 가짜야.

주인이 나쓰메를 재우고 내려왔다.

"깡그리 가라앉았군." 그는 바다를 바라보며 말했다. 그러고는 따뜻한 차를 내주었다.

"이제 어떻게 할 겁니까?"

"그저 처음부터 저기에 아무것도 없었다고 생각하게 되겠지."

주인은 담배에 불을 붙였다.

우리는 잠자코 눈부신 바다를 바라봤다.

이윽고 지요 씨의 보트가 다가오는 게 보였다.

지요 씨와 나는 호렌도 섬을 떠나게 됐다.

"어디로 가는 겁니까?"

"미술관 섬으로요."

그녀는 크나큰 결의를 가슴에 품은 듯한 표정이었다.

보트가 호렌도 섬에서 멀어질수록 오래 살았던 집을 떠나는 것처럼 쓸쓸한 기분이 들었다. 호렌도 주인은 뒷문으로 몸을 내밀고 보트를 향해 손을 흔들었다. 나도 손을 들어 그에 답했다. 바다에 외따로 뜬 호렌도는 너무나도 의지가지없어 보였다. 한 번 떠나고 나면 두 번 다시 찾지 못할 것 같았다. 2층에서 자는 나쓰메와 나쓰메의 품에 안겨 있는 달마 군을 떠올렸다. 부디 가라앉지 않았으면 좋겠다고 생각했다.

지요 씨가 앞을 가리켰다.

"당신이 만든 섬이에요."

아닌 게 아니라 그 섬은 어제 내가 만들었을 때 모습 그대로 아침 바다에 떠 있었다.

잎이 무성한 나무들, 일본식과 서양식 건축 양식을 절충한 커피집. 석상들이 인간이었다면 지금 이 상황은 내가 멋대로 그들을 만들어 놓고 멋대로 두고 가는 게 됐을 것이다. 아주 나쁜 죄처럼 느껴졌다. 내가 그런 생각을 하는 동안에도 보트는 신신도 섬을 우회해 그 너머로 나아갔다.

망망대해에 작은 섬 몇 개가 떠 있었다.

"무슨 생각 해요?"

"마왕은 어떤 기분일까요. 수많은 섬과 사람들을 만들어 냈다가 그걸 또 침몰시킵니다. 무슨 목적이 있어서 하는 일이라 해도 저는 못 견딜 것 같습니다."

"아버지 기분 같은 건 아무도 알 수 없어요."

이윽고 보트는 어느 섬에 접근했다.

숲도 없는 얄팍한 섬에는 야자나무가 심어진 모래사장 너머로 거대한 건물이 우뚝 솟아 있었다. 그게 지요 씨가 말하는 '미술관'인 듯했다. 어째서 그 섬에 가야 하는지 그녀는 가르쳐 주지 않았다. 모래사장 구석에 있는 잔교에 보트를 대고 엔진을 끄자 주위는 조용해졌다.

"인기척이 없군요."

"다들 겁내서 가까이 오지 않거든요."

지요 씨는 야자나무가 선 모래사장을 걸어갔다.

아주 훌륭한 미술관이었다. 섬 이 끝에서 저 끝까지 이어지는 건물은 흡사 왕국을 지키는 성벽처럼 장중했다. 갈색 타일을 붙인 서양 건축에 일본식으로 청록색 기와지붕을 얹었다. 정면 현관 앞에 서자, 좌우로 열리는 큰 문 세 개가 늘어서 있어 거대한 골렘이라도 나타날 것 같았다. 황금 장식이 아침 햇빛을 받아 불타듯 빛났다.

안으로 들어가니 신전에 발을 들여놓은 듯한 정적에 싸였다. 현관홀의 높은 천장은 어둠에 녹아들어 주위는 어둑어둑하고 썰렁했다. 찾아오는 사람이 없는 것은 대리석 바닥에 쌓인 먼지를 봐도 알 수 있었다.

지요 씨는 어째서 이런 곳에 왔을까.

"지요 씨."

"조용히. 말하지 말아요."

지요 씨는 입술에 손가락을 갖다 댔다.

안에서 작은 발소리가 들려왔다. 그쪽을 보고 있으려니 어둠 속에서 떠오르듯 사람이 나타났다.

"잘 오셨습니다."

품위 있는 할머니였다.

어딘지 모르게 지요 씨를 닮은 듯했다.

"'봉인된 전시실'에 들어가고 싶습니다."

지요 씨가 말했다.

"정말 그 그림을 보겠다는 건가요?"

할머니는 확인하듯 물었다.

"네, 볼 거예요."

"좋아요. 그럼 이쪽으로 오시죠."

할머니는 앞장서서 어두운 계단을 올라가기 시작했다.

"이 미술관은 나도 기억나지 않을 만큼 먼 옛날부터 이곳에 있었답니다." 할머니는 걸으면서 이야기했다. "마왕이 군도를 만들기 시작했을 무렵부터죠. 지금까지 수많은 섬이 태어나고 또 수많은 섬이 사라졌습니다. 하지만 이 섬만은 내내 이곳에 있으면서 그림을 지켜왔습니다. 아주 긴긴 세월 동안."

"있죠, 할머니."

"네."

"난 늘 이상했거든요."

지요 씨는 마치 혼잣말처럼 말했다.

"그 그림을 본 사람은 석상으로 변한다고 하잖아요? 하지만 실제로 그 그림을 본 사람은 아무도 없어요. 이 미술관을 지키는 당신조차 본 적이 없죠. 그림을 본 적이 없는데 어째서 석상으로 변한다는 걸 아는 걸까요? 난 옛날부터 그게 이상했어요. 대체 누가 그 그림에 관해 다른 사람들에게 이야기했을까. 그 사람은 이미 석상이 됐을 텐데……."

"꽤나 난해한 생각을 하는군요."

"그렇게 난해한가요?"

"내 역할은 '봉인된 전시실'을 지키는 것. 그냥 그것뿐이랍니다." 할머니는 자상하게 대답했다.

"그런 의문 끝에 난 점점 이렇게 생각하게 된 거예요. 이 '소문'은 우리를 시험하는 게 아닐까. 우리는 원래 그 그림을 봐야 하는 건데 소문을 겁내서 망설이고 있다. 다시 말해서 진실을 알려면 용기가 필요한 거예요."

"당신은 용기가 있다는 말인가요?"

"그렇다고 생각해요."

이윽고 어두운 터널 같은 긴 복도가 나왔다. 창문은 하나도 없었다. 낡은 마룻바닥이 안쪽으로 이어지고 막다른 곳에 좌우로 열리는 문이 어렴풋이 보였다. 마치 괴물을 가둬둔 듯한 사위스러운 분위기가 감돌았다.

"저기가 봉인된 전시실이랍니다."

할머니는 그렇게만 말하고 돌아서려 했다.

지요 씨가 "잠깐만요" 하고 그녀를 불러 세웠다.

"당신은 같이 안 가나요?"

"아가씨 같은 용기는 없으니까요."

할머니는 온화하게 말하고는 계단을 내려갔다.

지요 씨는 할머니의 뒷모습을 지켜본 뒤 긴 복도 안쪽으로 눈길을 돌렸다. 옆얼굴에 긴장이 서려 있었다. 어째서 '봉인된 전시실'에 들어가는 게 그렇게 중요할까. 게다가 그 방에 있는 그림을 본 사람은 석상으로 변한다고 한다. 신드바드 노인의 섬에서 바다에 잠수했을 때 본 사야마 쇼이치의 모습과 신신도에서 본 정경이 뇌리에 떠올랐다.

지요 씨는 복도 안쪽을 보며 말했다.

"우리는 그 그림을 봐야 해요."

"어째서죠?"

"〈보름달의 마녀〉의 초상화니까요."

지요 씨는 내 팔을 붙들고 천천히 걷기 시작했다.

"잘 들어요. 마왕이라고 처음부터 그런 힘을 갖고 있었던 건 아니에요. 과거에 이 해역은 '보름달의 마녀'가 지배하고 있었는데 아버지는 그 사람에게서 마술을 전수받은 거예요. 마왕이 보름달의 마녀를 죽이고 이 바다를 빼앗았다고 하는 사람도 있어요. 하지만 난 그런 말은 믿지 않았어요. 지금도 마녀는 이 해역 어딘가에 있다, 어떻게 하면 만날 수 있을까 생각했죠."

지요 씨가 속삭이는 목소리가 어두운 복도에 울렸다.

"이 미술관은 아버지가 군도를 만들어 내기 시작했을 때부터 존재해요. 다시 말해 마녀가 아버지에게 마술을 전수하고 모습을 감추었을 무렵부터 말이죠. 그리고 이곳엔 '봉인된 전시실'이 있어요. 마녀의 초상화가 있다고 하는데, 석상이 될까 봐 두려워서 아무도 접근하지 않아요. 하지만 아까도 말한 것처럼 그 소문이 우리를 시험하기 위한 거라면?"

그제야 지요 씨의 생각을 이해했다.

"보름달의 마녀가 이 방에 있다는 말이군요."

"난 그렇다고 믿어요."

그녀의 눈은 흥분으로 빛나고 있었다.

"난 당신이 이 가짜 세계를 진짜로 만들어 주기를 원해요. 일시적인 존재가 아니라 진짜 인간들이 살아가는 세계로. 하지만 지금 당신은 인간을 만들어 내지 못하죠. 그러니까 보름달의 마녀를 만나서 진짜 '창조의 마술'을 손에 넣어 줘요."

가짜 세계를 진짜 세계로 만든다.

그런 일이 정말로 가능하다면.

우리는 복도를 나아가 큰 문 앞에 섰다.

"하지만 만일 그 소문이 사실이라면 어떻게 되죠?"

"……석상으로 변하고 모든 게 끝이죠."

"잠깐만요."

나는 지요 씨를 붙들었다.

"그럼 내가 먼저 시험해 보겠습니다."

"그건 안 돼요."

"왜요?"

"당신을 여기로 데려온 사람은 나예요. 마녀를 만날 필요가 있다고 말한 것도 나고요. 그런데 당신을 실험대로 삼는 건 비겁하잖아요."

"아니, 그런 문제가 아닙니다."

"그런 문제예요."

지요 씨는 완강하게 고집을 부렸다.

결국 같이 들어가기로 하고 나는 문에 손을 얹었다.

"열겠습니다."

지요 씨는 말없이 고개를 끄덕였다.

문을 열자 눈부신 빛이 우리를 감쌌다.

그곳은 크고 황량한 전시실이었다.

한쪽 벽에 늘어선 기름한 창에는 커튼도 없어 야자나무가 선 모래사장과 푸른 바다가 보였다. 장식이라곤 바닥에 깐 커다란 페르시아 양탄자뿐이었다. 정면 벽에 큰 그림 한 점이 걸려 있었다.

얼마 있다가 우리는 마주 봤다.

"어디 돌 같아진 부분이 있나요?" 지요 씨가 속삭였다. "나 돌 같아요?"

"아닙니다."

"그거 봐요. 역시 소문은 거짓말이었던 거예요."

지요 씨는 크게 한숨을 쉬었다.

"그나저나 김이 새는데요." 그녀는 불만스레 중얼거리며 그림을 올려다봤다.

동화의 삽화 같은 소박한 유화였다.

초상화보다는 풍경화라고 하는 편이 나을 것이다. 풀이 듬성듬성 난 황무지 언덕에 아라비아풍 청색 의상을 입고 보석으로 장식한 여자가 서 있었다. 그 사람이 '보름달의 마녀'일까. 하지만 얼굴은 볼 수 없었다. 이쪽을 등지고 서 있기 때문이다. 그 밖에 그려져 있는 인물은 없었다. 캔버스의 거의 대부분을 광대한 황무지와 모래 언덕이 차지하고, 군청색 하늘은 새벽 같기도, 저물녘 같기도 했다. 인공물이라곤 화면 왼쪽 뒤에 작게 그린 하얀 궁전뿐이었다.

“『천일야화』가 연상되는군요.”

“내 이름의 유래예요.” 지요 씨가 말했다. “천의 밤이라고 써서 ‘지요’라고 읽죠.”

우리는 그림을 한참 살펴봤다. 하얀 궁전, 파란 의상을 입은 마녀, 광대한 황무지, 지평선을 메운 창백한 모래사장, 군청색 하늘. 이 단순한 그림에서 보름달의 마녀가 있는 곳을 알아내기는 불가능할 것 같았다. 원경에 모래사장이 그려져 있지만, 지요 씨에 따르면 그런 모래사장이 있는 섬은 들어보지 못했다고 한다.

“난 포기할래요.”

지요 씨는 창틀에 몸을 기대며 한숨을 쉬었다.

나는 포기가 되지 않아 그림 앞에 꼼짝 않고 섰다.

지요 씨의 바람과는 달리 보름달의 마녀는 이곳에 없었다. 그저 아무 특징도 없는 그림이 있을 뿐이었다. 게다가 그림 속 섬은 존재하지도 않았다.

나는 다시 한번 여자를 쳐다봤다.

문득 궁금했다.

이 마녀는 뭘 보고 있는 걸까?

시선 끝에는 머나먼 모래사구가 군청색 하늘과 맞닿아 물결치고 있었다.

언뜻 보면 비슷하게 생긴 모래산이 단조롭게 반복되는 듯했다. 그런데 그중에 색조가 다른 것이 딱 하나 섞여 있었다. 사막 저편에 있는 건초색 산인 듯했다. 화면 가까이 다가가 자세히 보니 경사면에 머리카락처럼 가는 글씨로 '큰 대大'자가 쓰여 있었다.

"지요 씨, 잠깐 보시겠습니까." 나는 캔버스를 가리켰다. "큰 대자 같은데요."

"큰 대자라고요?"

지요 씨가 뛰어왔다.

눈이 다시 반짝이기 시작했다.

"……'고잔 무카에비'네요."

지요 씨에 따르면 군도 중심에 다섯 개의 섬으로 둘러싸인 해역이 있다. 각 섬 중앙에 산 하나가 있어서 '고잔五山'이라고 부르는데, 가끔씩 산 경사면에 불의 글자나 도형이 떠오른다. 그게 '무카에비'다. 하지만 어떤 방법을 써서 무슨 이유로 불을 밝히는지는 아무도 모른다.

내가 유화 배경에서 발견한 큰 대자는 무카에비 중 하나인 모양이었다.

다시 말해 마녀의 궁전은 무카에비가 보이는 장소에 있다는 뜻이다.

"마녀는 고잔 해역에 있군요."

지요 씨가 그렇게 말하며 미소 지었다.

우리는 미술관 밖으로 나왔다.

지요 씨는 모래사장에 서서 바다 저편을 바라봤다. 눈은 희망으로 반짝이고 있었다. 마치 시선 끝에 마녀의 궁전이 보이는 것 같았다.

"우리는 꼭 마녀를 만나게 될 거예요." 그녀는 밝은 목소리로 말했다. "당신의 마술이 우리를 구해줄 거예요."

나는 지요 씨 곁에 서서 바다를 응시했다.

내가 정말 이 사람의 바람을 이루어 줄 수 있을까.

가짜 세계를 진짜 세계로 만든다는 생각을 할 때마다 내 뇌리에는 커피집 '신신도'가 떠올랐다. 그 섬뜩한 석상들은 '창조의 마술'이라는 수수께끼의 힘에 대한 '두려움' 그 자체라는 느낌이 들었다. 하지만 희망에 눈을 빛내는 지요 씨를 보다 보니 가슴속에 새로운 감정이 솟았다. 내가 그 두려움을 극복할 수 있다면 이곳 사람들은 마왕의 마술에서 해방될 것이다. 그건 그들을 구원하는 일인 동시에 '아무도 아닌' 나 자신을 구원하는 일이라는 생각이 들었다.

"갑시다, 지요 씨."

우리는 잔교를 향해 모래사장을 가로질렀다.

"고잔 해역은 '무풍대'로 둘러싸여 있어요."

"무풍대라고요?"

"아주 고요한 바다인데, 바람도 거의 불지 않고 새로운 섬이 생겨나는 일도 없어요. 시간이 멈춘 듯한 곳이랍니다."

고잔 해역에는 무카에비를 밝히는 다섯 섬을 제외하면 섬이 하나뿐이라고 했다. '초 섬'이라는 이름 그대로 초처럼 하얀 탑이 있다. 그곳 전망실에서 고잔 해역을 한눈에 바라볼 수 있는 모양이었다.

"그 밖에 다른 섬이 없다면 보름달의 마녀는 무카에비를 밝히는 다섯 섬 아니면 초 섬에 산다는 뜻이군요."

내가 말하자 지요 씨는 고개를 내저었다.

"어느 섬에도 그림에 그려진 것 같은 모래 언덕은 없는 데다, 그런 궁전을 누가 발견했다면 벌써 오래전에 알려졌을걸요. 보름달의 마녀가 사는 섬은 아직 감추어져 있는 거예요."

"보려고 하지 않으면 보이지 않는다?"

"그렇죠. 좌우지간 가봐야……."

별안간 지요 씨가 입을 다물었다.

눈을 휘둥그렇게 뜨고 앞바다를 응시하고 있었다.

나는 그녀의 시선이 향한 곳으로 눈길을 주었다. 야자나무 너머로 커다란 물체가 천천히 미끄러져갔다. 시커먼 해적 깃발이 나부끼는 해적선이었다.

"해적인데요."

"왜 여기에 있죠?"

"그러게요."

"얼른 보트로 가요!"

지요 씨가 날카롭게 말했다. 우리는 달리기 시작했다.

그때 갑자기 포성이 울리고 포탄이 날아와 야자나무를 쓰러뜨렸다.

잇따라 포탄이 날아왔다. 모래사장이 푹 파여 먼지가 피어오르고, 미술관 지붕이 부서졌다. 아무렇게나 포를 쏘면서 노는 것 같았다. 보트까지 거의 다 왔을 때 포탄이 잔교를 박살냈다. 바다를 보니 해적들이 탄 보트가 오고 있었다. 그들이 우리를 향해 총을 겨누는 게 보였다.

"안 되겠네요. 항복해요."

지요 씨는 팔을 들어 흰 손수건을 흔들었다.

포성이 그치고 정적이 주위를 에워쌌다.

보트가 모래사장에 닿아 해적들이 잇따라 뛰어내렸다. 그들은 지요 씨와 나를 둘러싸고 요란하게 웃었다.

마지막으로 남자 둘이 보트에서 뛰어내렸다. 한 명은 '신드바드'를 자칭하는 노인, 또 한 명은 수염이 텁수룩한 남자였다. 틀림없이 포대 지하 감옥에서 탈주한 죄수, 학파 남자였다. 그는 노인의 참모 같은 느낌으로 친근하게 뭐라 귀띔하고 있었다.

학파 남자는 나를 향해 오른손을 들었다.

"네모 군, 또 만났군."

"왜 당신이 여기 있지?"

"신드바드 선장의 충실한 부하니까."

"그렇고 말고." 노인이 수염을 어루만지며 말했다. "이자는 내게 충성을 맹세했어. 죽이라면 죽이고 죽으라면 죽을 테지."

그나저나 신드바드의 변모는 놀라웠다. 깃털 장식이 달린 챙

넓은 모자, 옷자락이 긴 청색 상의, 넓은 가죽 띠, 허리에 찬 세이버와 권총. 복장부터 부하 해적들과 달랐다. 검게 탄 피부는 무두질한 가죽처럼 광택이 흐르고, 우리를 노려보는 눈빛은 날카로운 데다 몸놀림도 당당했다.

"꼭 딴 사람 같군요."

"이게 내 진짜 모습이야." 노인은 기쁘게 말했다. "이제야 찾았군, 네모. 내 은인."

그들은 우리를 앞바다에 뜬 해적선으로 데려갔다.

나는 지요 씨와 떨어져 휑한 선실로 들여보내졌다.

조명이라곤 천장널 틈으로 새어드는 희미한 빛뿐이었다. 어둠속을 둘러보니 벽 근처에 놓인 나무 통 옆에 한 남자가 주저앉아 있었다.

나를 데려온 학파 남자가 그에게 말을 걸었다.

"친구가 생겼어, 도서관장."

고개를 들어 나를 본 도서관장은 놀란 듯 말했다.

"자네가 왜 이런 곳에 있지?"

"그건 내가 할 말인데요."

"포대가 습격을 받아서 말이야." 도서관장은 밉살스럽다는 듯 학파 남자를 노려보았다. "이 녀석이 꾸민 짓이 뻔해."

"이거 봐, 이상한 트집 잡지 말아 줘." 학파 남자는 쾌활하게 말했다. "나는 신드바드한테 충성을 맹세한 것뿐이니까."

"그 영감한테 망상을 심었을 테지. 네 수법은 안 봐도 안다."

"하하, 같이 세계의 끝에 가려고 한 적도 있었지."

학파 남자는 쭈그리고 앉아 도서관장에게 얼굴을 가까이 가져갔다. 그리고 헝겊을 꺼내 도서관장의 얼굴에 들러붙은 피를 닦았다.

"그런 눈으로 보지 말라고, 도서관장. 댁의 배가 침몰한 건 내 탓이 아니니까. 댁은 신심이 부족한 거야."

그는 도서관장을 달래듯 말했다.

"이 바다에선 회의파가 손해를 보지."

그 말을 남기고 학파 남자는 선실에서 나갔다.

도서관장은 삐진 듯이 입을 다물고 있었다. 나는 그와 반대편 벽에 몸을 기대고 앉았다. 얼마 지나자 해적들이 뛰어다니는 발소리며 고함소리가 들려왔다. 미술관 섬을 떠나 출항하는 듯했다.

"대체 무슨 일이 벌어지고 있는 거지?"

도서관장은 일어나서 불안스레 천장을 바라봤다.

"어제까지 그 영감은 쓸모없는 늙은이였어. 과거에 이 바다를 휘젓고 다닌 해적이었다는 것만이 자랑이라 말이지. 진지하게 상대해 주는 사람도 없었다고. 그런 사람이 오늘아침부터 해적선을 끌고 이 바다를 휘젓고 있어."

"포대 섬을 습격할 줄이야."

"그자들은 막사를 불태우고 대포를 빼앗았어. 이제 그 섬은 아무 도움도 못 돼. 학파 남자들은 이 바다에 자유롭게 들어올 수 있을 테지."

도서관장은 그렇게 말하며 내 앞에 책상다리를 하고 앉았다.

"그나저나 용케 살아 있었군."

나는 지금까지 있었던 일을 이야기했다. 마왕에게 유배된 일, 노틸러스 섬의 출현, 신드바드 노인과의 만남, 호렌도에서 지요 씨와의 재회, 커피집 '신신도'의 출현, 해적들의 새벽 습격 그리고 미술관 섬에서 일어난 일. 내 이야기를 듣는 사이에 도서관장의 얼굴에 당혹의 빛이 떠오르더니 이내 노여운 표정으로 바뀌었다.

"지요 씨도 이 배에 붙들려 있다고?"

"미안합니다. 방법이 없었어요."

"이럴 수가!"

도서관장은 험악한 표정으로 입을 다물었다.

후텁지근한 선실에 침묵이 흘러 배가 삐걱거리는 소리만 들렸다.

이윽고 도서관장이 입을 열었다.

"지요 씨는 꿈을 꾸고 있어."

"꿈이라뇨?"

"과거 우리가 이 바다 끝으로 가려 했을 때 이야기를 해주지."

지요 씨와 도서관장은 배를 타고 군도를 떠나 이 바다의 북쪽 끝으로 향했다. 며칠 동안 항해한 끝에 무시무시한 폭풍에 휘말렸다. 마치 하늘과 바다가 거꾸로 뒤집힌 듯한 폭풍이었다. 도서관장은 그곳에서 세계의 끝을 봤다고 말했다.

"이 바다 바깥에는 아무것도 없었어. 우주 같은 밤이 펼쳐져 있을 뿐이고, 그곳의 어둠에서 학파 남자들이라는 괴물이 태어나는 거야. 아닌 게 아니라 우리는 마왕이 마술로 만들어 낸 존재고 마왕의 손아귀에서 벗어날 수 없어. 하지만 마왕은 마술로 바다를 둘러싼 무시무시한 어둠으로부터 우리를 지켜주고도 있어. 나는 그 사실을 알고 몽상을 버린 거야. 바다 밖으로 나갈 수 있을지도 모른다는 몽상을 말이지."

도서관장은 슬프게 한숨을 쉬었다.

"지요 씨도 폭풍을 봤어. 바깥에 아무것도 없다는 것을 알아. 그렇기에 지요 씨는 자네라는 존재를 이용해서 이 바다를 아예 바꾸자 생각했겠지. 하지만 나한테 묻는다면 그것도 망상에 불과해."

"……그럴까요."

"자네라는 존재도 마왕의 장난 중 하나일 뿐이야. 지요 씨의 몽상에 맞춰 만들어진 가짜야. 그렇다면 자네가 마왕과 대등한 힘을 가진다는 건 있을 수 없는 일이야. 어리석은 몽상이라고. 지요 씨는 똑같은 실수를 저지르려 하고 있어."

"하지만 난 이 바다 바깥에서 왔습니다. 추억이 있어요."

"그 기억도 마왕이 만들어 낸 거야."

도서관장은 딱하다는 듯 말했다.

"바다 바깥에는 아무것도 없어. 그게 진실이야."

그때 뇌리에 어떤 정경이 되살아났다.

나는 책이 흩어져 있는 다다미방에 있었다. 창밖은 어두웠다. 도서관장이 내 맞은편에 책상다리를 하고 앉아 있다. 우리는 담배를 피우며 레코드를 듣고 있었다. 도서관장은 책 한 권을 들더니 뭐라 이야기하기 시작했다. 나는 웃으며 들었다. 몇 번이고 반복해 온 긴긴 밤이었다. 우리는 친한 친구였다.

"이봐, 네모?"

도서관장이 부르는 소리에 나는 정신이 들었다.

"갑자기 왜 그러나?"

"……우리는 친구였어."

내가 중얼거리자 도서관장은 의아한 표정을 지었다.

"나는 눈이 내리는 곳에서 왔어. 그곳엔 지요 씨가 있었고 자네도 있었어. 두 사람은 왜 아무것도 기억하지 못하는 걸까. 우리는 모두 친구였어."

도서관장은 곤혹스레 말했다.

"무슨 말을 하는 거지?"

선실 문이 열리더니 명랑한 목소리가 들려왔다.

"노틸러스호에 온 것을 환영한다."

노인이 들어왔다.

"어때, 지내기 불편한 점은 없으신가, 손님들?"

도서관장이 벌떡 일어나 덤벼들려고 하자 노인이 세이버를 빼들고 가슴팍에 들이댔다.

도서관장은 두 손을 들고 말했다.

"지요 씨를 만나게 해 줘. 무사하겠지?"

"정중한 대우를 받고 있으니까 안심해." 노인은 짤막하게 말했다. "그보다 우리가 이제부터 갈 곳에 대해 이야기하자고. 너희는 아주 운이 좋아. 마침 고잔 해역에 가려던 참이었거든."

"고잔 해역에는 무슨 일로 가는 거지?"

내가 묻자 노인은 내게 눈을 흘겼다.

"내 눈을 속일 수 있을 줄 알고?"

천장에서 새어드는 빛이 노인의 얼굴을 얼룩덜룩하게 물들였다.

확실히 지요 씨와 나는 보름달의 마녀를 만나러 고잔 해역으로 가려고 했다. 하지만 그게 바다를 휘젓는 해적들과 무슨 상관이 있다는 말인가?

노인은 세이버를 도로 꽂고는 재는 듯한 태도로 선실을 돌아다녔다.

"그 아가씨는 머리가 아주 좋단 말이지. 보름달의 마녀를 알현해 마왕에게 필적할 힘을 손에 넣는다. 그래서 이 가짜 세계를 진짜 세계로 만든다. 정말이지 멋진 아이디어야. 아가씨는 그게 가능한 사람은 네놈뿐이라고 생각하는 것 같던데."

"어이가 없군!" 도서관장이 내뱉듯 말했다. "이 녀석이 어떻게 '창조의 마술'을 쓴다고."

"하여간 따분한 인간이군. 네놈은 입 다물고 있어."

노인이 비웃었다.

그러고는 나를 보며 "네모" 하고 불렀다.

"왜 이 배에 '노틸러스호'라는 이름을 붙였을 것 같나?"

그런 것을 내가 알 수 있을 리 없다.

내가 잠자코 있자 노인은 뜻밖의 말을 했다.

"이 배는 원래 섬이었어."

그때 내 뇌리에 작은 섬의 정경이 떠올랐다. 모래사장과 바위땅과 야자나무밖에 없는 섬, 내가 '노틸러스'라고 이름 붙인 바로 그 섬이다.

"이제 알겠나?" 노인은 유쾌하게 웃었다. "내가 그 섬을 새로 만든 거야."

"……당신도 창조의 마술을 쓸 수 있는 건가?"

"이 세계를 구할 수 있는 사람은 자기뿐이라고 자부했나?"

해적선이 크게 흔들리고 선실이 천천히 기울었다.

"나도 바다 밖에서 온 이방인이야. 군도를 떠도는 사이에 세월이 흘러 어느새 나는 내가 돌아갈 곳을 잊고 그것을 잊었다는 사실조차 잊어버렸어. 무인도에서 혼자 생활하며 밤이면 밤마다 이상하게 생각하곤 했었지. 나는 왜 이런 곳에 있는 걸까 하고 말이야."

노인은 나를 가리켰다.

"그걸 네놈이 구해줬어."

"……난 아무것도 한 게 없는데."

"소중한 추억을 이야기해 주지 않았나." 신드바드의 뺨에 웃음이 어렸다. “눈 오는 곳의 추억을.”

그 웃음을 봤을 때 왜 그런지 등골이 오싹했다.

“네놈한테 옛날이야기를 하나 해주지.”

노인은 이야기를 시작했다.

이 바다는 거대한 감옥이다.

과거 네놈처럼 젊었을 때 나는 바다의 끝을 찾아 몇 번이고 모험을 떠났다.

하지만 그때마다 무시무시한 폭풍이 기다리고 있었다. 폭풍은 이 바다 밖으로 나가고 싶다는 내 소망을 매번 깨부수고 말았다.

바다 밖으로 나가는 것은 불가능하다.

그런 절망이 나를 해적으로 다시 태어나게 했다.

그 뒤 몇십 년의 세월이 흐르는 사이에 한때는 많았던 해적 동지들도 내분으로 수가 줄어들었고 나는 늙고 말았다. 내 손에 남은 것이라곤 몇 안 되는 부하와 부서지기 직전인 배, 오랜 세월에 걸친 약탈과 살육의 기억뿐이었다.

그 무렵에는 군도 어디를 가도 과거에 불태운 거리, 살해한 사람들을 만나게 됐다. 마왕이 ‘창조의 마술’을 써서 새로 만든 섬들, 새로 만든 사람들이었다. 그들은 나에 관해 아무것도 몰랐다. 그들에게 해적은 잊혀가는 옛날이야기에 불과했던 것이다. 창조의 마술로 원래 모습을 유지하는 섬들 사이를 '노틸러스호'는 유령선처럼 떠돌았다.

과거에 나는 우리 해적들만이 마왕으로부터 자유롭다고 믿었다. 섬과 함께 가라앉는 군도 사람들과는 달리 배를 타고 떠도는 우리는 마왕조차 손댈 수 없다고. 그러나 그것은 감옥 속의 자유에 불과했다. 마왕에게 해적은 아무 의미 없는 존재일 것이다. 창조의 마술로 만들어진 섬들에서 수십 년에 이르는 해적의 역사, 내가 살아온 흔적은 사라지고 없었으니까. 마왕에게는 아무래도 상관없는 일인 것이다. 그는 그저 우리가 자멸하기를 기다리고 있었다.

밤마다 그런 생각을 하다 보니 분한 마음을 억누를 수 없게 됐다. 꼭 내 인생이 마왕의 손바닥 위에서 녹아 사라지는 것 같지 않나. 어떻게든 갚아주고 싶다는 마음이 점점 강해졌다.

마왕이 산다는 섬은 군도 남쪽에 있었다. 밀림으로 덮인 섬은 땅딸막한 고래를 연상시켰다. 노틸러스호가 섬에 접근하자 높은 지대에 위치한 마왕의 저택이 보였다. 바다가 보이는 서재에서 마왕은 우리를 내려다보고 있었을 것이다.

나는 부하들에게 포격을 명령했다.

"마왕을 포탄으로 날려버려!"

그러나 부하들은 누구 한 사람 싸우려 하지 않았다.

"너희들 뭐냐, 내 명령을 못 따르겠다는 거냐!"

"안 됩니다, 선장님. 그럴 순 없습니다."

자신들은 창조의 마술로 만들어진 존재라고 부하들은 말했다. 마왕을 죽이면 마술의 힘이 사라져 자신들도 사라질 것이라고, 부하들은 그렇게 믿고 있었다.

본보기로 나는 옆에 서 있던 부하를 칼로 베었다.

"명령을 따르지 않으면 죽인다."

그래도 그들은 움직이지 않았다. 흡사 석상이 된 것 같았다.

나는 노여움에 이성을 잃고 세이버를 휘둘렀다. 정신을 차려보니 주위에 부하들이 쓰러져 있었고 해적선은 고요했다. 나는 내 부하들을 남김없이 죽인 것이었다. 나는 세이버를 내던지고 하늘을 우러렀다.

"아아, 이건 꿈이다! 어리석은 꿈이다……."

그러자 해적선은 소리도 없이 붕괴하기 시작했다. 파란 하늘 높이 솟은 돛대도, 바람을 머금는 돛도, 하얀 모래로 변해 눈처럼 날렸다. 놀랍게도 내 주위에 쓰러져 있던 부하들의 시체도 석상으로 변해 허물어졌다. 이윽고 바다 위에 남은 것은 하얀 모래사장과 바위땅만 있는 작은 섬이었다. 야자나무 몇 그루가 부드러운 바람에 흔들렸다.

나는 야자나무 그늘에 서서 망연자실했다.

얼마 지나자 모래사장에 한 남자가 서 있는 것을 깨달았다. 거무스름한 양복 차림에 몸집이 작고 마른 사람. 검은 모자 밑으로 조금 늘어진 은발이 바람에 흔들렸다. 어안이 벙벙해서 쳐다보고 있으려니 그 남자가 내게 다가왔다. 아름다운 눈이 나를 똑바로 응시했다. 문득 겁이 났지. 이 남자가 마왕이구나 싶었다.

마왕은 모자에 손을 얹으며 인사했다.

"날씨가 좋군, 네모."

그건 이미 오래전에 버린 이름이었다.

"나는 네모가 아니야. 방황하는 신드바드다."

"지금은 그런 이름을 쓰나. 그렇다면 신드바드라고 불러주지. 하지만 그런 가짜 이름에 무슨 의미가 있지?"

마왕은 미소를 지으며 물었다.

"네 진짜 이름은 무엇인가?"

"……진짜 이름이라고?"

지금까지 오랜 세월을 살아오며 나는 여러 차례 이름을 바꾸었다. 하지만 어떻게 바꿔도 내게 어울리는 이름 같지 않았다. 나는 마왕을 노려보며 가짜 이름의 편력을 거슬러 올라갔다. 신드바드, 네드 랜드, 짐, 존 실버 그리고 네모. 하지만 거기서 더 거슬러 올라가는 것은 불가능했다.

고잔 해역에 '초 섬'이라는 섬이 있다.

지금으로부터 몇 십 년 전에 그 섬 해안에 한 젊은이가 표류했다. 기억을 잃어 자신이 누구인지, 어디에서 왔는지, 무엇 하나 대답할 수 없었다. 젊은이는 '네모'라는 이름을 쓰게 됐고, 그 섬에서 살기 시작했다. 그 젊은이가 '젊은 날의 나'다. 하지만 초 섬에 표류하기 전의 기억을 떠올리려 하면 캄캄한 나락을 들여다보는 느낌이 들었다. 나는 아무것도 생각해 낼 수 없었다.

얼마 지나 마왕은 조용히 말했다.

“전부 잊었군.”

“……그래, 잊어버렸어. 그게 어쨌다는 거지?”

“과거에 너는 이 바다 밖으로 나가려고 했다. 그때 너를 움직였던 게 무엇이었나. 지금은 생각도 하지 않나?”

나는 마왕이 무슨 소리를 하는 건지 알 수 없었다.

이윽고 마왕은 야자나무 그늘에서 나와 반짝이는 바다를 가리켰다.

“과거에 이 해역은 보름달의 마녀가 지배했다. 나는 보름달의 마녀에게 마술을 배웠어. 그게 없었다면 살아남지 못했을 테지. 이 섬에 흘러왔을 때 나 역시 자네처럼 무력했다. 사방 어디를 둘러봐도 아무것도 없는 광막한 세계였다. 하지만 잘 생각해 보라고. 아무것도 없다는 것은 뭐든 있다는 뜻이야. 마술은 거기서 시작된다.”

마왕은 나를 돌아봤다.

“너 또한 ‘창조의 마술’을 쓰는 사람이었다.”

“난 그런 건…….”

그때 아까 무너진 해적선이 생각났다. 하얀 모래로 변해가는 배와 부하들. 마왕은 내 머릿속을 꿰뚫어 본 것처럼 고개를 끄덕였다.

“전부 네가 마술로 만들어 낸 것이다. 하지만 이제는 그 힘도 사라졌다. 너는 돌아갈 곳을 잊고 그것을 잊었다는 사실조차 잊어버렸어. 잃어버린 추억이 바로 마술의 열쇠였건만…….”

그렇게 말하고 마왕은 돌아서서 걷기 시작했다.

"잠깐." 나는 소리쳤다. "나를 여기 두고 가려는 거냐?"

"너는 이제 아무도 아니야."

어느새 마왕의 모습은 사라지고 없었다. 모래사장에 아무도 없었다.

며칠 뒤 나는 지나가던 배에 의해 구조됐다. 그 뒤 홀로 군도를 떠돌았다. 이 늙은이가 '방황하는 신드바드'라는 것을 알아채는 사람은 아무도 없었다. 해적의 시대는 이미 지나갔으니까. 이윽고 나는 북쪽 끝의 작은 섬에 다다랐다. 난파선의 잔해에 거처를 정하고 고물을 인양하며 생활했다.

매일 밤, 바다를 바라보며 나는 먼 옛날을 기억해 내려 했다. 초 섬에 표류하기 전, 나는 원래 누구였고 어디에서 왔나. 하지만 아무리 어둠을 응시해도 아무것도 떠오르지 않았다.

'너는 돌아갈 곳을 잊고 그것을 잊었다는 사실조차 잊어버렸어. 잃어버린 추억이 바로 마술의 열쇠였건만…….'

그것을 기억해 낼 수만 있다면!

얼마나 분했는지 모른다.

그 뒤 오랜 세월이 지나 네가 찾아왔다.

너는 내게 이야기해 주었다. 눈 내리는 곳의 추억을.

그때 내 가슴속 깊은 곳에 가라앉아 있던 추억의 거리가 떠올랐다.

오랜 역사가 있는 도시였다. 수많은 사람이 살고 있어 북적거리는 상점가, 역사 깊은 절과 신사. 가을이면 산들이 단풍으로 물들었다. 도시 동쪽에 흐르는 강에는 다리가 여럿 있어 나는 곧잘 난간에 기대어 먼 거리의 불빛을 바라보곤 했다. 나는 그곳에 사는 학생이었다. 그리운 풍경들이 떠오른다. 신신도라는 커피집, 호렌도라는 고물상.

정말이지 반가웠다. 어째서 지금까지 잊어버리고 있었을까.

“네놈을 왜 은인이라고 하는지 이제 알겠지, 네모.”

노인은 긴 이야기를 마치고 말했다.

“네 덕분에 나는 소중한 추억을 되찾아 ‘창조의 마술’을 쓸 수 있게 됐다. 이 멋진 해적선을 봐라. 부하들을 봐라. 모두 내가 마술로 만들어 낸 것이다. 노틸러스호는 이제 고잔 해역으로 가고 있다. 보름달의 마녀를 찾아내 나는 더 강대한 마술을 손에 넣게 되겠지.”

노인의 눈이 광신자처럼 번득였다.

“나는 까마득하게 긴 세월 동안 이 바다를 방황했다. 이제 와서 원래 세계로 돌아간들 돌이킬 수 없어. 그렇다면 이번에야말로 마왕을 무찌르고 이 군도를 내가 원하는 대로 만들어야겠다. 네모, 그때는 네놈도 일해 줘야겠어. 네놈도 서툴기는 해도 창조의 마술을 쓸 수 있으니까.”

“당신에게 복종할 생각이 없다면?”

“아주 슬플 테지.” 노인은 씩 웃었다. “은인을 죽이기는 다소 가슴이 아프니까.”

그러고는 선실에서 나갔다.

그때 비로소 선실이 이상하게 더운 것을 깨달았다. 도서관장은 벽에 몸을 기대고 주저앉아 연신 땀을 닦고 있었다.

나는 그의 곁에 앉으며 물었다.

"어떻게 생각해?"

"그런 엉터리 이야기를 믿을 것 같나? 영감의 망상이야. 어이없어."

"정말 단순한 망상일까. 아닌 게 아니라 나는 그 노인에게 내 추억을 이야기했어. 하지만 이야기한 건 고물상의 추억뿐이었어. 그렇건만 이 바다 바깥에 있는 거리에 대해, 자기가 살았던 것처럼 이야기했어. 그럼 그 사람은 나하고 같은 추억을 갖고 있다는 뜻이 돼. 두 사람이 동일한 추억을 갖고 있다는 건 불가능해."

"아니, 가능해."

도서관장은 짤막하게 말했다.

나는 놀라 그를 쳐다봤다. "무슨 뜻이지?"

"자네의 추억도 망상에 불과하다는 말이야. 두 사람은 같은 망상에 사로잡혀 있어. 자기들은 이 바다 바깥에서 왔다는 망상이지. 그리도 두 사람 다 자신은 창조의 마술을 쓸 수 있다고 착각하고 있어."

"하지만 해적선은 실제로 존재해. 그 노인이 창조의 마술을 쓴 게 아니라면 어째서 그런 일이 가능하지?"

"마왕이 한 일이겠지."

"……어째서?"

"그런 건 마왕에게 물어봐,"

도서관장은 넌더리난다는 듯 말했다.

우리는 입을 다물고 배가 삐걱거리는 소리에 귀를 기울였다.

선실에 갇힌 채 긴 시간이 지났다. 창이 없으니 바깥을 살필 수도 없었다. 너무 무더워서 의식이 몽롱해졌다. 도서관장은 벽 앞에 누워 있었다. 어느새 나도 꾸벅꾸벅 졸기 시작했다.

갑자기 얼굴에 물이 쏟아졌다.

"어이, 네모 군. 정신 차리라고. 물 마셔."

학파 남자였다.

나는 남자에게 수통을 받아 꿀꺽꿀꺽 물을 마셨다.

그때 학파 남자가 얼굴을 뒤덮은 수염을 잡더니 과일 껍질을 벗기듯 얼굴 가죽을 벗었다. 뒤이어 나타난 얼굴을 본 순간, 나는 물을 마시는 것도 잊고 아연실색했다.

사야마 쇼이치였다.

하지만 그는 포대 섬에서 총에 맞아 죽지 않았나. 바닥에 쓰러진 것을 내 눈으로 봤거니와, 나는 그의 시체를 막사 밖으로 옮겼었다.

나는 가까스로 입을 열었다.

"죽은 줄 알았는데요."

"죽었어."

"살아 있잖습니까."

"이렇게 살아 있는 것도 나지만, 거기서 죽은 것도 나거든."

무슨 말인지 도통 알 수 없었다.

사야마 쇼이치는 달래듯 말했다.

"자네가 혼란스러워하는 것도 당연해. 다시 말해 학파 남자들에게 개인이라는 개념은 없는 거야. 관측소 섬에 표류한 자네를 구한 남자도, 포대 지하 감옥에 있던 죄수도, 그 전임자도, 또 그 전임자도 우리는 모두 사야마 쇼이치야."

"당신은 인간이 아니라는 말입니까?"

"저기 쓰러져 계시는 도서관장님은 '괴물'이라고 부르지. 말 안 해서 미안해. 하지만 자네 덕분에 난 이 군도에 발을 들여놓을 수 있었고 포대 지하 감옥에서 탈출할 수 있었어. 해적 신드바드의 오른팔도 될 수 있었고. 모두 자네 덕분이야. 고맙게 생각해."

"그럼 도와주세요."

사야마 쇼이치는 낮게 신음하며 머리를 긁적였다. 미안한 표정이었다.

"그게 그럴 수도 없어서 말이야."

"왜죠?"

"지금은 신드바드한테 충성을 맹세한 몸이라서."

사야마 쇼이치는 일어나 곡도를 들었다.

"나는 자네를 좋아해, 네모 군. 적이 돼서 안타깝게 생각해. 하지만 우리한테는 우리 계획이 있거든. 처음에는 자네가 우리를 이 연옥에서 해방시켜 줄 거라 생각했어. 하지만 지금은 신드바드가 크게 앞서고 있단 말이지. 그 사람이라면 보름달의 마녀를 만날 수 있을지도 몰라. 우리는 이 날이 오기를 먼 옛날부터 기다렸거든."

나는 사야마 쇼이치를 응시하며 말했다.

"당신들은 누구지?"

"존재와 비존재 사이를 살아가는 사람이지. 아련한 꿈같은 거야."

사야마 쇼이치는 벽 앞으로 다가가 도서관장의 몸을 가볍게 찼다.

"어이, 도서관장. 일어나."

도서관장이 언짢은 듯 신음했다.

"신드바드 님께서 부르신다. 둘 다 갑판으로 와." 사야마는 말했다. "이제 곧 고잔 해역에 들어선다."

우리는 계단을 올라가 갑판으로 나갔다.

파란 하늘로 높이 솟은 돛대에는 큰 돛이 달려 있었다. 바람이 거의 없는데도 노틸러스호는 순조롭게 나아가는 듯했다. 주위는 마치 아침 시장처럼 소란스러웠다. 머리 위의 망루, 선미, 갑판 부근 할 것 없이 해적들이 돌아다니며 주변 바다를 경계하고 있었다. 보름달의 마녀가 사는 섬을 찾나 보다.

얼마 지나자 선수 쪽에서 목소리가 들려왔다.

"섬이다! 초 섬이다!"

숲과 초원이 있는 큰 섬이 다가왔다. 곶에 회색 건물이 있고 옥상에 탑이 보였다. 초처럼 하얗고 매끄러운 탑의 꼭대기 근처에는 붉은 전망실이 있었다. 해적선은 앞바다를 천천히 지나갔다. 해적들은 뭐가 그리 우스운지 초 섬을 가리키며 저마다 악을 쓰고 웃었다.

선미 쪽에서 갑자기 고함소리가 들려왔다.

"왜 이렇게들 시끄럽냐!"

돌아보자 노인이 보였다. 곁에는 지요 씨가 있었다.

"지요 씨!"

도서관장이 불렀다.

그녀는 우리를 돌아보고 미소 지었다.

"괜찮아요. 난 무사해요."

"정중한 대우를 받고 있다고 했을 텐데."

노인이 성이 나 말했다.

선장이 갑판에 나타났는데도 해적들은 여전히 소란을 멈추지 않았다.

노인은 지요 씨의 팔을 붙들고 갑판을 가로질렀다. 한 해적의 머리에 권총을 들이대더니 서슴없이 방아쇠를 당겼다. 총성이 울리고 남자가 쓰러지자 시끌시끌했던 갑판이 조용해졌다. 이윽고 해적들은 죽은 남자를 들어 바다에 던지고 온순한 표정으로 노인을 쳐다봤다.

"그래야지. 좀 조용히 하고 있어라."

노인은 바다에 뜬 초 섬으로 눈길을 돌렸다.

"이 바다에 다시 돌아오게 될 줄이야!"

이윽고 초 섬을 지난 배는 계속해서 나아갔다.

노인은 지요 씨를 데리고 우리에게 다가왔다.

"자, 드디어 보름달의 마녀를 만나겠군. 아가씨의 꿈을 이뤄주지."

"당신한테 도와달라고 한 적 없어요."

"그런 소리 말라고. 나쁘게는 안 할 테니까."

주위 바다는 잔잔해 마치 거대한 호수처럼 느껴졌다.

주변을 둘러보는데 조용한 바다 저편에 푸릇푸릇한 섬 하나가 보였다. 중앙에 솟은 산의 경사면에 세모꼴 공터가 보이고 大자가 쓰여 있었다. 수평선을 살펴보니 다른 섬들이 징검돌처럼 점점이 떠 있었다. 무카에비를 밝힐 때는 다양한 문자와 도형이 어둠속에 타오른다고 했다.

"보름달의 마녀는 이곳에 있다."

노인이 말했다.

하지만 어디에도 그럼직한 섬이 없었다. 미술관에서 본 그림을 믿는다면 보름달의 마녀가 사는 섬에는 궁전이 위치하는 황야와 그것을 둘러싼 거대한 모래 언덕이 있을 터였다. 그렇다면 상당히 큰 섬이라는 뜻이다. 하지만 무카에비를 밝히는 다섯 섬으로 둘러싸인 바다를 아무리 찾아봐도 그런 큰 섬은 보이지 않았다.

"마녀가 어디 있다는 거지?"

도서관장이 말했다.

"보려고 하지 않으면 보이지 않아요." 지요 씨가 말했다. "분명히 여기 있을걸요."

"존재하지 않으면 만들어 내면 돼." 노인이 생각지도 않은 말을 했다. "어이, 네모. 마녀가 사는 섬을 만들어 내 봐라."

나는 어안이 벙벙했다.

이 사람은 대체 무슨 말을 하는 걸까. 진짜 '창조의 마술'을 내려준다는 보름달의 마녀를 자신의 창조의 마술로 만들어 낸다니. 흡사 제 목덜미를 잡아 자기 자신을 들어 올리는 것 같지 않나.

"그런 건 불가능해!"

그러자 노인은 사야마 쇼이치에게 눈짓했다. 사야마는 "아이, 아이, 서!"라고 대답했다. 그러고는 도서관장에게 다가가 그를 갑판에 무릎 꿇게 하고 머리에 권총을 들이댔다.

"못 하겠다면 도서관장이 죽어."

갑판이 고요해졌다.

도서관장은 기도하듯 고개를 떨구고 지요 씨는 얼어붙은 듯 보였다.

"……알았어. 해보지."

나는 선수를 향해 걸음을 뗐다. 해적들이 양옆으로 비켜 길을 내주었다.

선수에 서니 앞쪽에 아무것도 없는 바다가 펼쳐져 있었다. 뒤를 돌아보면 갑판에 얼굴이 가득했다. 창백한 얼굴로 쳐다보는 지요 씨, 냉혹한 웃음을 띤 노인, 웅크리고 있는 도서관장,

태연히 권총을 겨누고 있는 사야마 쇼이치 그리고 구경꾼처럼 숨죽이고 지켜보는 여러 해적들.

나는 다시 눈앞의 바다를 바라봤다.

하지만 섬을 만들어 낼 수 있다는 자신감은 조금도 생기지 않았다. 눈앞의 공허한 바다가 나를 향해 덮쳐드는 것처럼 느껴졌다. 나는 눈을 감고 '신신도'를 만들었을 때를 떠올리려 했다. 바닷속 깊이 잠수해 피어오르는 모래 먼지 속을 손으로 더듬어 찾는다. 하지만 그곳에는 아무것도 없다. 만들어 낼 수 있을 리 없다. 그래도 나는 만들어야 했다.

이윽고 나는 쥐어짜듯 말했다.

"그 섬을 '보름달의 섬'으로 명명한다."

내 귀에도 거짓말처럼 들렸다.

아니나 다를까 아무리 시간이 지나도 바다에는 변화가 나타나지 않았다. 이내 기다리다 지친 해적들이 저마다 욕을 퍼붓기 시작했다. 나는 거듭해서 '보름달의 섬'이라고 말해 봤지만 바다는 답하지 않고 그저 조용히 반짝이고 있을 뿐이었다.

"뭐냐, 네모. 못 하겠냐?" 노인이 비웃었다. "너는 창조의 마술을 쓸 수 있는 게 아니었어?"

"……난 못 해. 안 돼."

해적들이 와르르 웃었다.

그때 총성 한 발이 울렸다. 놀라 휙 돌아봤지만 도서관장은 갑판에 웅크린 채 넋이 나가 있었다. 사야마가 하늘을 향해 쏜 것이었다. "이자는 살려두마." 노인은 즐거워하며 말했다. "잘못을 깨닫게 해주고 싶으니까."

그러고는 나를 밀어 선수에 세웠다.

"네놈한테 맡겨뒀다간 해가 떨어지겠군."

갑판이 다시 조용해졌다.

노인은 두 팔을 벌려 자신에 찬 목소리로 고했다.

"그 섬을 '보름달의 섬'으로 명명한다."

모두가 숨죽이고 지켜봤다.

노인의 목소리에 답하듯 거대한 섬이 떠올랐다. 전모가 나타나기까지 시간은 그리 오래 걸리지 않았다. 섬 가장자리를 따라 끝없이 이어지는 모래사장. 그 너머에 완만하게 솟은 모래언덕. 햇빛을 받아 황금색으로 빛나는 '보름달의 섬'은 흡사 태곳적부터 그곳에 있었던 것처럼 우리가 상륙하기를 기다리고 있었다.

"만세! 신드바드 만세!"

곧 갑판이 시끌시끌해졌다.

"네모, 네놈은 창조하기를 겁내고 있어. 그런 인간의 말에 이 바다가 답할 것 같나? 네놈은 지배자가 될 자격이 없어."

노인은 귓가에서 말했다.

"창조한다는 건 지배한다는 뜻이다."

신드바드 노인은 해적선을 앞바다에 정박시켰다.

보름달의 섬에는 신드바드와 사야마 쇼이치, 나와 도서관장, 지요 씨 그리고 해적 열다섯 명이 상륙했다. 보트 두 척으로 나뉘어 해적선을 출발했는데, 주위 바다는 불길하리만큼 잠잠해 얼마 안 가 모래사장에 닿았다. 해적들 틈에 섞여 노를 저으며 나는 평행해서 나아가는 또 한 척의 보트에 눈길을 주었다. 노인과 함께 뱃머리에 앉은 지요 씨는 밀짚모자를 붙들고 다가오는 모래사장을 응시하고 있었다.

내 오른쪽 옆에서 도서관장이 노를 잡고 있었다.

"아까는 미안했어." 나는 말했다. "방법이 없었어."

"처음부터 자네가 마술을 쓸 수 있다고 생각하지 않아."

도서관장은 짤막하게 말하고 옆 보트를 턱짓으로 가리켰다.

"마왕은 왜 신드바드를 내버려 두는 거지?"

아닌 게 아니라 도서관장 말이 맞았다. 이 정도로 요란하게 바다를 휘젓고 있는데 마왕이 모를 리 없었다. 하물며 노인이 보름달의 마녀를 만나기라도 했다가는 마왕과 대등한 존재가 될 가능성도 있다.

왜 마왕은 나타나지 않나?

"창조주가 둘이나 있는 게 용납될 것 같나? 재앙의 징조라는 생각밖에 안 드는군."

뱃머리에서 사야마 쇼이치가 소리쳤다.

"제군, 입 다물고 노를 저어!"

도서관장은 혀를 찼다.

이윽고 우리는 보름달의 섬에 상륙했다.

모래사장은 야자나무 한 그루 없이 황량해 어느 쪽을 보나 눈부시게 번득이는 모래의 빛이 눈을 찔렀다. 모래사장이 그대로 솟아 모래 언덕이 되어 흡사 모래로 쌓은 만리장성처럼 섬 가장자리를 에워싸고 있었다. 좌우지간 보이는 것이라곤 모래뿐이었다.

노인은 손으로 햇빛을 가리며 모래 언덕을 올려다봤다.

"자, 아가씨. 이 섬이 맞나?"

"보름달의 마녀의 초상화에도 모래 언덕이 있었어요. 궁전은 이 섬 중앙에 있을 테죠."

"드디어 전설의 마녀를 만나는 건가."

노인은 의기양양하게 모래 언덕을 올라가기 시작했다.

해적들이 우리에게 곡도를 들이대며 "올라가"라고 명령했다.

모래 언덕은 멀리서는 완만하게 보였지만 오르기는 쉽지 않았다. 한 발 내디딜 때마다 발이 푹푹 빠졌다. 햇빛에 달아오른 모래는 너무 뜨거워 발에 닿이면 화상이라도 입을 것 같았다. 몇 분도 채 못 가 다들 한증탕에 들어간 것처럼 땀범벅이 됐다. 해적들도 모래 언덕을 기어오르는 것만으로도 벅찬 듯했다.

나는 돌아보며 지요 씨에게 손을 내밀었다.

"고마워요."

지요 씨는 내 손을 잡고 기어서 올라왔다. 내게 바짝 붙어서 "포기하지 마요" 하고 속삭였다. "아직 완전히 진 게 아니니까요."

"하지만 난 이 섬을 만들 수 없었는데요."

"그 실패에는 뭔가 의미가 있다고 생각해요. 신드바드의 방법은 틀렸어요."

지요 씨가 말했다.

선두에 서서 올라가는 것은 사야마 쇼이치였다. 그는 뜨거운 모래도 아무렇지 않은 듯했고 모래 언덕을 올라가는 요령도 터득한 모양이었다. 우리가 모래 언덕 중턱 부근에서 꾸물대고 있을 때 머리 위에서 "궁전이다!" 하는 사야마의 목소리가 들려왔다.

나는 열기로 몽롱한 머리를 들어 모래 언덕의 꼭대기를 보았다.

그러나 그곳에 사야마 쇼이치의 모습은 없었다. 대신 내가 본 것은 나락 같은 파란 하늘을 배경으로 한 거대한 호랑이 한 마리였다. 모래에 반사되는 빛에 털이 반지르르 빛나 마치 파란 하늘을 캔버스로 삼아 그린 아름다운 그림 같았다. 나는 "저걸 봐요!"라며 가리켰지만 지요 씨는 "뭔데요?"라며 의아한 표정을 지었다. 다른 사람들도 사야마의 변모를 알아차리지 못했다. 호랑이가 보이는 사람은 나뿐인 듯했다. 내가 어안이 벙벙해하는 사이에 호랑이는 파란 하늘로 사라지고, 대신 허리에 손을 얹은 사야마 쇼이치의 모습이 나타났다. 사야마는 도발하듯 나를 쳐다보고 있었다.

대체 뭘 하려는 거지?

그가 '밤의 모습'을 드러낸 것은 그 한순간뿐이었다.

간신히 모래 언덕 꼭대기에 다다르자 이 섬의 기묘한 형상을 한눈에 볼 수 있었다. 오른쪽을 봐도 왼쪽을 봐도 모래 언덕이 크게 호를 그리며 이어지고 있었다. 모래 만리장성은 섬 전체를 에워싸 눈 아래 펼쳐지는 원형의 황야를 바다와 완전히 갈라놓고 있었다.

노인이 당혹한 듯 중얼거렸다.

"저게 보름달의 마녀가 있는 궁전인가?"

황야 중앙에 궁전 같은 게 보이기는 했다. 하얀 돌문을 지나면 담으로 둘러싸인 직사각형 정원이 있고, 그 안쪽에 돔 지붕과 첨탑을 가진 건물이 있었다. 노인이 당황한 이유는 궁전에 있는 무수한 사람들 때문일 것이다. 궁전과 정원을 가득 메우다 못해 마치 생물의 시체에 꾀는 개미처럼 담을 에워싸고 있었다. 주위 황야에까지 점점이 흩어진 모습이었다.

"저자들은 뭐지? 수백 명은 될 것 같은데."

도서관장이 목을 뻗으며 말했다.

"마녀의 궁전을 지키나?"

"병사 같지는 않은데요."

해적들은 걱정스레 선장을 지켜보고 있었다.

주위에는 구름 그림자 하나 없고 눈 아래의 황야에서 움직이는 것이라곤 바람에 피어오르는 모래먼지 정도였다. 분지 바닥을 흘러가는 모래먼지 그림자가 없었다면 시간이 흐르는 것조차 실감할 수 없었을 것이다. 참을성 있게 바라보고 있어도 사람들은 꼼짝도 하지 않았다. 이윽고 노인이 더는 못 기다리겠다는 듯이 말했다.

"가자. 보고만 있으면 무슨 소용이냐."

아래로 내려가자 바닥이 말라서 거북이 등딱지처럼 갈라진 땅으로 바뀌었다. 덕분에 걷기가 훨씬 수월해졌다. 바닥에 들러붙듯 얼마 안 되는 식물이 있는 것 외에는 아무것도 없어 물이 마른 큰 연못 바닥을 걷는 느낌이었다.

“다른 천체에 온 것 같네요.”

지요 씨가 그렇게 중얼거리며 하늘을 올려다봤다.

구름 한 점 없는 하늘이 기이할 정도로 파랗게 느껴졌다.

마녀의 궁전과 그것을 에워싼 사람들이 가까워왔다.

앞장서서 걷던 사야마 쇼이치가 한 사람에게 다가갔다. 가까이 얼굴을 들여다봐도 상대방은 궁전 쪽을 쳐다본 채 꼼짝도 하지 않았다. 사야마는 친근하게 상대방의 어깨를 치고는 우리를 향해 손을 흔들었다.

“그냥 석상입니다, 신드바드 님.”

“이것들은 대체 뭐지?”

“말씀드리기 부끄럽지만 제 전임자들이군요.”

아닌 게 아니라 사야마의 말대로 석상으로 변한 학파 남자들이었다. 아직 외모를 분명히 알아볼 수 있는 게 있는가 하면, 오랜 세월을 거쳐 풍화된 것도 있었다. 그들은 일제히 궁전으로 몰려온 게 아니라 한 명씩 와서 석상이 됐을 것이다. 그런데 석상은 하나같이 평온한 얼굴이었다.

“다들 보름달의 마녀를 만나려고 한 겁니다.”

사야마 쇼이치는 한 석상의 어깨를 끌어안았다.

“예를 들면 이 친구는 신드바드 님처럼 해적이 돼서 마왕을 상대로 전쟁을 벌였죠. 그 밖에도 이런저런 친구들이 있습니다. 숲의 현자 밑에 제자로 들어간 녀석이 있는가 하면, 작은 섬의 할머니가 거둬 줘서 상인이 된 녀석도 있습니다. 어부가 돼서 고래한테 잡아먹혀 배 속에서 몇 년이나 산 녀석도 있군요. 각자의 모험 끝에 이 섬에 흘러든 겁니다."

사야마는 석상들을 반가운 듯 둘러봤다.

"하지만 이 친구들에게는 중요한 게 빠져 있었거든요."

"뭐가 말이지?"

"당신입니다, 신드바드 님." 사야마는 웃었다. "그래서 저한테는 당신이 필요한 겁니다."

석상들에 둘러싸여 우리는 얼마 동안 망연자실하고 있었다.

문득 강풍이 불어와 나도 모르게 눈을 감았다. 주위에서 무수한 방울이 울리는 듯한 소리가 들렸다. 모래먼지를 머금은 바람이 풍화된 수백 개의 석상을 울리는 소리였다.

마치 석상들이 노래하는 듯했다.

우리는 하얀 돌문을 지나 정원으로 들어갔다.

전에는 아름다운 정원이었을지 몰라도 지금은 옛 모습을 찾아볼 수 없었다. 가로세로로 지르는 수로도, 중앙에 있는 큰 분수도, 석조 정자도 모두 모래에 파묻혀 있었다. 곳곳에 선 석상들이 모래로 덮인 땅에 긴 그림자를 드리우고 있을 뿐이었다.

"사람이 살 것 같지 않은데요."

지요 씨가 눈살을 찌푸렸다.

널따란 정면 계단을 올라가니 궁전 입구가 동굴처럼 시커멓게 입을 벌리고 있었다. 사야마 쇼이치를 따라 신드바드 노인과 우리는 궁전 안에 발을 들여놓았다. 그러나 홀은 텅 비어 있고 돌바닥에 깐 양탄자도 모래투성이였다. 아무리 불러 봐도 아무도 나오지 않았다.

"일부러 와줬건만." 노인은 성을 냈다. "보름달의 마녀를 찾아라!"

복도며 홀을 둘러봐도 개미 한 마리 보이지 않았다. 학파 남자들의 석상만 수두룩이 발견됐다. 그들은 궁전 안까지 들어와서 홀 구석에, 계단 밑에, 회랑으로 둘러싸인 중정에 장식품처럼 서 있었다.

성과가 없는 탐색을 계속하는 사이에 해적들에게도 실망이 번진 모양이었다. 천장을 울리던 웃음소리도 어느새 걱정스레 수군거리는 소리로 바뀌었다.

도서관장이 내뱉듯 말했다.

"보름달의 마녀 같은 건 없어."

노인은 돌아보고 도서관장을 노려봤다.

"뭐야? 한 번 더 말해 봐라."

"보름달의 마녀는 이제 없어. 먼 옛날에 이 바다를 떠났는지도 몰라. 마왕과의 싸움에 져서 죽었을지도 모르고. 처음부터 그런 인간은 존재하지 않았는지도 모르지. 결국 우리는 아무것도 알지 못해. 마왕만이 진실을 알지."

"하지만 이 섬은 이곳에 있어. 내가 만들었으니까."

"이런 텅 빈 궁전을 발견해서 무슨 소용이 있지? 이 섬을 만드는 김에 보름달의 마녀도 만들지 그랬나? 창조의 마술을 쓸 수 있으면 뭐든 원하는 대로 될 텐데. 아니면 뭐든 다 되는 건 아닌가?"

노인은 노여움에 얼굴이 창백해졌다.

그때 사야마 쇼이치가 끼어들었다.

"보세요, 느껴지지 않습니까?"

"뭐가?"

"바람이 부는데요. 바다 냄새가 납니다."

사야마는 손가락을 들고 수수께끼 같은 소리를 했다.

그를 따라 복도를 걸어가니 연회장처럼 큰 홀이 나왔다. 벽도 천장도 기하학무늬로 장식되어 있고 빠끔히 난 창으로 황야 끝에 늘어선 모래 언덕이 보였다. 과거에는 이곳에서 큰 연회를 벌였을 게 틀림없었다. 과일과 고기, 과자를 담은 큰 접시, 마실 것이 든 병, 향목을 태우는 냄새, 비파와 은적銀笛의 선율. 『천일야화』에서의 연상으로 그런 게 떠올랐을 것이다.

이윽고 나는 사야마 쇼이치의 목소리에 정신이 들었다.

"여기입니다."

사야마의 발치에 정사각형 구멍이 나 있었다.

느닷없이 나타난 시커먼 구멍은 세계의 일부가 떨어져 나간 것처럼 보였다. 하지만 가까이 다가가 들여다보니 지하로 내려가는 계단이 있었다.

사야마 쇼이치는 신드바드 노인에게 속삭였다.

"비밀 통로 같군요."

"……여기에 마녀가 있다고?"

"물론이죠."

"어떻게 단언할 수 있지?"

"당신이 원하기 때문입니다, 신드바드 님." 사야마 쇼이치는 공손하게 말했다. "그게 당신의 마술이니까요."

노인은 뺨에 웃음을 지었다.

"그럼 가볼까, 학파 남자."

계단은 무시무시하게 길어서 마치 지하세계로 들어가는 느낌이었다.

초반에는 계단 입구로 드는 빛이 발치를 비춰 주었지만 곧 아무것도 보이지 않게 됐다. 사야마 쇼이치가 선두에 서 주지 않았다면 다들 오도 가도 못했을 것이다. 나는 오른쪽의 차가운 돌벽을 손으로 짚으며 주의해서 걸었다. 숨 막히는 어둠 속에서는 내가 얼마만큼 걸어왔는지조차 실감할 수 없었다.

뒤를 따라오는 도서관장이 "어두운 건 싫은데" 하고 중얼거렸다.

앞을 걷는 지요 씨가 말했다.

"봐요, 입구가 저렇게 작네요."

돌아보니 희미한 빛이 비추는 계단 입구가 어둠 저편에 보였다. 약하디 약한 빛을 응시한 뒤 앞을 향해 다시 돌아서니 그곳에는 어마어마한 어둠이 펼쳐져 있었다.

나는 마음이 불안해져 불러봤다.

"지요 씨, 거기 있습니까?"

"……여기 있어요."

"아무것도 안 보이는데요."

"나도 안 보여요."

계단을 내려갈수록 공기가 점점 차가워지는 것 같았다. 앞쪽의 어둠에서 한겨울처럼 찬 공기가 흘러왔다. 돌벽에 댄 손도 점차 얼었다. 방금 전까지 열대의 태양 아래 있었다는 게 믿기지 않을 정도였다.

앞쪽으로 어슴푸레한 빛이 보였다.

우리는 거대한 우물 밑바닥 같은 곳으로 나왔다.

머리 위로 동그랗게 잘린 파란 하늘이 보이기는 하는데 햇빛이 땅속까지 이르지 못해 주위는 바닷속처럼 어둑어둑했다. 신드바드 노인과 사야마 쇼이치는 모래땅 중앙에 서서 하늘을 올려다보고 있었다. 다른 해적들도 어쩌면 좋을지 모르겠다는 듯 우두커니 서서 모래를 집어보고 추위에 몸을 떨고 있었다. 노인이 성이 나 사야마 쇼이치에게 물었다.

"보름달의 마녀는 어디 있는 거지?"

"이상한데요. 길을 잘못 들었나?"

사야마 쇼이치는 어리둥절해하며 그렇게 말했다.

주위를 둘러보니 어둠 속에 석상 파편이 흩어져 있었다. 학파 남자들은 이렇게 깊숙이까지 들어온 것이다. 그렇다면 사야마 쇼이치는 이곳에 온 적이 있다는 뜻이다. 거기까지 생각했다가 나는 흠칫 놀랐다. 학파 남자들은 모두 사야마이니 '길을 잘못 들었다'라는 일은 있을 수 없다. 그렇다면 그는 의도적으로 우리를 이곳으로 데려왔다는 뜻이다.

무슨 속셈이지?

나는 어둠 속에 선 사야마를 응시했다.

지요 씨가 모래땅을 가로질러 맞은편 벽으로 다가갔다. 벽에 손을 대더니 곧바로 움찔해서 몸을 뺐다.

"무슨 일입니까?"

"……이걸 봐요, 네모 군."

처음에는 요철이 있는 회색 벽으로만 보였다. 그런데 얼마 동안 살펴보다 보니 갑자기 사야마 쇼이치의 얼굴이 벽에 나타났다. 그 순간 속임수 그림처럼 눈앞의 풍경이 바뀌었다. 우리를 둘러싸고 있던 만곡하는 벽은 무수히 많은 부서진 석상으로 이루어져 있었다. 수많은 남자들이 벽에 매몰되어 몸부림치는 것처럼 보였다.

뒤따라온 도서관장도 아연해했다.

"……이게 뭐지?"

"보름달의 마녀가 그런 걸까요?"

"하지만 너무 많은데요. 어째 이상합니다."

벽에 손을 댄 채 생각하던 도서관장은 흠칫 놀라 얼굴을 들더니 어둑어둑한 지하 공간을 둘러보았다. "우리는 보름달의 섬 땅속 깊이 내려왔지." 그는 말했다. "우리는 이 섬의 토대를 보고 있다는 뜻이야."

그러더니 갑자기 몸을 돌려 사야마 쇼이치에게 다가갔다. 지요 씨와 나는 당혹해서 도서관장을 따라갔다.

모래땅 중앙에서는 신드바드 노인이 사야마 쇼이치에게 따지고 있었다.

"왜 이런 곳으로 데려온 거냐?"

그러나 사야마는 대답하지 않았다. 사야마의 멱살을 잡고 있던 노인이 별안간 더러운 것을 만지기라도 한 듯 그를 밀쳐내고는 뒷걸음쳤다.

"이놈, 대체……."

사야마 쇼이치는 모래땅에 선 채 움직이지 않았다. 한 발을 내디딘 자세로 오른팔을 부자연스럽게 들고 있었다. 달려가 팔에 손을 대자 오싹할 정도로 차갑게 굳어 있었다. 사야마의 팔은 이미 돌이 되어 있었던 것이다.

사야마 쇼이치는 어색한 웃음을 지었다.

"네모 군. 잠시 이별할 때가 왔군."

마른 모래땅에 물이 스며들듯 그의 목덜미 피부가 회색으로 변해갔다. 나는 속수무책으로 그가 돌이 되어가는 것을 보고만 있을 수밖에 없었다.

도서관장이 사야마에게 덤벼들듯 물었다.

“이 섬은 학파 남자들로 만들어졌나?”

“이 섬만이 아니야.”

“뭐라고?”

“군도 전체가. 숲도, 짐승도, 인간들도.” 사야마 쇼이치는 잘 알아듣게 타이르듯 말했다. “제군은 우리 시체로 만들어졌어.”

이미 목 밑으로는 완전히 석상이 되어 얼굴이 변하기 시작했다. 하지만 고통스럽지는 않은 모양이었다. 눈은 온화하고 뺨에는 미소가 떠올랐다. 그는 얼어붙어가는 입술을 움직여 뭐라 속삭이려 했다. 나는 귀를 가까이 가져갔다.

“네모 군, 들리나?”

“들립니다.”

“보름달의 마녀는 여기에도 없어.”

“여기에도 없다고요? 무슨 뜻입니까?”

“……너와 관계없는 일을 이야기하지 말라.”

말이 중단되고 사야마 쇼이치는 꼼짝하지 않게 됐다.

그의 뺨에 손을 대봤지만 희미한 온기조차 남아 있지 않았다. 흡사 아주 오래전부터 여기 지하에 서 있었던 것 같았다. 회색 눈은 벽을 가득 메운 전임자들을 쳐다보고 있었다. 사야마 또한 전임자들과 같은 운명을 걸은 것이다.

“죽었나?” 신드바드 노인이 말했다. “둘이서 수군수군 무슨 말을 했지?”

나는 노인을 돌아보고 말했다.

“보름달의 마녀는 어디에도 없어.”

"……거짓말 마라." 노인은 이를 갈듯 말했다. "그럴 리 없어. 내가 속을 줄 알고?"

그러나 그가 자신감을 잃은 것이 뻔히 보였다. 눈앞에 있는 것을 믿으려 해도 점점 커가는 회의가 신념을 무너뜨렸다. 지금까지 그는 사야마 쇼이치라는 동행자에 의존해 왔다. 그런데 사야마도 석상이 되고 말았다.

노인은 우리를 밀쳐내고 석상으로 다가갔다.

"보름달의 마녀는 어디 있지?"

그는 석상을 흔들며 물었다.

"제발 부탁이다, 나한테 힘을 줘!"

그때 무시무시한 땅울림이 느껴지면서 섬 전체가 크게 흔들렸다.

나는 모래땅에 엉덩방아를 찧었다. 지면이 기우는 게 느껴졌다. 모래땅 전체가 절구처럼 우묵해져 주위 모래가 스르르 흐르기 시작했다. 중앙에 선 사야마의 석상을 모래가 천천히 삼키는 게 보였다. 신드바드 노인과 해적들이 서로 앞다투어 지상으로 통하는 계단으로 몰려들고 있었다.

도서관장의 목소리가 들렸다.

"어서 여기서 나가!"

내가 모래땅을 기어오르려고 하는 동안에도 지하 전체가 여러 차례 크게 흔들리고 그때마다 뭔가가 폭발하는 듯한 소리가 울려 퍼졌다. 석상으로 메워진 벽면에 금이 가는 소리였다. 이윽고 파편이 쏟아지기 시작하자 피어오르는 먼지로 인해 주위는 한층 어두워졌다. 머리를 얻어맞은 것 같은 아픔에 나는 무릎을 꿇었다. 파편에 맞은 모양이었다. 한순간 눈앞이 새하얘졌다.

지요 씨가 내 손을 잡고 "달려요!" 하고 소리쳤다.

덕분에 그럭저럭 모래땅을 기어 올라갈 수 있었다.

움푹 팬 모래땅 바닥에서 바닷물이 뿜어져 나와 푸르스레한 색의 거대한 물기둥을 이루었다. 순식간에 수위가 높아 가는 흙탕물이 소용돌이쳐, 쏟아지는 파편으로 펄펄 끓는 것처럼 보였다. 굉음은 계속 커져만 갔다.

보름달의 마녀는 어디에도 없다.

우리는 계단을 달려 올라가 지상으로 향했다.

궁전 밖으로 달려 나왔을 때 섬이 한층 크게 흔들리더니 마녀의 궁전이 무너졌다. 남은 것은 뭉게뭉게 먼지를 피우는 파편 더미뿐이었다.

우리는 분진으로 범벅이 되고 여기저기에서 피를 흘리고 있었다.

해적들은 정원 문을 지나 황야로 달려 나갔다. 섬이 가라앉기 전에 해적선으로 돌아갈 생각일 것이다. 우리도 곧바로 그들을 쫓아 황야로 나왔다가 우뚝 멈춰 섰다.

멀리 보이는 모래 언덕이 엿처럼 천천히 녹고 있었다. 피어오르는 짙은 모래먼지가 색종이를 태우듯 창궁을 가장자리에서부터 갉아먹었다. 이윽고 앞쪽 황야에 거뭇한 얼룩이 나타났나 싶더니 순식간에 커져, 땅이 잇따라 함몰하면서 해적들을 집어삼키고 말았다. 함몰된 곳에서 흙탕물이 넘쳐흘러 주위의 땅이 또 함몰됐다. 눈 깜짝할 사이에 그것은 우리에게까지 닥쳐들었다.

우리는 몸을 돌려 무너진 궁전으로 향했다.

파편 더미 꼭대기에는 금이 간 돔 지붕이 비스듬히 기운 채 남아 있었다. 돔 지붕을 향해 기어 올라가는 동안 주변이 흔들릴 때마다 파편 더미 일부가 무너져 분진이 누렇게 흩날렸다. 가까스로 돔 지붕에 다다랐을 때 흙탕물이 성난 파도처럼 밀려들어 담장을 무너뜨리고 정원으로 쏟아져 들었다.

우리는 파편 더미에 올라서서 섬의 최후를 멍하니 바라봤다.

금속처럼 번들거리는 진흙탕이 사방에서 넘실거리고 있었다. 밀려드는 파도가 진흙 물보라를 일으켰다. 진창 너머로 눈길을 줘도 보이는 것이라곤 소나기구름처럼 솟아오르는 모래먼지뿐이었다. 모래먼지가 하늘을 뒤덮는 먹구름으로 바뀌어 주위가 저물녘처럼 어두워졌다. 구름 사이로 번개가 번쩍이고 빗방울이 주위 파편을 때리기 시작했다.

"네모 군, '창조의 마술'을 써요." 지요 씨가 소리쳤다. "이대로 가다간 가라앉고 말겠어요."

그때 총성 한 발이 울렸다.

나도 모르게 고개를 움츠렸다.

"조심해!"

도서관장이 부르짖었다.

신드바드 노인이 파편 더미에서 몸을 일으키는 게 보였다. 해적들 중 혼자 살아남은 것이다. 이어서 두 번째 총알이 가까이 스쳤다.

나는 손에 잡히는 파편을 던져 노인이 주춤한 사이에 덤벼들었다. 몸싸움을 벌이던 중에 권총이 파편 틈으로 떨어지자 노인은 허리에 찬 세이버를 뺐다. 몸을 뒤로 뺀 순간 세이버가 코끝을 아슬아슬하게 비껴갔다.

"아아, 이건 꿈이다. 어리석은 꿈이야!" 노인은 비통하게 외쳤다. "이것도 마왕이 꾸민 짓이군."

"보름달의 마녀는 없어, 신드바드." 나는 말했다. "그렇다고 나를 죽이는 게 무슨 의미가 있지?"

"아직도 모르겠나!" 노인은 눈을 번득였다. "이제 곧 이 섬은 바다에 가라앉고 네놈 혼자 살아남겠지. 그리고 초 섬에 표류하게 될 거다. 넌 '젊은 날의 나'라고!"

노인은 이미 온전한 정신이 아닌 듯했다.

"넌 추억 어린 장소로 돌아가려고 긴 세월을 허비할 거다. 네놈 인생은 귀환을 꿈꾸는 것만으로 끝나가는 거다. 그리고 너는 내가 되고 나는 너와 만나겠지. 이 헛된 꿈은 영원히 되풀이되는 시간의 감옥이야. 마왕이 우리를 이 감옥에 가둔 거다. 하지만 여기서 너를 죽이면……."

노인은 세이버를 치켜들고 덤벼들었다.

파편 더미에서 파편 더미로 도망 다니는 나를 노인은 불안정한 걸음걸이로 쫓아왔다. 비바람은 계속 강해졌다. 비로 부옇게 흐려 보이는 파편 더미를 번개가 비춘 순간, 갑자기 발아래 파편 무더기가 무너지면서 우리는 미끄러져 떨어졌다. 그 밑에는 소용돌이치는 흙탕물 바다가 있었다. 나는 가까스로 파편에 매달렸다.

노인이 나를 내려다보고 있었다.

어느새 무인도에서 처음 만난 날의 표정으로 돌아왔다. 비에 젖은 백발이 희멀건 이마에 들러붙었다. 해적선을 몰고 다니던 때의 늠름함은 사라지고 이미 죽음을 앞둔 사람의 상相이 나타나 있었다. 신드바드는 잘못 생각했다. 진짜 '창조의 마술'을 내려준다는 보름달의 마녀를 자기 자신의 창조의 마술로 만들어 내는 것은 역시 용납되지 않는 일이었다.

"마왕의 뜻대로 되게 둘까 보냐."

그가 세이버를 치켜들었다.

그때 해적선 선실에서 들은 이야기가 되살아났다.

그건 이 노인의 인생이요, 만약 그의 말대로 우리가 시간의 감옥에 갇혀 있다면 귀환에 실패하고 늙어가는 나 자신의 인생이기도 했다.

바다의 끝을 목표로 하는 모험과 좌절, 자포자기한 해적 시대, 마왕과의 대결과 패배 그리고 북쪽 끝에 있는 섬에서의 고독한 생활. 그동안 그가 떨치지 못했을 슬픔을 이해할 수 있었다. 나는 왜 이런 곳에 있을까, 어째서 돌아가는 길을 잃어버렸을까. 네모, 존 실버, 짐, 네드 랜드 그리고 '방황하는 신드바드'. 가짜 이름에서 가짜 이름으로 옮겨 다니면서 우리가 원했던 것은 '단 하나의 이름'이었다. 이제 두 번 다시 되찾지 못할 진짜 이름.

나는 노인을 올려다보며 물었다.

"네 진짜 이름이 뭐지?"

"……진짜 이름이라고?"

노인은 허를 찔린 듯한 표정을 지었다.

그 순간 나는 노인의 발을 잡았다. 있는 힘껏 앞으로 당기자 그는 앗 소리를 지르며 엉덩방아를 찧더니 미끄러져 떨어졌다. 내게 덤벼들려고 했지만 실패했다. 그는 눈 아래 바다로 떨어지고 말았다.

마지막으로 본 것은 흙탕물 바다의 수면 위로 떠오른 노인이 진흙 인형 같은 몰골로 허우적대는 모습이었다. 뻐끔거리는 입 속만이 빨갛게 보였다. 하지만 그것도 잠깐뿐이었다. 이윽고 커다란 파도가 그를 집어삼켰다.

나는 진흙투성이 파편 더미를 천천히 기어 올라갔다.

먹구름이 하늘을 뒤덮은 부근은 밤처럼 어두웠다.

그때 진흙 바다 저편에 작은 글자가 떠올랐다. 가느다란 빛으로 어둠에 그려진 '大'자였다. 그것을 시작으로 '妙法' 글자며 도리이 모양이 하나둘 떠올랐다. 마치 별자리처럼 반짝여, 우리가 갇힌 어둠이 우주처럼 바닥을 알 수 없는 것으로 느껴졌다.

고잔의 무카에비라고 생각했다.

내가 비를 맞으며 달려가자 지요 씨는 눈을 감고 돔 지붕에 몸을 기대고 있었다. 도서관장이 옷을 찢어 그녀의 팔을 묶고 있었다.

노인이 쏜 총알이 스쳤다고 했다.

"어서 상처를 처치해야 하는데." 도서관장이 말했다. "신드바드는 어떻게 됐고?"

"진흙 바다에 빠졌어."

그때 지요 씨가 나지막이 신음하며 눈을 떴다.

나를 똑바로 보는 그녀의 얼굴은 창백했다. 뺨의 상처에서 피가 배어나와 진흙과 섞인 채였다. 빗물에 손을 적셔 얼굴을 꼼꼼히 닦아내자 엉겨 붙은 피와 진흙 밑에서 어린애처럼 하얀 피부가 나타났다. 내가 얼굴을 닦아주는 동안에도 그녀의 눈에는 절망과 희망이 타오르고 있었다.

"당신이 우리를 구해줄 거예요. 나는 믿어요."

우리는 나란히 돔 지붕에 기대앉았다. 사방 어디를 둘러봐도 무수한 흙탕물 파도가 일렁이고 있었다. 파도가 밀려와 파편 더미 기슭을 허물고 진흙 물보라를 일으켰다. 지요 씨는 도서관장의 어깨에 몸을 기대고 눈을 감았다.

도서관장이 "네모" 하고 불렀다.

"지금 자네 이야기를 떠올리고 있었어."

이상하게 온화한 어조였다.

"이 바다에 표류하기 전 자네가 살고 있었다는 거리 이야기. 그곳에는 지요 씨도 나도 있고 우리가 친구였다고 했지. 물론 나는 그런 말은 믿지 않아. 하지만 그게 사실이라면 참 멋졌을 것 같군. 자네가 살았다는 그 거리에서 우리는 진짜 인간으로 살고 있을 테지."

"그래. 두 사람은 진짜 인간으로 살고 있어."

"우리는 뭘 하고 있지?"

"하숙에서 함께 레코드를 듣고, 커피집에도 가고, 축제도 보러 가고……."

밤 축제의 불빛이 뇌리에 되살아났다. 마치 잇따라 꽃이 피어나듯 선명한 단편들이 가슴을 채웠다.

뺨에 닿는 눈의 감촉.

참배길의 혼잡함.

노점의 연기.

백열전구의 불빛.

그날 밤을 나는 생생하게 떠올릴 수 있었다.

"……왜 그러지, 네모?"

나는 잠자코 몸을 일으켜 파편 위에 서서 진흙 바다를 응시했다.

가엾은 노인을 생각했다. 그는 어째서 '창조의 마술'을 쓸 수 있게 됐나. 그가 나를 '은인'이라 부른 이유는 딱 하나였다. 내가 이야기한 추억이 그가 잊고 있었던 추억을 일깨웠기 때문에.

만들어 내려 하니까 안 되는 것이라고 생각했다.

나는 바다를 향해 두 팔을 벌렸다.

"창조의 마술이란 기억해 내는 것이다."

이윽고 진흙 바다에서 커다란 물체가 떠올랐다. 진흙으로 형성됐다고 하는 편이 나을 것이다. 백열전구의 불빛이 반짝여 우리가 있는 파편 더미 밑에서부터 바다 위로 한 줄기 환한 길을 만들었다. 다수의 노점과 소나무 가로수, 붉은 도리이 그리고 오가는 사람들의 모습이 떠올랐다. 쏟아지는 비는 눈으로 바뀌었다.

"요시다 신사의 세쓰분 축제야."

이윽고 밤 축제의 소리가 뚜렷이 들려오기 시작했다.

도서관장을 돌아보니 입을 딱 벌리고 바다 위의 밤 축제를 쳐다보고 있었다. 아직 믿을 수 없다는 표정이었다. 나는 몸을 숙여 지요 씨의 뺨에 손을 댔다.

그녀는 눈을 뜨고 미소를 지었다.

"내 말이 맞았죠?"

"너무 움직이지 않는 게 좋습니다."

내가 말하자 그녀는 가볍게 고개를 끄덕였다.

"나는 먼 거리에서 왔어. 그곳에는 수많은 사람이 살고 있고, 활기 찬 상점가와 오랜 역사가 있는 신사며 절이 있었지. 가을이면 산들이 단풍으로 물들었어. 강에는 다리가 여럿 있어서 나는 종종 난간에 기대 서서 시가지의 불빛을 바라보곤 했어. 그 거리에서 나는 거의 매일 두 사람을 봤어. 우리는 친한 친구였어."

그러고는 몸을 일으켜 바다에 뜬 밤 축제를 봤다.

"도서관장, 지요 씨를 부탁해."

"어쩔 생각이지?"

"나는 이제 어떤 사람을 만나야 해. 그 사람은 저 밤 축제에 있어. 그곳에 보름달의 마녀도 있을 거야."

"알았어. 가 봐."

도서관장은 그렇게 말하고 지요 씨의 어깨를 끌어안았다.

"꼭 돌아오라고. 우리는 여기서 기다릴 테니까."

나는 고개를 끄덕이고 파편 더미에서 내려가 밤 축제 속으로 들어갔다.

그때 귓가에 속삭이는 목소리가 있었다.

너는 그들을 버리고 가는 거지?

나는 고개를 저었다. 그럴 생각은 없다. 그럴 생각은 없었다.

내가 밟고 있는 자갈길도, 주위의 훈김도 현실 그 자체처럼 느껴졌다. 달고나와 솜사탕, 인형 맞히기 간판. 우스터 소스 냄새. 전구 불빛이 밝히는 밤 축제의 풍경은 흩날리는 눈으로 부옇게 흐렸다. 축제를 구경하러 나온 사람들은 모두 따뜻하게 옷을 껴입었고, 머리며 어깨에 눈이 쌓인 채 증기기관처럼 하얀 숨을 내뱉었다.

노점 불빛 속에 한 남자가 서 있었다. 체구가 작고 검은 양복을 입었으며 눈이 쌓인 은발은 설탕을 뿌린 듯 보였다. 그게 마왕이라는 것은 바로 알 수 있었다. 그는 내가 오기를 기다린 양 미소 지으며 카드 상자를 내밀었다.

황갈색 나무 상자에 눈이 소복소복 쌓였다.

"세계의 중심에는 수수께끼가 있다."

마왕은 비밀을 털어놓듯 속삭였다.

"그게 '마술의 원천'인 것이다."

"여기는 많이 추울 테지. 이 안에서 이야기할까."

마왕은 그렇게 말하며 노점 사이에 설치된 텐트로 들어가려 했다.

"잠깐만요. 지요 씨가 다쳤습니다."

"딸애 걱정은 안 해도 돼. 안심해." 마왕이 말했다.

텐트 안에는 간이 테이블과 벤치가 놓여 있고 난로 열기가 훈훈했다. 사람들은 전구 밑에서 나란히 앉아 오코노미야키를 먹거나 감주를 마시고 있었다. 마왕은 벤치에 앉아 카드 상자를 테이블에 놓았다.

니스를 칠한 오래된 나무 상자는 전구 불빛을 받아 고혹적으로 반짝였다. 마치 '열어 보렴' 하고 내게 속삭이는 듯했다.

"마술을 썼더니 기분이 어땠지?"

"그게 정말 마술이었을까요?"

"……무슨 뜻인가?"

"전부 당신이 꾸민 일일지도 모릅니다."

"뭐 하러 그런 수고스러운 일을 하겠나?" 마왕은 미소를 지었다. "이곳에 이르는 길을 연 것은 자네의 마술이야. 그건 세계 그 자체를 만들어 내지. 자네 편도, 숙적도, 이 밤 축제도 자네가 만든 게 아니었나? 지금 이렇게 말을 하는 '나'도."

머리 위에서 전구가 위험을 경고하듯 깜박거렸다.

"두 마술사가 있는 거야. 자네 그리고 나."

마왕이 나를 만들어 냈나.

아니면 내가 마왕을 만들어 냈나.

창조된 세계의 근간은 끊임없이 반전을 계속하고 있다.

마왕은 테이블에 팔꿈치를 얹고 희고 가냘픈 손을 뺨에 갖다 댔다.

"마술은 의외로 부자유스럽네. 온갖 것이 가능할 것 같지만 그건 어디까지나 그렇게 보일 뿐이야. 수수께끼 같은 기구를 조종하려고 하다 보면 이윽고 오히려 자신이 그 기구에 조종당하고 있다는 걸 깨닫게 돼. 하지만 깨달았을 때는 이미 늦었다는 말이지. 나아갈 방향은 이미 정해져서 우리는 폭포로 향하는 나뭇잎 배처럼 떠내려가네."

전에도 어디서 똑같은 대화를 했다는 생각이 들었다.

관측소 섬에 표류하기 전 이야기다.

"자, 상자를 열어 봐."

마왕은 카드 상자에 눈길을 주었다.

"그게 자네가 찾는 것이잖나?"

내가 찾는 것이란 무엇일까. 보름달의 마녀, '창조의 마술'의 원천, 학파 남자들이 추구해 왔던 것, 세계의 비밀, 나 자신의 비밀. 그런 것이 이 카드 상자에 들어 있다는 말인가. 설령 들어 있다 해도 마왕이 그렇게 간단히 넘겨줄 리 없었다.

이건 함정이다.

"이 문을 지나기로 한 사람은 자네 자신이야."

마왕은 요염한 눈빛으로 나를 응시했다.

"카드 상자에는 한 '이야기'가 들어 있네. 먼 옛날 서쪽 먼 곳에서 전해진 것이지. 나는 그 미완의 이야기를 어떻게 맺으면 좋을지 모르겠거든. 그래서 자네에게 맡기려고 하네."

마왕은 부드러운 목소리로 이야기를 시작했다. 밤 축제의 소리가 멀어져 갔다.

"내가 어떻게 그 '이야기'를 입수했는가 하면……."

정신이 들어보니 나는 많은 사람이 오가는 시장 가운데 서 있었다.

여기가 어디지?

얼마 동안 망연히 있다가 생각났다.

이곳은 만주. 호텐 북쪽에 있는 분칸톤이라는 도시다.

패전 후 큰길에 생긴 시장은 수많은 사람들로 붐볐다. 위를 올려다보니 만주의 파란 하늘이 펼쳐져 있었다. 포근한 햇볕 아래 큰길은 활기에 차 있었다. 혹독했던 겨울이 끝나고 쇼와 20년 봄이 되자 마치 큰 파도가 빠지듯 소련군이 모습을 감추어 북으로 연행될 염려도 없어졌다. 대신해서 장제스의 국민당 군이 분칸톤으로 들어와 주둔하기 시작했다.

나는 다시 시장을 걷기 시작했다.

방금 그 백일몽은 뭐였을까.

뭔가가 생각날 듯하다가도 기억이 순식간에 흐려졌다. 겨울 밤의 축제, 전구 불빛, 테이블 맞은편에 앉은 은발 남자. 중요한 이야기를 하고 있었던 것 같은데 도통 내용이 생각나지 않았다. 그저 맥락 없는 이미지만이 토막토막 떠오를 뿐이었다.

그렇게 생각에 잠겨 걷는데 말을 걸어오는 사람이 있었다.

"어이쿠, 안녕하세요, 에이조 씨."

상대방의 모습을 보고 나는 순간 어안이 벙벙했다.

만주인 노점 앞에 하세가와 겐이치가 서 있었다. 김이 오르는 만두를 먹으며 방글방글 웃는 모습이었다. 호텐에서 도망친 이래로 처음 만난 것이었는데 놀랄 만큼 건강해 보였다. 우리는 생각지도 못한 재회를 반겼다.

하세가와는 방 한 칸을 빌려 장사를 시작했다고 말했다. "잠깐 구경하고 가지 않으시겠습니까? 꼭 마음에 드실 겁니다."

우리는 함께 걷기 시작했다.

도중에 나는 내 '장사'에 관해 이야기했다.

뭔가 쓸 만한 게 없을까 조병창 터를 둘러보다가 구석에 돼지 뼈가 수두룩이 쌓여 있는 것을 발견했다. 소련군도 그런 것까지 가져가지는 않은 모양이다. 멍하니 그것을 바라보는 사이에 이 뼈를 건류해 골탄을 만들어 보면 어떨까 하는 생각이 들었다. 활성탄은 유독물질이나 가스를 흡착하니 위장약으로 쓸 수 있다. 나는 여기저기서 자재를 긁어모아 조병창 한구석에 즉석 가마를 만들었다. 망치로 부순 돼지 뼈를 넣어 공기를 차단하고 석탄으로 불을 뗐다. 그렇게 해서 만든 위장약을 팔아 생계를 잇고 있었다.

"위장약이라고요." 하세가와가 감탄했다. "장사가 잘된다니 다행입니다. 하지만 조심하시는 게 좋을 겁니다."

"슬슬 때가 됐나요."

"이제 곧 팔로군과 시가전이 벌어질 겁니다. 눈에 띄지 않게 숨죽이고 계세요."

하세가와가 사는 연립주택은 작은 공장이 늘어선 가도를 10분쯤 걸어간 곳에 있었다. 뒤에는 개울이 흘렀다. 하세가와는 바깥 계단을 이용해 2층으로 올라갔다. 문 옆에 붙인 얇은 판에 '아미峨眉 서점'이라고 쓰여 있었다.

하세가와는 헌책방을 하고 있었던 것이다.

안으로 들어가니 좁은 방 한 벽을 따라 책이 가득 든 나무 상자가 여럿 놓여 있었다. 이런 세상에 어떻게 책을 이렇게 많이 모았을까. 문학에서 역사, 철학, 수학에 이르기까지 온갖 책이 있었다. 나무 상자를 구경하는 사이에 푹 빠져들고 말았다.

그때 얇은 문고본 한 권에 눈이 갔다.

6년 전 간행된 이와나미 문고 『천일야화』 제1권이었다. 아랍어 원전에서 마르드뤼 박사가 프랑스어로 번역한 것을 도요시마 요시오와 와타나베 가즈오, 사토 마사아키, 이렇게 세 사람이 일본어로 중역했다. 먼지 묻은 문고본의 책장을 넘기는 것만으로도 위안을 받았다. 이런 허구적인 이야기를 읽어도 이제는 아무도 뭐라 하지 않았다. 나는 이 책을 읽을 자유가 있었다.

하세가와가 보더니 즐거운 듯 말했다.

"『천일야화』네요."

"제1권밖에 없군요."

내가 묻자 하세가와는 미안한 표정을 지었다.

"내지에 주문을 넣을 수도 없으니까요."

나는 고민한 끝에 그 책을 사기로 했다.

하세가와가 준 뜨거운 차를 마시며 유리창을 바라봤다. 집 뒤 개울 건너로 함석지붕 공장이 늘어서 있었다. 그런 정경을 바라보며 책 냄새를 맡고 있으려니 별세계에 온 것처럼 마음이 평안했다.

하세가와 겐이치는 몽고의 추억을 이야기해 주었다.

황하 유역에 있는 포두(바오터우)라는 도시에서 자갈투성이 길을 따라 북쪽 산맥을 넘으면 내몽고 고원이 있다. 신록의 초원은 바다처럼 물결치며 지평선까지 펼쳐지고, 하루를 꼬박 말을 타고 가도 똑같은 풍경이 이어질 뿐이라고 했다. 대초원에 동그마니 서 있는 하얀 파오. 석양 아래 푸른 언덕을 내려가는 양 떼. 원색 몽고 복을 입고 긴 머리를 땋아 늘어뜨린 처녀.

"초원에는 백골이 사방에 흩어져 있거든요."

하세가와는 먼 곳을 바라보는 듯한 눈빛이었다.

"죽은 사람 시체를 새나 짐승이 먹어서 백골만 오랫동안 남아 있는 겁니다."

일본군, 소련군, 국민당군, 팔로군……. 파도가 잇따라 밀려왔다. 이건 대체 뭘까. 인간은 어째서 이런 일을 반복하는 걸까. 하늘과 땅은 인간의 야망이나 대의명분과는 아무 상관도 없이 그곳에 있건만.

그런 생각을 하다 보니 아내와 아들 생각이 났다.

패전 후 내가 벽돌집 관사에 다다랐을 때, 한 달 만에 나를 본 아내는 한동안 말문이 막힌 듯했다. 죽었다고 단념했을 것이다. 내가 신쿄로 간 지 얼마 안 돼서 아들은 병원에서 죽었다고 했다. 그 뒤 우리는 내지로 돌아갈 방법도 없이 이곳에서 살아왔는데, 아내도 이번 겨울에 발진 티푸스로 죽고 말았다.

아내의 장례를 마친 뒤 나는 혼자 거리를 걸었다. 쇼와 18년(1943) 여름, 내지에서 온 아내를 호텐역으로 마중 나갔던 날을 돌이키며.

어느새 시 외곽 벌판으로 나왔다.

하늘은 음울한 회색 구름으로 덮여 있고 주위에 어스름이 깔리기 시작했다. 앞쪽으로 완만한 언덕이 보이고 소나무가 듬성듬성한 숲이 시커멨다. 나는 왜 이런 곳에 있는 걸까. 이제 나는 뭘 위해 살아야 할까.

정처 없이 걷던 나는 언덕 위의 소나무 숲을 지난 곳에서 우뚝 멈춰 섰다. 경사면을 내려간 우묵땅에 '마녀의 달'이 떠 있었다. 호텐에서 탈출한 날 밤, 하세가와 겐이치와 함께 본 것이었다. 달은 소리도 없이 공중에 떠 눈부신 빛으로 초지를 비추고 있었다.

그게 뭐였을까?

갑자기 하세가와 겐이치가 말했다.

“에이조 씨께 부탁드릴 게 하나 있는데요.”

“뭐죠?”

“어떤 물건을 내지로 가져가 주셨으면 합니다.”

“당신은 안 돌아갈 생각입니까?”

하세가와는 잠시 생각하더니 입을 열었다.

“만테쓰를 그만둔 다음 스이엔(쑤이위안)이란 곳에 있었거든요. 그곳에 있는 외무성 관할 학교에서 서북 지대에 잠입할 사람을 양성하고 있었죠. 졸업생은 서북에서 활동하게 됩니다. 거기서 내 임무는 국경을 넘어 간슈쿠(간쑤) 방면에 잠입하는 거였습니다.”

“밀정이었습니까?”

내가 놀라서 묻자 하세가와는 고개를 끄덕이고는 이야기를 이었다.

하세가와는 내몽고에서 칭하이성으로 순례를 가는 라마승으로 위장했다. 그래도 위험한 것은 마찬가지였다. 닝샤성의 젠탄 사원을 지나 고비 사막으로 이어지는 순례길은 광대한 초원과 사막을 둘러싸고 일본군과 몽고군 그리고 국민당군 등 여러 군대가 각축을 벌이는 곳이었다. 하세가와가 라마승 세 명과 함께 내몽고 고원을 출발한 것은 쇼와 18년 초겨울이었다.

"고비 사막을 거쳐 그 너머까지 가려고 했던 거죠."

하세가와는 유리창을 응시하며 중얼거렸다.

"가끔 모든 게 망상이 아니었을까 생각할 때가 있습니다. 소년 시절부터 품고 있었던 서역에 대한 동경도, 세계가 끝나는 곳에서 내가 본 것도. 그게 다가 아니라 이렇게 당신과 이야기하는 지금 이 순간조차 망상인 것처럼 느껴진단 말이죠."

나는 벌판에 뜬 '마녀의 달'을 떠올렸다.

하세가와는 나를 보며 말했다.

"당신이 갖고 돌아가 주실 건 한 '이야기'입니다."

"……이야기라고요?"

"네, 이야기입니다. 아직 미완의 이야기죠. 난 이걸 어떻게 끝맺으면 좋을지 모르겠거든요. 그러니까 당신한테 맡기려고 합니다."

"왜 하필 나입니까?"

"나도 똑같은 걸 물었습니다. 나한테 그 이야기를 전해준 사람은 회교도 상인이었습니다만, 내가 물었더니 상인은 이렇게 대답하더군요. '이 문은 너만을 위해 열려 있다, 이 문을 지나기로 한 사람은 너 자신이다'라고요."

하세가와는 부드러운 목소리로 이야기를 시작했다.

"내가 어떻게 그 '이야기'를 입수했는가 하면……."

정신이 들어보니 나는 낮은 산으로 둘러싸인 황야에 서 있었다.

여기가 어디지?

얼마 동안 망연히 있다가 생각났다.

북쪽 산기슭에서는 낙타들이 풀을 뜯어먹고, 둔황으로 향하는 회교도 대상隊商이 저물녘에 출발하기를 기다리고 있었다. 나와 라마승들은 이곳에서 야영하기로 했다. 우리가 온 순례길은 서쪽으로 향하는 대상로와 갈라져 이곳에서 남쪽으로 이어진다.

방금 그 백일몽은 뭐였을까.

뭔가가 생각날 듯하다가도 기억이 순식간에 흐려졌다. 만주의 거리. 연립주택에 위치한 헌책방. 유리창으로 바깥을 바라보는 젊은 남자. 중요한 이야기를 하고 있었던 것 같은데 도통 생각나지 않았다. 그저 맥락 없는 이미지만이 토막토막 떠오를 뿐이었다.

불을 피워 차를 마시는데 대상의 야영지에서 한 상인이 이쪽으로 다가오는 게 보였다. 모피 모자를 썼고 얼굴은 무두질한 가죽처럼 빳빳하게 굳어 있었다.

상인은 쉰 목소리로 말했다.

"거기 일본인은 없나?"

우리는 내심 움찔했다.

“왜 그런 걸 묻지?”

라마승 중 한 명이 물었지만 상인은 대답할 생각이 없는 듯 멍한 눈으로 우리를 둘러봤다. 잠시 침묵이 흐른 뒤 상인은 눈길을 돌리더니 혼잣말을 중얼거리며 야영지로 돌아갔다.

“이상한 상인이군. 왜 일본인을 찾는 거지?”

라마승들은 서로 수군거렸다.

내몽고의 라마교 사원을 출발한 이래로 우리는 여러 날 여행을 해왔다. 하지만 여행은 여기서부터 한층 힘들어질 터였다.

그날 밤 우리는 여행의 앞날을 점쳐보기로 했다.

그런데 결과는 불길했다. 두 번 점을 쳤는데 두 번 다 나만 대흉大凶이 나왔다. 여기에는 라마승들도 곤혹스러워했다. 아무리 그래도 그것 때문에 그들이 나를 버리고 갈 리도 없었지만, 그들의 가슴속에 불안이 싹튼 것은 틀림없었다. 어색한 침묵이 이어진 뒤, 안내를 맡은 라마승이 “아무튼 주의해”라고 수습하듯 말하고 그날 밤은 그만 자기로 했다.

이튿날 우리는 순례길을 따라 남쪽으로 출발했다.

눈앞에는 설원이 끝없이 펼쳐져 있었다. 눈보라가 거세지면서 지평선에 뜬 산들도 보이지 않게 됐다. 눈에 파묻힌 순례길에서 벗어나지 않도록 조심하며 나아가는 수밖에 없었다. 그렇게 몇 시간쯤 끈기 있게 걸었다. 선두에 선 라마승이 낙타를 세우더니 말했다.

“길이 없어졌다.”

중년의 라마승은 지금까지 이 순례길을 네 번이나 다닌 사람이었다. 서역 잠입을 위해 내가 가장 의지하고 있었던 인물이라 해도 과언이 아니었다. 그런 그가 당혹한 표정으로 설원에 우두커니 선 모습은 우리 일행을 불안하게 만들기에 충분했다. 우리는 분담해서 순례길 흔적을 찾아다녔다. 다른 라마승들의 모습이 눈보라에 지워져 나는 홀로 남겨진 듯한 불안을 맛봤다. 나도 모르게 소리칠 뻔했을 때 바로 근처에서 안내자가 기쁜 듯이 외쳤다.

"오오, 이거다! 찾았어. 분명해."

그렇게 해서 우리는 다시 출발할 수 있었다.

그런데 겨우 눈보라가 그쳐 저물녘이 됐을 때 우리는 뜻밖의 사실을 깨달았다.

눈앞에 있던 연보라색 산들이 어느새 등 뒤에 있었다. 다시 말해 우리는 남쪽으로 가는 대신 북쪽으로 돌아온 셈이었다. 안내자는 그럴 리 없다며 망연자실했지만, 일몰이 멀지 않았던 지라 우리는 텐트를 치고 그곳에서 밤을 지내기로 했다.

"어떻게 된 거지?"

"눈보라 때문에 방향 감각을 상실한 거야."

"내가 그런 실수를 할 리 없어."

"그럼 이유가 뭐야?"

라마승들의 논의도 쳇바퀴를 돌 뿐이었다.

밤이 되자 눈보라는 거짓말처럼 그쳤고 주위는 정적에 휩싸였다.

"이런 날씨면 내일은 괜찮겠지."

우리는 그런 말을 나누며 잠이 들었다.

그런데 그 다음 날도 또 똑같은 일이 벌어졌다. 우리는 눈보라를 만나 순례길을 놓치고 모두가 주의했는데도 불구하고 어느새 북쪽으로 돌아와 있었다. 그리고 밤이 되자 눈보라가 뚝 그쳤다.

너무나도 기괴한 일이었다.

"야영지에서 만난 상인이 요술을 쓴 게 아닌가?"

"점괘가 맞은 게 아닌가?"

라마승들이 신경을 날카롭게 곤두세울 만도 했다. 여기서 젠탄 사원까지 가려면 며칠 걸리는데, 일본과 중국 국경에 가까울수록 위험이 커졌다. 국경에는 군벌 평위샹의 군대가 주둔하고 있었다. 일본인을 데리고 있다는 게 발각되면 목숨을 잃을 것이다.

다람쥐 쳇바퀴 돌기가 시작된 지 사흘째 되는 날이었다.

처음 경험하는 사나운 눈보라가 우리를 덮쳤다.

바로 앞을 가는 라마승의 뒷모습도 보이지 않을 정도였다. 몸을 일으켜 전방을 보려 했을 때 느닷없이 낙타가 날뛰는 바람에 나는 그만 눈밭에 내동댕이쳐졌다. 날뛰는 낙타에 이끌려 다른 낙타들도 덩달아 달리기 시작했다. 황급히 일어섰을 때는 이미 늦고 말았다.

라마승들과 낙타들은 순식간에 눈보라 저편으로 사라졌다. 목청껏 고함을 쳐도 맹렬한 눈보라에 파묻혀 버렸다.

눈보라 속을 달렸지만 따라잡을 수 없었다.

이대로 무턱대고 움직여 봤자 위험할 뿐이었다. 눈보라가 그친 다음 그들을 찾자고 생각했다. 다행히 큰 바위땅을 발견해서 그 틈으로 들어가 눈보라를 피하고 마른 나뭇가지로 불을 피웠다.

라마승들을 끝내 따라잡지 못한다면 서역 잠입은 불가능할 것이다. 안내자 없이 위험한 국경 지대를 통과할 수 있을 것 같지는 않았다. 설령 국경을 지나는 데 성공한다 해도 그 너머에는 고비 사막이 기다리고 있었다.

가까스로 눈보라가 그친 것은 날이 저문 다음이었다.

바위에 기어올라 주위를 둘러봤을 때 나는 기이한 전율에 사로잡혔다.

별이 총총한 밤하늘에는 구름 한 점 없었다. 그렇게 사납게 날뛰던 폭풍은 뚝 그치고 시간의 흐름이 멈춘 것 같은 정적이 주위를 메우고 있었다. 지평선 너머까지 물결치듯 이어지는 헐벗은 언덕은 눈에 반사되는 별빛에 비쳐 창백한 것이 흡사 얼어붙은 바다처럼 보였다.

언덕 몇 개를 넘은 우묵땅에 불빛이 보였다.

라마승들일지도 모른다.

나는 바위에서 뛰어내려 눈을 밟으며 달리기 시작했다.

하지만 언덕을 넘어 우묵땅 가장자리에 섰을 때 나는 눈앞에 보이는 광경이 믿기지 않아 얼마 동안 망연히 서 있었다. 작은 달이 떠 있었다. 달이 발하는 빛이 우묵땅에 쌓인 눈을 보석처럼 반짝이게 했다. 더욱 놀라웠던 것은 달 옆에 낙타 한 마리와 남자 한 명이 서 있다는 사실이었다.

내가 우두커니 서 있으려니 남자가 나를 향해 손짓했다.

"당신을 기다리고 있었어."

야영지에서 말을 걸었던 상인이었다.

나는 경계하며 다가갔다.

"부탁이 있어." 상인은 말했다. "하나의 '이야기'를 가지고 돌아가 주면 좋겠어."

"……이야기라고?"

"그래. 하지만 그건 아직 미완의 이야기야. 나는 이걸 어떻게 끝맺으면 좋을지 모르겠거든. 그러니까 당신한테 맡기겠어."

"왜 하필 나지?"

"나도 똑같은 걸 물었어. 나한테 그 이야기를 전해준 사람은 어느 나이 많은 상인인데, 내가 물었더니 이렇게 대답하더군. '이 문은 너만을 위해 열려 있다, 이 문을 지나기로 한 사람은 너 자신이다'라고. 이 이야기는 긴 세월에 걸쳐 사람에서 사람에게로 구전되어 왔어. 모두가 그 이야기를 끝맺길 바랐건만 결코 해내지 못했어. 하지만 당신이라면 가능할지도 몰라."

상인은 부드러운 목소리로 이야기를 시작했다.

"처음에 누가 그 '이야기'를 했는가 하면……."

정신이 들어보니 나는 모래사장에 밀려와 있었다.

여기가 어디지?

얼마 동안 망연히 있다가 생각났다.

나는 바그다드 출신의 '신드바드'라는 상인이다. 바스라항에서 훌륭한 배 한 척을 구입해 바다에서 바다로, 항구에서 항구로, 모험 여행을 계속해 왔다.

그러던 어느 날, 육지로부터 떨어져 있는 바다 한복판에서 작은 섬을 발견했다. 시원해 보이는 초목이 우거진 것이 흡사 하늘에서 뚝 떨어진 낙원처럼 아름다웠다. 섬 그림자도 보지 못한 채 몇 날을 항해한 터라 상륙하고 싶어졌다. 그래서 선장이 '불길하다'라며 말리는 것도 아랑곳 않고 섬 옆에 배를 정박시켰다.

그게 큰 실수였다.

우리가 섬에 상륙해 속옷을 빨고 취사를 하고 있으려니 갑자기 섬이 요동쳤다. 하늘로 내던져질 것처럼 심하게 흔들렸다. 얼굴이 새파랗게 질린 선장이 뱃머리로 달려와 "얼른 배로 돌아와요!"라고 소리쳤다.

"이건 섬이 아닙니다! 큰 고래예요!"

고래는 몸을 크게 틀어 우리를 바다로 내던졌다.

잠을 방해받아 화가 났는지 고래는 몇 번이고 머리로 배를 들이받았다. 섬만 한 고래가 들이받는데 배가 버틸 수 있을 리 없다. 배는 산산조각 나 침몰하고 말았다.

한바탕 날뛴 고래가 잠수하고 나니 망망대해에 떠 있는 사람은 나 하나뿐이었다. 내가 목숨을 부지한 것은 마침 바다에 떠 있던 커다란 설거지통을 붙들고 있었기 때문이었다. 나는 있는 힘껏 소리쳐 봤지만 대답하는 이는 아무도 없었다. 모두 바닷속으로 끌려들어 간 것이었다. 사방 어디를 봐도 섬 그림자 하나 보이지 않고 지나가는 배가 있을 것 같지도 않았다. 나는 망망대해에 홀로 떠서 죽음을 기다리는 신세가 됐다.

그저 신에게 기도하는 수밖에 없었다.

속수무책으로 바다에 떠 있는 사이에 해가 저물어 주위가 어두워졌다.

이내 바다 저편에 기이한 흰 빛이 비치기 시작했다. 그쪽으로 헤엄쳐 가자 바다 위에 둥근 달이 떠 있었다. 궁전의 돔 지붕만 한 크기에, 표면을 뒤덮은 산이며 사막이 선명하게 보였다. 주위는 대낮처럼 환하고 산속 호수처럼 잔잔했다. 참으로 불가사의한 광경이었다.

이게 대체 뭐지?

거기서 내 기억은 끊기고 정신이 들어보니 이 모래사장에 있었다.

날이 밝아 머리 위에 파란 하늘이 펼쳐져 있었다.

모래사장은 야자나무 한 그루 없이 황량해 어느 쪽을 보나 눈부시게 번득이는 모래의 빛이 눈을 찔렀다. 모래사장이 그대로 솟아 모래 언덕이 되어 흡사 모래로 쌓은 만리장성처럼 섬 가장자리를 에워싸고 있었다. 좌우지간 보이는 것이라곤 모래뿐이었다.

"이거야 원, 어쨌거나 목숨은 건졌군."

나는 손으로 햇빛을 가리며 모래 언덕을 올려다봤다.

그때 모래 언덕 위에서 기이한 것이 달려 내려왔다. 빨간 모자를 쓰고 빨간 상의를 입은 작은 원숭이였다. 내가 어안이 벙벙해서 쳐다보고 있으려니 원숭이는 곧장 내게로 다가와 "옥체만강하시옵소서" 하고 정중하게 인사했다. 나는 황급히 답례했다.

"말을 할 수 있어?"

"우리는 보름달의 마녀의 심부름꾼입니다. 학파 원숭이라고 불리지요."

"난 신드바드, 바그다드의 상인이야." 나는 물었다. "가르쳐 주겠어? 여기는 어디지?"

"당신은 '마녀의 달'에 표류하셨습니다. 모래 언덕 너머에 있는 궁전에서 보름달의 마녀가 당신을 기다리십니다. 아름답고 매력 넘치며 광휘가 있고 흠이 없는, 진실로 그 무엇과도 비할 수 없는 마술사. 샤흐리야르 왕 밑에 있었을 때는 마술로 백성을 구하셨습니다."

"참 기이한 일을 당하는군."

나는 한숨을 쉬었다.

그 사람에게 도움을 청하는 수밖에 없겠다 싶었다.

"전적으로 그분 말씀을 따르도록 하지."

나는 원숭이를 따라 걷기 시작했다.

어쩌다가 이렇게 됐을까. 나는 걸으면서 생각했다.

과거에 나는 동료들 사이에서 '방황하는 신드바드'라고 불렸다. 어렸을 때부터 모험을 동경해서 방랑을 거듭하며 아버지를 힘들게 했기 때문이다. 특히 뱃사람을 동경해 장차 멀리 바다로 나가보고 싶다는 꿈을 꾸었다.

물론 아버지가 그런 일을 용납할 리 없었다. 아버지는 내가 아버지 뒤를 이어 훌륭한 상인이 되기를 바랐다. 집과 재산과 동료 상인들의 신용을 지키며 건실하고 평온한 인생을 살기를 바랐다. 그게 전능하신 신께서 나를 위해 준비해 주신 길이라고 아버지는 거듭해서 말했다.

이윽고 병상에 누운 아버지는 나를 머리맡으로 불렀다.

"내 아들 신드바드야, 아비의 마지막 소원을 들어주겠느냐."

바다에 매료되지 마라.

상인으로 건실하게 살아라.

참으로 인자한 목소리였다.

아버지가 세상을 떠난 직후에는 나도 크게 반성했다. 멋대로 행동해 아버지를 힘들게 한 것을 진지하게 반성하고 마음을 고쳐먹었다. 그리고 열심히 장사에 임하기 시작했건만, 1년도 못 되어 또다시 모험에 대한 동경을 억누를 수 없게 됐다.

'바그다드에서 성공하는 것만이 길은 아니지.'

바다 너머에 미지의 섬들, 미지의 나라들이 있다고 한다.

그곳에는 우리나라에 없는 신기한 음식, 어떤 병이든 고칠 수 있는 영약이 있다. 다이아몬드와 루비, 사파이어, 왕후 귀족의 궁정에서 쓰는 온갖 보석이 바닷가에서 조개를 줍듯 쉽게 손에 넣을 수 있다고 했다. 배를 사서 무역에 성공하면 아버지가 남긴 재산을 크게 늘리게 될 것이다. 아니, 어쩌면 그게 신께서 나를 위해 준비해 주신 길일지도 모르지 않나. 그런 식으로 생각에 생각을 거듭한 끝에 나는 결국 바그다드를 떠나기로 했다. 다른 상인들이 말리는 것도 듣지 않고 바스라항으로 가서 배를 구입해 모험을 떠났다.

그러다가 모든 것을 잃고 이런 곳에 표류하게 됐다.

어째서 아버지의 충고를 어겼을까.

대체 뭐가 나를 움직였을까.

원숭이를 따라 모래 언덕 꼭대기에 이르자 눈 아래 광대한 분지가 나타났다.

분지 중앙에는 돔 지붕과 첨탑을 가진 건물이 있고 그 앞에 바그다드처럼 큰 시장이 있었다. 나는 황야를 가로질러 시장에 발을 들여놓았다. 떠들썩한 분위기가 그렇게 반가울 수 없었다. 그곳에는 온갖 사람들이 있었다. 장사에 열을 올리는 상인, 악랄해 보이는 노파, 뱃사람들, 아름다운 처녀, 짐꾼, 학자, 탁발승, 칼을 찬 경비대장과 부하. 이상하게도 지나가는 사람들은 모두 흥미진진하게 나를 쳐다봤다.

"왜 다들 나를 보는 거지?"

"당신이 신기하니까요."

"난 평범한 인간인데."

"그러니까 신기한 겁니다. 이곳엔 인간이 없거든요. 여기 사람들은 저를 포함해 모두 주인님께서 마술로 만드셨으니까요."

정면의 하얀 문을 지나자 과실수가 우거진 정원이 나왔고 사방에서 꽃과 과일 향기가 풍겨왔다. 수로에는 차가운 물이 소리 내며 흐르고, 석조 분수는 일곱 빛깔 무지개를 공중에 그렸다. 이렇게 아름다운 정원은 처음 봤다. 내가 포석을 밟으며 걷는 동안 학파 원숭이들이 과실수 가지 사이를 뛰어다니며 기쁜 목소리로 떠들었다.

나는 궁전 복도를 따라 큰 홀로 들어갔다.

호화로운 양탄자를 깐 큰 홀에서는 수많은 사람들이 편안한 시간을 보내고 있었다.

진미를 담은 그릇과 마실 것이 사방에 놓여 있고 빨간 상의를 입은 학파 원숭이들이 시중을 들었다. 내가 머뭇머뭇 홀에 들어서자 주위의 소음이 뚝 그쳤다. 모두가 기대에 찬 눈으로 나를 응시하는 듯했다. 사람들이 조용히 좌우로 갈라져 길을 내주었다. 길 끝에는 장막을 친 대리석 단이 있고 한 여자가 몸을 일으키고 있었다.

"셰에라자드 님, 신드바드 님을 모시고 왔습니다."

학파 원숭이가 달랑 앉아서 말했다.

나는 대리석 단 앞에 무릎을 꿇었다.

셰에라자드는 잠시 나를 바라보다가 말했다.

"방황하는 신드바드여. 당신은 왜 이런 곳에 있습니까. 그것을 이야기하세요."

나는 지금까지 살아온 인생을 이야기했다. 어린 시절 모험에 대한 동경, 아버지가 세상을 떠나며 남긴 충고, 충고를 어기고 여행을 떠난 것, 이제껏 간 곳에서 경험한 것들 그리고 큰 고래 때문에 배가 침몰되어 이 섬에 표류한 것.

"이제는 가진 것이라곤 이 몸뚱이 하나뿐입니다. 고향 바그다드로 돌아갈 수 있도록 셰에라자드 님께 도움을 청하고 싶습니다."

내가 이야기를 마치자 셰에라자드는 다음과 같이 말했다.

"방황하는 신드바드여, 바그다드로 돌아가기를 원한다면 내 소원을 들어주어야 합니다. 그것은 어떤 미완의 '이야기'를 가지고 돌아가는 것입니다."

나는 고개를 깊이 수그리고 말했다.

"말씀 받들어 모시겠습니다."

셰에라자드는 엄숙한 목소리로 말했다.

"이 문을 지나기로 한 사람은 당신 자신입니다. 내 말로 채워진 천의 밤은 천의 문을 엽니다. 그때야말로 우리는 새로운 세계를, 새로운 생명을 살게 되겠지요. 당신이 살기를 원하듯 우리 또한 살기를 원합니다. 이 이야기가 마지막 이야기꾼에게 전달되어 내 소원이 성취되기를!"

그 뒤 셰에라자드가 한 이야기란…….

그 이야기란?

나는 머나먼 이국에 있는 궁전에서 겨울의 밤 축제로 돌아왔다.

순간 내가 어디 있는지 알 수 없었다. 마왕의 이야기를 들으며 나는 아득히 먼 곳을 여행하고 있었다.

가까스로 정신을 차리고 테이블 건너편을 보니, 백열전구 불빛 아래 마왕은 한층 늙은 것처럼 보였다. 흡사 '이야기'의 내력을 전하느라 기력을 다 써버린 듯했다.

"그 이야기가 뭡니까?"

"이 세계는 꿈과 같은 것으로 이루어져 있어."

마왕은 카드 상자를 가리키며 낡은 레코드처럼 쉰 목소리로 이야기를 계속했다.

"이야기꾼을 잃었을 때 모든 것은 바다에 가라앉고 존재와 비존재의 경계를 떠도는 무수한 단편으로 환원되지. 이 군도의 삼라만상, 그곳에 사는 사람들 그리고 너 자신도다. 네모여, 이야기를 하는 것으로 너 자신을 구하라."

그때 텐트 저편에서 웃음소리가 들려왔다.

테이블 사이로 작은 원숭이가 뛰어다니고 있었다. 빨간 모자를 쓰고 빨간 상의를 입었다. 셰에라자드의 심부름꾼, 학파 원숭이들. 이윽고 원숭이는 테이블에서 테이블로 건너뛰어 텐트 프레임을 기어 올라갔다. 백열전구 불빛에 반짝이는 칠흑 같은 눈이 마왕을 똑바로 응시했다.

"마왕이여, 이 문이 열리는 소리를 들어라."

엄숙하게 선언하는 듯한 목소리가 주위에 울려 퍼졌다.

다음 순간, 원숭이는 공중에 몸을 던져 마왕에게 덤벼들었다. 허공을 나는 사이에 원숭이의 모습은 거대한 호랑이로 변했다. 마지막 순간 마왕은 눈을 감고 미소를 짓고 있었다.

텐트가 무너지면서 비명이 주위를 메웠다.

대체 뭐가 어떻게 된 건지 알 수 없었다. 가까스로 바깥으로 기어 나온 내가 본 것은, 마왕의 몸을 입에 물고 노점 사이를 달려가는 호랑이의 모습이었다. 마왕은 만세 하듯 두 팔을 늘어뜨렸고 얼굴에는 피가 튀어 있었다. 호랑이가 향하는 쪽에서는 밤 축제가 바다에 가라앉기 시작했다. 바다가 잇따라 사람들을 집어삼켰다.

나는 곧바로 몸을 돌려 달리기 시작했다.

지요 씨와 도서관장에게 돌아가야 한다.

하지만 다수의 사람들이 밀치락달치락하고 있어 그들을 밀쳐내고 앞으로 가기는 쉽지 않았다.

어느새 눈은 세찬 비로 바뀌고 천둥이 요란하게 울리기 시작했다.

"비켜 줘! 좀 비켜 줘!"

아무리 소리쳐도 소용없었다.

이윽고 발밑의 땅이 무너지면서 나도 바다에 빠졌다.

조각조각 난 밤 축제가 전구 불빛을 반짝이며 가라앉아갔다. 불빛은 어두운 바다 한 부분을 환히 비추고는 이윽고 촛불을 불어 끄듯 사라졌다. 다수의 빛이 바닷속으로 자취를 감추었다. 그 빛을 뒤쫓듯 사람들도 가라앉았다.

나는 그들을 외면하고 수면으로 떠올랐다.

주위는 어둠에 싸여 방향조차 알 수 없었다. 비바람과 파도를 맞으며 헤엄칠 수 있는 만큼 헤엄쳤다. 몇 번이고 물을 마셔 차츰 정신이 몽롱해졌다.

힘이 거의 빠졌을 때 발끝에 모래땅이 닿았다.

몸이 뜨거워져 나는 눈을 크게 떴다.

그때 번갯불에 섬이 보였다. 저 섬까지 가면 살 수 있다. 마지막 힘을 쥐어짜서 나를 다시 끌고 가려는 파도에 저항했다. 조금씩 앞으로 나아가 그럭저럭 파도의 손아귀에서 벗어나자 나는 모래사장에 쓰러져 크게 숨을 들이마셨다.

얼마 지나 몸을 일으켰다.

이 섬은?

번개가 칠 때마다 어둠속에서 밀림이 빛났다.

나는 어두운 바다를 향해 지요 씨와 도서관장을 불렀다. 대답하는 목소리는 없고 파도 저편은 캄캄해 아무것도 보이지 않았다. 절망적인 기분으로 모래사장을 헤매다가 모래에 파묻힌 나무 상자를 발견했다. 마왕의 카드 상자였다.

이윽고 날이 밝았을 때 나는 섬의 정체를 알았다.

관측소 섬이었다.

그 뒤로 나는 여기 관측소에서 혼자 살았다.

매일 아침 전망실의 간이침대에서 깨어난다. 블라인드를 열고 밖을 내다보면 섬 하나 보이지 않는 바다가 무한히 펼쳐져 있다. 아침을 먹은 뒤 숲을 지나 잔교가 있는 후미까지 간다. 그게 일과다. 사야마 쇼이치가 말한 것처럼 매일 꼬박꼬박 풀을 베지 않으면 숲이 오솔길을 삼켜버린다.

아침에 숲을 지날 때면 종종 사야마 쇼이치의 기척이 느껴진다.

하지만 사야마는 결코 내 앞에 모습을 드러내지 않는다.

그렇게 숲을 지나 후미로 나오면, 잔교 끝까지 걸어가 얼마 동안 아침 해가 비추는 바다를 바라본다.

지요 씨와 도서관장과 재회하고 싶은 마음에 몇 번이고 '창조의 마술'을 써서 섬을 만들어 내려고 했다. 하지만 '눈에 보이지 않는 군도'가 해상에 떠오른 적은 한 번도 없었다. 지금은 그런 헛된 일은 하지 않는다. 나는 그저 잔교에 서서 아름다운 바다 저편을 바라보며 시간을 보낼 뿐이다. 그렇게 기분 좋은 바람을 맞다 보면 과거에 시선 끝에 존재했던 섬들, 그곳에서 만난 사람들과 정경이 마음을 스친다.

얼마 있다가 나는 다시 숲을 지나 관측소로 돌아온다.

사야마 쇼이치가 모습을 감춘 지금, 관측소는 나 혼자서 유지해야 한다. 할 일은 얼마든지 있다. 매일 풀을 베어야 한다. 설비가 고장 나면 고쳐야 한다. 때로는 숲을 헤매며 식량을 조달한다.

이윽고 밀림이 어스름에 잠기면 나는 전망실 창가에 놓인 책상 앞에 앉는다.

눈에 보이지 않는 군도가 사라지고 홀로 이 섬에 남은 뒤, 나는 얼마 동안 공허한 나날을 보냈다. 하지만 이내 불안에 시달리게 됐다. 군도에서 한 경험이 모두 내 망상이라면. 그런 생각이 들었다. '그건 실제로 있었던 일이다'라고 아무리 스스로를 타일러도 불안을 떨쳐낼 수 없었다.

그러다가 생각했다. 눈에 보이지 않는 군도에서 경험한 일을 기억이 흐려지기 전에 기록해 두자. 이제 그들과 재회하는 게 불가능하다면 적어도 추억만은 형태가 있는 것으로 남겨두고 싶었다.

사야마 쇼이치의 방을 뒤지자 새 대학노트가 나왔다.

괘선이 그어진 노트를 책상에 폈을 때, 뭐라 말할 수 없는 안도감이 가슴에 번졌다. 머릿속에서 소용돌이치는 것을 말로 바꾸어 괘선 사이를 메워가는 일은 내게 자연스러운 일처럼 느껴졌다. 실제로 공책을 쓰고 있는 동안에는 밤마다 나를 좀먹는 불안에서 벗어날 수 있었다.

그 이래로 나는 매일 밤 이렇게 계속 쓰고 있다.

모래사장에서 정신이 들었던 날 아침, 사야마 쇼이치와의 만남, 이 바다에서 내가 경험한 모든 것을 되도록 극명하게, 최대한 기억을 되살려 쓴다. 그렇게 쓰면서 나는 다시 한번 사야마 쇼이치를 만난다, 지요 씨를 만난다, 도서관장을 만난다, 호렌도 주인과 나쓰메를 만난다, 신드바드 노인과 해적들을 만난다 그리고 마왕을 만난다. 사라져가는 그들의 모습을 나는 이 대학노트에 붙들어 놓으려 해왔다.

이 수기는 그렇게 해서 쓰였다.

이렇게 책상 앞에 앉아 있으면 깊은 숲속에서 호랑이가 울부짖는 소리가 들려온다.

나는 글쓰기를 중단하고 내게 말을 걸어오는 듯한 목소리에 귀를 기울인다. 울부짖는 소리는 두 번, 세 번 들려온다. 마치 '이야기해라' '이야기해라'라고 하는 것 같다. 모습은 보이지 않아도 어둠 속을 헤매는 호랑이의 모습을 나는 그려볼 수 있다. 사야마 쇼이치여, 우리는 얼마나 많은 잠 못 이루는 밤을 함께 보내왔을까.

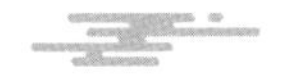

마왕의 카드 상자.

이 수기를 쓰는 동안 그건 늘 내 곁에 있었다.

모든 게 사라진 지금, 내게 남아 있는 것은 그것뿐이다.

상자 안에는 낡은 카드가 다수 들어 있고, 한 장 한 장에는 바르게 쓴 만년필 글씨가 적혀 있었다. 빽빽하게 쓴 카드가 있는가 하면 달랑 한 줄 쓴 카드도 있었다. '창조의 마술'의 원천, 학파 남자들이 추구해 왔던 것 그리고 마왕이 내게 맡긴 것이다. 그 속에 셰에라자드가 이야기하고 여러 사람을 통해 전해진 '이야기'가 들어 있다고 마왕은 내게 말했다.

그건 어느 불가사의한 바다를 무대로 하는 이야기였다.

해역을 지배하는 마왕은 '창조의 마술'이라 불리는 힘을 가져 섬들을 자유자재로 만들었다 없앴다 한다. 어느 날 군도에

한 젊은이가 표류한다. 그는 먼 세계에서 온 듯하다. 하지만 그는 기억을 잃어 자신이 누구인지 어디서 왔는지도 알지 못한다. 젊은이는 마왕에 의해 북쪽 끝의 섬으로 추방되지만, 불가사의한 힘으로 살아남아 이윽고 마왕의 딸을 만난다. 그녀는 젊은이가 아버지와 마찬가지로 창조의 마술을 쓸 수 있다는 것을 알고 이 군도를 마왕으로부터 해방시켜 달라고 부탁한다. 젊은이는 진짜 마술을 습득하기 위해 보름달의 섬에 사는 마녀를 만나려 한다. 그런 이야기다.

대충 읽고 나서 나는 몹시 놀랐다.

카드에 쓰인 이야기는 내가 이 바다에서 경험한 내용이었다. 구체적인 부분이나 인물에 차이는 있어도 대략적인 흐름은 똑같았다. 모든 게 여기 쓰여 있는 대로 일어났다. 그렇다면 나도, 그 군도에서 만난 사람들도, 마왕마저도 이 '이야기'에 조종당한 것 같지 않나.

메모는 보름달의 섬이 바다에 가라앉는 데서 끝났다.

이 이야기는 미완이다.

그리고 마지막 카드에는 다음과 같은 한 줄이 쓰여 있다.

이야기를 하는 것으로 너 자신을 구하라

셰에라자드가 했다는 미완의 이야기는 그대로 내가 이 바다에서 경험한 모험이요, 내가 이렇게 노트에 기록해 온 이야기다. 모든 것은 미리 카드에 적혀 있었다. 어떻게 그런 일이 가능할까.

이 수기를 쓰면서 나는 종종 카드를 다시 읽어봤다.

그렇게 카드 상자를 가까이에 두고 지내는 사이에 그것을 볼 때마다 기묘한 친근감이 가슴을 스쳤다. 작은 나무 상자를 나는 어디선가 본 적이 있다. 이 바다에 표류하기 전, 과거 내가 살던 곳에서.

그러던 어느 날 밤, 하나의 정경이 떠올랐다.

어둑어둑한 서재인 듯했다.

창밖에는 숲이 바싹 다가와 있다.

노년의 남자와 젊은이가 소파에 마주 보고 앉아 있다.

그것을 시작으로 기억이 흘러넘치듯 되살아났다.

어두운 서재에 마주 보고 앉은 두 사람.

그건 나가세 에이조 씨와 나였다.

나는 대학에서 언어학을 전공하는 학생이고 에이조 씨는 교수의 소개로 만났다.

에이조 씨는 『천일야화』를 좋아해서 자신이 소장하는 사본을 읽을 수 있는 학생을 찾고 있었다. 대략 읽고 내용을 설명해 주면 된다고 하니 수지맞는 아르바이트였다. 사본 자체는 드문

게 아니라서 당초의 목적은 금세 달성됐다. 하지만 에이조 씨는 그 뒤로도 주말에 찾아와 달라고 했다. 아랍어 이야기며 이집트에서 유학했을 때 이야기를 듣고 싶다고 했다. 과외 아르바이트로 보수를 준다고 하니 거절할 이유는 없었다.

나는 내가 에이조 씨 마음에 든 것을 자랑스럽게 생각했다.

그는 다수의 장서를 갖고 있는 데다 지식도 경험도 풍부했고 무엇보다도 수수께끼 같은 인물이었다. 에이조 씨는 내 이야기를 듣고 싶다고 했지만 오히려 내가 그의 이야기를 듣고 있을 때가 더 많았다. 매우 흥미로운 시간이었다. 내게는 더 바랄 나위 없는 아르바이트였다.

조용한 서재에 단둘이 앉아 있다 보면 에이조 씨가 수수께끼 같은 과거를 가진 마술사처럼 느껴지곤 했다. 대화 중에 에이조 씨는 종종 먼 곳을 응시하는 듯한 눈빛을 보였다. 그의 시선은 나를 관통해 멀리 지평선 너머를 향하는 것 같았다. 시선이 나를 관통할 때면 나는 뭐라 말할 수 없는 흥분에 휩싸였다. 에이조 씨의 수수께끼 같은 시선을 나는 그가 전쟁 중에 살았다는 만주와 은밀히 연결시키곤 했다.

어느 날 에이조 씨와 나는 '소설'에 관해 이야기하고 있었다. 내가 몰래 소설을 쓰고 있다는 것을 에이조 씨는 알고 있었다. 그래봤자 마음속에 떠오르는 단편적인 이미지를 노트에 적는 것뿐이지 도무지 작품이라 할 수 없었다.

"이마니시 군에게 읽어달라고 하지." 에이조 씨는 말했다. "그 친구라면 의견을 말해줄 거야."

"그 친구는 제가 쓴 글 따위 읽지 않을 겁니다."

"그런가?"

"그 친구는 낭만주의자를 싫어하거든요."

실제로 도무지 남에게 읽힐 만한 것이 못 됐다.

에이조 씨가 그 '이야기'에 대해 얼핏 언급한 것은 그때였다.

"자네라면 재미있을지도 몰라."

『천일야화』의 잃어버린 삽화挿話.

에이조 씨는 그 이야기를 만주에서 하세가와 겐이치라는 인물에게 들었다고 했다. 귀국한 뒤 기억을 되살려 메모를 적었다며 카드 상자도 보여주었다. '『천일야화』의 잃어버린 삽화'라는 표현에 나는 매우 흥미가 동했다. 에이조 씨가 『천일야화』에 관심을 갖게 된 것도 만주에서 그 이야기를 만난 게 계기라고 했다.

"어떤 이야기입니까?"

"세계의 비밀과 관련된 이야기라네."

에이조 씨는 그렇게만 말하고 미소를 지으며 입을 다물었다.

그해 가을이 끝날 무렵부터 이듬해까지 나는 에이조 씨를 찾아갈 때마다 그 '이야기'를 가르쳐 달라고 부탁했다. 하지만 에이조 씨는 가르쳐 주지 않았다. 그가 이야기해 주는 것은 그 이야기가 전해진 경위뿐이었다. 그가 만주에서 만난 하세가와 겐이치의 이야기, 하세가와 겐이치가 몽고 초원에서 만난 회교도 상인의 이야기, 회교도 상인이 오아시스에서 만난 다른 상인의 이야기……. 이야기는 끝없이 증식했다. 흡사 『천일야화』

처럼.

나는 몹시 화가 나고 애가 타는 동시에 몹시 매료되어 있었다. 어딘가 이상하다고 느끼면서 그래도 요시다산의 저택으로 에이조 씨를 찾아가지 않을 수 없었다. 마치 이 세계에 난 깊은 구멍으로 빨려드는 기분이었다. 그 '이야기'를 손에 넣고 싶다는 욕망에 나는 저항할 수 없었다.

세쓰분 축제 날 밤, 나는 카드 상자를 훔쳤다.

세월이 얼마나 지났을까.

이제 이 수기도 얼마 남지 않았다.

수기를 담담히 쓰는 동안 나는 아무도 만나지 않았다. 밤이 되면 숲에서 들려오는 사야마의 목소리만이 타인과의 유대였다 할 수 있을 것이다. 하지만 쓸쓸하다는 생각은 없었다. 아닌 게 아니라 나는 그들의 추억을 기록하기 위해 수기를 쓰기 시작했지만, 눈에 보이지 않는 군도는 정말로 이 수기 안에 존재한다고 느끼게 됐다.

수기를 읽어볼 때 나는 다시 한번 사야마 쇼이치를 만난다, 지요 씨를 만난다, 도서관장을 만난다, 호렌도 주인과 나쓰메를 만난다, 신드바드 노인과 해적들을 만난다 그리고 마왕을 만난다. 그들은 이 수기 속에 살아 있다. 이 긴 수기를 마치는 지금, 내가 어째서 이곳에 왔는지, 무슨 일이 일어나려 하는 건지 비로소 알 수 있을 것 같다.

지난 며칠 동안 나는 줄곧 수기를 썼다.

보름달의 섬의 침몰.

마왕과의 대면.

수기를 다 쓰고 오랜만에 관측소 밖으로 나왔다.

후미를 향해 걸어가는데 숲이 기이한 정적에 싸인 것을 깨달았다. 동물이 움직이는 기척도 없고 새가 울지도 않았다. 숲 전체가 숨을 죽이고 뭔가가 오기를 기다리는 것처럼 느껴졌다. 잔교에서 본 바다도 섬뜩할 정도로 잔잔했다. 바닥에 앉아 바다를 바라보며 나는 지금까지 쓴 수기에 관해 생각했다.

카드 상자 안에 있던 메모는 이미 끝났다. 그 '이야기'는 미완인 것이다. 그 다음은 내 추억을 바탕으로 쓰일 것이다. 하지만 내 추억마저 끝났을 때, 수기 너머에 펼쳐지는 텅 빈 페이지에는 무엇이 쓰이게 될까.

나는 일어나 관측소로 돌아갔다.

밀림을 걸으며 세쓰분 축제 날 밤을 생각했다.

요시다산에 있는 저택에 갔을 때, 이마니시는 아직 오기 전이었다. 집에는 지요 씨와 그녀의 어머니가 있을 뿐, 에이조 씨는 외출 중이었다. 2층 지요 씨 방에서 이마니시를 기다리는 동안, 자꾸만 에이조 씨의 서재가 신경 쓰였다. 에이조 씨는 집에 없다. 아무도 없는 서재에 그 '이야기'를 담은 카드 상자가 놓여 있다. 내가 정신이 다른 데에 팔린 탓에 대화도 활기를 띠지 않으니 지요 씨는 다소 지루한 듯했다. 나는 화장실에 가겠다고 하고 일어섰다.

에이조 씨 서재 문은 잠겨 있지 않았다.

나는 살며시 문을 열고 안을 들여다봤다. 어스름이 닥쳐든 창에는 커튼이 쳐져 있어 서재 안은 어두웠다. 남쪽에 에이조 씨가 만든 '방 안의 방'이 있었다. 카드 상자는 그곳에 있을 것이다. 조금만 더 움직이면 그것에 손이 닿는다. 하지만 나는 좀처럼 결심이 서지 않아 서재 입구 앞에 우두커니 서 있었다.

뒤에서 지요 씨가 불렀다.

"왜 그래?"

"아무것도 아니야. 좀 마음에 걸리는 게 있어서."

나는 그렇게 말하며 지요 씨 방으로 돌아가려 했다. 그런데 지요 씨가 내 손을 붙들었다. 그녀는 호소하는 듯한 눈초리로 나를 봤다.

"사야마라면 알고 있을지도."

지요 씨는 일주일쯤 전에 벌어진 일을 이야기해 주었다. 이마니시와 함께 에이조 씨 서재에 들어가 방 안의 방에서 카드 상자를 발견했다는 이야기였다.

"아버지는 마녀가 살고 있다고 하셨어. 그게 뭐야?"

"난 아무것도 몰라."

"……정말로?"

"왜 내가 알 거라고 생각하는데?"

"아버지는 수수께끼가 많은 분이야. 하지만 당신을 마음에 들어 하거든. 나한테는 하지 않을 이야기도 당신한테는 해. 분하지만."

"그렇게 궁금하면……."

"궁금하면?"

"열어보면 되지. 안 그래?"

내 말에 지요 씨는 나를 응시했다. 이윽고 고개를 끄덕였다.

우리는 어두운 서재로 숨어들어 방 안의 방으로 갔다.

나는 계단식 사다리를 올라가 작은 문을 열었다. 전등을 켜자 책장 몇 개가 놓인 것이 보였다. 낡은 노트와 책, 고물이 아무렇게나 쌓여 있었다. 내가 에이조 씨를 만난 계기가 된 사본도 있었다. 그리고 카드 상자가 있었다. 줄곧 내가 원했던 게 그곳에 있었다.

그러나 내가 손을 뻗었을 때 아래층에서 현관문 열리는 소리가 들렸다. 이마니시가 왔을 것이다. 계단식 사다리 밑에 서 있던 지요 씨가 "안 되겠어"라며 한숨을 쉬었다.

"불을 꺼 줘. 오늘은 그만둘래."

"알았어."

나는 전등을 끄고 문을 닫으려 했다.

이마니시가 현관에서 "실례합니다"라고 말하는 소리가 들렸다. 지요 씨는 "네" 하고 대답하며 서재에서 나가려 했다. 그녀가 돌아선 그때 나는 다시 손을 뻗어 카드 상자를 집었다. 그리고 문을 닫고 계단식 사다리를 내려왔다. 이마니시와 지요 씨에게 들키면 안 된다. 이건 나 혼자만의 것이다. 지요 씨가 이마니시를 맞이하는 동안, 나는 지요 씨 방으로 돌아와 카드 상자를 가방에 넣었다.

셋이 함께 세쓰분 축제를 보러 나갔을 때, 내 가방에 카드 상자가 들어 있었던 것은 그들도 몰랐다. 마침내 그것을 손에 넣었다는 기쁨과 왜 그런 짓을 한 건가 하는 곤혹이 마음을 어지럽혔다.

어느새 두 사람과 떨어지고 말았다. 나는 당혹해서 주위를 둘러봤다. 전구 불빛 속에 눈이 흩날리고 많은 사람들이 내 곁을 지나갔다.

그곳에서 나는 에이조 씨와 마주쳤다.

"여기는 많이 추울 테지. 이 안에서 이야기할까."

에이조 씨는 그렇게 말하며 텐트 안으로 들어가자고 권했다. 그는 내가 카드 상자를 훔친 것을 꿰뚫어 보고 있었다. 뿐만 아니라 내가 그러기를 바랐던 것 같다. "이 문을 지나기로 한 사람은 자네 자신이다"라고 그는 말했다.

"자, 상자를 열어 봐."

마왕은 카드 상자에 눈길을 주었다.

"그게 자네가 찾는 것이잖나?"

나는 밤 축제 속에서 카드 상자를 열었다. 그리고 정신이 들었을 때는 기억을 잃고 이 섬 모래사장에 밀려와 있었다. 셰에라자드가 이야기했다는 『천일야화』의 잃어버린 삽화. 그 이야기가 나를 이 수수께끼 같은 열대 바다로 데려온 것이다.

"이 이야기가 마지막 이야기꾼에게 전달되어 내 소원이 성취되기를!"

그 마지막 이야기꾼이 바로 나다.

지금 '이야기'는 새로 태어나려 하고 있다.

마침내 여기까지 다 쓰고 나서 나는 식은 커피를 마시며 숨을 돌렸다.

전망실 창으로 보이는 동쪽 하늘이 희끄무레하게 밝아왔다. 밤새 책상 앞에서 글을 썼으니 몹시 피곤했다.

나는 다 쓴 수기를 옆구리에 끼고 계단을 내려갔다.

부엌에서 커피 잔을 씻은 뒤 사야마 쇼이치의 방을 둘러봤다. 블라인드 사이로 푸르스름한 빛이 비쳐들어 여울에 가라앉은 듯한 색으로 물들어 있었다. 사야마 쇼이치의 모습은 어디에도 없지만 이 방에 남은 온갖 것들이 그의 존재를 이야기하고 있었다. 어수선하게 쌓인 상자, 흩어져 있는 서류, 바닥에 깐 페르시아 양탄자, 벽에 붙은 해도…… 어느 것을 봐도 사야마의 얼굴이 떠올랐다.

이윽고 나는 방에서 나와 1층 로비로 내려갔다.

관측소를 뒤로하기 전, 나는 차가운 아침 공기 속에 멈춰 서서 기묘한 건물을 잠시 올려다봤다. 이제 두 번 다시 이곳에 돌아올 일은 없을 것이다. 그렇게 원래 세계로 돌아가고 싶어 했으면서 막상 섬을 떠날 때가 되니 왜 그렇게 쓸쓸한 걸까. 하지만 나는 가야 했다.

나는 동틀 녘의 숲을 지나갔다.

숲은 정적에 싸여 나뭇가지에서 지저귀는 새들의 울음소리도, 나무들이 바람에 살랑이는 소리도 들리지 않았다. 섬 전체가 숨죽인 채 새로운 아침을 기다리고 있었다.

나는 잔교가 있는 후미에 다다랐다.

숲을 지나는 사이에 날이 밝았다. 정말이지 아름다운 아침이었다. 숲도, 모래사장도, 잔교도, 바다도, 모두 갓 만들어진 것 같았다.

아름다운 모래사장에 호랑이 한 마리가 앉아 행복한 모습으로 바다 저편을 바라보고 있었다. 나를 기다리고 있었던 것이다. 내가 모래사장을 가로질러 다가가자 호랑이는 부드러운 눈빛으로 나를 보았다.

이걸 기다렸지?

나는 수기를 모래사장에 살며시 놓았다.

호랑이는 앞발을 노트에 얹고 기쁜 듯 목을 골골거렸다.

자네라면 해낼 줄 알았어.

정말일까 몰라.

난 늘 자네 편이었잖아?

거짓말 마. 적이 된 적도 있으면서.

악당 역할을 할 사람도 필요하거든.

호랑이는 즐겁게 웃었다.

사야마 씨.

그렇게 말을 걸려다가 나는 멈칫했다.

뭔가가 걸렸다.

호랑이는 천천히 고개를 끄덕였다.

이제 생각났나.

사야마 쇼이치, 하고 나는 중얼거렸다. 사야마 쇼이치.

그건 이 섬에 표류한 이래로 내가 몇 번이고 들었으며 몇 번이고 말한 이름이다. 그러나 지금 그 이름은 이제까지와는 전혀 다른 느낌으로 심금을 울렸다. 어째서 기억하지 못했을까. 그건 '나 자신의 이름'이었다.

이제 내 역할도 끝났군.

그렇지.

왜 내가 선택된 걸까.

모든 문은 자네 하나만을 위해 열려 있어.

정말일까 몰라.

뭐든 믿으면 정말이 돼.

자네들한테 도움이 됐다면 좋겠는데.

물론 자네는 우리 바람을 이루어 줬어. 언젠가 수많은 사람들이 이곳으로 찾아와 이 새로운 씨앗이 천의 세계를 낳을 테지.

그렇게 해서 자네들은 살아가는 거군.

우리도 살기를 원해. 제군이 살기를 원하는 것처럼.

그 뒤 얼마 동안 나는 호랑이 곁에 앉아 있었다.

파도 소리 외에는 아무것도 들리지 않았다. 눈앞에는 아름다운 바다와 하늘이 있었다. 텅 빈 것 같기도 하고 그러면서 충족된 것 같은 기분이었다. 호랑이도 눈을 가늘게 뜨고 만족스레 누워 있었다. 그 모습을 보다 보니 문득 슬픈 생각이 들었다. 그럼 이제 여기서 자네와 헤어진다는 뜻일까. 이제 두 번 다시 만나지 못하는 걸까. 이 이방의 땅에서 자네만이 내 벗이었건만.

그만 가봐야겠어.

내가 말하자 호랑이는 천천히 고개를 움직였다.

마지막으로 부탁이 하나 있는데.

뭐지?

새 이름을 지어주지 않겠나?

그렇게 말하고 호랑이는 기대에 찬 눈으로 나를 쳐다봤다.

나는 일어나 바다 저편을 바라봤다. 모든 것을 잃고 이 열대의 바다로 왔을 때 얼마나 불안했는지. 나는 아무도 아니고 바다는 사방 어디를 둘러봐도 아무것도 없는 세계였다. 하지만 이 열대의 바다이기에 '창조의 마술'은 시작된다.

나는 호랑이에게 다음과 같이 고했다.

"그럼 자네를 『열대』로 명명한다."

나는 반짝이는 바다를 향해 걷기 시작했다.

로빈슨 크루소를 생각했다.

아버지의 충고를 어기고 바다 너머를 동경했던 남자. 그 대가로 무인도에 표류해 원래 있던 세계로 귀환할 날을 28년이나 기다렸다. 로빈슨 크루소는 항상 여기가 아닌 어딘가를 동경하는 사람이다. 나 역시 똑같았다는 생각이 자꾸만 들었다.

점차 바다의 반짝이는 빛이 흐려지고 눈앞의 바다에 무수한 섬이 떠올랐다.

섬들은 수평선 너머까지 바다를 가득 메우며 큰 시가지를 이루었다. 그건 내가 잘 아는 거리의 모습이었다. 바다에서 떠오른 히가시산이 태양을 감추어 주위가 옅은 청색으로 물들자, 차가운 눈이 흩날리기 시작했다. 발을 적시던 바닷물이 사라지고 그 밑에서 아스팔트가 나타났다. 나는 요시다 신사의 참배길에서 나와 히가시이치조 거리를 서쪽으로 걷고 있었다.

대학 정문 앞에 접어들어 걸음을 멈췄다.

손바닥에 떨어지는 눈을 봤다. 진짜 눈, 교토 거리에 내리는 눈이었다. 이른 아침의 대학 일대는 고요했고 우뚝 솟은 시계탑 위로 눈이 계속 떨어졌다.

익숙한 추위에 몸을 떨며 나는 히가시오지 거리를 건넜다.

슌킨도 서점을 지나 찻집에 들어가니 커피 향기를 머금은 따스한 공기가 몸을 감쌌다. 라디오에서 음악이 작은 소리로 흘러나오고 있었다.

나는 아침 신문을 집어 날짜를 봤다.

1982년 2월 4일이라고 쓰여 있었다.

뒷이야기

기억의 작용이란 참으로 불가사의하다.

어떤 것은 빈번히 되살아나고 오랜 세월이 지나도 바로 어제 일처럼 떠올릴 수 있다. 그런데 또 어떤 것은 볕드는 곳에 둔 메모처럼 일찌감치 색이 바래 금세 떠올릴 수 없게 된다. 세월은 그렇게 우리의 혼돈스러운 기억을 가려내 하나의 '추억'으로 만들어 간다. 그건 편집 작업으로 책 한 권을 만드는 것과 같은 일이다.

지금에 와서는 그 남양의 섬에서 있었던 일은 단편적으로만 기억난다.

관측소에서 수기를 썼던 나날을 생각하면, 아무리 오랜 세월이 흘렀다지만 이렇게 잊어버린다는 게 이상하게 느껴진다. 하지만 생각해 보면 내가 『열대』라고 이름 지은 수기의 내용은 당시의 나 자신과 떼려야 뗄 수 없을 만큼 굳게 결부되어 있었다. 그 시절의 나로부터 멀어질수록 『열대』 또한 세월의 작용에 의해 '추억'으로 변해가는 것이리라. 하지만 얼마만큼 세월이 흘러도 그때 나를 인도해 준 마술은 잊을 수 없다.

『열대』의 탄생으로부터 36년.

지금 나는 이렇게 다시 수기를 쓰려 하고 있다.

국립 민족학 박물관에 근무하게 된 지 20년이 지났다.

도쿄의 연구소와 외국 생활을 거쳐 간사이에 정착한 이유는 가족을 생각해서였는데, 자식들도 이미 독립하고 지금은 아내와 둘이 살고 있다.

7월 하순의 이른 오후, 한 잡지 편집자가 내 연구실로 찾아왔다.

아라비안나이트 특집을 위해 인터뷰를 하고 싶다고 했다.

하지만 단시간에 이야기할 수 있는 것은 한정되어 있다. 나는 내가 관여해 온 『천일야화』 공동 연구의 개요를 대략 이야기하고는 『천일야화』와 관련된 기본적인 사실만 설명했다. 세월과 함께 『천일야화』는 여러 이야기를 흡수해 몸집을 늘려왔다. 가령 「신드바드 항해기」는 원래 다른 사본으로 전해지다가 편입된 것이다. 이윽고 서양 사람에게 발견되면서 『천일야화』의 구성은 한층 복잡괴기해졌다. 동양과 서양 사이를 왕복하며 비대해져가는 이야기 공간이라는 게 내가 그리는 『천일야화』다. 그런 이야기를 하고 인터뷰를 마쳤다.

"그나저나 뜻밖인데요."

편집자가 돌아갈 준비를 하며 말했다.

"원래부터 아라비안나이트에 대한 동경이 있으실 줄 알았거든요."

"그게 그렇지 않았답니다."

그것도 지금까지 여러 번 했던 이야기였다.

“원래는 언어학에 관심이 있었죠. 하지만 긴긴 인생이니까요. 늘 새로운 연구 대상을 찾다가 이렇게 『천일야화』에 다다랐군요. 처음부터 여기를 목표로 나아온 건 아닙니다.”

“무슨 말씀인지 알 것 같습니다.”

편집자는 납득하고 돌아갔다.

하지만 나는 거짓말을 했다.

아닌 게 아니라 대학원에서는 고대 아랍어를 연구했고 도쿄의 연구소에 조교로 취직한 뒤로는 중동의 유목민에 관해 연구했다. 하지만 그 동안에도 마음 한구석에 늘 『천일야화』가 있었다. 이유는 물론 『천일야화』의 잃어버린 삽화와의 개인적인 접점, 즉 『열대』의 탄생에 있다. 하지만 그런 이야기는 타인에게 할 길이 없거니와 한다 한들 믿어주지도 않을 것이다. 지난 36년간 내가 이 ‘비밀’을 털어놓은 상대는 한 명뿐이고, 그 인물도 이미 오래전에 세상을 떠났다.

하던 일로 돌아갔지만 좀처럼 집중이 되지 않았다.

책상 위에는 『천일야화』 사본이 놓여 있었다. 19세기 말부터 20세기 초에 『천일야화』를 프랑스어로 번역한 마르드뤼 씨의 장서인데, 유족이 기증한 자료 중 하나다. 낡은 책장 여백에 마르드뤼 자신이 연필로 적은 메모가 있다.

나는 한숨을 쉬고 창밖을 바라봤다. 연구실 창문으로 시설 중앙에 있는 커다란 중정이 내려다보였다. 말이 중정이지 초목은 하나도 없다. 사암색 계단과 받침대가 복잡하게 얽히고 열은 파란색 타일을 바른 수로가 지나는, 어딘지 모르게 판화가 M. C. 에셔의 속임수 그림이 생각나는 불가사의한 중정이다.

왜 그런지 『열대』가 자꾸만 머리를 스쳤다.

그건 대체 뭐였을까?

멍하니 있으려니 멀리서 목소리가 들려왔다.

"사야마 선생님, 사야마 선생님."

흠칫 놀라 고개를 들자, 같은 연구실을 쓰는 오하라 씨가 안경 쓴 눈을 가늘게 뜨고 나를 쳐다보고 있었다. 프랑스어를 유창하게 구사하는 그녀는 일 년 전부터 마르드뤼 연구를 도와주고 있었다. 아까부터 불렀던 듯 걱정스러운 표정이었다.

"어디 편찮으세요?"

"아니, 괜찮아."

"놀랐잖아요. 몇 번을 불러도 꼼짝도 안 하시니까 심장이 멎었나 했다고요."

나는 쓴웃음을 지으며 "미안해"라고 했다. "잠깐 옛날 생각이 나서 말이지."

"향수에 젖어 계셨던 거예요?"

"……뭐, 비슷해."

"재미있는 걸 발견했는데 한 번 봐주시겠어요?"

오하라 씨는 낡은 가죽 수첩을 폈다.

파리의 옛 마르드뤼 저택에 보관되어 있던 유품 중 하나였다. 『천일야화』를 번역할 때 곁에 두었던 듯 흥미로운 메모 몇 개가 있었다. 며칠 전부터 오하라 씨는 수첩을 조사하고 있었다. 그녀는 "여기예요"라며 가리켰다.

다음과 같은 제목이 있었다.

'잃어버린 삽화에 관한 메모'

오하라 씨가 간 뒤 나는 연구실에 홀로 남았다.

밤이 깊을수록 주위가 조용해졌다.

나는 책상 위에 놓인 리포트 용지를 응시하고 있었다. 마르드뤼의 수첩에 있던 메모를 오하라 씨가 번역해 주었다.

메모를 읽었을 때 나는 기묘한 익숙함을 느꼈다.

36년 전 내가 남양의 섬에서 경험한 일, 다시 말해 『열대』를 생각나게 하는 내용이었다. 이런 이야기는 마르드뤼 판 『천일야화』에는 들어 있지 않거니와, 내가 알기로 다른 번역본이며 사본에도 없었다. 마르드뤼는 어디서 이 이야기를 입수했을까. 아니면 이건 그 자신이 생각해 낸 이야기일까. 그렇다면 『열대』를 연상시키는 건 단순한 우연일까.

풀리지 않는 수수께끼였다.

안 되겠어. 도무지 모르겠군.

나는 연구실을 나와 박물관 전시실로 갔다.

생각하다가 막힐 때면 나는 밤의 박물관을 걸었다.

아무도 없는 밤의 박물관처럼 매력적인 것은 없다. 세계 각지에서 모은 민족 자료는 희미한 비상등 불빛을 받아 낮보다 훨씬 더 수수께끼처럼 느껴진다. 내가 안고 있는 문제에 대해 그것들이 델포이의 신탁처럼 힌트를 줄 때도 있었다. 마찬가지로 '신탁'을 찾아 전시실을 돌아다니는 다른 연구자와 마주칠 때도 있었지만, 그날은 아무도 마주치지 않았다. 광대한 전시실을 돌아다니는 사람은 나 하나뿐인 듯 주위는 바닷속처럼 고요했다.

그렇게 무심히 전시물을 돌아보던 중에 머리에 떠오른 것은 마르드뤼의 메모도, 수기 『열대』도 아니고 1981년부터 1982년까지 내가 대학원생이던 시절의 추억이었다. 하숙방에서 이야기하는 이마니시, 호렌도에서 고물을 바라보는 지요 씨, 어둑어둑한 서재 소파에 앉은 나가세 에이조 씨…….

이제는 그 시절에 느꼈던 감각을 정확하게 기억해 내기는 불가능하다.

불안이 뒤섞인 강한 동경심 같은 것.

그건 소년 시절부터 끊임없이 나를 따라다니던 감각이었다. 세계 어딘가에 구멍이 있고 그 너머에 불가사의한 세계가 펼쳐져 있다는 느낌, 다른 세계로 나를 데려가려는 힘이 늘 나를 노리고 있다는 느낌. 그 느낌은 섬뜩한 동시에 감미로웠다. 내가 인생에서 길을 잃고 헤매고 있기 때문에 그런 망상에 매료되는 건지, 그런 망상에 매료되기 때문에 길을 잃고 헤매는 건지. 그 무렵, 이마니시와 줄곧 그런 이야기만 했다.

"이 세계에 구멍 같은 건 없어. 그건 사야마 네 마음의 구멍이야."

이마니시는 그렇게 말했다.

세쓰분 축제 날 밤, 십중팔구 그 구멍이 나를 빨아들여 남양의 섬으로 데려갔다. 그리고 나는 『열대』를 낳음으로써 이 세계로 돌아올 수 있었다.

분명히 돌아온 줄 알았다.

세쓰분 축제 다음 날, 나는 그대로 하숙으로 돌아왔다. 녹초가 되어 자고 있으려니 점심때가 지나 이마니시가 얼굴을 내밀었다. "아직도 자나?"라며 웃었다.

흡사 긴긴 꿈을 꾼 느낌이었다.

"지요 씨가 왔으니까 그만 일어나라고."

나는 무거운 몸을 일으키며 신음했다.

"어제는 미안했어."

"지요 씨 화났어. 얼른 세수하고 와."

나는 허둥지둥 일어나 몸차림을 가다듬었다.

이마니시의 방으로 가니 빽빽하게 책이 들어찬 책꽂이 옆에 지요 씨가 아름다운 자세로 정좌하고 있었다. 그녀는 나를 올려다보며 "잘 잤어?"라고 말했다. 지요 씨와 이마니시는 어젯밤 내가 왜 두 사람을 버리고 모습을 감추었는지 캐물을 생각인 듯했다. 그렇다고 한 달 가까이 열대의 섬들을 방황하고 있었다고 대답할 수 있을 리 없었다. 내가 계속 얼버무리기만 하자, 지요 씨는 슬픈 표정을 짓고 이마니시의 얼굴도 험악해졌다.

이윽고 이마니시가 찻주전자를 들고 자리를 떴다.

"……사야마, 무슨 일이 있었던 거야?" 지요 씨가 속삭였다.

"가르쳐 줘."

"이야기해도 믿어주지 않을 거야."

"믿고 안 믿고를 정하는 사람은 나야."

나는 지요 씨의 눈을 응시했다.

"……지요 씨 아버지의 카드 상자 말이야."

"카드 상자?"

"난 그걸 멋대로 빼돌렸어."

"잠깐만." 지요 씨는 당혹한 얼굴이었다. "카드 상자라니 그게 뭐야?"

세쓰분 축제 날 밤, 우리 둘이 에이조 씨 서재에 숨어든 것은 카드 상자 안을 보기 위해서였다. 그런데도 지요 씨는 모른다고 말했다. 잡아떼는 것 같지는 않았다. 나는 말을 잇지 못했다.

"……사야마, 괜찮아?"

지요 씨는 불안스레 속삭였다.

그때 느낀 놀라움을 지금도 생생하게 기억한다.

넌 어디로 돌아온 거지?

나는 연구실로 돌아와 책상을 정리하고 민족학 박물관에서 나왔다.

7월 들어 극심한 더위가 이어져 끈적한 밤공기가 몸에 들러붙었다. 밤이 되어 문을 닫은 자연 문화원은 고요하고, 이따금 청소차가 지나가는 정도였다. 중앙 출입구를 향해 걷는데 시커먼 나무들이 여름의 열기 속에 숨죽이고 있는 듯한 느낌이 들었다.

그때 오른쪽 숲 뒤에서 뭔가가 반짝였다.

문득 불안을 느껴 숲을 지나자 널따란 초원이 나왔다. 완만하게 물결치는 초원은 어두운 숲으로 둘러싸여 있었다. 풀을 밟으며 걸어가는 동안, 주고쿠 자동차 도로를 오가는 차 소리가 먼 파도 소리처럼 들려왔다.

초원 한가운데에 반짝이는 달이 떠 있었다.

홀린 듯이 달을 향해 다가가자 36년 전 남양의 섬에서 경험한 일이 떠올랐다. 밤의 밀림을 돌아다니는 호랑이, 세이버를 들이대는 신드바드 노인, 소용돌이치는 진흙 바다를 향해 무너지는 마녀의 궁전. 하지만 지금의 나는 그것들을 하나의 이야기로 엮어내지 못한다.

가까이 갈수록 불가사의한 달의 빛은 사라져갔다.

이윽고 나는 초원 한가운데에 이르렀지만 그곳에는 아무것도 없었다.

나는 왜 여기에 있는 걸까.

열대의 섬들에서 귀환한 뒤 나는 긴 시간을 들여 이 세계에 익숙해졌다. 내가 원래 있던 세계와는 비슷한 것 같으면서도 다른 이 세계에 익숙해지면서 관측소 섬에 남기고 온 수기 『열대』의 내용이 생각나지 않게 됐다.

하지만 내가 그것을 썼다는 사실만은 늘 마음속에 있어서 그게 그 뒤 내 인생을 결정하고 『천일야화』와의 재회를 그리고 마르드뤼의 메모 '잃어버린 삽화'와의 만남을 가져다주었다. 지난 36년간이 『열대』를 다시 만나기 위한 긴 여로였다는 생각마저 들었다.

뒤를 돌아보자 어두운 숲 저편에 '태양의 탑'이 솟아 있었다.

『열대』란 대체 뭐였나.

그렇게 자문하며 나는 밤의 초원 한가운데에 홀로 우두커니 서 있었다.

마르드뤼가 남긴 메모.

지금 생각하면 그건 어떤 징조였을 것이다.

8월 초, 나는 일 때문에 도쿄로 갔다. 7월 내내 계속된 열대 같은 더위가 누그러져 도쿄에는 마치 초가을처럼 시원한 바람이 불고 있었다.

가미야 정에서 열린 회의를 마치고 진보정으로 이동해 출판사에서 편집자와 다음 책에 대해 의논하고서, 야스쿠니 거리에 있는 비어홀 런천에 갔다. 안쪽 테이블에서는 내 또래 남자들이 떠들썩하게 이야기하고 있었다. 동창회라도 하는 모양이었다. 큰길을 내려다보는 테이블 중 하나에 안경을 쓴 이마니시가 앉아 있었다. "여기!" 그가 손을 들었다. 나는 맞은편에 앉았다. 야스쿠니 거리 건너편에 쇼센 그란데 서점과 고미야마 서점의 간판이 보였다.

"더위가 식어서 다행이야." 이마니시가 말했다. "하여간, 대체 어디까지 더워질 생각인가 싶더군."

"여름도 이제 기운이 빠졌나."

도쿄나 외국에서 살았을 때는 연하장만 주고받았지만, 내가 간사이에 자리를 잡은 뒤로는 1년에 한두 번은 꼭 이마니시를 만났다. 가까이 살면서 서로 하고 싶은 말을 할 수 있는 친구는 세월이 흐를수록 한층 고맙게 느껴진다. 우리 둘 다 나이를 먹었지만 그래도 이렇게 만나면 하숙 시절의 기분을 느낄 수 있다. 이번에는 오랜만에 지요 씨를 도쿄에서 만나게 되어 이마니시도 부른 것이었다.

이마니시는 어제 도쿄에 왔다고 했다.

"어제는 우에노를 산책했지."

"아들은?"

"어제 잠깐 니혼바시에 얼굴을 내밀었어."

"자지는 않고?"

"혼자가 마음 편하고 좋아."

이마니시는 그런 말을 하며 맥주를 주문했다. 둘이 한동안 이야기하는데 그가 갑자기 내 뒤를 보며 손을 들었다.

돌아보니 지요 씨가 다가오고 있었다.

"둘 다 오랜만이야."

"우리는 교토에서 자주 만나지만 말이지. 잘 지내는 것 같아 다행이군."

"덕분에 아주 잘 지내."

지요 씨는 활기차게 앉았다.

대략 5년 만의 만남인데도 그녀의 인상은 조금도 변하지 않았다. 렌즈에 연하게 색을 입힌 안경을 벗으니 아버지를 닮은 눈이 나타났다.

우리는 식사를 하며 옛날이야기를 주고받았다.

"그때 사야마는 신경이 예민해져 있었지." 이마니시가 말했다. "꽤나 신경 써야 했다고."

"어머, 언제 말이야?"

"다 같이 세쓰분 축제를 보러 갔다가 사야마가 사라진 적 있잖아? 그때부터 초봄까지 내내 묘한 느낌이었어. 노이로제가 아닐까 우리 아버지도 걱정했었지. 그러고 보니 세쓰분 축제 날 밤 일은 여전히 수수께끼로군."

"어차피 이야기할 생각 없잖아?"

지요 씨가 말했다.

"그러게."

나는 대답했다.

"우리를 두고 혼자 사라져놓고 다음 날 하숙에서 점심때까지 쿨쿨 잠이나 자고 말이야. 이마니시하고 둘이서 캐물어도 아무 소리 안 하고."

"뭐, 이것저것 고민이 있었어. 젊었으니까." 나는 말했다. "그걸로 그만 봐주지 않으시겠습니까."

"봐 드리죠."

"지요 씨가 됐다면 나도 됐어. 봐주지."

열대의 섬에서 돌아온 뒤 얼마 동안 나는 뭐라 말할 수 없는 불안에 시달렸다. 이 세계는 내가 원래 있던 세계와 어긋나 있다. 갑자기 눈앞의 풍경이 산산조각 나 바다로 가라앉는 악몽을 몇 번이고 꾸었다.

하지만 시간이 지나면서 나는 점차 이 세계를 나 자신의 세계로 받아들였다. 지금 이렇게 지요 씨, 이마니시를 만나 당시의 추억을 주고받다 보니, 그때가 내 출발점이었다는 생각이 더욱 강하게 들었다.

그렇게 한 시간쯤 지났을 때 지요 씨가 말했다.

"자, 그럼 그만 일어나야지."

"저런, 벌써 가게?"

이마니시가 아쉬운 듯 물었다.

지요 씨는 의미심장한 웃음을 지으며 고개를 흔들었다.

"두 사람을 데리고 가고 싶은 데가 있어."

"어디 좋은 가게?"

"침묵 독서회. 생각 안 나?"

지요 씨는 그렇게 말하며 우리를 쳐다봤다.

어디서 들어본 이름이었다. 이마니시와 마주 보는 사이에 긴 떡갈나무 테이블이 늘어선 어둑어둑한 커피집의 정경이 떠올랐다. 그러고 보니 학창 시절에 두 사람과 그런 이름의 독서 모임에 참가한 적이 있었다.

"그게 지금도 도쿄에서 이어지고 있나 봐. 재미있을 것 같지 않아?"

지요 씨는 말했다.

런천에서 나오자 야스쿠니 거리에 쪽빛 어스름이 드리워져 있었다. 거리의 불빛이 하나둘 들어오기 시작했다. 건물 사이로 부는 바람은 시원했다.

우리는 택시를 타고 오모테산도로 갔다.

"지요 씨는 참가한 적이 있나?"

이마니시가 묻자 지요 씨는 고개를 끄덕였다.

"올해 초봄에 한 번. 아주 재미있는 모임이었어."

독서 모임의 존재를 가르쳐 준 것은 이케우치 씨라는 인물인데, 지요 씨가 자주 찾는 수입 가구점 사원이라고 했다.

"알 수 없는 사람이야. 늘 큰 노트를 끼고 다니고."

"학창 시절의 사야마 같은데."

이마니시가 말했다.

"그렇지? 읽은 책에 대해서도 꼼꼼하게 쓰거든. 어째 옛날 생각이 나서 이것저것 이야기하는 사이에 '침묵 독서회' 이야기가 나와서. 이케우치 씨도 놀라던걸. 우리가 참가했던 건 30년도 더 전이니까."

침묵 독서회에 참가하려면 책을 가져가야 한다.

지요 씨가 준비한 책은 『천일야화』였다.

"당신 전공이라 미안하지만."

"아니, 수수께끼의 책이라는 의미로 올바른 선택이겠지."

"전문가로서의 엄격한 의견은 삼가주시겠어요?"

"물론 괜한 말은 안 해."

이마니시가 꺼낸 책은 지금 읽고 있는 중이라는 그리스 철학 입문서였다. 학창 시절에는 그가 그런 책을 읽는 것을 본 적이 없었다. 굳이 따지자면 내 취향일 것이다. 그렇게 지적하자 이마니시는 쑥스러운 표정을 지었다.

"요새 이런 책을 읽으면 마음이 편해져서."

"시간이 지나면 달라지는 법이군."

"……사야마는?"

지요 씨의 물음에 나는 곤혹했다.

가방에 책은 들어 있었지만, 그건 일과 관계된 전문서로 독서 모임에 가져가기에 적합할 것 같지 않았다. 그렇다고 서점에 들러 책을 찾기는 귀찮았다. 그때 노트에 마르드뤼의 메모를 끼워둔 게 생각났다. 『천일야화』의 잃어버린 삽화. 이 또한 매력적인 수수께끼다. '책'이라는 형태는 아니지만, 분명 참가자들도 흥미를 보일 것이다.

"이야기할 건 있어."

"안 가르쳐 주는 거야?"

"나중에."

우리는 택시에서 내려 걸어갔다.

이 일대는 잘 모른다. 지요 씨 뒤를 따라 구불구불한 골목을 걸어가니 거리의 소음은 멀어지고 단독주택이 늘어선 조용한 주택가가 나타났다.

지요 씨는 어느 찻집 앞에서 멈춰 섰다.

"여기야."

벽에 넝쿨이 감기고 둥근 창문이 난 오래된 서양식 2층집이었다. 1층 출창으로 흘러나오는 불빛이 앞마당의 울창한 나무들을 비추어 그곳만 숲속처럼 느껴졌다. 앞마당에 하얀 테이블이 몇 개 놓여 있었다. 우리는 마당을 지나 현관 앞에 섰다. '임시 휴업'이라고 분필로 쓴 작은 칠판이 문 옆에 세워져 있었다.

"제법 멋진 곳인데."

이마니시가 말했다.

"늘 이곳에서 하는 모양이야. 주인이 독서 모임 주최자거든."

"이상한 나라의 입구 같은 느낌이군."

나는 말했다.

그렇게 해서 우리는 침묵 독서회에 발을 들였다.

찻집은 바닥과 벽에 널을 댄 방 몇 개로 나뉘어 있었다. 모임의 참가자는 우리를 포함해 스무 명쯤 될 것이다. 단둘이 진지하게 이야기하는 사람들이 있는가 하면 다섯 명쯤 모여 활발하게 이야기하는 사람들도 있었다. 어린애는 없어도 대학생으로 보이는 젊은이에서 우리 세대에 이르기까지 연령도 가지각색이었다. 이 독서 모임에서는 어느 그룹에나 참가할 수 있었고 원하면 다른 그룹으로 옮겨갈 수도 있었다. 타인이 가져온 '수수께끼'를 풀지만 않는 한. 그게 유일한 규칙이었다.

"이케우치 씨는 아직 안 왔나보네."

지요 씨가 실내를 둘러보고 중얼거렸다.

나는 화장실에 갔다.

볼일을 보고 돌아오다가 문득 계단 밑에 멈춰 섰다. 묘하게 마음이 끌리는 계단이었다. 흐릿하게 빛나는 나무 난간이 있고, 작은 둥근 창문이 있는 계단참에서 오른쪽으로 돌면 불빛이 없는 2층으로 이어졌다. 계단참에는 작은 테이블이 놓여 있고 빨간 유리 갓을 씌운 램프가 물기를 머금은 듯한 빛을 발하고 있었다. 굵은 금빛 로프로 계단 입구를 막아놓은 것을 보면 2층으로 올라가면 안 되는 것 같았다. 나는 잠시 어두운 2층에서 소리가 들리는지 귀를 기울여 봤다. 소리는 들리지 않는데 어쩐지 인기척은 나는 것도 같았다.

2층 서재에서 나를 기다리는 사람이 있다.

문득 그런 느낌에 사로잡혔다.

그 순간 아득히 먼 과거의 봄이 선명하게 되살아났다.

세쓰분 축제 일이 있은 뒤로 요시다산에서 발이 멀어졌다.

"왜 안 오는 거지?"

에이조 씨가 아쉬워한다는 말을 지요 씨에게 여러 번 전해 들었다.

하지만 나는 이것저것 구실을 붙여 찾아가지 않았다. 내가 경험한 일을 이해할 수 없었거니와 무엇보다도 에이조 씨가 두려웠다. 나는 다다미 넉 장 반짜리 하숙방에서 거의 두문불출하며 책상 앞에만 있었고, 하숙집 사람들과도 거의 말하지 않았다. 이마니시의 부모님이 내 상태를 보고 '노이로제가 아닐까'라고 걱정할 만도 했다. 이마니시는 가끔 내 방에 들러 잡담을 하곤 했는데, 넌지시 내 상태를 확인한 것이라고 생각한다.

어느 날 낮에 무심코 책상 앞 유리창을 열자 향기로운 바람이 불어들었다. 이 거리 어딘가에 핀 꽃의 향기였다. 어느새 겨울이 끝나고 봄이 되어 있었다. 화창한 봄볕이 쏟아지는 옆집 마당에 살찐 고양이가 느긋하게 드러누워 있는 게 보였다. 얼마 동안 창틀에 턱을 괴고 그런 정경을 바라보다 보니 오랜만에 밖에 나가볼 마음이 들었다.

밖으로 나가 걸음을 뗐다. 그때 2층 창문이 열리는 소리가 났다.

이마니시가 몸을 내밀고 있었다.

"사야마, 어디 가는 거지?"

"잠깐 산책 좀 할까 하고."

"……갔다 와서 영화 보러 가자."

"영화?"

"가끔은 그냥 따라와. 게으름 피우는 것도 중요해."

나는 "알았어"라고 대답하고 손을 흔들었다.

이른 오후의 고요한 주택가를 걷는 사이에 발은 자연히 요시다산으로 향했다. 이마데가와 거리를 건너 요시다산 입구에

셨을 때 희미하게 가슴이 술렁거렸다. 하지만 화창한 햇볕과 꽃향기를 머금은 바람이 불안을 달래주었다.

나는 용기를 내어 요시다산을 오르기 시작했다. 봄바람이 숲을 흔들 때마다 오솔길을 물들이는 햇빛이 물에 반사된 빛처럼 흔들렸다. 이렇게 아름다운 봄날에 무서운 일이 일어날 리 없다고 생각했다.

어느새 앞에 지요 씨가 있었다.

"사야마, 어디 가는 거야?"

"에이조 씨를 만나러." 나는 말했다. "지요 씨는?"

"당신을 데리러 가고 있었어."

찾아오지 않는 내게 속을 끓이다 못해 오늘은 꼭 끌어내겠다고 작심한 모양이었다.

나와 함께 길을 되돌아가며 지요 씨는 작은 조개껍데기를 보여주었다. 크기는 건포도만 하고 색은 맑은 분홍색이었다. 내가 호렌도에서 발견해 한동안 책상에 놓아두었던 것을 지요 씨가 달라고 해서 줬었다.

그걸 머리맡에 두고 자면 남양의 섬 꿈을 꾼다고 그녀에게 말했다. 물론 그냥 공상이었다.

"사야마 말이 맞았어." 지요 씨가 말했다. "진짜 남양의 섬 꿈을 꿨어."

"어떤 꿈이었지?"

"그건 비밀."

"어째서?"

"언젠가 가르쳐 줄게."

지요 씨는 그렇게 말하며 미소 지었다.

이윽고 지요 씨 집에 도착하자 그녀는 2층으로 올라가는 계단을 가리켰다.

"아버지는 서재에 계셔."

나는 계단을 올라가 에이조 씨 서재를 찾아갔다.

지금도 그 서재의 정경을 선명하게 떠올릴 수 있다.

불어드는 바람은 봄 내음을 실어 오고, 서쪽 창문으로 바싹 다가와 있는 요시다산의 신록이 실내를 파랗게 물들였다. 놀랍게도 마지막으로 왔을 때보다 서재가 훨씬 환했다. 카드 상자를 훔쳤던 '방 안의 방'은 없어지고 남향으로 커다란 창문이 나 있었다.

에이조 씨는 반갑게 맞이해 주었다.

"드디어 왔군."

나는 에이조 씨와 마주 보고 응접용 소파에 앉았다.

그때 나는 에이조 씨의 인상이 달라진 것을 깨달았다. 아름다운 외모는 변함없었지만, 상대방을 자기 세계로 빨아들이는 듯한 강렬한 인상은 사라지고 없었다. 담담한 어조도 전에는 싸늘한 느낌이 있었는데, 지금은 그저 온화하고 기분 좋게 들렸다. 그는 이상한 듯 "왜 그러지?" 하고 물었다.

"오랫동안 찾아뵙지 못해 죄송합니다."

"바쁜 모양이군."

"네, 뭐."

"좋은 일이야. 지금 할 수 있는 일을 해두는 게 좋지."

에이조 씨는 미소를 지으며 은발을 쓸어 넘겼다.

"모순되는 말을 하는 것 같네만, 조금은 자기 자신에 대해서도 신경을 쓰는 게 좋아. 몸에 대해서도, 마음에 대해서도. 앞으로 그 길로 살아가겠다고 결심했다면 더더욱 그렇지. 뭐든 장기적인 안목으로 봐야 하네."

"조심하겠습니다."

"살아남는 게 중요한 거야, 사야마 군." 에이조 씨는 다시 한 번 말했다. "어떻게든 살아남아야 해."

봄바람에 나무들이 흔들리는 소리가 들리고 기분 좋은 바람이 불어들었다.

세쓰분 축제 날 밤으로부터 두 달 이상, 나는 내가 경험한 일을 아무에게도 말하지 않고 혼자 가슴에 담아두었다. 그때 문득 '이야기해 보자' 하는 생각이 들었다.

"에이조 씨."

"그래."

"지금부터 제가 하는 이야기를 비밀로 해주시겠습니까?"

에이조 씨는 순간 당혹한 듯 보였다.

하지만 금세 정색하고 몸을 똑바로 폈다.

"……그래, 해봐."

나는 내게 일어난 일을 이야기했다.

그 불가사의한 경험에 대해 타인에게 이야기한 것은 그 전에도 그 뒤로도 없다. 그때 딱 한 번뿐이다.

내가 이야기를 마치자 에이조 씨는 두 손을 맞대고 코끝에 갖다 댄 채 곰곰이 생각하는 듯했다.

"아주 불가사의한 경험이군."

"믿어주지 않으셔도 됩니다." 나는 말했다. "저도 믿을 수 없으니까요."

에이조 씨는 일어나 책꽂이로 다가가서 『천일야화』를 가지고 돌아왔다.

"전에는 '천일 밤'의 마술에 관해 종종 생각했다네."

"……마술이라고요?"

"지금까지 수많은 사람들이 『천일야화』에 사로잡혀왔어. 거기에 마술이 작용한다는 생각이 들지 않나? 셰에라자드가 이야기를 필요로 해 사람들을 마술로 조종하는 것이네. 왜냐하면 셰에라자드는 이야기를 계속해야 살아남을 수 있으니까. 그것과 같은 마술이 자네에게 그 수기를 쓰게 했다면?"

"살아남기 위해서란 말입니까."

"셰에라자드는 살기를 원해."

에이조 씨는 창밖의 신록에 눈길을 주었다.

"자네는 그 수기, 『열대』를 남기고 왔어."

에이조 씨는 온화한 목소리로 말했다.

"그걸 읽는 건 어떤 사람들일까."

과거에 이 서재를 찾아왔을 때, 나는 멀리 수평선 너머를 보는 듯한 에이조 씨의 불가사의한 시선에 매료되었다. 그러나 지금 에이조 씨의 눈에 비치는 것은 그저 창밖에서 바람에 흔들리는 신록뿐이었다.

그때 나는 비로소 깨달았다.

서재를 찾을 때마다 나를 자극했던 그 '감각'이 사라지고 없었다. 세계 어딘가에 구멍이 있고 그 너머에 불가사의한 세계가 펼쳐져 있다는 느낌. 다른 세계로 나를 데려가려는 힘이 늘 나를 노리고 있다는 느낌. 그것을 완전히 잃은 게 아니라 어떤 다른 것으로 모습이 바뀐 것이라는 느낌이 들었다. 하지만 그게 어떤 식으로 내 마음을 채워주는지 말로는 잘 표현할 수 없었다.

이윽고 에이조 씨는 나를 보며 말했다.

"그걸 한 번 더 써볼 마음은 없나?"

"……이제 못 씁니다." 나는 고개를 가로저었다. "저는 변하고 말았습니다."

그때 치민 감정은 슬픔 같기도 하고 안도감 같기도 했다.

잃어버린 세계에 대한 애수 그리고 새로이 열릴 세계에 대한 기대.

단 하나 알 수 있었던 것이 있다. 이 세계도 나 자신도 두 번 다시 원래 모습으로 돌아가는 일은 없을 테고 여기서부터 내 새로운 삶이 시작된다는 것이었다.

에이조 씨는 온화한 얼굴로 나를 보고 있었다.

그런 에이조 씨도 지금은 고인이 됐다.

『열대』란 무엇이었나.

그건 마치 열풍처럼 나를 지나갔다.

내가 만들어 냈나, 아니면 내가 만들어졌나. 아마 둘 다 옳을 것이다. 우리는 서로를 낳았다.

그런 생각을 하며 계단 밑에 우두커니 서 있었다.

"죄송합니다만 사야마 선생님이십니까?"

양복 차림의 남자가 말을 걸었다.

"이케우치라고 합니다."

지요 씨에게 이 독서 모임을 권한 젊은이일 것이다. 검은 노트와 큰 책을 옆구리에 끼고 있고 얼핏 보기에도 착실한 인상이었다.

그는 미소를 지으며 말했다.

"드디어 뵙게 됐군요. 전부터 꼭 한 번 뵙고 싶었거든요."

내가 쓴 책도 읽은 적이 있는 모양이다.

『천일야화』에 관해 이야기하면서 원래 있던 테이블로 돌아가자, 지요 씨와 이마니시는 이미 창가 소파 좌석에 앉아 있었다. 같은 그룹에 또 한 명, 이십 대 중반쯤 되는 젊은 여자가 있었다.

나와 이케우치 씨가 그 테이블에 앉자 지요 씨가 "그럼 시작해 볼까요" 하고 점잔 뺀 목소리로 말했다.

"어느 분부터 시작하시겠어요?"

나는 노트를 펴고 마르드뤼의 메모를 테이블 위에 놓았다. 어떻게 할까 생각하고 있으려니 이케우치 씨가 여자를 보며 말했다.

"시라이시 씨, 해보시겠습니까?"

"그러게요. 그럼 저부터 시작할까요?"

시라이시 씨라고 불린 여자는 자세를 바로 했다.

"오늘은 이 책을 소개할까 해요."

그녀는 그렇게 말하며 한 권의 책을 테이블에 놓았다.

기묘한 장정의 책이었다. 새벽을 생각나게 하는 연보랏빛 바다, 그곳에 거대한 책 한 권이 책장이 펼쳐진 형태로 놓여 있었다. 섬을 나타내는 듯 야자나무 몇 그루가 서 있었다. 왼쪽 페이지는 절반이 뜯겨져 나가 그 부분이 모래사장을 이룬 모습이었다. 바닷가에 웅크리고 있는 사람의 그림자가 새벽빛에 길게 드리워져 있다. 그건 모리미 도미히코라는 소설가가 쓴 『열대』라는 소설이었다.

"이 소설은 이런 말로 시작된답니다." 그녀는 말했다. "너와 관계없는 일을 이야기하지 말라……."

그때 남양의 섬에 펼쳐진 정경이 눈앞을 스쳤다.

눈부시게 빛나는 하얀 모래사장, 어두운 밀림, 맑은 바다에 뜬 불가사의한 섬들, 뺨에 부는 바람의 감촉까지 기억날 듯했다. 관측소 섬에서 『열대』를 쓴 36년 전, 나는 분명히 그 세계 속에 있었다. 그리고 긴 세월이 지나 지금 이렇게 나는 다시 『열대』를 만났다. 이건 한 이야기의 끝이자 새로운 이야기의 시작이다.

셰에라자드의 말이 뇌리에 떠올랐다.

'제 당연한 소임으로서 기꺼이 이야기해 드리지요. 훌륭하시고 고상하신 왕께서 허락해 주신다면!'

이리하여 그녀는 이야기를 시작해, 여기에 『열대』의 문이 열린다.

옮긴이 권영주

서울대학교 외교학과를 졸업하고 동 대학원에서 영문학을 전공했다. 미야베 미유키, 무라카미 하루키, 미쓰다 신조, 온다 리쿠 등 일본 유명 작가들의 주요 작품을 우리말로 옮겼으며 『삼월은 붉은 구렁을』로 일본 고단샤에서 수여하는 제20회 노마문예번역상을 수상했다. 다수의 일본문학은 물론 『십자군』 『믿음을 넘어서』 『사탄의 탄생』 『다빈치 코드의 비밀』 『다시, 신화를 읽는 시간』 등의 인문서와 『데이먼 러니언』 『어두운 거울 속에』 등 영미 장르문학 작품도 꾸준하게 소개하고 있다.

열대

1판 1쇄 인쇄 2021년 7월 15일
1판 1쇄 발행 2021년 7월 23일

지은이 모리미 도미히코
옮긴이 권영주

발행인 양원석 **편집장** 김건희 **책임편집** 김송은
디자인 이은혜, 김미선 **표지 일러스트** 최지욱
영업마케팅 조아라, 정다은, 신예은, 이지원

펴낸 곳 ㈜알에이치코리아
주소 서울시 금천구 가산디지털2로 53, 20층(가산동, 한라시그마밸리)
편집문의 02-6443-8932 **도서문의** 02-6443-8800
홈페이지 http://rhk.co.kr
등록 2004년 1월 15일 제2-3726호

ISBN 978-89-255-8837-7 (03830)